BASTEI LÜBBE

Dorothy Eden

Die amerikanische Erbin

Aus dem Englischen übersetzt
von Sabine Hübner

BASTEI
LÜBBE

BASTEI-LÜBBE-TASCHENBUCH
Band 10872

Titel der Originalausgabe: THE AMERICAN HEIRESS

Lizenzausgabe: Gustav Lübbe Verlag GmbH, Bergisch Gladbach
Printed 1987
Einbandgestaltung: Roland Winkler
Titelbild: Eva Kausche-Kongsbak
ISBN 3-404-10872-8

1

An dem Morgen, als Mrs. Jervis, ihre Tochter Clemency und Harriet Brown (von ihren Freunden Hetty genannt) abreisen mußten, war New York wundervoll. Es war einer der Tage, an denen die Stadt ihren ganzen Zauber entfaltet. Aber sie besaß auch noch ein anderes Gesicht, das Hetty nur allzugut kannte. Nicht immer hatte sie in einem vornehmen großen Haus mit Blick auf den Central Park gewohnt, das junge, makellose Grün der Büsche und Bäume und den weiten, leuchtend blauen Himmel vor Augen.
Selten waren die düsteren Straßen ihrer Kindheit von einem Sonnenstrahl erhellt worden und nie vom Glanz vorüberrollender Kutschen oder hübsch angezogener Kinder, die mit Reifen spielten oder mit bunten Bällen warfen. Die Kinder, die Hetty kannte, hatten nie Zeit zum Spielen gehabt. Mager und schmächtig, mit vor Kälte triefenden Augen und Nasen waren sie hinter ihren Müttern einhergestolpert. Entweder saßen sie, still und schläfrig vor Schwäche, den ganzen Tag in Betrieben, in denen gegen Hungerlöhne unaufhörlich Kleidung für die Geschäfte in der Seventh Avenue hergestellt wurde; oder sie waren schon alt genug, um Böden zu wischen und für schmutzige, erschöpfte Arbeiter in muffigen Zimmern Mädchen für alles zu sein.
Das Rattern und Knattern der Nähmaschinen gab die Hintergrundmusik zu Hettys Jugend ab. Sie hatte das niemals vergessen.
Noch jetzt, zehn Jahre später, erwachte sie jeden Morgen mit einem Gefühl des Entronnenseins, einem Gefühl des Wunderbaren. Die Ausbeutung in der Fabrik war ein verflossener, böser Traum, und ein noch viel traurigerer Traum war das bleiche, verhärmte Gesicht ihrer Mutter.

Dieses wohlhabende Haus aber war Wirklichkeit, auch wenn Hetty immer noch genausowenig Zeit für sich hatte wie damals als Kind.
Eifrig hatten die Nähmaschinen gerattert, als es um Clemencys Aussteuer und um Mrs. Jervis' stattliche Garderobe aus rüschenreichen Seiden- und Satingewändern ging. Hettys eigener Kleiderbestand blieb jedoch dürftig, schlicht und sehr bescheiden, wie es sich eben für eine Zofe geziemte. Lange bevor die Koffer fertig gepackt waren, taten Hettys Arme weh. So viel Seidenpapier, so viele Gewänder, so viele Morgenröcke, Nachmittagskleider, Cocktailkleider, kleine und große Abendkleider, Pelze, Federboas – und, als wichtigstes, das Hochzeitskleid!
Das war nun wirklich ein phantastisches Gebilde aus schwerem Seidenatlas, der an dickflüssige Sahne erinnerte, mit gelblicher Chantillyspitze verziert. Aus Chantillyspitze war auch der Schleier, ein Erbstück, das schon Clemencys Mutter und Großmutter getragen hatten.
Diese beiden Dinge durfte Hetty nicht verpacken. Sie wurden der erfahrenen Hand der Schneiderin, Madame Natalia von Lord & Taylor, dem großen Warenhaus in der Fifth Avenue, anvertraut. Sie beanspruchten einen ganzen Koffer für sich, zusammen mit den langen weißen Glacéhandschuhen, den weißen Schuhen und denen aus Goldbrokat, den Seidenstrümpfen und der handbestickten Leibwäsche.
Die kostbaren Kleidungsstücke dann in London auszupakken und die Braut zu schmücken, ja, damit würde man Hetty natürlich betrauen müssen: Und mußte sie sich im Grunde nicht unsagbar glücklich schätzen, daß sie überhaupt dort hindurfte? Miss Clemency, dies war die einhellige Meinung des ganzen Fifth Avenue-Haushalts, würde die bestgekleidete Braut Englands sein.
Und die hübscheste, wie Mrs. Jervis selbstgefällig hinzuzufügen pflegte. Sie gehörte zu jenen Müttern, die sich am Leben ihrer Töchter festsaugen. Sie war herrschsüchtig, umtriebig, besitzergreifend, dominierend. Clemency war der einzige Mensch, der ihr je zu widersprechen wagte,

jedoch nur bei relativ bedeutungslosen Dingen. Zum Glück hatten die beiden in den wichtigsten Punkten übereinstimmende Ansichten und verfolgten auch ähnliche Ziele.
Trotzdem fiel es einem schwer, sich vorzustellen, daß die schlanke junge Clemency im Lauf der Zeit ihrer vollbusigen Mutter nachgeraten könnte, wenngleich die dreiste Überheblichkeit auch bei ihr schon vorhanden war. Und obwohl Clemencys Augen weniger stumpf waren und noch nicht so hervorquollen wie die ihrer Mutter, starrten sie einen doch manchmal schon ebenso hart und gehorsamheischend an.
Hetty kannte das zur Genüge. Aber sie kannte auch Clemencys jugendlich-flatterhafte Ausgelassenheit, ihren Eigensinn, der von einem gewissen Reiz sein konnte, ihren außerordentlichen Egoismus, dem hin und wieder ein Akt spontaner Großmut widersprach, ihren ewigen Hang zu – von Kicherkrämpfen begleiteten – Backfischstreichen sowie ihre recht gedankenlose Koketterie.
Clemency Jervis, zwanzigjährig, verzogenes Einzelkind, besaß Charakter und Entschlossenheit genug, sich in ihrem neuen Leben gut zurechtzufinden. Sie würde nicht schüchtern und bescheiden sein, sich nicht als untauglich für ihre Rolle als Herrin eines vornehmen englischen Hauses erweisen. Auch der Adelstitel würde ihr ganz willkommen sein. Clemency hatte eine kühle, praktische Ader, was ziemlich ungewöhnlich war für ihr jugendliches Alter. Vor allem war sie ehrgeizig. Sie würde es zwar durchaus genießen, geliebt zu werden und selbst wiederzulieben; mehr als das zählte für sie aber der gesellschaftliche Rang. Liebe konnte sich später immer noch einstellen, in der einen oder anderen Weise. Fürs erste sehnte sie sich danach, das lange weiße Schleppenkleid und ihr funkelndes kleines Diadem zu tragen und vor der Königin von England ihren Knicks zu machen.
All dies empörte Hetty ein wenig, denn sie erkannte, daß Clemency ihren englischen Verlobten, Lord Hazzard zu Loburn in den Cotswolds, noch nicht liebte. Natürlich hatte sie ihn im vergangenen Sommer anläßlich seines Besuchs in

New York kurz gesehen. Als dann aber in Europa der Krieg ausbrach, hatte Lord Hazzard überstürzt heimreisen müssen, um sich seinem Regiment anzuschließen. Sein Heiratsantrag war vielleicht früher erfolgt als beabsichtigt, denn auch er wurde, wie Hetty argwöhnte, in seinem Entschluß nicht einzig und allein von Liebe bestimmt. Wahrscheinlich hatte der Gedanke an Clemencys Mitgift den eigentlichen Ausschlag gegeben. Er war bereit, einer hübschen jungen Amerikanerin zu einem Adelstitel zu verhelfen, an dem sie natürlich Gefallen haben würde, außerdem zu einer Hochzeit in St. Margaret, Westminster, sowie zu der Gelegenheit, der Londoner Gesellschaft mit einer unsagbar teuren Brautausstattung zu imponieren – dies alles jedoch nur gegen eine ansehnliche Aufstockung seines Bankkontos.

Das wußte Hetty ganz sicher: wäre sie an Clemencys Stelle gewesen, dann hätte sie nicht nur an Kleider und Schmuck gedacht, nicht nur daran, der Königin vorgestellt und Herrin eines vornehmen Hauses zu werden. Ihre Gedanken hätten sich vielmehr mit dem Mann beschäftigt, an dessen Seite sie vor dem Altar stehen und neben dem sie später im Bett liegen würde. Und hatte sie auch nur wenig Gelegenheit gehabt, Lord Hazzard zu sehen, so wußte sie doch bereits, daß sie seine hübsche blonde Erscheinung und seine tiefblauen Augen sehr aufregend fand. Natürlich hatte er nicht die geringste Notiz von ihr genommen. Wie sie da so gestanden hatte, mit reinlich-weißer Haube und ebensolcher Schürze, war sie nicht mehr als ein Möbelstück im Hintergrund gewesen. Sie war Harriet Brown, eine Zofe. Und Clemency verhielt sich – im Gegensatz zu sonst – diesem aristokratischen Freier gegenüber äußerst eifersüchtig.

Clemencys Großvater hatte ein paar Millionen gemacht, auf die unterschiedlichsten Arten, die ehrenhaft gewesen sein mochten oder auch nicht, auf jeden Fall aber Geschick und harte Nerven erforderten. Vielleicht hatte Clemency, was Heiratsangelegenheiten betraf, seine feine Nase für gute

Geschäfte geerbt. Lord Hazzard und sie würden ganz gewiß gut zueinander passen.
Daß der Krieg ausbrach, war Unglück und Segen zugleich. Selbst Mrs. Jervis hatte nämlich ihre Zweifel, ob Lord Hazzards Antrag dermaßen prompt erfolgt wäre, hätten ihn nicht die Ereignisse zu einer raschen Entscheidung gezwungen. Es war zu ein paar hastigen Zusammenkünften mit ihrem Bruder, Jonas Middleton, in der Wallstreet gekommen, Rücksprachen mit Anwälten hatten stattgefunden sowie eine lange persönliche Unterredung mit Mrs. Jervis selbst. Dann schließlich wurde die bevorstehende eheliche Verbindung zwischen Miss Clemency Millicent Jervis – einziges Kind der Millicent Jervis und des verstorbenen Wallstreet-Financiers Howard B. Jervis – und Major Lord Hazzard von den Coldstream Guards aus Loburn bei Cirencester, England, bekanntgegeben.
Lord Hazzard hatte auf einen frühen Termin gedrängt. Dann kehrte er heim, um in den Krieg zu ziehen.
»Er will einen Erben«, sagte Hetty.
»Natürlich«, stimmte Clemency zu.
»Ich glaube, das ist ihm wichtiger als eine Braut.«
»Das ist so beim englischen Adel. Es überrascht mich nicht, Brown«.
»Sie lieben ihn nicht, Miss Clemency.«
»Oh doch!« Clemency seufzte und reckte wollüstig die Arme. »Ich liebe alle gutaussehenden Männer. Schauen Sie nicht so entsetzt drein, Brown. Ich glaube, ich könnte mit jedem von ihnen glücklich werden. Durch Hugo werde ich aber adlig. Das ist was ganz Besonderes. Das gefällt mir. Und Mutter auch. Lord und Lady Hazzard werden sich bestens amüsieren.«
Nun war Hetty wirklich empört.
»Solange noch Krieg ist, finden wohl kaum Bälle und Gartengesellschaften statt.«
»Ach, er wird schneller vorbei sein, als wir denken. Hugo sagt das und Onkel Jonas auch. Er sagt, daß drei große Kulturnationen wie England, Frankreich und Deutschland

nicht ernstlich versuchen werden, sich gegenseitig zu vernichten. Dazu seien sie letzten Endes zu vernünftig.«
»England gibt nicht nach, Miss Clemency. Das zeigt die Geschichte. Deutschland ebensowenig. Und Frankreich möchte Genugtuung für den Deutsch-Französischen Krieg. Eine stolze Nation. Im übrigen wissen wir eigentlich gar nichts Genaues, oder?«
»Ich ganz bestimmt nicht«, sagte Clemency fröhlich. »Hugo wird uns das sicher erklären. Hoffentlich paßt er auf sich auf. Ich will keinen verwundeten Helden. Und Sie, nebenbei gesagt, kommen als Zofe nach England und nicht als Geschichtsstudentin!«
»Ich habe mich immer für Geschichte interessiert.«
Clemency setzte ihre kritische Miene auf.
»Mutter hätte den gemeinsamen Unterricht nicht zulassen sollen. Sie wären eine bessere Zofe, wenn Sie nicht dauernd so gebildet täten.«
»Ich bin nicht gebildet, Miss Clemency. Ich wollte, ich wär's.«
»Na ja, Sie hatten schon immer bei jeder Gelegenheit Ihre Nase in irgendeinem Buch. Aber dazu werden Sie in Zukunft keine Zeit mehr haben. Schmollen Sie jetzt bloß nicht. Sie dürfen nach England! Damit hätten Sie doch nie gerechnet, oder? Wenn ich an den Tag denke, an dem Ihre Mutter Sie hierher brachte, als ausgezehrtes kleines Ding, mit Läusen im Haar.«
»Läuse hatte ich nie!«
Clemency konnte unbarmherzig hänseln, lenkte jetzt aber ein. Sie war viel zu aufgeregt, um an einem so alltäglichen Vergnügen wie dem, Hetty zu quälen, Geschmack zu finden. Hetty, diese arme, diese außerordentlich arme Verwandte, von der keine Antwort erwartet wurde.
»Gut, dann eben keine Läuse, aber dafür war sonst noch allerhand nicht in Ordnung. Man mußte damals Ihre Kleider verbrennen.«
Und ich habe meine Mutter nie mehr gesehen, dachte Hetty, und wieder stieg der unvergessene Schmerz in ihr auf.

An jenem Tag hatte man sie angewiesen, im Vestibül, einer sehr großen, palastartigen Halle, zu warten. Ihre Mutter schloß sich mit einer furchtbar hochmütigen Dame, offensichtlich der Herrin dieses vornehmen Hauses, in einem Zimmer ein. Ohne sich zu rühren, hatte Hetty auf einem harten Stuhl gesessen, dessen gebogene Lehne gegen ihren mageren Rücken drückte, und hatte gewartet. Schon nach kurzer Zeit wurden die Stimmen hinter den riesigen geschlossenen Türflügeln vernehmbar. Das kam daher, daß ihre Mutter zu schluchzen begann und die Dame des Hauses sie anschrie. Nie hätte es Hetty für möglich gehalten, daß feine Damen dermaßen wütend werden könnten.
»Das ist nicht wahr! Das ist eine niederträchtige Lüge! Eine Erfindung! Ich werde diese Briefe jetzt sofort vernichten, und Sie verlassen mein Haus und nehmen Ihren Ba..., Ihr Kind gefälligst wieder mit!«
Da hörte Hettys Mutter auf zu weinen und sagte mit ungewöhnlichem Mut:
»Es hat keinen Zweck, sie zu vernichten. Es sind bloß Abschriften. Die Originale habe ich zu Hause. Und ich weiß auch schon, wo ich sie hinbringe, wenn Sie nicht tun, was ich will. Zu einem Redakteur der New York World.«
»Sie erpressen mich!«
»Ich weiß, und es tut mir leid, Ma'am. Aber ich bin krank, und meine kleine Tochter...« Die Stimme ihrer Mutter bebte und wurde schwächer, so daß gerade der Teil der Unterhaltung, den Hetty besonders gern gehört hätte, nicht mehr zu verstehen war.
Sie hatte vor Angst zu zittern begonnen. Etwas Schreckliches ging hier vor. Sie sollte allein gelassen werden, und das von ihrer eigenen Mutter! Hätte sie den Weg zur Bowery ohne Hilfe gefunden, wäre sie auf der Stelle weggelaufen. Aber sie fürchtete sich vor fremden Straßen fast noch mehr als vor diesem kalten, hallenden Raum. Also wartete sie.
Endlich öffnete sich die Flügeltür, und die Dame trat mit zornig erhobenem Kopf heraus. Sie betrachtete Hetty kritisch und sichtlich voller Widerwillen.

»Elf, sagten Sie? Viel zu klein für ihr Alter.«
»Unterernährt, Ma'am. Sie war ein hübsches Baby.«
»Das interessiert mich nicht. Wenn sie hierbleibt, muß sie gründlich abgeschrubbt werden und anständige Kleider bekommen. Kann sie lesen und schreiben?«
»Ich habe ihr beigebracht, was ich konnte, und sie hatte ein wenig Unterricht. Sie ist sehr aufgeweckt.«
»Scheint mir aber nicht so. Ich dulde kein ungebildetes Mädchen im Haus, und das in jeder Hinsicht. Ein, zwei Jahre kann sie bei der Erzieherin meiner Tochter Stunden haben. Wenn sie vierzehn ist, kann sie zur Zofe meiner Tochter ausgebildet werden. Das heißt, wenn Clemency einverstanden ist. Man wird sie Brown nennen. Nun, Kind, was ist? Würde dir das gefallen?«
»Natürlich«, sagte Hettys Mutter rasch, sah dabei aber so unglücklich aus, daß Hetty die Stimme versagte.
»Na, was ist, Kind?« sagte die gebieterische Stimme.
»Ja, danke, Ma'am«, gelang es ihr zu flüstern, »wenn Mutter es will...«
Deren Kinn zitterte, wurde dann aber eigensinnig vorgestoßen.
»Sie heißt Harriet, Ma'am.
»Das sagten Sie bereits. Als Dienerin wird sie jedoch Brown heißen.«
Hetty versuchte, wie später noch bei vielen anderen Gelegenheiten, den starren, herrisch-harten Blick dieser eleganten Frau zu erwidern.
»Und sie weiß wirklich von nichts?«
»Bestimmt nicht«, sagte Hettys Mutter. »Ich sage Ihnen die Wahrheit.«
»Dann werde ich jetzt nach meiner Haushälterin schicken. Sie kann sie baden und einen Schlafplatz für sie ausfindig machen.« Sie näherte sich einem Glockenstrang und zuckte ergeben die Achseln. »Ich glaube, ich bin die großherzigste Frau New Yorks.«
Bevor Hetty völlig verschreckt darum bitten konnte, nicht in dem fremden Haus, bei dieser furchtbaren Frau allein zu-

rückgelassen zu werden, sagte ihre Mutter innig: »Ich danke Ihnen, Ma'am. Sie nehmen mir damit eine große Last von der Seele.« Und mit einiger Offenheit fügte sie hinzu: »Das Leben geht manchmal ungerecht mit Frauen um.«

Die Dame erwiderte nichts. Sie konnte sich offenbar schwer vorstellen, daß sie und jemand wie Hettys Mutter, eine Frau mit schäbigen Kleidern und dunklen, traurigen Augen, das Leben auf demselben Planeten meinen könnten.

Jahre später erst verstand Hetty, wie sehr große Not den Charakter eines Menschen zäh und hart machen und ihn formen kann – zum Guten oder zum Bösen hin.

Hetty glaubte nicht, daß sie böse veranlagt sei, aber sie konnte sich auch nicht damit abfinden, für alle Zeiten ein Nichts zu sein. Man hatte ihr gesagt, sie stamme von einer verarmten, unbedeutenden Nebenlinie der Familie Jervis, und müsse damit rechnen, selber für Kleidung, Unterkunft und Ausbildung zu arbeiten. Sie durfte sich nicht einbilden, Miss Clemency, der verwöhnten, umschwärmten Tochter einer reichen Witwe, gleichgestellt zu sein.

Nachdem Mrs. Jervis' Gatte im Alter von erst fünfundvierzig Jahren gestorben war, ließ seine Witwe verlauten, sie beabsichtige nicht, ein zweites Mal zu heiraten. Sie wolle sich fortan ausschließlich der Zukunft ihrer kleinen Tochter widmen. Diese Zukunft sollte glänzend sein, um das Kind für den frühen Tod des Vaters zu entschädigen.

In gewisser Hinsicht war Hettys Ankunft ein Segen für Clemency, die – übertrieben bemuttert und verhätschelt – bis zu diesem Zeitpunkt einsam und gelangweilt dahingelebt hatte.

Da beide Mädchen dunkle Haare, grüne Augen und eine hübsche, schlanke Figur hatten, ähnelten sie sich sehr in ihrer äußeren Erscheinung. Charakterlich aber waren sie denkbar verschieden. Durch die Not und Armut ihrer Kindheit war Hetty in sich gekehrt und mißtrauisch geworden. Gleichzeitig war in ihr eine tiefe Liebe zu allem Schönen entstanden und außerdem ein wilder Wissensdurst, der sich auf alles mögliche – Bücher, Bilder, Manieren, Speisen

– erstreckte. Es ging Hetty nicht schlecht, denn ihres früheren Schicksals wegen war sie zum Liebling der Dienerschaft geworden, was Mrs. Jervis auf die Dauer nicht entgehen konnte. Als Folge davon behandelte sie Hetty so nachdrücklich als Außenseiter, der bloß aus christlicher Nächstenliebe im Haus Aufnahme gefunden hatte, daß Hetty nie den Mut besaß, über jene weitläufige Verwandtschaft noch mehr in Erfahrung zu bringen.

Andererseits aber hatte ihre mangelhafte Erziehung sie über gewisse Dinge nicht im unklaren gelassen, und als sie in die Pubertät kam, ging ihr plötzlich auf, wie es um ihre Verwandtschaft mit der Familie Jervis wirklich bestellt sein könnte. Hin und wieder bekam sie einen Wink aus der Dienerschaft, darüber hinaus ließ ihr eigenes wachsendes Bewußtsein vom anderen Geschlecht sie ahnen, was passiert sein mochte. Als schließlich die Köchin, Mrs. Crampton, eine scharfzüngige, aber freundliche Frau, ihr mitteilte, ihre Mutter sei kurz vor der Heirat von Mrs. und Mr. Jervis als Dienstmädchen im Haus gewesen, da war sich Hetty so gut wie sicher, daß sie keine entfernte Cousine, sondern vielmehr die Halbschwester Clemencys war.

Diese Erkenntnis empörte sie nicht. Sie war nur voller Mitgefühl für ihre Mutter, die viel gelitten haben mußte, und sie bewunderte sie für ihren Mut zu einer so hoffnungslosen Liebe.

Als schließlich kurz nach Hettys sechzehntem Geburtstag am Dienstboteneingang ein ziemlich schmuddeliges Paket für sie abgegeben wurde, sah sie ihre Vermutungen bestätigt.

»Von 'nem Burschen, der's ziemlich eilig hatte«, sagte die Köchin mißbilligend. »Was is'n drin, Hetty, euer Familienschmuck?«

Es war kein Schmuck, sondern bloß ein kleines Päckchen Briefe, von einem verblaßten Band zusammengehalten. Eine Notiz mit vielen Rechtschreibfehlern lag dabei:

»Libe Hetty Brown, deine Mama gab mir das, als sie starb.

Ich hab ir fersprochen dir das an deinem sechzenten geburztag zu geben. sie sagte das is der erste mai 1908 sie sagte da wärs du dann alt genuch um ales zu ferstehn. Hofentlich stimt das Libes. dein Freund Alf«

Wer immer auch Alf sein mochte, er hatte sein Versprechen gehalten. Hetty las tief erschüttert die zerknitterten Seiten des erstes Briefes:

»Geliebtes Mädchen,
ich hoffe, Du hast es nicht zu schwer. Es ist ein Unglück, daß alles so sein muß. Aber ich vertraue darauf, daß Du alles verstehst, und füge etwas Geld für Dich bei. Wenn das Kind da ist, werde ich mehr senden und das auch weiterhin tun. Ich denke an all das Schöne, das wir zusammen erlebt haben.

Howard«

Es folgten in unregelmäßigen Abständen noch mehr Briefe, die teils Geldangelegenheiten, später dann sie, das Kind, erwähnten. »Harriet ist ein schöner Name, aber ich werde sie Hetty nennen.«
Schließlich ein letzter Brief:

Es scheint, als hätte ich mir eine leichte Herzstörung zugezogen, nichts Ernstes, aber ich muß Urlaub machen. Millicent und ich werden ein paar Wochen in Florida verbringen. Mach Dir bitte keine Sorgen, wenn Du eine Zeitlang nichts von mir hörst. Ich lege soviel bei, daß es für die nächsten Monate reichen wird.

Dieser Brief schloß offener und gefühlvoller als die übrigen. Die Unterschrift lautete: »In Liebe, Dein Howard.«
Das war der letzte Brief, denn kurz darauf mußte Howard B. Jervis an jener "leichten Herzstörung" gestorben sein. Seine jüngere Tochter, fünf Jahre alt, war eine reiche Erbin,

seine ältere, sechsjährige Tochter wurde plötzlich, zusammen mit ihrer trauernden Mutter, in ein Leben hineingeworfen, das sie dazu verurteilte, in einem Ausbeuterbetrieb in der Bowery zu arbeiten.
Howard Jervis mochte Hettys Mutter wirklich geliebt haben, aber er war zu verträumt und unpraktisch veranlagt gewesen, als daß er dauerhaft für sie gesorgt hätte. Mit Sicherheit hatte er seine uneheliche Tochter nie zu Gesicht bekommen und das gewiß auch nicht gewollt.
Jahrelang mußte sich die Verbitterung in ihrer Mutter angestaut haben, bis sie schwer krank wurde und auf jene traurige, verzweifelte Art Rache nahm, indem sie Hetty in die Fifth Avenue brachte.
Nachdem Hetty die Briefe gelesen hatte, kam es ihr vor, als sei sie in wenigen Stunden reifer geworden. Sie weinte ein bißchen, trocknete dann ihre Tränen und hob stolz den Kopf. Sie hatte den Entschluß gefaßt, sich niemals so tief zu erniedrigen, daß sie die Briefe, wie ihre Mutter das vielleicht gewollt hatte, als Waffe benutzte. Clemency würde über den Grad ihrer Verwandtschaft nichts erfahren, und Mrs. Jervis würde nicht daran erinnert werden. Alles in allem hatte Mrs. Jervis sie doch ganz gut behandelt, wenn man bedachte, wie schockiert sie damals gewesen sein mußte. Und als illegitimes Kind erwartete man keine Erbschaft. Clemency sollte reich sein, sie selber arm. Das war der Lauf der Welt.
Aber sie hatte im Haus Jervis viel gelernt. Sie war nun kein dummes Kind aus der Bowery mehr, sondern eine vernünftig erzogene junge Frau mit gutem Geschmack. Die Lebensart der reichen Leute hatte zweifellos auf sie abgefärbt. Von ihrem Vater hatte sie außerdem die Liebe zur Dichtung und zu allem Schönen geerbt, doch waren diese Eigenschaften zum Glück mit dem Erbe der Mutter, nämlich Zähigkeit und praktischer Sinn, gekoppelt. Hetty hatte nicht vor, für den Rest ihres Lebens Zofe zu bleiben.
Sie war ein Bastard.
Als sie das schließlich akzeptiert hatte, wußte sie, daß nun

die letzten Spuren ihrer kindlichen Sentimentalität verschwunden waren, und sie begann, oft und ernsthaft über ihre Zukunft nachzudenken. Immerhin war sie genauso hübsch wie Clemency und konnte mühelos die gleiche stolze Miene und die glatten, überzeugenden Manieren an den Tag legen. Tatsächlich hatte Clemency gelegentlich viel Spaß daran gehabt, Hetty in ihre eigenen Kleider zu stecken und sie jene männlichen Besucher empfangen zu lassen, die sie, Clemency, zu langweilig fand. Hetty hatte die armen Verschmähten im nach Süden gelegenen Salon empfangen, und keiner hatte den Unterschied bemerkt. Es war ein Riesenulk gewesen. Clemency war hinterm Schlüsselloch vor Kichern schier zerplatzt, und um das zu überdecken, hatte Hetty munter die Stimme erheben müssen. Natürlich hatte sie dieses Spiel nicht mit Lord Hazzard treiben dürfen, was sie bedauerte. Denn sie hätte es sehr gern gehabt, wenn diese leuchtenden blauen Augen einmal nur auf ihr geruht hätten. Allerdings war sie sich nicht sicher, ob er die Verkleidung nicht doch durchschaut haben würde. Sie hätte gern gewußt, ob er Spaß verstand.
Das mußte Clemency herausfinden. Sie schien sich aber keine Gedanken darüber zu machen, da sie ausschließlich mit materiellen und äußerlichen Aspekten beschäftigt war. Im übrigen kam einem Hugo tatsächlich etwas unwirklich vor, jenseits des Atlantiks, und vielleicht hatte man ihn sich als grimmigen Soldaten vorzustellen...
Letztlich würde aber doch sicherlich noch alles zu einem guten Ende kommen. Es war das einzige Mal, daß Hetty Spuren von Nervosität und Unsicherheit bei Clemency entdeckte. Das ging jedoch schnell vorbei, und schon hieß es wieder: »Brown, haben Sie meine Ascot-Kleider eingepackt? Wir kommen gerade noch rechtzeitig dafür in England an.«
Kaum war Hetty alt genug gewesen, um ihre Pflichten als Zofe erfüllen zu können, da war auch die Klassenzimmerfreundschaft der beiden Mädchen zu Ende. Clemency mußte von da an respektvoll als ›Miss Clemency‹ angesprochen

werden, Hetty ihrerseits mit dem Nachnamen. Das war eine harte Lektion gewesen. Doch Hetty verstand es schließlich meisterhaft, sich den Umständen anzupassen.
»Ich glaube kaum, daß dieses Jahr das Rennen in Ascot stattfindet, Miss Clemency.«
»Unsinn, das ist eine englische Institution! Ebensogut könnten Sie sagen, es gäbe kein Parlament. Oder keinen König und keine Königin.«
»Das war jetzt eine dumme Bemerkung, wenn ich das sagen darf, Miss Clemency«, sagte Hetty ruhig. »Sie werden Ihr Wissen über England erweitern müssen. England führt einen Krieg, der von Woche zu Woche schlimmer wird.«
»Brown, ich verbiete Ihnen, mich so zu erschrecken! Ich fände es fast besser, Sie würden aufhören, Zeitungen zu lesen.«

2

Der Dodge, Onkel Jonas' ganzer Stolz, wartete schon unten, um sie zum Cunard-Pier zu bringen.
Die Damen waren aber durch die Ankunft von Onkel Jonas und die beunruhigenden Nachrichten, die er brachte, beim Frühstück aufgehalten worden. Er hatte beim Hereinkommen eine Zeitung geschwenkt und gefragt, ob sie eine Woche zuvor die Schiffahrtsinformationen gelesen hätten.
»Nein, wieso«, anwortete Mrs. Jervis. »Unsere Abfahrtszeit haben wir, und sonst brauchen wir doch nichts zu wissen.«
»Doch, das hier«, sagte Onkel Jonas und zeigte auf eine Rubrik. »Eine sehr merkwürdige Warnung der deutschen Botschaft. Soll ich es euch mal vorlesen?«
»Ja, aber wir fahren nicht auf einem deutschen Schiff. Ich persönlich hätte die ›Kronprinzessin Cäcilie‹ bevorzugt. So viele meiner Freunde waren begeistert von ihr. Aber unter

den jetzigen Umständen hielten wir es für diplomatisch, ein englisches Schiff zu nehmen, das unterwegs nach einem englischen Hafen ist. Nicht wahr, Clemency?«
»Laß ihn doch jetzt die Meldung vorlesen, Mutter.«
Onkel Jonas räusperte sich und las mit der sonorsten Stimme, die ihm zur Verfügung stand: »Reisende, die beabsichtigen, die Atlantikfahrt zu buchen, seien hiermit daran erinnert, daß zwischen Deutschland und seinen Verbündeten und England und seinen Verbündeten Kriegszustand herrscht; weiter daran, daß die den britischen Inseln benachbarten Gewässer zum Kriegsgebiet gehören und daß, gemäß einer offiziellen Verlautbarung der deutschen Reichsregierung, Schiffe, die unter der Flagge Großbritanniens oder eines seiner Verbündeten fahren, in diesen Gewässern versenkt werden. Reisende, die auf Schiffen Großbritanniens oder eines seiner Verbündeten Kriegsgebiet passieren, tun dies auf eigene Gefahr. Die Botschaft der deutschen Reichsregierung, Washington D. C., 22. April 1915. Nun Millicent, was hältst du davon?«
»Na ja, ich finde es ganz anständig von den Deutschen. Aber die ›Lusitania‹ erwähnen sie nicht.«
»Die Meldung steht direkt neben der Ankündigung der Abfahrtszeit der ›Lusitania‹. Findest du das nicht merkwürdig? Wenn ich das doch bloß schon letzte Woche gelesen hätte! Aber mein Schreiber hat es mir erst heute morgen zur Kenntnis gebracht. Du kannst die Reise trotzdem noch rückgängig machen, Millicent.«
»Was? In letzter Minute? Unsere Koffer sind doch alle schon an Bord. Clemencys Hochzeitskleid und das alles. Was meinst denn du dazu, Liebes?«
Clemency antwortete ihrer Mutter ohne Zögern.
»Wir können jetzt nicht mehr zurück. Hugo nimmt Urlaub, um uns in Liverpool abzuholen. Meine Güte, Onkel Jonas! Hugo darf doch nicht den Eindruck bekommen, daß wir feige sind!«
Onkel Jonas, der Mrs. Jervis' Bruder war und die gleichen blaßgrauen Augen und einen ebenso rosigen Teint hatte wie

sie, meinte darauf in seiner offenherzigen Art: »Lieber feige und lebendig, als tapfer und tot, Mädchen. Denk drüber nach, Millicent! Wir müssen erst in einer Stunde zum Hafen fahren. Du kannst die Leute von Cunard-Pier anrufen. Ich glaube schon, daß man sie überreden könnte, eure Koffer wieder auszuladen. Und wenn das nicht mehr geht, gibt's doch auch noch andere Hochzeitskleider zu kaufen. Und ich kann der Westminster Bank kabeln, daß sie diese Million Dollar einfrieren sollen. Wir könnten nicht zulassen, daß Mylord schon vor der Hochzeit von der Mitgift profitiert.«

»Onkel Jonas, das würde Hugo nie tun! Er ist der vollkommene Ehrenmann. Und ich glaube außerdem, daß die Bank das gar nicht genehmigen würde.«

»Wenn das Unternehmen ordnungsgemäß geführt wird, dann nicht. Wir haben ihnen klare Anweisungen gegeben. Alle möglichen Papiere müssen vorgewiesen werden, inklusive Trauschein.«

»Und die Braut auch?« fragte Clemency. »Ich finde dieses Gespräch über Geld etwas gefühllos, wo du dir doch viel mehr Sorgen über die deutschen U-Boote machen solltest.«

»Mache ich mir doch«, rief Onkel Jonas und schlug mit der Faust auf den Tisch, daß das feine Porzellan klirrte. »Ist das denn nicht klargeworden? Millicent, ich weiß, was du für deine Tochter erhoffst, aber meiner Meinung nach ist der Einsatz jetzt zu hoch geworden. Ist denn ein Adelstitel für Clemency wirklich eine Million Dollar wert, und soll sie jetzt obendrein noch ihr Leben riskieren?«

»Jonas, du siehst einfach zu schwarz. Die Deutschen würden es doch nie wagen, ein Passagierschiff zu versenken, vor allem dann nicht, wenn so viele Amerikaner an Bord sind. Sie wären ja verrückt. Stell dir doch nur den allgemeinen Aufschrei der Empörung vor! Sie werden sowieso schon beschuldigt, in Belgien Babies zu ermorden. Hier würden sie sie auf See ermorden. Ich könnte mir sogar vorstellen, daß das die Vereinigten Staaten zu einer Kriegserklärung veranlassen würde.«

»Was den Briten und Franzosen ganz gut ins Konzept passen würde, nicht wahr? Du mußt wissen, daß im Krieg oft mit falschen Karten gespielt wird. Gerade heute morgen habe ich erfahren, daß ein Gerücht umgeht, die ›Lusitania‹ transportiere Munition, obwohl dies nicht im Ladungsverzeichnis steht. Nun sind die Briten ja keine Einfaltspinsel. Sonst hätten sie es wohl nicht zur Weltmacht gebracht. Wenn also die ›Lusitania‹ Waffen mit sich führt, dann ist sie offiziell als Zielscheibe für deutsche U-Boote gedacht.«

»Ich glaube kein Wort davon, und ich finde es grausam von dir, uns in letzter Minute so zu erschrecken. Du bist zu vorsichtig, Jonas. Ich erinnere mich nicht, daß du je im Leben ein Risiko eingegangen wärst. Das heißt es vermutlich, Bankier zu sein.«

Millicent hatte ihre Serviette weggelegt. Nur Hut, Handschuhe und Pelz fehlten noch, sonst war sie fertig für die Abreise gekleidet.

»Aber ganz ahnungslos bin ich nun auch nicht. Ist es nicht die Regel, daß ein feindliches U-Boot den Passagieren Zeit läßt, das Schiff zu verlassen, bevor es versenkt wird?«

»Kann ganz schön lange dauern, mitten im Ozean zweitausend Leute in Rettungsboote zu verfrachten. Und ich kann mir keinen Überseedampfer vorstellen, der so viele Boote hätte. Aber diese Regel gibt es, das gebe ich zu.«

Clemency stellte sich hinter ihren Onkel und tätschelte ihm die Wange. »Herzensonkel, ich habe in genau zwei Wochen einen wichtigen Termin in der St. Margaret-Kirche, Westminster, London, und ich habe bestimmt nicht vor, ihn zu verpassen. Nicht einmal, wenn der Kaiser selbst uns warnen würde.«

»Das ist die Warnung des Kaisers. Aber ich seh' schon, sowohl ich als auch der Kaiser vergeuden unsere Zeit.«

»Du lieber Himmel, Jonas«, unterbrach ihn Mrs. Jervis, »die ›Lusitania‹ hat das Blaue Band des Ozeans! Sicherlich kann sie jedem feindlichen Schiff entkommen. Außerdem glaube ich, daß wir in gefährlichen Gewässern eine Eskorte bekommen. Das werde ich mir persönlich vom Kapitän zusichern lassen, sobald wir an Bord sind.«

»Mit dem Kapitän wirst du erst sprechen können, wenn ihr längst den Küstenbereich verlassen habt und es zum Umkehren zu spät ist. Na gut, ich habe euch gewarnt, Mädchen. Und ich muß zugeben, daß nicht viele zurückgetreten sind, soviel ich weiß; nicht einmal der junge Alfred Vanderbilt.«

»Da hast du's, Jonas.«

»Ich weiß, was ich habe, Millicent: Sicherheit hier in New York. Solltet ihr jetzt nicht einmal die Zofe fragen, die ihr mitnehmt, was sie von dieser Sache hält?«

»Brown?« sagte Clemency. »Um alles in der Welt würde die sich das nicht entgehen lassen. So eine Chance bekommt sie nie wieder, und das weiß sie auch.«

»Trotzdem, ihr solltet das Mädchen selbst entscheiden lassen.«

»Aber ich komme unmöglich ohne sie aus. Sie muß mich doch für die Hochzeit ankleiden!«

»Trotzdem«, sagte Onkel Jonas störrisch. »Wir Amerikaner können doch als rechtschaffene Menschen gelten, denke ich. Wir betrachten auch unsere Diener als menschliche Wesen.«

»Jonas, du mischst dich wirklich zu sehr ein«, rief Mrs. Jervis verärgert. »Wenn Clemency und ich uns entschließen, all diese Gefahren, von denen du sprichst, auf uns zu nehmen, dann kann Brown das ebenfalls tun. Ich denke nicht daran, ihr ein Wort davon zu sagen.«

Den größten Teil dieses Gesprächs erfuhr Hetty durch Polly, das Mädchen, das die Familie beim Frühstück bedient hatte. Mrs. Crampton, die Köchin, zeigte die größte Empörung. Sie war eine mütterliche Person, die Hetty, dieses verängstigte kleine Wesen, das sich nach seiner Mutter sehnte und von der Pracht und Größe des Hauses ganz verwirrt war, vom ersten Tag an unter ihre Fittiche genommen hatte. Jetzt wetterte sie los: »Ich find's furchtbar gemein, daß sie die Hetty nich' fragen! Dem Mr. Jonas geht's doch bloß um

das Geld in der Bank dort. Die Hetty is' doch immer noch'n Mensch und kein Sklave! Das ist doch seit dem letzten Jahrhundert vorbei, denk ich. Das muß sie doch selber wissen, ob sie da mit will oder nich', bei der Gefahr! Hetty, zeig, daß du Mut hast, und fahr da nich' mit!«
»Aber was sollte ich denn dann tun, Mrs. Crampton? Ich hätte ja keinen Arbeitsplatz mehr. Sie wissen selbst, wie Mrs. Jervis sein kann, wenn sie ihren Willen nicht bekommt. Und bei Clemency ist es genau das gleiche. Ich säße auf der Straße.«
Hetty schlang nervös die Finger ineinander. Sie wollte nicht, daß diese aufregende Reise sich wie eine Fata Morgana in Luft auflöste, obwohl sie deutlich erkannte, wie gefährlich es war. Mit den Deutschen war nicht zu spaßen. Aber es war für sie sicher von Bedeutung, daß die englischen Schiffe, die sie versenken wollten, Amerikaner trugen. Sie würden die Vereinigten Staaten nicht gegen sich aufbringen wollen. Hierin stimmten ihre Schlußfolgerungen mit denen von Mrs. Jervis überein. Doch sah sie andererseits auch, daß es von ihrer Brotgeberin und Clemency nicht recht gewesen war, so leichtsinnig über ihr Schicksal zu entscheiden. War das denn alles, was sie nach so vielen Jahren von ihr hielten?
Jedenfalls faßte sie – was immer auch daraus entstehen mochte – einen eigenen Entschluß.
»Ich fahre mit, Mrs. Crampton«, sagte sie. »Ich muß mich ja um Miss Clemencys Hochzeitskleid kümmern.«
Alle in der großen Küche schauten sie liebevoll an; Mrs. Crampton mit nassen Augen, Polly voller Bewunderung, Mr. Banks, der Butler, war immerhin so gerührt, daß er ihr die Hand schüttelte, und Topsy, die kleinste Dienstmagd, schwarz wie der frischpolierte Herd, rollte ehrfürchtig die Augen.
»Hiermit erkläre ich«, sagte Mrs. Crampton energisch, »daß Hetty nich' ertrinken wird. Sie wird wieder hochkommen wie'n Gummiball, nich' wahr, Liebes? Und denk' immer dran, daß wir alle deine Freunde sind.«

»Ich werde immer daran denken«, sagte Hetty mit zitternder Stimme.
Da läutete die Glocke, und sie mußte nach oben. Bis auf Hut und Umhang war auch sie schon reisefertig. Ihr Haar war glatt nach hinten gekämmt, in der Mitte gescheitelt und zu einem ordentlichen Knoten geschlungen; der schmale weiße Kragen auf dem dunklen Stoff verlieh ihr ein fügsambescheidenes Aussehen. Und doch hatte sie irgend etwas an sich, das, als sie hinausgegangen war, Mrs. Crampton zu der Bemerkung veranlaßte: »Die wird nie im Leben Zofe bleiben. Und ich wünsch' ihr von Herzen Glück dazu.«
Drei Stunden später winkten sie Onkel Jonas' fülliger, immer kleiner werdender Gestalt auf dem Kai zu und fuhren aufs Meer hinaus.
Mrs. Jervis und Clemency bewohnten eine geräumige Suite auf dem Promenadendeck. Hetty teilte sich mit der jungen Mutter von zwei kleinen Kindern eine Kabine im Zwischendeck. Tag und Nacht würde sie natürlich den größten Teil ihrer Zeit damit verbringen, den Wünschen ihrer Gebieterinnen nachzukommen. Selbstverständlich durfte sie nicht im Speisesaal der Ersten Klasse essen. Mrs. Jervis und Clemency speisten ohnehin am Tisch des Kapitäns, zusammen mit dem Millionär, Herrn Vanderbilt, und noch einigen anderen bedeutenden Leuten, die ebenfalls nicht vor der Fahrt auf dem berühmten Cunard-Dampfer zurückgeschreckt waren.
Mrs. Jervis war sich sicher, daß das Essen auf einem so prächtigen Schiff akzeptabel schmecken müsse, egal wo man es zu sich nahm. Sie machte sich nicht allzuviel Kopfzerbrechen über Hettys Kost. So mußte Hetty dreimal täglich ins Schiffsinnere hinuntersteigen, was höchstens insofern ärgerlich war, als man dann nicht nach ihr läuten konnte. Doch wurde Mrs. Jervis auch dieser Schwierigkeit Herr, indem sie eine Liste der Zeiten aufstellte, zu denen Hettys Dienste in der Suite Erster Klasse benötigt wurden.
Hetty sah, daß sie sich selten im Zwischendeck würde aufhalten können, sei es für die Mahlzeiten, sei es, um Be-

kanntschaften zu schließen oder auch nur, um einen Anfall von Seekrankheit auszukurieren. Dies letztere hätte Mrs. Jervis bestimmt als Drückebergerei angesehen.
Hetty war überzeugt davon, daß Mrs. Jervis aus der Situation, in die sie zwölf Jahre zuvor hineingezwungen worden war, einen letzten rachsüchtigen Genuß zog. Konnte es denn für die Tochter der Mätresse ihres verstorbenen Gatten während der Reise einen geeigneteren Aufenthaltsort geben als das Zwischendeck?
»Und warum fahren Sie nach England?« fragte Mrs. Drummond, die Frau, mit der zusammen Hetty eine Kabine bewohnte.
»Ich bin Zofe. Die Zofe von Miss Clemency Jervis. Sie wird in der St. Margaret-Kirche, Westminster, getraut. Mit einem Lord.«
»Ach, ist das romantisch!« sagte Mrs. Drummond. Sie hatte ein zerquältes Gesicht, und ihre beiden Kleinen, ein und zwei Jahre alt, brachten sie ständig an den Rand der Erschöpfung. Mrs. Drummond war außerdem seekrank. Aber wenigstens konnte sie der Gedanke an eine prunkvolle Hochzeit etwas aufheitern. Hetty war ihr soviel wie möglich behilflich, aber die beiden Damen auf dem Oberdeck ließen ihr mit ihren vielen Mätzchen und Albernheiten wenig freie Zeit. Hetty bedauerte das, denn sie fühlte sich innerlich Mrs. Drummond verbunden. Sie erinnerte sie an die Gesichter aus ihrer Kindheit.
»Sie sehen nicht wie eine Zofe aus, meine Liebe.«
»Nein?«
»Sie sehen aus, als seien sie selber eine vornehme Dame.«
»Mache ich's meinen beiden Vorbildern nach?«
»Aber Sie betrachten diese beiden doch nicht im Ernst als Vorbilder, oder? Bleiben Sie nur so, wie Sie sind. Ich bin sicher, daß keine von denen so freundlich zu Alfie und Benny gewesen wäre wie Sie.«
Die kleinen Jungen, schüchterne, blasse Geschöpfchen, hängten sich an Hetty, während ihre Mutter seekrank im Bett lag. Hetty brachte mehr Zeit damit zu, die Kinder zu

füttern, als selber zu essen. Mrs. Drummond war mit einem Kanadier verheiratet, der sich zur englischen Marine gemeldet hatte und jetzt einige Wochen lang auf See gewesen war. Sie folgte ihm nach England. Dort würden sie in einer Mietswohnung in Portsmouth leben. Nein, Angst hatte sie keine auf einem so großen Schiff. Wenn so viele reiche und bekannte Amerikaner an Bord waren, würden die Deutschen keinen Angriff wagen.
Sie hielt sich an Hetty, um alles Wissenswerte über das vornehme Leben auf dem Oberdeck zu erfahren. Unvermeidlicherweise unterhielt Clemency bald mehrere Flirts gleichzeitig. Nachsichtig sah ihre Mutter zu, wie immer entzückt vom gesellschaftlichen Erfolg ihrer Tochter. Das liebe Kind sei in so prächtiger Laune, teilte sie einigen Passagieren mit, vor denen sie sich schon mit dem adligen Schwiegersohn in spe gebrüstet hatte. Und war denn nicht allgemein bekannt, daß eine Seereise jungen Mädchen immer den Kopf verdrehte! Wer konnte ihre Tochter wohl tadeln, wo es sich doch um ihr letztes Abenteuer handelte, bevor sie sich in den Stand einer verheirateten Frau begab? Sie sei ja erst einundzwanzig. Dem geschiedenen, zum zweiten Mal verheirateten (und aus diesem Grunde sehr lebenserfahrenen und weltgewandten) Mr. Vanderbilt vertraute Mrs. Jervis einmal an, Clemency kenne, um die Wahrheit zu sagen, ihren zukünftigen Gatten nicht sehr gut. Aber wann treffe das überhaupt je zu bei einer jungen Braut? Also könne man Clemency hier an Bord doch ruhig ein wenig Spaß gönnen. Das lenke sie außerdem von dem Gedanken an U-Boote ab.
Der Kapitän sagte, die gefährlichen Gewässer seien noch nicht erreicht. Am wachsamsten müsse man in der irischen See sein. Davon trennten sie aber noch drei Tage Fahrt. Falls sie Angst kriegen wollten, sollten sie bis dahin warten, meinte der Kapitän, der durchaus kein Spaßvogel war.
Davon ganz unberührt stürzten sich die beiden Damen, schmuckstarrend und parfümiert, Abend für Abend ins Vergnügen. Sie verbrachten eine herrliche Zeit. Kaum vor-

zustellen, man hätte auf diesen Angsthasen, Onkel Jonas, gehört und diese Reise nicht angetreten!

Ich verachte Clemency, dachte Hetty, während sie ein Abendkleid ums andere aus den Koffern holte und über eine Stunde damit verbrachte, die weichen Seidenfalten zu bügeln. Alle diese Kleider gehörten zu Clemencys Aussteuer und hätten für ihren Gatten aufgehoben werden sollen, jenen großen, blonden, blauäugigen Engländer, der sicherlich eine Braut erwartete, die ihn auch wirklich liebte.

Hetty kletterte hinunter ins Zwischendeck, um Abendbrot zu essen. Dann half sie Mrs. Drummond, die Kinder ins Bett zu bringen, und plauderte mit ihr und anderen Passagieren, bis es wieder Zeit war, nach oben zu gehen und ihre Herrinnen auszukleiden. Mrs. Drummond fand das alles faszinierend, aber unglaublich. Zwei erwachsene Frauen, die sich nicht alleine ausziehen konnten!

»Aber ich möchte das eigentlich nicht für immer tun«, sagte Hetty. »Ich habe mich mit diesen netten Mädchen unterhalten, die Rot-Kreuz-Schwestern werden wollen. Wahrscheinlich werde ich das auch, wenn Miss Clemencys Hochzeit vorbei ist. Wenn dann noch Krieg ist und sie mich brauchen können.«

»Die sollten froh sein, daß sie Sie kriegen, Liebes«, sagte Mrs. Drummond.

In der letzten Nacht auf See sollte im Salon der Ersten Klasse ein Konzert stattfinden, und einige der bekannteren Passagiere wollten in ihren Kabinen Partys geben. Auch im Zwischendeck sollte eine Party stattfinden, zu der einige Amateurmusiker Tanzmusik spielen wollten; man konnte dort in zwangloser Kleidung erscheinen.

Es war jedoch angeordnet worden, daß strenge Verdunkelungsvorschriften beachtet werden mußten und die Reisenden möglichst nicht im Mondschein auf den Decks umhergehen sollten. Selbst helle Kleider und die weißen Hemden der Herren konnten vom Meer her ausgemacht werden, wenn der Mond hell genug schien.

Abgesehen davon gab es aber keinen Grund, diese letzte

Etappe einer ohne Zwischenfälle verlaufenen Reise nicht zu feiern. Morgen würde schon die irische Küste in Sicht sein, und dort würde ein Lotsenschiff warten, um sie durch die gefährlichen Gewässer zu begleiten. Einige Stunden später, bei Flut, würden sie in den sicheren Mersey-Kanal einfahren.

Clemency befand sich in einem an Hysterie grenzenden Zustand. Eben hatte sie einen Funkspruch von Lord Hazzard bekommen, in dem er ihr mitteilte, er würde sie in Liverpool erwarten. »Hochzeit für 20. Mai festgesetzt«, endete der Funkspruch. »Hoffentlich nicht zu früh – stop – Zeitpunkt sehr wichtig – stop – In Liebe, Hugo.« Clemency zerknüllte das Papier in ihrer Hand. Sie schien den Tränen nahe zu sein.

»Aber das ist doch wunderbar, Liebling«, sagte Mrs. Jervis. »Was bringt dich denn so aus der Fassung?«

»Es hört sich irgendwie kalt an. Irgendwie nüchtern.«

»Unsinn. Bei Funksprüchen muß man eben mit Worten sparen. Er teilt dir doch immerhin seine Liebe mit. Und daß der Zeitpunkt so wichtig ist, heißt wahrscheinlich nur, daß er nicht lange Urlaub hat.«

»Oder daß ich sofort schwanger werden muß«, murmelte Clemency mürrisch.

»Mag sein«, sagte Mrs. Jervis gelassen. »Das macht doch nichts. Schenk ihm seinen Erben, und dann amüsier' dich! So machen es die Adligen.«

»Ich amüsiere mich jetzt im Augenblick, Mutter. Ich glaube, ich liebe Bobby Merrit.«

»Diesen jungen Mann, mit dem du geflirtet hast? Unsinn!«

»Nenn das nicht Unsinn, Mutter. Es ist die Wahrheit.«

»Clemency! Du bist doch wohl hoffentlich nicht zu weit gegangen, oder?«

»Nein, aber ich hätte große Lust dazu. Letzte Nacht sind wir in ein Rettungsboot geklettert, aber eine Wache hat uns entdeckt und wieder herausgeholt. Schade!« Clemency kicherte vor sich hin. »Allerdings war es sehr kalt.«

Mrs. Jervis seufzte tief. »Es muß an der Seereise liegen. Eine

solche steigt jungen Mädchen immer zu Kopf. Du hast dich sehr dumm und ungehörig benommen. In dem Augenblick, wo du Hugo auf dich warten siehst, wirst du das bitte alles vergessen und wieder ganz vernünftig sein!«
Clemency verzog ihren Mund: »Bobby und ich wollen heute abend noch einmal zusammensein, egal was du sagst, Mutter.«
»Natürlich. Aber verführe den jungen Mann nicht! Und halte die arme Brown nicht zu lange vom Schlafen ab! Ich will, daß du noch vor dem Morgengrauen hier im Bett liegst, sonst werde ich böse.«
»Arme Brown.« In dieser Weise wurde Hetty nur erwähnt, wenn Mrs. Jervis damit einen ganz bestimten Zweck verband. Hetty war nicht gerade angetan von dem Gedanken, bis in die Morgenstunden aufzubleiben, um Clemency aus den Kleidern zu helfen und sie von ihrem ganzen Schmuck zu befreien. Beide Damen waren am Morgen beim Zahlmeister gewesen und hatten ihre Wertsachen aus dem Tresorraum geholt. Mrs. Jervis beabsichtigte, ihr Diamanthalsband zu tragen sowie ihre diamantenen Ohrgehänge und einige Ringe. Clemency würde sich mit ihrer doppelreihigen Perlenkette, zwei Goldarmbändern und einer Diamanthaarspange schmücken. Und sie würde – natürlich – auch den alten Verlobungsring tragen, den Hugo ihr geschenkt hatte.
Der Schmuck würde dem Zahlmeister nicht mehr zurückgebracht werden, weil sie morgen packen mußten, und Hetty würde sicher den Auftrag bekommen, das Kästchen mit dem Schmuck nicht aus den Augen zu lassen.
»Hatten Sie eine angenehme Reise, Brown?« kam es Clemency in den Sinn zu fragen.
»Ja, danke. Ich habe ein paar nette Leute kennengelernt.«
»Im Zwischendeck?«
»Warum nicht? Es findet dort heute abend eine Party statt. Wann soll ich heraufkommen, um Sie auszukleiden?«
»Ach, ich werde schon allein zurechtkommen.«
»Das wirst du nicht«, unterbrach sie ihre Mutter. »Brown,

seien Sie um ein Uhr morgens da. Ich bin sicher, daß Clemency so nett sein wird, Sie nicht warten zu lassen.«
»Oh Mutter, du läßt mich überwachen!«
»Aber natürlich. Zu deinem eigenen Besten.«

Man hatte den Speisesaal im Zwischendeck leergeräumt, ein Ire, der in seine Heimatstadt Galway zurückkehrte, spielte auf der Fiedel, und alle, auch die Ältesten, tanzten lustig und ausgelassen.
Hettys Tanzpartner war ein junger Mann aus Toronto. Er erklärte, er ginge nach England, um dem Fliegercorps beizutreten. Schon immer habe er fliegen wollen, und England mache unter dem Druck des Krieges auf dem Gebiet der Flugzeugtechnik große Fortschritte. »Das klappt natürlich nur, wenn wir sicher in England ankommen«, sagte er.
»Aber wir sind doch schon beinahe dort!«
»Glauben Sie das nur nicht! Das gefährlichste Stück Ozean kommt erst noch. Und ich gebe nichts auf das Geschwätz von den Deutschen, die zu ehrenhaft seien, um ein neutrales Schiff zu versenken. Selbst wenn das Schiff die amerikanische Flagge trüge, wäre es ein Angriffsziel, und zwar ein legitimes.«
»Was wollen Sie damit sagen?«
»Es trägt nämlich unter den Vorderdecks Kanonen. Sie müssen nur noch in Feuerstellung gebracht werden. Fragen Sie mich nicht, woher ich das weiß. Aber ich weiß es.«
»Ja, aber wenn es geheim ist, dann hätten Sie es mir doch nicht sagen dürfen!« platzte Hetty erschrocken heraus.
»Vielleicht nicht. Außer Ihnen habe ich es auch keinem gesagt. Aber es ist besser, man ist vorgewarnt. Sie haben dadurch vielleicht eine größere Chance, wenn wir torpediert werden sollten.«
Hetty hielt den Atem an. So mutig war sie dann doch wieder nicht.
»Glauben Sie, wir werden torpediert?«
»Na ja, es besteht immer noch die Möglichkeit, daß die Deutschen danebentreffen!« Lachend warf er den Kopf zu-

rück. Er war sympathisch und unbekümmert und würde einen guten Flieger abgeben – falls er am Leben blieb.
Falls sie alle am Leben blieben.
»Wie heißen Sie eigentlich?«
»Hetty Brown.«
»Nun habe ich Ihnen den Abend verdorben, Hetty. Aber sagen Sie doch, warum reist so ein hübsches Mädchen wie Sie allein? Sie sind doch allein, nicht wahr?«
»Ich bin nicht wirklich allein. Ich bin Zofe. Meine Arbeitgeber sind in der Ersten Klasse. Ich laufe dauernd treppauf, treppab. Später muß ich noch einmal hinauf, um ihnen aus ihren Staatsroben zu helfen.«
»Nein! Das ist ja unglaublich! Sie wollen damit sagen, daß zwei erwachsene Frauen sich nicht allein ausziehen können?« Er wiederholte in der Tat Mrs. Drummonds Worte. Seine Verwunderung belustigte Hetty.
»Ich sehe, Sie wissen nicht viel über die Gewohnheiten der Reichen.«
»Und ich will davon auch gar nichts wissen, wenn das solche Gewohnheiten sind. Für so etwas sind Sie doch zu gut, Hetty. Lassen Sie die dummen Weibsbilder sich doch allein bedienen!«
»Eigentlich will ich das auch.« Jetzt wurde auch sie ganz unbekümmert. Nicht nur Clemency war durch die Seereise verwandelt worden. »Sobald Miss Clemency verheiratet ist. Sie wird eine ganz vornehme Hochzeit haben. Sie sollten mal ihre Brautausstattung sehen! Aber danach will ich vielleicht dem Roten Kreuz beitreten oder sonst etwas Nützliches tun, solange der Krieg dauert. Was meinen Sie, dauert er noch lange?«
»Viel länger als sie alle sagen. Ich habe Geschichte studiert. Ich kenne die größenwahnsinnigen Träume der Deutschen. Am liebsten würden sie die ganze Welt erobern.«
»Ich habe mich auch schon immer für Geschichte interessiert.« Hetty war froh, etwas mit ihm gemeinsam zu haben. »Obwohl ich nie richtigen Unterricht hatte. Aber ich lese viel. Ich lese alles, was ich kriegen kann.«

»Das finde ich süß. Ein Blaustrumpf als Zofe.« Er zog sie etwas näher zu sich heran. »Sagen Sie, Hetty, können wir uns nicht einmal treffen in London?«
»Wenn Sie möchten, und wenn Sie dann nicht gerade in den Wolken schweben.«
»Das tu ich eigentlich jetzt gerade ...« Sanft legte er seine Wange an die ihre. Die Weichheit seiner Haut entzückte sie. Nie zuvor hatte sie die Haut eines Mannes berührt. Oder einem Mann aus so großer Nähe in die Augen geschaut. Einen Moment lang spürte sie ein Gefühl heftiger Erwartung, wie ein großes Glück. Und sie wußte noch nicht einmal, wie der junge Mann hieß!
»Geben Sie mir eine Adresse, unter der ich Sie erreichen kann, Hetty.«
»Wir bleiben bis zum 20. Mai im Hotel Ritz. Sie müßten also schreiben ›bei Mrs. Howard B. Jervis‹. Und wie heißen Sie?«
»Donald Newman. Ich kann Ihnen leider keine Adresse geben, bevor ich stationiert bin.« Er zupfte sie zart am Ohr. »Aber wir werden uns wiedersehen, Hetty. Donnerwetter, ich fühl' mich heute abend leicht wie ein Vogel! Und das hat nichts mit dem Fliegen in Flugzeugen zu tun.«
Der Geiger spielte gerade ein irisches Volkslied, »The Kerry Dancers«. Dann begann jemand traurig »Geliebte Stimmen alter Gefährten« zu singen. Das unaufhörliche Dröhnen der Schiffsmaschinen begleitete den dünnen Gesang. Hetty bemerkte, daß viele Tränen in den Augen hatten. Auch sie hätte am liebsten geweint. Aber vor Glück, Aufregung und Hoffnung. Es war auf einmal eine wundervolle Reise geworden.

3

Zur Enttäuschung aller Reisenden verhüllte am nächsten Morgen dichter Nebel das Meer und auch die Küstenlinie Irlands, die eigentlich hätte sichtbar sein sollen. Das Nebelhorn tutete. In Mäntel gehüllt kamen die Passagiere an Deck und fanden den Anblick, der sich ihnen bot, äußerst deprimierend. Die meisten waren von den Parties am Abend zuvor noch etwas erschöpft. Sie hatten auf einen frischen Frühlingsmorgen gehofft und auf die grünen Hügel Irlands in der Ferne, um wieder ganz munter zu werden.

Die Geschwindigkeit mußte gedrosselt werden. Es ging das Gerücht um, der Kapitän habe einen Funkspruch des Inhalts empfangen, daß beim Fastnet Rock Unterseeboote gesichtet worden seien. Wie dem auch sein mochte, der Nebel, der die Fahrt der ›Lusitania‹ behinderte, würde auch die Sicht von lauernden U-Booten behindern. Der Schiffsbesatzung war keinerlei Nervosität anzumerken, obwohl am frühen Morgen eine Rettungsboot-Übung abgehalten worden war. Die Seile hatten ein schabendes Geräusch verursacht, als die Boote herabgelassen worden waren; zweiundzwanzig auf der Steuerbord-, elf auf der Backbordseite.

Clemency und Bobby Merrit waren Hand in Hand über Deck geschlendert. Als Clemency zurückkam, sagte sie zu Hetty, daß sie und Bobby wohl die einzigen Passagiere seien, die Erfahrung mit Rettungsbooten hätten. Sie lachte zwar dabei, aber ihr Blick wirkte angespannt. Nicht nur feindliche U-Boote drohten, sondern auch die Docks von Liverpool. Es würde Abschiedsszenen geben. Und Begrüßungen…

Nach dem Frühstück trug Mrs. Jervis Hetty auf, die Koffer zu packen. Für die Zeit an Bord war eine Überfülle an Kleidern herausgeholt worden. Sie mußten nun alle sorgfältig in Seidenpapier gehüllt und wieder eingepackt werden. Für das Dinner am heutigen Abend, dem letzten an Bord, würde man sich nicht mehr umkleiden. Mrs. Jervis und Cle-

mency würden die Kostüme tragen, in denen sie am nächsten Morgen auch an Land gehen wollten; Mrs. Jervis ein Kostüm aus dunkelgrünem Wollstoff, Clemency eines aus grauem Flanell mit einem gekräuselten weißen Kragen.
Clemencys Unterlippe neigte immer häufiger dazu zu zittern. Hetty bedauerte sie aufrichtig, denn sie hatte ähnlichen Kummer.
Sie hoffte Donald Newman an diesem Abend wiederzusehen, um sich zu vergewissern, daß er immer noch zu dem stand, was er über ihr Treffen in London gesagt hatte. Beim Mittagessen konnte sie ihn nicht sehen, weil Mrs. Jervis sich eine Mahlzeit in ihrer Kabine servieren ließ. Hetty konnte mitessen, weil viel zu viel zu tun war, als daß man sie auch nur für eine Stunde hätte entbehren können. Es mußten Kleider gebügelt und Knöpfe festgenäht werden (auch solche, die noch gar nicht daran dachten, abzufallen), und auch das unendlich kostbare Brautkleid war noch einmal zu überprüfen.
Hetty hatte den Verdacht, daß Mrs. Jervis sich absichtlich immer neue Arbeiten ausdachte, weil sie nicht allein sein wollte. Sie fühlte sich viel sicherer, wenn die beiden Mädchen bei ihr waren. Wieder empfand Hetty Mitleid. Der Ausdruck von Unsicherheit in den Augen dieser gebieterischen Frau berührte sie seltsam. Sicherlich war der Nebel daran schuld, daß die Leute so nervös waren.
Der Nebel war wohl auch der Grund dafür, daß immer noch kein Lotsenschiff aufgetaucht war. Niemandem kam es in den Sinn, daß es vielleicht gar nicht losgeschickt worden war. Ein paar Leute hatten die viel schlimmere Befürchtung, es sei versenkt worden.
Gegen zehn Uhr löste sich der Nebel endlich auf, und eine Stunde später ertönten auf Deck vereinzelte Hurrarufe, weil endlich Land in Sicht war. Man steuerte in Richtung Queenstown auf die irische Küste zu. Diese bekam klarere Konturen, schon waren Bäume, graue Giebel und ein Kirchturm zu erkennen. Aber immer noch keine Spur von einem anderen Schiff, das diesen Ozeanriesen sicher heim-

begleiten würde! Die ›Lusitania‹ schien auf der nun ruhigen und blendend blauen See vollkommen allein zu sein... Aber sie konnte schon vom Land aus gesehen werden. Sicherlich war jetzt nichts mehr zu befürchten. Allerdings wurden die Passagiere dadurch beunruhigt, daß, als der Old Head of Kinsale, dieser den Seeleuten vertraute Orientierungspunkt, in Sicht kam, das Schiff plötzlich den Kurs änderte und wieder aufs offene Meer zusteuerte.

Der Steward, der die Tabletts holte, versicherte Mrs. Jervis und den Mädchen, daß sie sich keine Sorgen zu machen brauchten. Der Kapitän wisse, was er tue. Er müsse in tiefem Gewässer bleiben, wenn er nicht bei den Saltes Islands auf Grund laufen wolle.

Hetty schaute auf die Uhr und überlegte, ob Mrs. Drummond es wohl geschafft habe, die beiden kleinen Buben zu ihrem Mittagsschlaf zu überreden. Plötzlich sprang Clemency auf und rief, sie könne keine Minute länger in der Kabine bleiben. Es war zehn Minuten nach zwei Uhr. Sie wollte oben auf dem Deck etwas spazierengehen und dann berichten, wie die Dinge standen.

Sie kam nicht bis zur Tür. Eine entsetzliche Explosion erschütterte das ganze Schiff. Im selben Moment schien den drei Frauen der Boden unter den Füßen wegzugleiten.

Mrs. Jervis schrie auf und klammerte sich erst an einen Tisch, der umkippte, dann an einen Schrank, der sich auf die seltsamste Weise seitwärts neigte. Nichts stand mehr fest. Die Koffer schlitterten über den Fußboden, und Clemency kreischte: »Wir sind torpediert worden! Ach, Mutter, was machen wir bloß?«

Hetty, die mühsam das Gleichgewicht hielt, indem sie sich gegen eine umgestürzte Truhe lehnte, versuchte ruhig zu bleiben. Binnen kurzem würde nämlich Mrs. Jervis ohnmächtig werden und Clemency einen hysterischen Anfall bekommen.

Sie konnte sich dem Haken mit den Rettungsringen nähern und warf einen Mrs. Jervis, den anderen Clemency zu. Es gab nur zwei.

Ihr eigener war in ihrer Kabine im Zwischendeck,
»Wir müssen auf Deck«, keuchte sie. »Legen Sie die Rettungsringe an! Kommen Sie, Mrs. Jervis!«
»Nein, warten Sie einen Moment!« Mrs. Jervis hatte einen Teil ihrer Selbstbeherrschung wiedergefunden. »Holen Sie den Schmuck!«
»Mrs. Jervis, wir haben keine Zeit!«
»Die Schatulle steht gleich hier. Mach sie auf, Clemency!«
Das Schiff schien sich stärker zur Seite zu neigen und Hetty war sich ganz sicher, etwas weiter entfernt den dumpfen Knall einer zweiten Explosion gehört zu haben. Eine Stewardeß mit zerknitterter Mütze steckte den Kopf zur Tür herein, rief: »Laufen Sie zum Oberdeck meine Damen! Schnell!« und verschwand. »Mrs. Jervis, wir können keine Schmuckschatulle tragen«, rief Hetty verzweifelt. Zum Teufel mit dieser eitlen Frau! Sollten sie denn wegen dieses Flitterkrams ertrinken? »Wir werden alles an uns selber tragen«, sagte Mrs. Jervis und griff gierig nach dem Inhalt des mit Samt ausgeschlagenen Kästchens. Im Nu hatte sie ihr Diamanthalsband angelegt und hantierte nun ungeschickt mit Ohrringen herum. Ihre Gier übertrug sich auf Clemency, die sich ihre Perlenkette umhängte und so viele Ringe wie irgend möglich an die Finger steckte. Sie warf Hetty ein schweres Goldarmband und ein paar Ringe zu.
»Da, nehmen Sie das!«
Hetty ließ die Ringe fallen, und sie rollten schnell über den schrägen Boden davon. Um die aufgeregten Frauen etwas zu beschwichtigen, streifte sie sich das Armband übers Handgelenk. »Oh, bitte kommen Sie jetzt!« bat sie. »Ich bringe Sie aufs Deck, und dann muß ich hinunter, um Mrs. Drummond mit den Kindern zu helfen.«
»Ich weiß nicht, wer Mrs. Drummond ist«, stieß Mrs. Jervis heiser hervor, »aber ich verbiete Ihnen, uns zu verlassen, Hetty!«
»Ich muß meinen Rettungsring holen. Ich habe keinen Rettungsring«, rief Hetty und weinte fast. »Und der kleine Alfie und der kleine Benny – ach, kommen Sie doch endlich!«

Der Höllenlärm draußen nahm noch zu, man hört schlurfende Schritte, die Schreie einer Frau, Befehle. Hetty umklammerte das Geländer auf dem fast schon senkrecht stehenden Deck und drängte die zwei Frauen vor sich her. Sie dachte in diesem Augenblick nicht daran, was für einen merkwürdigen Anblick sie boten mit ihren Rettungsringen und dem glitzernden Schmuck. Andere Leute trugen alle möglichen Habseligkeiten mit sich herum; einige hielten kleine Kinder fest an sich gepreßt. Genau wie bei einem Schiffbruch, dachte Hetty verstört, und laut sagte sie: »Wir haben Schiffbruch erlitten, Gott steh uns bei.«
Wo waren Mrs. Drummond und ihre beiden kleinen Kinder? Und wo war ihr tapferer junger Flieger?
Auf dem Oberdeck, wo viele Menschen versuchten, in die Rettungsboote zu klettern, herrschte verzweifeltes Gedränge. Eines der Boote war bereits ausgesetzt worden. Klein und zerbrechlich schaukelte es da unten auf dem glänzenden Meer. Das nächste Boot wurde, da das Schiff immer mehr Schlagseite bekam, ungeschickt heruntergelassen, schlug gegen die Schiffswand und schüttete dabei alle seine Insassen aus. Wie Früchte, die aus einem Korb gekippt werden, stürzten sie in das tief unter ihnen liegende Wasser.
Hetty schloß vor Entsetzen die Augen. Als sie sie wieder öffnete, sah sie die gegen das Ertrinken kämpfenden Gestalten, von denen sich manche an das umgekippte Boot klammerten. Menschen schluchzten. Eine Frau preßte ihr Baby so fest an sich, daß es aussah, als würde es dabei ersticken. Im Zwischendeck und auch in der Dritten Klasse gab es viele Babies. Sie mußte zu Mrs. Drummond hinunter. Es gab gar keinen Zweifel, daß das Schiff sinken würde, denn von überall hörte man den unheilvollen Ruf: »Das Schiff verlassen!« Aber es würde doch sicher nicht so rasch geschehen? War nicht die ›Titanic‹ mehrere Stunden lang über Wasser geblieben?
»Hetty! Hetty!«
Sie sah, daß Mrs. Jervis und Clemency in ein Boot gedrängt

wurden, und irgend jemand stieß auch sie hinein, ein stämmiger Matrose mit einem vor Angst ganz roten Gesicht.
»Kommen Sie, Miss. Keine Zeit verlieren. Das Schiff sinkt. Wir müssen alle noch runter.«
»Aber ich muß doch ins Zwischendeck.«
»Da ist keine Hoffnung mehr, Miss. Alles überflutet.«
Es hatte keinen Zweck zu protestieren. Durch die starke Schlagseite des Schiffes purzelte sie beinahe in das Boot. Sie sah Mrs. Jervis und Clemency vor sich. Sie hielten sich gegenseitig umklammert, das Diamanthalsband, das Mrs. Jervis trug, flammte im Sonnenlicht auf. Dann wurde Hetty wie ein Kartoffelsack umgeworfen, als eine dicke Frau auf sie fiel. Jemand rief: »Das ist genug! Runterlassen jetzt! Runterlassen jetzt! Vorsicht diesmal, Jungs! Kein Sturz mehr!«
Hetty wurde von der korpulenten Frau fast erdrückt. Sie hatte das Gefühl, daß das Boot jetzt schwebte; plötzlich ein schnelles Tieferstürzen, dann ein Krachen und eine schwindelerregende Schräglage, als das dem Untergang geweihte Boot kieloben aufs Wasser schlug, genau wie das vorhergegangene. In Sekundenschnelle schloß sich dunkel, kalt und erstickend die See über allen, und Hetty wußte, daß sie am Ertrinken war.
Erst zwölf Minuten waren seit dem Einschlag des Torpedos vergangen. Niemand war sich darüber klar oder würde sich jemals klar daran erinnern, was eigentlich passiert war.
Vage entsann sich Hetty wenig später, daß Ertrinkende einmal, oft auch zweimal an die Wasseroberfläche kommen. Ohne zu wissen, wie sie es geschafft hatte, merkte sie plötzlich, daß sie sich an einen im Wasser treibenden Rettungsring klammerte. Ihre Arme waren vor Anstrengung steif, ihre Lungen voller Wasser, ihr Körper eiskalt.
Aber sie war am Leben. Bis jetzt.
Ihr begann undeutlich bewußt zu werden, was für ein Wunder das war. Da stieß etwas gegen sie, sanft und beharrlich. Ein Arm. Ein verzerrtes, bleiches Gesicht.
Hetty versuchte entsetzt, davon wegzupaddeln. Ein Toter.

Sie sah, daß überall um sie herum Trümmer auf dem Wasser trieben. Vom Schiff war nichts mehr zu entdecken. Es war, als habe es nie existiert.
Sie fing an zu schreien: »Mrs. Jervis! Clemency! Clemency!« Zumindest glaubte sie zu schreien, aber das Meerwasser schwappte in ihren Mund und brachte sie zum Schweigen. Dann versuchte sie die Arme von dem Rettungsring zu lösen, um in die Dunkelheit hinabzusinken. Fort von diesem Alptraum! Aber sie hatte keine Kraft dazu. Ihre Arme blieben fest um den glitschigen Gummiring geschlungen...
»Die hier scheint noch zu leben.« Stunden oder Tage mochten vergangen sein, als sie schließlich Stimmen hörte und aus dem Wasser gezogen wurde. »Holt sie an Bord! Jesus! Wie jung sie ist! Wie viele sind wir jetzt?«
»Einundzwanzig.«
»Gut, das ist besser als zwanzig. Einundzwanzig von tausend. Jesus!«
»Es müssen noch andere Boote umhertreiben. Wie geht's ihr?«
»Sieht fast so aus, als sei's zu spät. Es wird dunkel. Wenn wir nicht bald gefunden werden, ist's für uns alle zu spät.« Die Stimme schnappte über. »Zur Hölle mit diesen verfluchten Deutschen! Zur Hölle mit ihnen, zur Hölle, zur Hölle...«

Jemand sprach das Vaterunser. Die sanfte Stimme einer Irin. »Vater unser, der du bist im Himmel. Geheiligt werde dein Name...«
»Kalt!« murmelte Hetty zähneklappernd. »Kalt!«
»Ah, liebes Kind, wachen Sie endlich auf? Gott sei's gedankt! Schwester! Schwester! Die hier kommt über die Runden. So, ich wickle noch eine zweite Decke um Sie.« Finger schlossen sich um ihr Handgelenk, um den Puls zu fühlen. Dann kam die Stimme wieder: »Meinen Sie, Sie können einen Schluck Suppe zu sich nehmen? Das gibt Ihnen Kraft. Schließen Sie nur die Augen. Ich bin gleich wieder da.«

Andere Stimmen drangen an ihr Ohr.
»Wer ist sie? Kann man sie irgendwie identifizieren?«
»Wir können sie bald selbst fragen. Sie ist noch ganz jung, armes Ding. Sie war praktisch nackt, als man sie brachte; eingehüllt in eine Seemannsjacke...«
Und dann: »Hier bin ich, Kleines. Trinken Sie ein wenig davon. Das ist Mrs. O'Brogans bestes Süppchen. Das schmeckt besser als Meerwasser, nicht wahr?«
»D-danke«, stammelte Hetty. Sie war noch tief in den Alptraum verstrickt, in dem Mrs. O'Brogans Süppchen keinen Platz hatte. Sie wollte ein wenig trinken, es warm haben und schlafen. Das war alles.

»Schauen Sie nur, sie hat ein Armband um! Ein dünnes goldenes. Kommen Sie, wir schauen es uns einmal genauer an. Oh, sehen Sie!« Die sanfte Stimme klang aufgeregt. »Es stehen Initialen darauf. Wachen Sie auf, meine Liebe! Es ist schon Morgen. Können Sie uns sagen, wie Sie heißen? Ich habe hier Ihre Initialen. C. M. J. Wofür stehen sie?«
»Clemency Millicent Jervis«, murmelte Hetty. Schattenhaft schwebten Gesichter über ihr.
»Ah, gut, dann ist das noch eine, deren Namen wir kennen, Gott sei Dank. Rose wird Ihnen eine gute heiße Tasse Tee bringen, und dann unterhalten wir uns noch ein bißchen.«
Rose sah mit ihren roten Backen und den scheuen, dunklen Augen kaum älter als ein Schulmädchen aus.
»Können Sie sich aufsetzen, Clemency?«
»Ich bin nicht...« Sie war zu müde, um das zu erklären. Bald würde ja auch Mrs. Jervis kommen und in ihrer selbstsicheren Art alles in Ordnung bringen. Mrs. Jervis, deren Diamanten in der Sonne funkelten und strahlten! Als hätte sie sich schöngemacht, um in den Himmel einzugehen.
»Ja, ich glaube, Sie schaffen es, wenn ich Ihnen etwas helfe. Ganz ruhig! Strengen Sie sich nicht so an!«
»Wo sind sie?« stieß Hetty mühsam hervor.
»Wen meinen Sie denn, Liebes?«
»Mrs. J-Jervis.«

»Ihre Mutter? Das kann ich Ihnen leider nicht sagen, Liebes. Es werden immer noch Lei..., Leute gebracht. Warten Sie noch ein wenig, und wenn Sie sich erholt haben, können Sie nach ihr suchen. Oder vielleicht kommt sie ja auch her und sucht nach Ihnen.«
»Ich bin sicher, daß sie tot ist. Ich habe gesehen, wie sie aus dem Boot herausfiel. Und Clemency auch.«
»Aber das sind Sie doch selbst. Und Sie leben, Gott sei Dank, nicht wahr! Kommen Sie jetzt. Trinken Sie noch von Ihrem Tee!«
Hetty öffnete die schweren Augenlider und sah, daß sie in einem Krankensaal lag. Er war ziemlich überfüllt, die Schwestern, vorwiegend Nonnen, konnten sich kaum zwischen den Betten bewegen. Links und rechts von ihr lagen reglose Gestalten, bewußtlos, mit fahlen Gesichtern. Keine von ihnen war Mrs. Jervis oder Clemency. Hetty versuchte den Kopf zu heben, um auch die anderen Betten sehen zu können, aber da begannen die weißverputzten Wände und die Decke, die schmalen Fenster und das dunkle Kruzifix am Ende des Saals verwirrend hin- und herzuschwanken.
»Kommen Sie, Liebes, nicht ohnmächtig werden! Sie machen gute Fortschritte. Wir werden Sie bald ins Hotel bringen lassen. Hier ist es doch ein bißchen trübsinnig.« Das rotbackige Kind hatte Tränen in den Augen. »Mutter Gottes, so etwas haben wir hier in der Stadt noch nie gehabt. Es ist ein schrecklicher Krieg.«
Ihre Hand zitterte, und diesmal war es Hetty, die sie beruhigend festhalten mußte. Diese kleine Handlung belebte sie. In gierigen Schlucken trank sie den lauwarmen Tee und fragte, ob sie noch eine zweite Tasse haben könne.
Rose wurde gleich wieder fröhlicher.
»Das kommt vom Salzwasser. Sie haben es literweise geschluckt. Die Schwester sagt, Sie müssen ganz stark den Wunsch gehabt haben, am Leben zu bleiben, sonst hätten Sie nicht überlebt. Alles liegt in Ihrem eigenen Willen. Ich hol' Ihnen noch eine Tasse Tee.«
Alles war gut, wenn Rose, dieses junge, gesunde, sympathi-

sche Mädchen, bei ihr saß. War sie aber weggegangen und hörte Hetty das Stöhnen, die Bewegungen und das mühsame Atmen ringsum, dann kehrte der Alptraum zurück.
Das schwarze Wasser, das einen erstickte, die schwächer werdenden Schreie, die fürchterlichen Trümmer, ein totes, an einem Rettungsgürtel festgebundenes Baby, ein glatzköpfiger Mann, der angestrengt versuchte, über Wasser zu bleiben, sich verschluckte und unterging, ein Tisch – war es wirklich ein Tisch? –, an dem ein junges Paar hing, das sich im Tod verzweifelt umarmte. Und da, wo das große Schiff gewesen war, nur das unschuldige leere Meer.
Aber sie hatte überlebt. Es war ihr Wille gewesen, hatte Rose gesagt.
Sie dachte zurück an sich als jenes erschrockene Kind, das in dem großen Haus in der Fifth Avenue allein gelassen wurde. »Weil hier dein rechtmäßiger Platz ist«, hatte ihre Mutter gesagt. Sie dachte an Mrs. Jervis, die sie so widerwillig behalten und dann als ihr Eigentum betrachtet hatte; die ihr keine andere Wahl ließ, als auf einem dem Untergang geweihten Schiff zu fahren; die sie als einen Menschen zweiter Klasse betrachtete, der im Leben lediglich Befehle ausführen durfte.
Aber ihre Seele hatte überlebt, sie war hoffnungsvoll und ehrgeizig geblieben. Und nun hatte auch ihr Körper überlebt.
Sie war eine Überlebende...
Man war der Meinung, sie sei Clemency Millicent Jervis. Bald würde man sie fragen, was sie zu tun gedenke, und sie würde sagen: »Ich gedenke nach London zu fahren und meinen Verlobten zu treffen.«
Ach nein, sie phantasierte ja. Sie mußte aus diesem schmalen Bett heraus und nach Mrs. Jervis und Clemency suchen. Möglicherweise lagen sie am anderen Ende des Saals. Oder sie waren bereits in dem Hotel, das Rose erwähnt hatte.
Rose kam mit der zweiten Tasse Tee zurück.
»Rose...«
»Sie erinnern sich an meinen Namen! Das ist schön.«

»Rose, wie viele sind ertrunken?«
»Das kann ich Ihnen nicht sagen, Clemency, weil ich es nicht weiß.«
»Viele?«
»Es war eine ganz furchtbare Sache, soviel kann ich sagen.«
»Wo sind die – Ertrunkenen?«
»Es werden immer noch welche gefunden, die ganze Küste entlang bis Queenstown. Es kann jetzt nicht mehr viele Überlebende geben. Aber denken Sie lieber nicht dran.«
»Ich muß Mrs. Jervis finden.«
»Natürlich, Liebes. Das versteht sich von selbst. Ihre eigene Mutter...«
»Sie trug ein Diamanthalsband. Das würde man nicht übersehen.«
»Gott bewahre!«
»Und Clemency trug – ein goldenes Armband.«
»Das hat die Schwester in sicherem Gewahrsam, Liebes. Machen Sie sich keine Sorgen. Und sobald Ihre Mutter gefunden ist, werden Sie benachrichtigt.«
Wenn sie nun aber Clemency war, mußte auch Hetty noch gefunden werden.
»Wart Ihr nur zu zweit, Liebes?«
»Wir hatten noch – ein Mädchen mit dabei.« Wie konnten ihr nur diese treulosen Worte über die Lippen kommen!
»Aber, aber, wer wird denn weinen, mein Schatz. Nicht weinen.«
Hetty versank, ertrank, von Perlenschnüren erwürgt. Clemency war die Überlebende, und ein großer blonder Engländer wartete auf sie, um sie zu heiraten.
Denn den jungen Flieger aus Toronto würde sie nie wiedersehen. Er war im Zwischendeck gewesen, dem schlechtesten Platz im ganzen Schiff, wo durch die geborstenen Scheiben das Wasser hereingeflutet war. Sie hoffte, daß er versucht hatte, Mrs. Drummond und Alfie und Benny noch zu helfen. Aber sie durfte jetzt nicht mehr daran denken. Das Fünkchen Glück war sofort wieder ausgelöscht worden. Es war vorbei. Aus und vorbei.

Anscheinend war sie wieder eingeschlafen, denn als sie die Augen öffnete, war das gütige, runzlige Gesicht eines Priesters über sie gebeugt.
»Ich bin Pater Neely, mein Kind. Wie fühlst du dich?«
Hetty bemerkte, daß sie sich viel kräftiger fühlte, und sagte das auch.
»Das ist gut, denn ich habe eine traurige Nachricht für dich. Wir glauben, daß wir deine Mutter gefunden haben.«
»L-lebendig?«
»Leider nicht. Die Fischer haben sie gefunden. Die Fischerboote fahren die Küste auf und ab, um nach Überlebenden zu suchen, verstehst du? Du hast uns gesagt, daß deine Mutter ein Diamanthalsband trug. Deshalb glauben wir, daß sie es ist.«
»War sie allein? War nicht zufällig eine dunkelhaarige Dame...«
»Nein, nur sie. Der Herr sei ihrer Seele gnädig.«
Hetty richtete sich auf. »Ich muß sie sehen.«
»Das wollte ich dich eben fragen. Fühlst du dich dazu in der Lage? Ich bin ganz offen zu dir: Wir brauchen eine Identifizierung, unabhängig von dem Tand, den sie trug. Dann können wir eine Nachricht an deine Familie senden und an die Leute, die dich in England erwarten. Der amerikanische Botschafter hat uns aus London Weisungen geschickt, Mr. Walter Page, kennst du ihn?«
Hetty schüttelte den Kopf.
»Ah, das ist ein feiner Mann. Er möchte, daß alle amerikanischen Staatsangehörigen gut versorgt sind, und dazu gehörst du ja auch. Nun glaube ich aber, daß du nicht bis zur Schule gehen kannst. Wir werden folgendes tun: Rose soll dich in einen Rollstuhl setzen und dich schieben. Sie ist ja ein kräftiges junges Mädchen. Auf die Weise kannst du diese schreckliche Sache so rasch wie möglich hinter dich bringen. Rose! Rose! Kann dich die Schwester für eine halbe Stunde entbehren? Und hol' bitte noch einen warmen Umhang für Miss Jervis.«
Rose kam eilig herbeigelaufen.

»Vater, ist es nicht ein wenig zu früh für die arme junge Dame?«
»Ja, es ist zu früh. Aber es ist eine entsetzliche Tragödie, und wir müssen damit fertig werden, so gut wir können. Es müssen sehr, sehr viele Opfer identifiziert werden, und die Behörden müssen so rasch wie möglich handeln. Es müssen Bestattungsformalitäten erledigt werden, und es findet auch eine gerichtliche Leichenschau statt.«

Das ärmliche kleine Schulhaus stand etwas weiter oben an einem sanft ansteigenden Hang, und lag ganz nah bei der grauen, verwitterten Kirche. Warum war Mrs. Jervis nicht in der Kirche aufgebahrt worden?
»Weil die Kirche überfüllt war«, sagte Pater Neely kurz.
Hetty erschauerte.
»So viele Tote?«
»Dies hier ist nur eine kleine Stadt. Sie heißt Kinsale. Ich habe gehört, daß viele Leichen nach Queenstown gebracht worden sind. Man sagt, es seien mehrere hundert. Ein so schweres Schiffsunglück ist etwas Entsetzliches.«
Es war auch entsetzlich, das Gesicht der ertrunkenen Mrs. Jervis anzuschauen. Das unverwechselbare Diamantband, dessen Steine durch die Berührung mit dem salzigen Wasser phantastisch funkelten, schnitt tief in ihren aufgequollenen Hals ein. Dies fahle, leblose Gesicht! Irgend jemand hatte ihr die Augen zugedrückt und die plumpen Hände über der Brust gefaltet. Nie wieder würde sie mit herrischer Stimme »Brown!« rufen.
Hetty konnte all das kaum fassen. Es war so grauenvoll, daß ihr die Stimme versagte. Sie nickte bloß auf Pater Neelys unausgesprochene Frage. Dann faßte sie sich krampfhaft an den Hals, denn plötzlich hatte sie das Gefühl, nicht mehr atmen zu können. Pater Neely deutete die Geste falsch und sagte: »Sie wird nicht mit dem Schmuck beerdigt werden, wenn Sie es nicht ausdrücklich wünschen.«
»Daran dachte ich im Moment nicht. Aber sie muß ja sowieso nach New York überführt werden.«

»Gewiß. Darüber sprechen wir noch. Aber lassen Sie uns jetzt hinausgehen. Wir können für keine dieser armen Seelen mehr etwas tun«, sagte er und deutete auf die Reihen der in Tücher gehüllten Toten, »nur noch beten.«

Hetty war zusammengebrochen, nachdem man sie ins Hospital zurückgebracht hatte. Darum ließ man sie für den Rest des Tages in Ruhe. Erst am Abend brachte man ihr ein Tablett mit Brot und Milch. Dann hatte sie Angst, einzuschlafen, weil der Schlaf die schrecklichen Erinnerungen zurückbringen würde, allen voran das Gesicht von Mrs. Jervis, das so unbewegt und dennoch so vorwurfsvoll ausgesehen hatte. »Wie können Sie es wagen, Brown, noch am Leben zu sein, wo Clemency und ich doch tot sind!«

Aber wo war Clemency? Hetty hatte darum gebeten, daß man es ihr mitteilen möge, wenn ein dunkelhaariges Mädchen gefunden würde.

»Ach, das Dienstmädchen«, sagte Pater Neely. »Ja, wir werden sie suchen. Vielleicht ist sie sogar noch am Leben. Aber machen Sie sich lieber keine Hoffnungen.«

»Wenn sie noch leben würde, hätte sie nach...« – Hetty wollte zuerst sagen: »ihrer Mutter gefragt« – »nach uns gefragt.«

Aber bisher hatte die Beschreibung auf niemanden gepaßt. Man hatte nach Queenstown telefoniert, um Erkundigungen einzuziehen.

Hetty schlief schließlich doch ein und träumte, sie drücke Clemencys Kopf unters Wasser. Es war ein schrecklicher Traum, und Hetty erwachte, schluchzend vor Entsetzen. Die Nachtschwester kam an ihr Bett, neigte das freundliche, halb im Schatten liegende Gesicht über sie. »Pst, Kind. Sie stören die anderen. Ich bringe Ihnen heiße Milch, dann werden Sie ruhiger schlafen.«

Erstaunlicherweise schlief sie wirklich ein, nachdem sie die Milch getrunken hatte, und am nächsten Morgen hatte sie Hunger. Sie konnte alles essen, was man ihr brachte. Sie wollte leben. Sie war jetzt so lebenshungrig, daß sie sogar

zur Betrügerin geworden war und Clemencys Chancen an deren Stelle wahrnahm. Sie war Clemency Jervis, das wiederholte eine beharrliche Stimme in ihr wieder und wieder.
Sie teilte der diensthabenden Schwester mit, daß sie sich nun kräftig genug fühle, um das Hospital zu verlassen.
»Das ist ja wundervoll, Liebes. Aber bleiben Sie noch so lange da, bis Pater Neely kommt. Er möchte Ihnen ein paar Fragen stellen.«
Hatte er vor sie anzuklagen?
»Wir haben herausgefunden, daß du dich für ein totes Mädchen ausgibst, Harriet Brown. Bangst du nicht um dein Seelenheil?«
Als Pater Neely aber am nächsten Vormittag zu ihr kam, wobei er heiter und gequält zugleich aussah, fragte er sie nichts dergleichen, sondern nur danach, wen sie von ihrer Rettung benachrichtigen wolle.
»Wir wollten dich gestern nicht mehr stören. Aber ich bin sicher, daß deine Familie sich große Sorgen um dich macht.«
»Weiß man inzwischen irgend etwas von dem Mädchen, nach dem ich gefragt habe?«
»Nein, nicht das geringste. Wie hieß sie doch gleich?«
»Harriet Brown.« Da hatte sie nun also, in einem winzigen Augenblick, die arme Brown getötet. Und doch hätte sie schwören können, daß sie nicht vorgehabt hatte, diese verhängnisvollen Worte auszusprechen. Aber ihre Mutter hatte damals gesagt: »Das ist dein rechtmäßiger Platz« und dabei an dem vornehmen Haus hinaufgeschaut.
Und sie hatte gewußt, daß das stimmte.
»Besteht noch irgendeine Chance, sie lebend zu finden?«
»Nun, es wäre immerhin möglich, daß sie irgendwo herumirrt, aber ich bezweifle das. Es beteiligen sich ja so viele Leute an der Suche. Wir glauben, daß wir jetzt wohl alle Überlebenden gefunden haben. Wie ich hörte, wird besonders dringend nach einem einflußreichen Amerikaner gesucht, Mr. Vanderbilt. Man hat ihn immer noch nicht gefunden. Er ist wahrscheinlich mit dem Schiff untergegangen. Ein

nobler Mann! Man sagt, er sei zum letzten Mal gesehen worden, als er gerade Rettungsgürtel um Babykörbe band. Gott gebe seiner Seele Frieden.«

Hetty holte tief Luft. Sie war von einem fast unerträglichen Schmerz erfüllt. Alfie und Benny und der Seemann Drummond, der auf Nachricht von seiner Frau wartete. Armer Donald Newman! Nie würde er über den Wolken fliegen. Aber sie hatte die Chance bekommen zu leben. Sie würde leben und leben und leben!

»Könnten Sie meinem Onkel Jonas in New York ein Telegramm senden?« hörte sie sich ruhig fragen. »Es handelt sich um Jonas Middleton von der Middleton Bank, Wall-Street.«

»Und was soll ich schreiben?«

»Schreiben Sie einfach: ›Clemency hat überlebt‹.

»Ist das alles?«

»Ja. Nein. Nein, noch nicht. Könnten Sie auch noch eine Botschaft nach England schicken? Und zwar an Lord Hazzard zu Loburn bei Cirencester. Schreiben Sie bitte: ›Ankomme London mit Lusitania-Überlebenden. Sehne mich nach dir. Clemency‹

»Und wer ist dieser Herr?« Pater Neely brachte es schließlich doch fertig, verschmitzt zu blinzeln.

»Er ist der Mann, den ich heiraten werde.«

4

Das Fährschiff erreichte Holyhead, und seine bleichen, erschöpften Passagiere gingen an Land. Immer noch verwirrte und verfolgte sie das Schreckliche, das sie gesehen und erlitten hatten. Die Schiffahrtsgesellschaft hatte ihnen eine buntgewürfelte Sammlung irischer Kleidungsstücke zur Verfügung gestellt; sie trugen Tweed-Mäntel, Tweed-Rök-

ke, dicke irische Strickjacken, wollene Socken. Manche von ihnen redeten übermäßig viel, waren leicht hysterisch und konnten Stille nicht ertragen.
Hetty hatte die ganze vierstündige Fahrt auf Deck verbracht. Sie hatte im Seewind gezittert und die Augen geschlossen, um nicht das Auf und Ab der Wellen sehen zu müssen. Es war kalt und einsam an Deck, aber die beengende Atmosphäre des Salons oder der überfüllten Kabinen wäre noch schlimmer gewesen. Dauernd wäre Hetty unter dem Zwang gestanden, nach Clemency zu suchen. Das hatte sie schon die ganze Zeit über getan, seit sie das kleine Krankenhaus in Kinsale verlassen hatte und nach Queenstown gefahren war, wo die meisten der Überlebenden und Toten des Unglücks an Land gebracht worden waren.
Sie mußte so viele Tote sehen, daß sie ganz abgestumpft war. Alle waren sie so furchtbar entstellt, schmutzig, häßlich, namenlos – es wurde Zeit, daß man sie sich aus den Augen schaffte und begrub. Als eine Art von Buße hatte es sich Hetty auferlegt, dem Massenbegräbnis der Opfer beizuwohnen. Die Särge waren auf Pferdekarren befördert worden, die man aus der ganzen Grafschaft Cork zusammengeholt hatte. In einem schier endlosen Zug waren sie über das Kopfsteinpflaster geholpert, vorbei an den kleinen, grauen irischen Häusern mit ihren geschlossenen Fensterläden, und dann die gewundene Straße entlang, die aus der Stadt hinausführte. Der Friedhof befand sich auf einer Landzunge. Tag und Nacht fegten die Atlantikstürme über ihn hinweg. Immer würde nun das Brausen des Meeres um die Toten sein.
In ihrer Rolle als Tochter hatte Hetty entschieden, daß Mrs. Jervis hier beerdigt werden sollte. Sie tat diese Absicht Onkel Jonas in einem weiteren Telegramm kund, und er kabelte zurück: »Vielleicht beste Entscheidung – stop – es wäre vernünftig, Heiratspläne weiterzuführen – stop – leg für mich Blumen auf das Grab der armen Millicent – stop – Onkel Jonas.«
Er hatte sich nicht nach der vermutlich verschollenen Har-

riet Brown erkundigt. Das war typisch für die Gleichgültigkeit der Familie Jervis ihren Dienstboten gegenüber. In diesem Augenblick faßte Hetty den Entschluß, sich niemals so zu verhalten, wenn sie erst einmal Lady Hazzard zu Loburn sein würde.

Lady Hazzard! Sie lebte wie in einem Traum und hoffte, nie mehr daraus zu erwachen.

Hetty nahm an, daß Onkel Jonas sich diese Tragödie nicht zu nahegehen lassen wollte. Seine eigensinnige Schwester hatte das selbst verschuldet, indem sie seine Warnung in den Wind schlug. Durch die große Entfernung und sein behagliches Leben in Wohlstand mußte ihm das Ganze wohl als eine der sensationellen Schlagzeilen erschienen sein, die große Kriege ständig mit sich bringen. Im übrigen waren er und seine Schwester sowieso nicht besonders gut miteinander ausgekommen. Es würde für ihn eine große Erleichterung bedeuten, von Clemencys Hochzeit zu hören und endlich von der Verantwortung für sie befreit zu werden.

Hetty hatte versucht, sich an Clemencys Handschrift zu erinnern. Sie hatte sie als groß und schwungvoll, aber doch ziemlich gewöhnlich im Gedächtnis, so daß sie nicht schwer nachzuahmen war. Wenn sie an Onkel Jonas schrieb, was sie bald tun mußte, oder an eine von Clemencys Freundinnen – glücklicherweise hatte sich Clemency nicht viel aus Mädchen gemacht und nie eine gute Freundin gehabt –, dann würde das vermutlich recht befriedigend ausfallen. Sie konnte sogar die alte Ausrede verwenden, daß sie ihre rechte Hand verletzt habe und jetzt links schreiben müsse.

Während der Zugfahrt von Liverpool nach London in den frühen Morgenstunden, schwirrten ihr tausend Pläne im Kopf herum. Als aber der Zug langsamer zu fahren begann und am Fenster die Vororte Londons, über denen dichter Smog lag, vorüberglitten, bekam sie so heftiges Herzklopfen, daß sie glaubte, sie würde ohnmächtig.

Das Unbehagen brachte ihr jedoch wiederum deutlich zu Bewußtsein, daß sie am Leben war, und allein diese Tatsache freute sie unsäglich. Verglichen mit dem Überleben

eines schrecklichen Schiffunglücks war die Begegnung mit einem fremden Engländer eine Kleinigkeit.
Sie nahm sich vor, ihn eventuell zu lieben, obwohl sie diesen glückseligen Zustand zum Zeitpunkt der Trauung noch nicht erreicht haben würde.
Am Ende des Bahnsteigs stand eine kleine, offiziell aussehende Gruppe. Ein Mitreisender machte Hetty darauf aufmerksam, daß der amerikanische Botschafter zum Empfang erschienen sei. Als Amerikanerin könne sie hingehen und sich von ihm begrüßen lassen.
Das ist etwas, das den Moment der Begegnung mit Lord Hazzard hinauszögert, dachte Hetty, wobei ihr Herz von neuem heftig zu schlagen begann. Sie stand nun vor Mr. Walter H. Page, schaute in ein abgespanntes, besorgtes Gesicht und reichte ihm die Hand. Dann sagte sie ihm mit leiser Stimme ihren Namen.
»Haben Sie hier in London Freunde, Miss Jervis?«
»Ja, meinen Verlobten. Er müßte eigentlich hiersein, um mich abzuholen.« Sie hatte kein bißchen gestottert. Aber auf einmal wurde ihr ein erster Fehler bewußt. Clemency trug immer eine kunstvolle Lockenfrisur. Und sie, Hetty, hatte vollkommen versäumt, diesen eleganten Stil nachzuahmen. In ihren plumpen, behelfsmäßigen Kleidern mußte sie ja aussehen wie eine irische Streunerin. Hugo würde sie nie wiedererkennen.
»Kann ich ihn für Sie ausfindig machen, Miss Jervis?« fragte Mr. Page mit seiner höflich-besorgten Stimme.
»Ich nehme an, er trägt Uniform. Er ist auf Urlaub. Oh...«, sie schnappte hörbar nach Luft. »Ich glaube, ich sehe ihn.«
Der Anblick dieses großen, breitschultrigen Mannes in Khakiuniform, der etwas abseits von der Menge stand und wohl auch nicht sonderlich gern zu ihr gehören wollte, da er solch einen Auflauf nicht erwartet hatte, ließ Hetty wünschen, sie könnte in den Boden versinken oder sich in Luft auflösen. Auf was hatte sie sich da nur eingelassen! Plötzlich erschreckte sie ihre eigene Kühnheit. Aber wie könnte sie das alles rückgängig machen? Es war nicht mehr möglich.

Sie hatte einen Kurs eingeschlagen, der nicht mehr zu ändern war; es sei denn, Clemency erschiene plötzlich, um ihre Doppelgängerin zu verdammen.
Jemand schob sie leicht von hinten an. Sie erkannte, daß der Botschafter sie väterlich zur richtigen Stelle dirigierte. Dann bemerkte Hugo sie und eilte auf sie zu. In seinem Gesicht stand unverkennbar Erleichterung geschrieben. Hetty erkannte verwirrt, daß sie also wirklich für Clemency gehalten wurde. Unsicher lächelnd vollzog sie den letzten, endgültigen Schritt in ihre Zukunft.
»Hugo!« Ihre Stimme klang vollkommen natürlich, und ebenso natürlich schlang sie die Arme um ihn. Nun aber spürte sie deutlich, wie er zusammenzuckte. Oh Gott, er hatte es bemerkt! Alles war aus. Er hatte sie durchschaut. Ihr Erschrecken – und sie befürchtete, dieses werde sich in den nächsten Tagen noch oft wiederholen – wich jedoch, als sie sah, daß er auf einen Stock gestützt ging und durch ihre leidenschaftliche Umarmung fast aus dem Gleichgewicht geraten war.
»Du bist verwundet!« rief sie.
Er nickte. »Ich bin gerade aus dem Krankenhaus entlassen worden. Hatte verdammtes Glück, wirklich. Jetzt habe ich einen Monat Urlaub. Armes Mädchen, war es sehr schlimm, das alles?«
»Ach, noch viel schlimmer, als du es dir vorstellen kannst. Ich kann immer noch nicht darüber reden.« Sie atmete tief durch. »Aber ich bin am Leben geblieben.«
»Und deine Mutter? Hat eine Beerdigung stattgefunden?«
»Sie ist zusammen mit den anderen begraben worden. Ich hielt es für das Beste. Onkel Jonas auch. Hugo, ich habe nichts mehr. Nicht einmal diese komischen Kleider gehören mir.« Das hätte Clemency, die immer so um ihr Aussehen besorgt war, sicherlich auch gesagt. »Seh' ich schrecklich aus?«
So brachte sie ihn dazu, sie genau zu mustern und gegebenenfalls ihre Lüge zu entdecken. Er sah sie scharf an, und sie besaß den Mut, seinen Blick zu erwidern. Es war das erste

Mal, daß sie dem Mann, den sie sich ausgewählt hatte, gegenüberstand.
War er noch genauso attraktiv wie damals in New York, als sie ihn flüchtig gesehen hatte, wie er das Haus betrat und es später mit Clemency am Arm wieder verließ? Sie hatte seine blauen Augen so heiter, seine helle Haut und sein blondes Haar als so typisch englisch in Erinnerung gehabt. Nun sah sie, daß sein Gesicht gerötet und etwas aufgedunsen war, daß seine Augen von einem blasseren Blau und kälter waren, als sie gedacht hatte. Letzten Endes hatte sie ihn ja auch nur aus der Ferne gesehen, während sie selbst, in ihrer ordentlichen Zofenkleidung, für ihn unsichtbar geblieben war; denn er zählte nicht zu den Menschen, die Diener beachten.
An den gepflegten blonden Schnurrbart über seinen vollen, etwas aufgeworfenen Lippen entsann sie sich nicht. Er hatte ihn sich wohl seit seinem New York-Besuch wachsen lassen. Aber Hugo war erfreulich groß, von aufrechter Haltung und breitschultrig – der Inbegriff eines stattlichen Offiziers der englischen Armee. Sie wußte, daß sie sich von seinem Körper angezogen fühlen würde, aber wie stand es um seinen Charakter, seine geistigen Fähigkeiten, seinen Sinn für Humor? Dies alles würde sie erst noch entdecken müssen.
»Starr mich nicht so an«, sagte er mit etwas scharfer Stimme. »Ich bin nicht in bester Verfassung. Und du siehst auch ziemlich schlimm aus.«
Hetty fuhr sich schuldbewußt mit der Hand über das bleiche Gesicht, das zurückgekämmte Haar. Clemency hätte sich nie erlaubt so auszusehen, nicht einmal nach einem Schiffbruch.
Sie versuchte, forsch zu wirken:
»Es kommt teilweise einfach daher, daß ich hungrig bin. Wir sind die ganze Nacht gefahren.«
»Natürlich, du mußt ja ganz ausgehungert sein.« Diese praktische Erklärung schien ihn zu erleichtern. »Wir frühstücken im Berkeley, bevor wir nach Loburn weiterfahren. Draußen steht Pimm mit dem Wagen.«

Von Clemency, die sich genauestens über das vornehme London informiert hatte, hatte sie vieles aufgeschnappt, was sie nun brauchen konnte; zum Beispiel, daß das Hotel Berkeley von Debütanten und eleganten Landbewohnern bevorzugt wurde.

»Hugo, so kann ich doch nicht ins Berkeley gehen!«

»Unsinn, natürlich kannst du das.« Seine Stimme klang höchst selbstbewußt. »Du wirst ja mit mir dort sein.«

Obwohl er beim Gehen etwas hinkte, hatte sie Mühe, mit ihm Schritt zu halten. Es war klar, daß ihm die Szene auf dem Bahnhof mißfiel: er hatte in Belgien und Frankreich wahrscheinlich zu oft solche Szenen mit vogelscheuchenähnlichen Flüchtlingen erlebt. Sie konnte ihn verstehen. Sie begann, den Krieg zu verstehen. Er hatte nichts mit dem Bild gemein, das Clemency sich davon gemacht hatte: gutgelaunte junge Offiziere daheim auf Urlaub, Champagner trinkend, umschwärmt von schönen Frauen...

Armer Hugo! Er hatte eine Wunde, die ihn schmerzte, und seine schöne Verlobte war halbtot und tief in schreckliche Alpträume verwirrt aus dem Meer gezogen worden. Aber beide waren sie Überlebende. Als sie sich an dieses Wunder erinnerte, beschleunigte sie ihren Schritt und kam auf gleiche Höhe mit dem Mann, der der ihre sein würde. Sicherlich war er nicht der Ansicht, daß ihr rechtmäßiger Platz zwei Schritte hinter ihm lag.

Ein grauhaariger Chauffeur stand neben einem auf Hochglanz polierten Wagen.

»Das ist Pimm«, sagte Hugo kurz. »Alle jungen Männer sind zur Zeit ja Soldat. Wir mußten Pimm aus dem Ruhestand zurückholen. Zum Berkeley, Pimm. Wir möchten frühstücken, bevor wir aufbrechen. Miss Jervis ist hungrig.«

Der ältliche Mann verzog keine Miene. Es war nicht auszumachen, was er von der Streunerin, die sein Herr da mit nach Hause brachte, hielt.

»Sehr wohl, Mylord. Ich fürchte, die junge Dame hat eine schlimme Zeit hinter sich.«

»Sehr schlimm, ja. Steig ein, Clemency.«
Clemency! Der Name war wie ein Stein, den man ihr ins Gesicht schleuderte. Sie schauderte zusammen. Es ging nicht, daß sie nun Tag für Tag mit ihrer Schuld konfrontiert wurde und überdies Gefahr lief, in Momenten der Zerstreutheit nicht zu merken, daß man mit ihr sprach. Sie mußte einen Entschluß fassen, und zwar sehr bald.
»Nun, schau dir London ein wenig an, wo du doch nun endlich angekommen bist.«
Als er neben ihr im Fond des Wagens saß, nahm Hugo plötzlich ihre Hand in die seine, und diese unerwartete Geste ließ sie zusammenzucken. Jetzt war seine Stimme freundlich neckend, und das beruhigte sie. Offenbar hatte sich seine Laune gebessert. In Kürze würden sie miteinander lachen und scherzen können.
»Es herrscht eine furchtbar trübe Stimmung draußen«, bemerkte Hetty.
»Wenn die Sonne hervorkommt, nicht mehr. Wir haben ja Frühling. Loburn ist herrlich im Frühling!« Nun hatte seine Stimme einen warmen Klang. Er machte sich etwas aus Loburn. Vermutlich mehr als aus dem amerikanischen Mädchen, das er gebeten hatte, seine Frau zu werden. Sie hatte gehört, daß Engländer, die glücklich genug waren, alte Familiengüter zu besitzen, leidenschaftlich an diesen hingen. Hetty fand das wunderlich und interessant. Sie hätte gern selbst eine solche Leidenschaft kennengelernt. Letzten Endes gehörte Loburn bald auch ihr. Sie hatte es, bildlich gesprochen, aus dem Atlantik gezogen.
»Wo ist dein Ring, Liebling?«
Oh Gott! Sie hatte jenen mit Smaragden und Diamanten besetzten Verlobungsring, der immer noch am Grund des Meeres Clemencys Hand schmückte, völlig vergessen.
»Ich habe ihn verloren«, sagte sie ruhig. »Er muß mir im Wasser abhanden gekommen sein. Ich habe mich stundenlang an einen Rettungsring geklammert. Fast alle meine Kleider wurden weggespült. Nur dieses Armband hatte ich noch«, sie spielte mit dem goldenen Reif, den sie ab heute

nie mehr tragen wollte, »mit dessen Hilfe man mich auch identifiziert hat. Einige Leute«, fuhr sie sachlich fort, »waren völlig nackt.«

»Wirklich? Wie bei einer Handgranatenexplosion«, sagte Hugo. »Verdammt unangenehm.«

Dankbar griff Hetty das neue Gesprächsthema auf.

»Wie ist das mit deiner Verletzung passiert?«

»Ich bin von einem Granatsplitter getroffen worden. Es war eine schlimme Wunde. Kann aber Gott sei Dank noch reiten.«

»Es muß ziemlich furchtbar sein in den Schützengräben.«

»Kein Honiglecken jedenfalls. Es sei denn, man hat eine Schwäche für gepökeltes Rindfleisch. Aber wenigstens kann ich ab und zu reiten, wenn wir hinter den Linien sind, und wenn wir in der Nähe einer Kavallerie-Einheit lagern. Wir haben sogar mal mit noch einer Truppe ein Rennen veranstaltet. Aber da flog eine deutsche Maschine über uns hinweg und erschreckte die Pferde. Wir mußten absteigen und mit Revolvern drauflosschießen. Später stürzte der Pilot in einen Wald. Aber ich glaube nicht, daß wir getroffen haben. Es war eher ein Motorschaden, vermute ich. Er berührte ja praktisch den Boden.

Guter Donald Newman, wäre dir – wenn du überlebt hättest – das Fliegen weniger gefährlich erschienen als feindliche Torpedos? »Geschah ihm recht«, schloß Hugo. »Er hätte die Pferde nicht erschrecken sollen.«

Wurde Hugo nur gesprächig, wenn es sich um Pferde handelte? Das wurde allmählich etwas langweilig. Hetty hatte so gehofft, nun all ihre Interessen, die im Haus Jervis unterdrückt worden waren, vor ihm entfalten zu können: Musik, Bücher, Malerei, Gespräche über alles mögliche. Sie wußte, daß ihr Vater ein vollendeter Unterhalter gewesen war. Ihre Mutter hatte das immer gesagt: »Er wußte alles und redete so leicht, wie ein Vogel singt.«

»Ich besorge dir einen neuen Ring«, sagte Hugo und tätschelte ihre Hand. »Glaubst du, Smaragde bringen Unglück?«

Hetty zwang sich zu lachen.
»Ich glaube kaum, daß ein Smaragd am Untergang der ›Lusitania‹ schuld war.«
»Um sicherzugehen, werden wir einen anderen Stein nehmen. Du kannst dir einen aussuchen.« Plötzlich mußte sie überlegen, ob ihr Finger wohl anders sein mochte als der Clemencys: dicker, dünner, länger? Sie konnte es nicht so ohne weiteres sagen. Aber sie war zu der Überzeugung gelangt, daß Hugo nicht besonders aufmerksam war. Wahrscheinlich hatte er keine genaue Erinnerung an Clemencys schlanke junge Hand.
Nachdem sie in dem völlig leeren Restaurant gefrühstückt hatten, kehrten Hettys Lebensgeister allmählich wieder zurück. Der Kaffee war gut, die verlorenen Eier und die großzügig mit Butter bestrichenen Toastscheiben schmeckten ihr besser als irgend etwas, das sie je gegessen hatte. Auch den kleinen heißen Teekuchen konnte sie nicht widerstehen.
Hugo sah ihr amüsiert lächelnd zu.
»Das Essen in Cork hat dir wohl nicht geschmeckt?«
»Neck' mich nur! Erst war ich voller Seewasser und dann...«, ihre Miene wurde ernst, »waren die Umstände nicht dazu angetan, daß man Lust hatte zu essen.«
Er sah sie aufmerksamer an.
»Das habe ich gar nicht in Erinnerung, daß du dich so präzise ausdrückst.«
Sie senkte den Kopf.
»Wir haben uns damals eigentlich gar nicht so richtig kennengelernt, nicht wahr? Es war so kurz.« Und sie fügte absichtlich hinzu: »Ich wußte nur, daß ich dich heiraten wollte. Und du sagtest, du wollest mich heiraten.«
»Bei Gott, ja, das habe ich gesagt.«
Sie wußte, daß das warme Essen ihrem Gesicht wieder Farbe gegeben hatte und sie hübscher aussah als zuvor.
»Und bleibst du dabei? Jetzt, wo ich doch eine aus dem Meer gefischte Streunerin bin!«
Er lachte wieder, offensichtlich erleichtert darüber, daß sie

sich jetzt besser verstanden, und daß Hetty beim Gedanken an das Unglück nicht hysterisch wurde.
»Jetzt siehst du dir wieder ähnlicher. Mehr Seejungfrau als Streunerin, würde ich sagen.«
»Wie liebenswürdig, Hugo.« Es machte ihr Spaß, kokett zu sei. Jetzt erst verstand sie, warum das Clemency dermaßen gefallen hatte.
»Warte nur, bis wir dir eine neue Garderobe angeschafft haben. Aber siehst du, wie ich gesagt habe: kein Mensch hat Anstoß genommen.«
Das stimmte. Der Türsteher hatte gesagt: »Guten Morgen, Mylord. Guten Morgen, Miss«, und hatte ebenso unbewegt dreingeschaut wie Pimm. Und die ältliche Bedienung hatte sich mütterlich um sie gekümmert, ohne auch nur eine Spur von Überraschung darüber zu zeigen, daß Lord Hazzard eine Person mitbrachte, die wie eine Bäuerin aussah. Es würde Spaß machen, eines Tages wieder hierherzukommen, dann aber als Lady Hazzard und in Kleidern von Worth oder Patou.
Während sie zusah, wie die aufmerksame Kellnerin ihr von dem köstlichen heißen Kaffee nachgoß, durchströmte sie plötzlich ein Gefühl grenzenloser Freude. Es kam so unerwartet und war so verwirrend, daß sie hätte aufspringen mögen und jauchzen; denn das selige Gefühl, gesund und lebendig zu sein, verdrängte die zurückliegenden Schrecken und ebenso alle Gedanken an zukünftige Schwierigkeiten. Sie würde nicht hinter Clemency, die tot war, zurückstehen. Voll Eifer würde sie sich bemühen, Hugo für ihren Betrug zu entschädigen. Er würde in ihr eine liebende, gefügige Ehefrau finden und niemals entdecken, daß er getäuscht worden war. Die Vergangenheit war abgeschlossen. Von nun an – und das begann schon mit diesem hübschen Raum, der netten Bedienung und dem stattlichen jungen Offizier, der ihr gegenübersaß – würde die Freude an allem möglichen sie immer begleiten.
»Worüber lächelst du?« fragte Hugo.
»Ich bin einfach glücklich, am Leben und bei dir zu sein.«

»Na, das ist ein guter Anfang!« Sein Gesicht hatte sich entspannt. Er verlor zusehens den steifen Habitus eines Armee-Offiziers und fand seine Partnerin großartig.
»Können wir bald losfahren, Hugo? Ich bin so gespannt auf Loburn.«
»Gleich, Liebling. Aber es ist eine lange Fahrt. Bist du schon dazu in der Lage?«
»Natürlich! Ich fühle mich durch dieses herrliche Frühstück wie neugeboren.«
»Bestens. Dann werden wir rechtzeitig zum Mittagessen dasein. Man erwartet uns. Ach, übrigens, Clemency, da ist noch etwas, das ich außer Reichweite von Pimms aufmerksamen Ohren erwähnen möchte. Das Geld.«
»Das Geld?«
»Du weißt, was ich meine. Der Heiratsvertrag. Wir haben das damals in New York geklärt, dein Onkel Jonas und ich. Er ist ein harter Geschäftsmann.«
»Oh, das. Ja, ich glaube, das muß er auch sein.«
Sie konnte Hugo nicht ansehen. Der Gedanke an Clemencys Geld schockierte sie zu sehr. Welche Summe war im Heiratsvertrag vereinbart worden? Sie hatte keine Ahnung. Sie war in Clemencys Schuhe geschlüpft, ohne daran zu denken, daß diese mit Gold gefüttert und mit Diamanten verziert waren. Sie hatte wahrhaftig den Umstand übersehen, daß sie in ihrer neuen Rolle als Clemency gleichzeitig eine Erbin zu spielen hatte. Denn es gab ja nicht nur den Heiratsvertrag; sie würde vermutlich auch Mrs. Jervis' beträchtliches Vermögen erben. Sie mußte ja auch das gräßliche Diamant-Halsband annehmen, das ihr von einer verlegenen Schwester Oberin in die Hand gedrückt wurde und das sie ganz unten in ihrem Notgepäck versteckte.
»Es ist hoffentlich alles in Ordnung? Keine Hindernisse?«
Hugo war ebenfalls verlegen. Seine blauen Augen waren eisig geworden. Der Verdacht, daß er weniger in Clemency als vielmehr in ihr Vermögen verliebt gewesen war, wurde zur Gewißheit. Clemency mußte das gewußt haben. Mit ihrem kühl kalkulierenden Kopf hatte sie jedoch an die Vor-

teile dieser ausgesprochenen Vernunftheirat gedacht. Warum war Hetty also auch nur einen Augenblick lang beunruhigt.
Sie zermarterte ihr Gehirn nach irgendwelchen Einzelheiten.
»Ich glaube, es wurde in der Westminster-Bank deponiert.«
Jemand hatte ihr das mitgeteilt. Polly, das Stubenmädchen, das jene Unterhaltung beim letzten Frühstück in New York mit angehört hatte.
»Hat dir das Onkel Jonas nicht gesagt?«
»Doch. Aber seit Beginn des Krieges ist es nicht leicht, Kontakte aufrechtzuerhalten. Ich habe keinerlei Bestätigung bekommen. Dein Onkel bestand darauf, daß ich Urkunden vorweisen müsse, an erster Stelle unseren Trauschein.«
»Das wird das wenigste sein, Hugo, wenn wir erst einmal verheiratet sind.«
Angenommen, das Geld war nicht eingetroffen, würde er sie dann sitzenlassen? Sie – nein, Clemency – war verschickt worden wie ein Warenpaket. Aber so wurde das eben gemacht.
»Wofür ist das Geld?«
»Natürlich um Loburn zu retten. Mein Vater hat viele Schulden hinterlassen, als er starb, und ich muß zugeben, daß ich auch eine ganze Menge habe.«
Hetty machte sich nichts aus dieser Unterhaltung. Sie nahm an, daß auch Clemency fröhlich darüber hinweggegangen wäre.
»Menschen wie du schätzen ihr Zuhause sehr, nicht wahr?«
»Natürlich.« Seine Stimme klang jetzt entschieden arrogant, als er sagte: »Eigentlich habt ihr in Amerika nichts Vergleichbares, oder?«
In die Vergangenheit verliebt zu sein – war das gut? Aber sie würde Loburn ebenfalls lieben. Und wenn es erst mit Hilfe ihres Geldes instand gesetzt war, dann gehörte es ihr ebenso wie es Hugo gehörte.
Ihr Geld! Nun ja, daran würde sie sich mit der Zeit gewöh-

nen. Aber eine Sache würde sie nie akzeptieren können. Sie faßte einen spontanen Entschluß, egal, welches Risiko sie dabei eingehen mochte. Allmählich trat sie gefährlichen Situationen mutiger gegenüber.

»Hugo, dürfte ich dich bitten, mich nicht mehr Clemency zu nennen?«

»Warum denn nicht?« Er war überrascht. »Davon hast du in New York gar nichts gesagt.«

»Da war ich daheim. Mutter und die Bediensteten nannten mich Clemency. Aber ich habe diesen Namen schon immer gehaßt... Er ist so puritanisch. Ich habe ihn nur bekommen, weil Mutter auch so hieß.«

»Ich mache mir, ehrlich gesagt, auch nicht viel aus ihm. Wie möchtest du genannt werden? Hattest du einen Kosenamen?«

»Ja, Hetty. Mein Vater hat mich so genannt.« (›Ich werde sie Hetty nennen...‹) Sie hatte das Bedürfnis, einen kleinen Teil ihres früheren Selbst zu bewahren. Vermutlich war es kein sehr großes Wagnis. Nun, da Mrs. Jervis tot war, würden der Haushalt in der Fifth Avenue aufgelöst und die Diener entlassen werden. Es war unwahrscheinlich, daß sie einen von ihnen je wiedersah, und Onkel Jonas hatte sie nur als ›Brown‹ gekannt.

»Hetty gefällt mir gut. Es ist hübsch. Netter als Clemency, da hast du ganz recht.« Er war freundlich, wenn auch ein bißchen gönnerhaft. »Das wird alles großartig werden. Ich habe vor, ein paar Jagdpferde zu kaufen, wenn ich anständige kriege. Von den guten Pferden sind die meisten an der Front. Du reitest doch, nicht wahr?«

Dies war eine der Fragen, die sie gefürchtet hatte. Clemency war auf Long Island, wo die Familie ihren Sommersitz hatte, sehr viel geritten. Hetty selbst hatte nie versucht, ein Pferd zu besteigen. Man hatte ihr keine Gelegenheit dazu gegeben.

»Eigentlich nicht.«

Er sah sie erstaunt an. »Ich dachte, du reitest. Mir kommt es so vor, als hättest du es mir gesagt. Na ja, macht nichts. Ich werde es dir beibringen. Das wird das erste sein, was ich mache, wenn mein Bein besser ist. Also, gehen wir?«

Die Landschaft beruhigte und entzückte sie, und sie begann bereits, sie zu lieben: die sanften grünen Hügel, die mit Schafen und blökenden Lämmchen gesprenkelt waren, die Bauernhäuser, die sich wie graugestreifte Katzen in die Täler schmiegten, die Ulmen- und Buchengruppen und die Flüsse, die hell im dunstigen Sonnenlicht glitzerten. Es war eine Landschaft aus Grau und Grün, unendlich friedlich, ein stiller Traum.

»Wie ein Gemälde von Corot«, murmelte Hetty.

»Ja? Ich habe gar nicht gewußt, daß du dich für Bilder interessierst.«

»Oh doch, ich interessiere mich sehr dafür. Nachdem ich dem Tod so nahe war, interessiere ich mich leidenschaftlich für alles«, sagte Hetty emphatisch. »Hast du gedacht, ich sei nur so ein oberflächliches Gesellschaftwesen?«

»Ich lerne dich von Minute zu Minute besser kennen. Hoffentlich entpuppst du dich nicht als Blaustrumpf?«

Das hörte sich etwas erschreckt an. Sie mußte darauf achten, wieder mehr Clemency und weniger Hetty zu sein, zumindest am Anfang. Hetty, die Leseratte, die sich manchmal, wenn sie dazu Gelegenheit hatte, stundenlang in der Bücherei verkroch. »Ich bin kein Blaustrumpf. Ich sehe nur häßlich aus«, murmelte sie und lehnte den Kopf an seine Schulter.

Er gab sein kurzes, bellendes Lachen von sich. Diese Art von Witzen mochte er. »Mach dir keine Sorgen. Kitty wird sich um dich kümmern.«

»Kitty? Wer ist das?«

»Meine Schwägerin, die Frau meines Bruders. Sie haben ein Kind, Freddie. Ziemliches Muttersöhnchen.« Er drückte wieder ihre Hand, daß sie schmerzte. »Wir machen das besser.«

Seine Gedankengänge lagen offen vor ihr. Als Familienvorstand hatte er die Pflicht, Loburn zu erhalten. Daraus ergab sich als logische Folge, daß er einen Erben wollte. Ange-

nommen, dieser blieb aus, dann würden Vermögen und Titel dem jüngeren Bruder und danach dem Muttersöhnchen zufallen. Eine Möglichkeit, die man unbedingt ausschalten mußte.
»Wer wird noch dasein, Hugo?«
»Meine Mutter. Sie ist gespannt auf dich.«
»Ist sie mit einer amerikanischen Schwiegertochter einverstanden?«
»Nicht ganz. Aber ich bin überzeugt, daß du sie umstimmen kannst, du mußt es nur versuchen. Laß dich von ihrer zarten Erscheinung nicht täuschen. Sie ist eine sehr energische Frau. Schau, hier beginnt der Besitz. Da drüben, hinter diesen Hügeln, veranstalten wir Hetzjagden. Es ist ein herrliches Jagdgebiet. Meine Wunde am Bein müßte schon fast tödlich sein, um mich am Jagen zu hindern, das kann ich dir versichern.«
Flache Hügel; Büschel von Glockenblumen, die die gleiche dunstigblaue Farbe hatten wie der Himmel; Krähen, die sich in der Krone einer hohen Ulme geräuschvoll zankten. Ein Farmer ging hinter einem von zwei Pferden gezogenen Pflug; langsam zog er seine Spur über die Wölbung des Hügels hinunter ins Tal.
Die kalten Wellen und die Schreie der Ertrinkenden verblaßten in Hettys Seele zu einem bösen Traum. Das kleine Dorf, durch das sie fuhren, die enge Straße, links und rechts von felsgrauen Häusern gesäumt, weit hinten ein Kirchturm - das war der Inbegriff grenzenlosen Friedens.
»Oh, Hugo! Ich finde es wundervoll!«
Er war zufrieden.
»Großartig, altes Mädchen. Großartig.«
Sein Wortschatz war ein bißchen stereotyp, aber das würde sie ändern. So wie sie auch seine energische Mutter dazu bringen würde, sie zu akzeptieren. Und schwanger wollte sie nun auch so rasch wie möglich werden, damit er seinen Erben bekam. Denn wer konnte wissen, wie lange der Krieg noch dauern würde und wie viele junge Männer wie Hugo und vermutlich auch sein Bruder noch fallen würden.

Diese Furcht war im Moment der einzige Schatten, der auf diesen wunderbaren Tag der Wiedergeburt fiel.

5

Die Treppe wollte kein Ende nehmen. Hetty wurde plötzlich von einer überwältigenden Müdigkeit überfallen. Die Euphorie, die die Begegnung mit Hugo in ihr ausgelöst hatte, und das Vergnügen während der Fahrt nach Loburn waren verschwunden. Sie war jedoch nicht nur müde, sondern auch äußerst nervös, wie eine Schauspielerin, die auf ihren ersten großen Bühnenauftritt wartet.

Loburn, ein verwittertes graues Gebäude am Ende einer gewundenen Auffahrt, war nicht so groß, wie sie es sich vorgestellt hatte. Allerdings konnte sich hinter der strengen Fassade ja ein Labyrinth von Gemächern befinden. Ausgetretene Steinstufen führten zu einem überdachten Eingang, ein Butler öffnete die Tür, und dann standen sie in der sonnengesprenkelten Dämmerung einer großen, hell-dunkel getäfelten Halle. Vor ihnen befand sich ein gewundener Treppenaufgang, und es duftete nach allerlei, vor allem nach altem Bienenwachs. Auf einem polierten, fast schwarzen Eichentisch stand eine Vase mit einem blühenden Pflaumenzweig. Auch ein paar Sessel waren da, sie hatten verblichene, handgestickte Bezüge und geschnörkelte Beine, spiralförmig wie Schrauben. Gab es nicht einen bestimmten Namen dafür? Hetty nahm sich vor, alles über Möbelstile zu lernen. In einem großen offenen Kamin glomm ein Feuer. Zwei Labradorhunde sprangen auf sie zu.

Jetzt trat eine dickliche Frau mit einem etwas verkniffenen Mund auf sie zu.

Hugos Mutter?

»Das ist Mrs. Evans, unsere Haushälterin«, sagte Hugo.

»Sie wird dir dein Zimmer zeigen.«
Kam sonst niemand, um sie zu begrüßen?
Zwar hatte sie zu ihrem Empfang kein Heer von Dienern – aufgereiht an beiden Seiten der Halle – erwartet, aber sie war sicher, daß Clemency damit gerechnet hätte und nun ebenfalls enttäuscht und gekränkt gewesen wäre. Was hätte Clemency gemacht? Das Ganze sorglos abgetan?
Man schien damit gerechnet zu haben, daß sie nichts mitbringen würde, denn Hugo sagte: »Miss Jervis hat kein Gepäck bei sich, Mrs. Evans. Ich hoffe, jemand hat daran gedacht, einige Sachen für sie bereitzulegen.«
»Ich glaube, Mrs. Lionel hat daran gedacht«, antwortete Mrs. Evans steif.
»Wo ist Mrs. Lionel?«
»Im Krankenhaus. Sie hat seit acht Uhr Dienst. Aber sie wird bis zum Mittagessen wieder zu Hause sein. Und Lady Hazzard fühlt sich unpäßlich, hofft aber, später herunterzukommen.« Mrs. Evans wandte sich zur Treppe. »Wenn Sie mir folgen wollen, Miss.«
Hetty wollte Hugo einen erschrockenen Blick zuwerfen, aber er entfernte sich bereits, auf seinen Stock gestützt, in eine andere Richtung, und die beiden großen Hunde folgten ihm. Eine Treppe folgte der anderen, dann kam noch eine besonders steile. Hetty taumelte vor Müdigkeit. Mrs. Evans drehte sich um.
»Wir haben Ihnen das Graue Zimmer zugedacht, Miss. Wir dachten, sie hätten es gern ruhig nach diesem schlimmen Schiffbruch. Haben Sie sich ganz davon erholt, Miss?«
»Ich glaube, daß ich mich nie ganz davon erholen werde«, antwortete Hetty und wußte, daß sie die Wahrheit sprach.
»Ja, es war entsetzlich, aber in Frankreich passiert noch schlimmeres. Vielleicht wissen Sie das nicht als Amerikanerin.«
»Ich glaube nicht.«
»Dann werden Sie's bald erfahren. Alle unsere tapferen jungen Männer kommen dort um. Der Herr hat bis jetzt Glück gehabt, bloß mit einem verletzten Bein. Mr. Lionel muß zu

den Dardanellen. Von solchen Orten haben wir vorher nie etwas gehört.« Mrs. Evan' Besorgnis ließ sie etwas umgänglicher erscheinen. Dennoch fiel es ihr schwer, diese schlampige, bleiche junge Frau als neue Herrin von Loburn zu akzeptieren. Oder lag es eher daran, daß sie etwas gegen Hetty als Amerikanerin hatte?
»Es wirkt komisch, daß sie ohne einen Koffer ankommen. Wir hatten allerhand erwartet.«
»Ich hatte einen sehr hübschen Koffer. Er liegt auf dem Meeresgrund..«
Mrs. Evans starrte Hetty einen Moment lang mit unverhohlener Sympathie ins Gesicht. Dann sagte sie rasch: »Macht nichts, dafür sind Sie hier und am Leben. Das ist doch die Hauptsache, oder?« Ja, es war das einzige, was zählte, dachte Hetty und nickte heftig. Sie überlegte, was Clemency wohl von dem traurigen Zimmer gehalten hätte, das ihr gerade gezeigt wurde.
Ein Himmelbett mit grauen Brokatvorhängen. Graue Wände. Eine Balkendecke. Kalt. Ein Zimmer für Gäste zweiter Klasse? Wer hatte entschieden, daß sie sich hier aufhalten sollte, bevor sie das Schlafzimmer des Hausherrn bezog? Hugo hatte noch nicht übers Heiraten gesprochen. Angenommen, er hatte es sich anders überlegt und wollte sie nach New York zurückschicken? Aber nein, das Geld auf der Bank war ein zu großer Anreiz. Das war ihre Versicherung.
»Hier oben werden Sie von nichts gestört«, sagte Mrs. Evans, »bloß vom Wind und vom Krähengeschrei. Sie werden jetzt ausruhen wollen. In einer halben Stunde gibt es Mittagessen, aber Mr. Lionel hat gesagt, sie könnten auch läuten, dann wird es Ihnen hochgebracht.«
»Ach nein, ich werde hinunterkommen!« sagte Hetty. Der graue Raum, ein einsames Mahl – es wäre zu traurig. Ihre Lippen zitterten, aber sie wollte nicht weinen. »Ich werde mich waschen und umziehen. Sie sagten, es seien ein paar Kleider da?«
»Im Schrank, Miss. Soll ich Ihnen Effie schicken?« – Brown

schicken, um Miss Clemency anzukleiden; sie hörte ein Echo der herrischen Stimme von Mrs. Jervis...

»Nein, ich komme schon allein zurecht. Danke, Mrs. Evans.«

»Das Badezimmer ist gleich gegenüber. Sie sehen schlecht aus, Miss.«

Als Mrs. Evans gegangen war, begann Hetty heftig zu zittern. Oh Gott, was hatte sie getan? War dies das schöne, sorglose Leben, von dem Clemency immer so lebhaft gesprochen hatte? Kein freundlicher Empfang, ein kahles, trübseliges Zimmer, ein kühler, wenn nicht sogar widerstrebender Bräutigam...

Sie konnte all das noch in dieser Minute beenden, indem sie hinunterging und gestand, was sie getan hatte. Sie konnte sagen, daß sie nach dem ›Lusitania‹-Unglück unter Wahnvorstellungen gelitten habe, und konnte demütig darum bitten, heimgeschickt zu werden.

Aber wo war das, daheim? Onkel Jonas würde ihr diesen ungeheuerlichen Betrug nie verzeihen, der Fifth Avenue-Haushalt würde aufgelöst werden, oder man würde einen Verwalter einsetzen; dort würde keine Herrin mehr wohnen und eine Zofe benötigen. Und in das Elend der Bowery mochte sie nie mehr zurückkehren.

Wie sie so auf der Bettkante saß, unentschlossen, erschöpft, niedergeschlagen und unglaublich müde, da hatte sie auf einmal eine verblüffend klare Erinnerung an das Gesicht ihrer Mutter an jenem Tag, an dem sie von ihr ins Haus Jervis gebracht worden war. Es war knochig, bleich und von tiefen Falten durchzogen, ein ausgezehrtes Gesicht, beherrscht von dunklen, brennenden Augen. Krank wie sie war, wollte ihre Mutter nicht klein beigeben, keine Kapitulation akzeptieren. »Du mußt im Leben die guten Gelegenheiten beim Schopf packen, Hetty. Verstehst du, was ich meine?« – »Nein, Mutter.« – »Du wirst es irgendwann verstehen, wenn die Zeit dazu gekommen ist. Wenn sich etwas Wichtiges ergibt, nimm es wahr! Weich' nie einer Herausforderung aus! Mädchen wie du können sich das nicht lei-

sten. Ich möchte, daß was aus dir wird. Es ist dein gutes Recht.«
Seltsam, wie klar ihr diese Worte auf einmal wieder gegenwärtig waren. Es war als stünde ihre Mutter im Zimmer und spräche sie noch einmal aus. Arme, hübsche Mutter, die so töricht geliebt und so teuer dafür bezahlt hatte; die aber auch nichts bereute und nie den Mut verlor. Sie würde die Situation, in die sich ihre Tochter hineinmanövriert hatte, vollkommen billigen. Es war, so würde sie sagen, Hettys Recht. Hetty hätte sich gern vorgestellt, daß auch ihr Vater, den sie ja nicht gekannt hatte, einverstanden gewesen wäre. Er war ein kultivierter Mann gewesen, sensibel, romantisch, unorthodox. Aber nicht unorthodox genug, um etwas für seine uneheliche Tochter zu tun. Hätte er also dieses gewagte Spiel, das sie trieb, gebilligt?
Hetty stand langsam auf und ging zum Schrank.
Ja, da hingen ein paar recht hübsche Kleider, auch wenn Clemency nicht viel davon gehalten hätte. Eine Strickjacke und ein buntkarierter Rock, eine cremefarbene Seidenbluse, ein Nachmittagskleid aus einem weichen grünen Material und ein langes dunkelblaues Taftkleid, tief ausgeschnitten und ganz gerade fallend, nach der neuesten Mode. Das war wohl fürs Dinner gedacht. Wem hatte es gehört?
Auch ein warmer wollener Morgenrock war da, ein weißes Baumwollnachthemd mit Spitzenverzierung, und in einer Schublade lagen Unterwäsche, Strümpfe, Taschentücher. Das konnten keine neuen Sachen sein, argwöhnte Hetty, wem gehörten sie also? Die Größen schienen genau zu passen. Irgend jemand hatte ihnen anscheinend Clemencys Maße verraten. Das änderte nichts daran, daß es bedauerlich war, nun in geborgten Kleidern hinuntergehen zu müssen, um die neue Familie zu begrüßen.
Sie betrat das höhlenartige Badezimmer, wusch sich und schlüpfte dann in den buntkarierten Rock und die Seidenbluse. Schuhe waren keine zu finden, also mußte sie ihre robusten irischen Wanderschuhe wieder anziehen, die ihr die

Cunard-Schiffahrtslinie zur Verfügung gestellt hatte. Aber sie konnte wenigstens ihr Haar bürsten und es ein bißchen eleganter aufstecken, außerdem ihre Wangen und Lippen reiben, damit sie etwas Farbe bekamen. Doch konnte sie nichts gegen die Erschöpfung und auch nichts gegen das Grauen tun, das sich in ihrem Blick ausdrückte.

Dennoch sah sie schließlich recht passabel aus. Sie hoffte, das Mittagessen durchstehen zu können. Es durfte nicht der Eindruck erweckt werden, einer Amerikanerin mangle es an Mut.

Niemand hatte ihr gesagt, wo sie die Familie finden würde. Im Speisezimmer, nahm sie an, aber wo war das Speisezimmer? Das war nicht fair ihr gegenüber. Sie kam sich vor wie eine Angestellte, eine Gouvernante vielleicht, neu eingetroffen und nicht genau unterrichtet. In der Halle, wo sie sich nach jemandem umsah, der ihr weiterhelfen könnte, traf sie ganz unvorbereitet der Klang einer sehr hellen Frauenstimme, die durch eine halboffene Tür zu hören war. Hetty horchte erschrocken hin.

»Kannst du es irgendwie zu Ende führen, Hugo?« Und Hugos Antwort: »Ich muß. Gott sei Dank hat sie überlebt.«

»Sieht sie aus wie eine nasse Ratte?«

»Sie hatte genügend Zeit, trocken zu werden. Eigentlich benimmt sie sich großartig. Armes Mädchen! Sie hat ihre Mutter verloren, weißt du.«

»Wir alle können heutzutage jemanden verlieren, nicht wahr?«

Aus Angst, noch mehr hören zu müssen, womöglich etwas allzu Gefühlloses, stieß Hetty tapfer die Türe auf und betrat einen Raum voller Bücher, einen dunklen, gemütlichen Raum mit lederbezogenen Möbeln und roten Teppichen. Vor dem offenen Kamin standen zwei Menschen: Hugo und eine blonde junge Frau, die sich abrupt von ihm abwandte. Bildete Hetty es sich nur ein, oder hatte sie gesehen, daß sich die beiden umarmten?

»Es tut mir leid. Aber niemand hat mir gesagt, wo das Speisezimmer ist.« Ihre Stimme war fest und ruhig, hatte bloß einen kleinen vorwurfsvollen Unterton. Ich werde mich nicht so rücksichtslos behandeln lassen...

Hugo begann rasch zu sprechen: »Oh, Clem- ich meine, Hetty. Meine Verlobte möchte lieber Hetty genannt werden, Julia, und ich bin einverstanden. Der andere Name ist wirklich gräßlich, man denkt dabei gleich an ganze Kolonien von Puritanern. Ach ja, ihr beide kennt euch noch nicht. Julia, Hetty, Hetty, Julia.«

Hetty schüttelte eine schmale, ringlose Hand. Sie war zu verwirrt, um die Erscheinung der jungen Frau genau wahrzunehmen. Ein aristokratisches Gesicht, blaßblaue Augen, blondes Haar. Sie sah auf seltsame Weise Hugo ähnlich. Waren sie vielleicht miteinander verwandt?

»Sie sind nicht Hugos Schwägerin? Er sagte, sie heißt Kitty. Er hat mir von niemandem sonst erzählt.«

»Na ja, ich gehöre auch bloß zum Personal, nicht wahr, Hug?«

Hug? Das klang sehr vertraulich.

»Julia ist die Gesellschafterin meiner Mutter. Sie...«

»...hat eine schwere Zeit hinter sich«, fuhr Julia vorlaut dazwischen.

»Sei still, Julia, und laß mich das erklären. Julias Mutter war eine der besten Freundinnen meiner Mutter. Als sie starb, blieb Julia in sehr beengten Verhältnissen zurück, und da lud Mutter sie ein, hier zu leben. Dann wurde Mutter auch ein bißchen gebrechlich, und Kitty ist ja mit dem Kind beschäftigt. So ist das jetzt ganz gut geregelt.«

War es am Ende möglich, daß Hugo und diese elegante schlanke Person vielleicht etwas mehr als nur gute Bekannte waren; oder daß Julia sich das wünschte? Hetty hatte ein feines Gespür für Feindseligkeit, auch wenn sie so höflich verschleiert wurde wie hier. Julia, die nichts besaß – und sie als begüterter Eindringling.

Es war noch zu früh, über diese Komplikationen nachzudenken. Hetty sah jedoch, daß es besser gewesen wäre, als Braut anzukommen. Ein ›fait accompli‹ sozusagen. Daß die ›Lusitania‹ gesunken war, hatte die Heirat ja beinahe

verhindert. Sicherlich hatte Julia schon zu hoffen begonnen.
Die peinliche Unterhaltung kam zu einem Ende, als Hugo Hetty am Arm nahm und aus dem Zimmer führte.
»Es hat schon vor zehn Minuten zum Essen gegongt. Mutter kommt nicht herunter, Hetty. Sie möchte, daß du zu ihr hinaufkommst, wenn du dich etwas ausgeruht hast. Aber ich muß sagen, daß du jetzt schon viel besser aussiehst, mehr wieder du selber bist. Gefällt es dir in Loburn?«
Eigentlich war es absurd, daß ihr das Haus freundlicher vorkam als seine Bewohner. Sie wußte schon jetzt, daß sie sich in diese gewundenen Gänge, diese unebenen Böden verlieben würde, und in die alten Brokatstoffe, die verblichenen Wandbehänge und die schimmernden Bilderrahmen, die dunkle Gemälde umschlossen und an dunklen Wänden hingen. Alles war stumm und lautlos, wie in einem Traum.
»Ja, es gefällt mir sehr gut. Es gibt so vieles zu erforschen.«
»Welches Zimmer haben sie dir gegeben?«
Wer waren ›sie‹?
Julia antwortete an ihrer Stelle: »Deine Mutter und ich haben gedacht, das Graue. Es ist der ruhigste Raum im ganzen Haus. Du mußt zugeben, daß Freddie manchmal ziemlich laut ist, wenn er seinen trotzigen Tag hat. Ich bin sicher, daß Miss Jervis Ruhe zu schätzen weiß, nach all dem, was sie durchgemacht hat.«
»Kommst du dir ein bißchen einsam vor, Hetty?« fragte Hugo. »Es ist aber nicht für lange.« Er legte schwer und besitzergreifend seinen Arm um Hettys Schultern. »Wir müssen noch vieles besprechen. Aber jetzt essen wir erst mal. Ah, da ist Kitty.«
Eine massige Gestalt in unförmiger Kleidung kam schwerfällig die Treppe heruntergehastet.
»Ach, Hugo, es tut mir schrecklich leid, daß ich nicht da war, um Miss Jervis zu begrüßen. Wie geht's Ihnen, Miss Jervis? Ich bin Kitty, Lionels Frau – Hugos Schwägerin.«
Eine warme Hand umschloß Hettys Hand, fest und freund-

lich. »Ich hatte heute morgen Schicht im Krankenhaus, da ich mich zum Freiwilligendienst im Militärkrankenhaus in Cirencester gemeldet habe. Leider muß ich sagen, daß wir immer mehr zu tun bekommen.«

»Hast du etwas von Lionel gehört?« fragte Hugo.

»Ja. Er erwähnte ganz niedergeschlagen, daß sie in den nächsten Tagen zu den Dardanellen fahren. Oh Gott! Ich glaube, daß unser Erster Lord ein paar verwegene Vorstellungen hat. Und eines Tages setzt er sicher eine davon in die Tat um. Wißt ihr, daß man sogar munkelt, er habe etwas mit der Versenkung der ›Lusitania‹ zu tun gehabt? Um Amerika so aufzustacheln, daß es in den Krieg eingreift. Haben Sie von diesem Gerücht gehört, Miss Jervis? Immerhin waren sie einer der unschuldigen Passagiere. Und Ihre Mutter ist dabei ums Leben gekommen. Als neutrale Amerikanerin haben Sie wahrlich allen Grund, über die Deutschen empört zu sein.«

»Ich fürchte, ich weiß nicht genau, von wem Sie da sprechen.«

»Von Winston Churchill, Erster Lord der Admiralität. Furchtbar schlau. Das ändert aber nichts daran, daß Lionel jetzt fort ist.« Dieser Ausbruch sollte wahrscheinlich ihren Kummer über die Abfahrt ihres Mannes verbergen. Ihr Gesicht war aggressiv geworden und hatte sich gerötet. Sie besaß leuchtende dunkle Augen und einen breiten Mund. Keine Schönheit, nicht einmal hübsch. Aber sie wirkte lebendig. Sicherlich sieht sie nett aus, wenn sie hübsch angezogen ist, dachte Hetty. Jetzt trug sie einen weiten Pullover und einen unförmigen Rock. Ihre Frisur stand kurz davor, sich aufzulösen. Hetty mochte sie.

Sie waren nur zu viert beim Mittagessen, Hugo und die drei Frauen. Der Tisch funkelte von Silber und Kristall, und es herrschte ein Überfluß an Speisen. Es traf also gar nicht zu, daß England durch die U-Boot-Blockade der Deutschen von einer Hungersnot bedroht war. Die Bewohner von Loburn hungerten jedenfalls nicht. Hetty löffelte ihre Suppe aus und stocherte dann lustlos in dem Fisch auf ihrem Teller herum. Sie hatte das Gefühl, zu müde zum Essen zu sein. Zu müde auch, um an der Unterhaltung teilzunehmen, obwohl sie sie doch direkt betraf.

»Ich finde, Lady Flora hätte sich ruhig aufraffen können, herunterzukommen«, sagte Kitty. »Will sie denn nichts über die Hochzeitspläne hören? Wie sehen die überhaupt aus, Hugo, wo doch die große Sache in St. Margret jetzt vom Tisch ist? Ist das sehr schlimm für Sie, Hetty?«

»Nein, ich habe ja meine ganze Brautausstattung verloren.« Man erwartete von ihr, daß sie sich munter gab; andererseits aber auch, daß sie ein gewisses Bedauern zeigte. »Ich hatte so ein reizendes Hochzeitskleid. Und dazu den Brautschleier meiner Großmutter. Jetzt habe ich nichts mehr, was mir gehört. Alles ist geliehen. Danke übrigens, daß Sie in meinem Zimmer ein paar Sachen bereitgelegt haben.«

»Nicht der Rede wert«, sagte Kitty. »Aber wir müssen Sie wirklich neu ausstatten. Ich könnte Sie da in einen ganz guten Laden in Cirencester mitnehmen. Das heißt, wenn Sie nicht auf etwas Ausgefallenem von Fortnum & Mason oder Harrods bestehen.«

»Nein, ich will nichts Ausgefallenes. Natürlich nur, wenn Hugo einverstanden ist.«

»So, wie die Lage jetzt ist«, sagte Hugo, der herzhaft zulangte beim Essen, »würde ich sagen: je weniger Wirbel, desto besser. Ich dachte, nächste Woche hier in der Dorfkirche. Nur eine ruhige kleine Feier. In ein paar Wochen werde ich noch einmal untersucht, und dann muß ich wieder nach Frankreich zurück. Das Ganze sollte also so früh wie möglich stattfinden. Was meinst du, Hetty?«

»Ja«, sagte Hetty angestrengt. »Ja. Natürlich«

»Ich muß schon sagen, du nimmst das recht gelassen hin. Du hattest doch auf eine Hochzeit im großen Stil Wert gelegt, nicht wahr? Vor allem deine Mutter, das weiß ich.«

»Das ist jetzt gleichgültig. Es gibt nichts, was ich weniger wollte. Schließlich bin ich in Trauer. Aber ich nehme an, daß ich nicht die erste Braut in dieser Lage bin.«

Sie zwang sich, hochzuschauen, und sah die drei Augenpaare auf sich gerichtet. Kittys Blick war neugierig und teilnahmsvoll, der Hugos war erregt – dachte er daran, wie es sein würde, mit ihr im Bett zu liegen, oder dachte er ans Geld? –, und Julia schaute verblüfft drein; sicherlich glaubte sie einfach nicht, was sie gehört hatte.

»Ich muß meine Angelegenheiten ordnen, bevor ich wieder nach Frankreich fahre«, sagte Hugo und bestätigte damit, daß ihre Vermutung mit dem Geld die richtige gewesen war. »Ich habe eine Menge Schulden zu bezahlen, und außerdem will ich mir unbedingt ein paar Jagdpferde kaufen. Du könntest dich da ein bißchen umschauen, Julia. Julia ist eine ausgezeichnete Reiterin, Hetty. Sie hält meine Pferde in Bewegung, während ich fort bin.«

Das hätte sich Hetty auch denken können. Dieser schlanke, straffe, durchtrainierte Körper, die langen, schmalen Hände.

»Wo soll ich danach schauen, Hug?«

Nenn' ihn nicht so vertraulich Hug! Du bist nur die Gesellschafterin seiner Mutter, dachte Hetty bei sich.

»Du könntest dich von Pimm nach Newmarket fahren lassen. Aber ich will keinen Kavallerie-Ausschuß, denk dran.«

»Möchten Sie jetzt mit nach oben kommen, ins Kinderzimmer, und Freddie sehen?« fragte Kitty.

»Er ist ein verzogenes Gör«, brummte Hugo.

»Er ist nicht verzogen. Er ist einfach ein Original. Ein Exzentriker. Ich liebe ihn schrecklich. Aber er ist sehr empfindlich, und zur Zeit –« Kittys Stimme klang besorgt – »ist er der einzige Erbe, den Loburn hat. Und wenn dir und Lionel im Krieg etwas zustößt, Hugo, dann könnte er der einzige bleiben.«

»Ich würde ihn sehr gern sehen«, sagte Hetty. »Könnte es aber vielleicht etwas später sein? Ich bin so müde...«

Der Tisch und der Boden schienen auf und ab zu schwanken. Es machte sie schwindlig, als ob sie noch an Bord des Schiffes wäre. Sie preßte die Finger gegen die Augenlider und fühlte ein großes Bedürfnis, laut zu weinen. Was war das für eine kühle, berechnende Art, in der diese alten engli-

schen Familien über Erben redeten, als seien sie ein Privileg, das nur ihnen zugebilligt wurde! Hetty aber sah jene hilflosen Babies vor sich in ihren Körbchen festgebunden, kurz bevor sie in die gierige See geschleudert wurden. Voller Entsetzen fühlte sie, daß sie der Alptraum des ›Lusitania‹-Unglücks ihr Leben lang immer wieder heimsuchen würde.
Kitty sprang auf. »Kommen Sie mit nach oben, Hetty. Entschuldigt uns bitte. Du hättest doch merken müssen, daß dieses arme Mädchen noch nicht fähig ist, unter Leute zu gehen, Hugo. Ich sage ja – Männer! Ich glaube, das einzige, was Hugo wirklich interessiert, sind seine Pferde, und bei Lionel sind's seine Bücher. Nun ja, wir Frauen müssen uns durchsetzen. Das haben wir auch immer getan.«
Mit Kittys Hilfe verließ Hetty den Raum, und jetzt endlich konnte sie zulassen, daß ihre Lippen zitterten und ihre Augen sich mit Tränen füllten.
»Weinen Sie nur«, sagte Kitty freundlich. »Weinen Sie. Seien Sie ruhig hysterisch, wenn Sie möchten. Die meisten Frauen wären es an Ihrer Stelle längst. Sie haben sich zu lange beherrscht, nicht wahr?«
»Ich mußte. Man tut's eben.«
»Ja, ich weiß. Ich sehe es auch bei den Jungen im Hospital, sie hören erst dann auf, sich ständig zusammenzureißen, wenn ihnen niemand mehr Befehle zuschreit. Ich werde Sie jetzt zu Bett bringen und Ihnen ein Schlafmittel geben. Und morgen tun wir so, als würden wir uns zum ersten Mal begegnen, ja?«
»Hugos Mutter...«
»Lady Flora kann warten. Selbstsüchtige Alte! Julia verhätschelt sie zu sehr. Und Hugo ist genauso selbstsüchtig. Sie müssen ihn in Schach halten.«
»Ich habe geglaubt – hat er sich denn gefreut ..., stotterte sie.
»Darüber, daß Sie überlebt haben? Er hat sich furchtbar gefreut und war sehr dankbar.«
»Wegen dem Geld? Dem Heiratsvertrag?«
»Das auch, um ehrlich zu sein. Er sitzt ein bißchen in der

Klemme, hat eine Menge Schulden, und außerdem spielt er zuviel. Und er hat diese Schwäche für Loburn, wie alle Hazzards. Lionel auch, allerdings nicht so ausgeprägt, weil er ja der jüngere Sohn ist. Aber ich kann Ihnen versichern, Hetty, daß Hugo viel von Ihnen hält. Er kam aus Amerika zurück, außer sich vor Freude über das wunderbare Mädchen, das er zur Heirat bewegt hat. Er konnte es kaum erwarten, Sie wiederzusehen.«
»Und dann komme ich hier an und sehe wie eine ertränkte Katze aus.«
»Na ja, sagen wir mal, nicht ganz das liebliche Geschöpf, das er erwartet hatte. Aber das geht vorüber. Warten Sie nur, bis wir Sie aufgepäppelt haben! Sie haben bei dem Unglück Ihre Zofe verloren, nicht wahr?«
Hetty nickte, unfähig zu sprechen.
»Das kriegen wir leicht hin. Sie können Effie haben. Für mich ist sie eigentlich gar nicht nötig. Ich arbeite im Krankenhaus und hier im Garten und habe fast nie Zeit, mich herzurichten. Aber Sie müssen demnächst einen Riesen-Einkauf machen und meinem dämlichen Schwager eine Überraschung bereiten. Ihr habt euch doch heute morgen in London ganz gut verstanden, oder?«
»Ja, er war – nett.«
»Sehen Sie! Wovor haben Sie also noch Angst?«
Hetty erwiderte nichts, aber sie trug diese Frage mit sich herum. Was machte ihr Angst? Die verwöhnte Kranke dort oben, Lady Flora? Oder Julia? Nein, ich habe vor niemandem Angst, sagte Hetty zu sich selbst. Nach all dem, was ich durchgemacht habe, nicht mehr. Hugo wird mich vielleicht nie lieben, ich ihn vielleicht auch nicht. Aber ich werde Lady Hazzard sein, die Herrin von Loburn. Das ist genug. Für das hungrige Kind aus der Bowery würde das mehr als genug sein.

6

Der Alptraum war so intensiv, daß sie aufschrie und erwachte. Sie sah ein unfreundliches englisches Gesicht über sich gebeugt. Nicht das von Clemency, wie in ihrem Traum, und auch nicht das von Mrs. Jervis, herrisch und wütend (»Sie haben mir meine Diamanten gestohlen, Brown, und jetzt stehlen Sie Clemency den Mann!« – Im Traum hatte Hetty heftig widersprochen: »Sie brauchen Ihre Diamanten jetzt nicht mehr, und ebensowenig braucht Clemency noch Hugo!«)
Jetzt schien ihr helles Licht ins Gesicht, und Julia Pemberton betrachtete sie. Hatte sie jene Worte laut gesprochen?
»Es ist neun Uhr, Miss Jervis. Lady Flora hat mich geschickt, um zu schauen, wie es Ihnen geht.«
Hetty setzte sich auf. Das helle Licht war die Morgensonne, die durch die Fenster hereinschien. Also mußte sie von gestern nachmittag an geschlafen haben, die ganze Nacht hindurch. Sie fühlte sich ausgeruht und zuversichtlich, sogar der Alpdruck ließ allmählich nach.
»Ich habe von der ›Lusitania‹ geträumt. Habe ich etwas gerufen?«
»Sie haben irgend etwas vor sich hingemurmelt. Tun Sie das lieber nicht mehr, wenn Sie verheiratet sind. Hugo wird es nicht mögen.«
In ihrer neuerwachten optimistischen Stimmung empfand Hetty fast Mitleid mit dieser kühlen, arroganten Frau, die offensichtlich gehofft hatte, daß Hugo sie heiraten würde. Vielleicht hielt sie das immer noch für möglich. Aber das war es nicht. Hetty hatte lange genug in einem vornehmen Haushalt gelebt, um die Macht des Geldes zu kennen.
Trotzdem konnte Julia unter Umständen störend wirken. Zwar war es ihr verwehrt, Hugo zu heiraten, aber sie konnte ihn davon abhalten, sich in seine Frau zu verlieben. Es würde besser sein, wenn sie nicht auf Loburn bliebe.
Taste dich fürs erste langsam vorwärts, sagte Hetty zu sich

selbst. Stell dich gut mit Lady Flora. Lerne alles hier kennen. Fang' es geschickt an.
»Ich denke, daß ich nicht mehr lange solche Alpträume haben werde. Aber möglicherweise bekommt Hugo welche wegen der Schützengräben. Wir werden uns gegenseitig trösten müssen.«
»Am besten tröstet man Hugo damit, daß man früh am Morgen mit ihm Galopp reitet. Sie reiten nicht, glaube ich.«
»Es ist nett von Ihnen, daß Sie sich um meine Unzulänglichkeiten Sorgen machen. Aber ich werde diese bald beheben.«
Mit Genugtuung sah sie, daß Julia leicht die Stirn runzelte, und sie wußte, daß sie den ersten Punkt für sich buchen konnte. Es war Julias Pech, daß sie sich ihre Gegnerin als verwöhntes reiches Mädchen vorgestellt hatte, naiv und nicht an Kritik gewöhnt; jetzt hatte sie es aber mit dem zähen Kind zu tun, das Hetty einst gewesen war, mit einem Kind, das daran gewöhnt war, für sein Recht zu kämpfen.
»Wann möchte Lady Flora, daß ich sie besuche? Ich freue mich, sie kennenzulernen, und hoffe, daß sie sich auch auf mich ein wenig freut.«
»Sie hat vorgeschlagen, um elf Uhr im Wohnzimmer. Unpünktlichkeit kann sie nicht leiden.«
»Keine Sorge, ich bin immer dazu angehalten worden, pünktlich zu sein«, sagte Hetty wahrheitsgemäß. Sie war auch dazu angehalten worden, Befehle entgegenzunehmen. Dies war ein Befehl. Und sie stand kurz davor, selbst einen zu erteilen. Auf ihr Klingeln hin erschien ein plumpes, rotbackiges Dienstmädchen, das zuerst knickste und Hetty dann verstohlen neugierige Blicke zuwarf. Es war ganz sicher viel im voraus über sie spekuliert worden. Hetty wußte gut über Küchentratsch Bescheid.
»Wie heißen Sie?«
»Annie, Miss.«
»Also, Annie, morgen komme ich zum Frühstück hinunter, heute habe ich aber verschlafen. Könnten Sie mir ein wenig Kaffee bringen und – sagen Sie, was ißt man hier in diesem Land zum Frühstück?«

venn sie einem noch so bezaubernd zulächeln mochte.
hatte schon von diesen energischen, herrschsüchti-
ußerst selbstsicheren Engländerinnen gehört. Sie war
zt, daß ihre zukünftige Schwiegermutter von dieser
ar.
lem reizte sie die Herausforderung. Sie war zweiund-
ig, hübsch, gesund und klug. Diese Frau war minde-
echzig und verbraucht. Das zeigte sich an ihrer wel-
aut, der grauen Tönung rund um ihre Augen, der Ge-
ichkeit ihrer Hände und Handgelenke.
in ungleicher Kampf zwischen uns, sagte sich Hetty.
venn ich erst mit Ihrem Enkel schwanger bin, dann
n Sie mich akzeptieren, Lady Flora.
nelte, und zwar das entzückende Grübchen-Lächeln,
auf Anhieb hervorbringen konnte.
eue mich so, Sie kennenzulernen, Lady Hazzard.«
üssen Lady Flora zu mir sagen. Sie werden doch La-
zzard, denke ich.«
s stimmt. Natürlich. Ich denke, das ist Hugos Ab-

öchte mich entschuldigen, daß ich gestern nicht her-
kommen bin, um Sie zu begrüßen. Ich sehe ein, daß
ziemlich dürftiger Empfang für Sie war. Ich hatte
neiner schlechten Vormittage. Ich habe nämlich ein
hes Herz. Und dann, am Nachmittag, sagte man
hätten sich in Ihr Zimmer begeben, um sich auszu-
Sie seien in einem sehr schlimmen Zustand gewesen,
y gesagt.«
s war ich wirklich. Dieses Grauen kommt immer
über mich – mit dem Schiff und all dem.«
ß ein schreckliches Erlebnis gewesen sein.«
ickte. »Ich hoffe, daß ich es im Laufe der Zeit ver-
Hier erfahre ich, wie entsetzlich der Krieg sein kann.
en das in New York nicht so mitbekommen, da wir
dem – abgeschirmt waren, kann man vielleicht sa-

s ist ja nicht Ihr Krieg, nicht wahr?«

»Eier mit Speck, Miss. Geröstete Nieren. Würstchen. Fischreis. Toast und Marmelade. Heiße kleine Teekuchen.«
»Habt ihr wirklich alle diese Sachen da, jetzt im Krieg?«
»Es gibt genug zu essen. Bis jetzt jedenfalls. Obwohl Bates – das ist der Butler – sagt, wenn deutsche U-Boote weiterhin Handelsschiffe versenken... oh, es tut mir leid, ich wollte die U-Boote nicht erwähnen, Miss.«
»Es macht nichts, Annie. Wir haben das U-Boot ja nicht gesehen. Wir hörten bloß eine laute Explosion.« Wir: Mrs. Jervis, Clemency, sie selbst, Mrs. Drummond und ihre kleinen Kinder, Donald Newman und all die Unglücklichen, die im Zwischendeck eingeschlossen waren.
»Es muß furchtbar gewesen sein, Miss.«
»Das war es auch wirklich. Aber jetzt mag ich nicht mehr darüber reden. Ich hätte gern Eier und Speck, Toast und Marmelade und eine Menge heißen Kaffee. Und schnell, Annie, bevor ich hier oben verhungere.«
Annie kicherte hinter vorgehaltener Hand. Sie sauste davon, um unten in der Küche zu erzählen, daß die neue Herrin sehr nett und lustig sei.
So hatte sie also eine Freundin gewonnen. Es konnte ihr vielleicht einmal von Nutzen sein, Freunde unter den Bediensteten zu haben.
Frühstück, ein Bad in der großen Marmorbadewanne, die goldene Wasserhähne in Gestalt von Delphinen hatte, dann die geliehene Seidenbluse und der Rock. Vielleicht würde Kitty sie am Nachmittag zum Einkaufen mitnehmen.
Es war erst zehn Uhr. Hetty unterdrückte ihre Ungeduld, alles erkunden zu wollen, sondern beschloß, noch auf ihrem Zimmer zu bleiben und etwas wenig Angenehmes, dafür aber sehr Notwendiges zu tun. Sie mußte einen Brief an Onkel Jonas verfassen und ihn, sicherheitshalber, mit der linken Hand schreiben. Sie wußte nicht genau, wie vertraut Onkel Jonas Clemencys Handschrift war. Jetzt, zu diesem frühen Zeitpunkt, konnte sie noch keinerlei Risiko eingehen. Sie schrieb:

»Eier mit Speck, Miss. Geröstete Nieren. Würstchen. Fischreis. Toast und Marmelade. Heiße kleine Teekuchen.«
»Habt ihr wirklich alle diese Sachen da, jetzt im Krieg?«
»Es gibt genug zu essen. Bis jetzt jedenfalls. Obwohl Bates – das ist der Butler – sagt, wenn deutsche U-Boote weiterhin Handelsschiffe versenken... oh, es tut mir leid, ich wollte die U-Boote nicht erwähnen, Miss.«
»Es macht nichts, Annie. Wir haben das U-Boot ja nicht gesehen. Wir hörten bloß eine laute Explosion.« Wir: Mrs. Jervis, Clemency, sie selbst, Mrs. Drummond und ihre kleinen Kinder, Donald Newman und all die Unglücklichen, die im Zwischendeck eingeschlossen waren.
»Es muß furchtbar gewesen sein, Miss.«
»Das war es auch wirklich. Aber jetzt mag ich nicht mehr darüber reden. Ich hätte gern Eier und Speck, Toast und Marmelade und eine Menge heißen Kaffee. Und schnell, Annie, bevor ich hier oben verhungere.«
Annie kicherte hinter vorgehaltener Hand. Sie sauste davon, um unten in der Küche zu erzählen, daß die neue Herrin sehr nett und lustig sei.
So hatte sie also eine Freundin gewonnen. Es konnte ihr vielleicht einmal von Nutzen sein, Freunde unter den Bediensteten zu haben.
Frühstück, ein Bad in der großen Marmorbadewanne, die goldene Wasserhähne in Gestalt von Delphinen hatte, dann die geliehene Seidenbluse und der Rock. Vielleicht würde Kitty sie am Nachmittag zum Einkaufen mitnehmen.
Es war erst zehn Uhr. Hetty unterdrückte ihre Ungeduld, alles erkunden zu wollen, sondern beschloß, noch auf ihrem Zimmer zu bleiben und etwas wenig Angenehmes, dafür aber sehr Notwendiges zu tun. Sie mußte einen Brief an Onkel Jonas verfassen und ihn, sicherheitshalber, mit der linken Hand schreiben. Sie wußte nicht genau, wie vertraut Onkel Jonas Clemencys Handschrift war. Jetzt, zu diesem frühen Zeitpunkt, konnte sie noch keinerlei Risiko eingehen. Sie schrieb:

Lieber Onkel Jonas,
bitte verzeih die wacklige Schrift, aber meine rechte Hand wurde verletzt, als ich in das irische Fischerboot gezerrt wurde. Sie tut mir immer noch weh. Ansonsten aber geht es mir gut, und ich bin so dankbar, am Leben zu sein. Arme, arme Mami! Und Brown habe ich auch nie wieder gesehen. Sie befand sich im Zwischendeck, das war der schlechteste Platz. Mr. Walter Page, der amerikanische Botschafter, hat uns (die überlebenden Amerikaner) gestern auf dem Londoner Bahnhof erwartet, und Hugo war auch da. Er (Hugo) nahm mich zum Frühstück mit ins Hotel Berkeley, und dann fuhren wir nach Loburn.
Alle sind sehr nett zu mir, wenn man bedenkt, daß sie ja eine amerikanische Erbin erwartet haben und keinen begossenen Pudel ohne jegliche Habe.
Der Krieg ist viel schlimmer, als wir, oder jedenfalls ich, es uns vorgestellt haben. Hugo muß sehr bald wieder nach Frankreich zurück – aber er möchte erst heiraten. Ich habe den Plan, eine ganz große Hochzeit zu haben, aufgegeben. Es wäre falsch und tragisch, wenn Mami nicht dabei wäre. Auch Hugo will es nicht. So werden wir also nächste Woche in der kleinen Dorfkirche getraut.
Ich habe Loburn schon richtig liebgewonnen. Jetzt, wo Mutter von uns gegangen ist, nehme ich an, daß Vaters Geld an mich übergeht. Könntest Du mir raten, was ich damit tun soll? Ich dachte, daß ich vielleicht einen Teil davon für meine Kinder anlegen werde. Seit dem Unglück habe ich mich verändert. Ich mag keine Bälle und Gesellschaften mehr, sondern nur noch Ruhe und Sicherheit. Ich weiß, was für ein unsägliches Glück ich hatte, daß ich am Leben blieb.
Wenn Du mir schreibst, mußt Du Deinen Brief an Lady Hazzard adressieren, denn das werde ich dann sein. Lieber Onkel, Du bist der einzige Verwandte, den ich noch habe,
Deine Dich liebende Nichte
Clemency

So. Abgesehen davon, daß es schwierig gewesen war, die linke Hand zu benutzen, hatte sich der Brief fast von alleine geschrieben. In dieser Art, dachte Hetty, hätte sich die neue, gezähmte Clemency auch ausgedrückt; etwas geschwätzig, etwas aufgeregt, aber dadurch, daß sie dem Tod dermaßen knapp entronnen war, doch ziemlich eingeschüchtert.

Onkel Jonas, der Junggeselle war, hatte sowieso nicht viel Ahnung davon, was in der Seele einer jungen Frau vorging. Er würde sie zwar in finanziellen Dingen gut beraten, aber nicht darin, wie man Einsamkeit, Kummer und Schuldgefühle meistern konnte. Und an ihrer Heirat würde er keinerlei persönliches Interesse zeige, solange ihr adliger Ehemann nicht gerade mit ihrem ganzen Vermögen durchbrannte.

Lady Floras Wohnzimmer war ein großer, heller Raum, von dem man eine bezaubernde Aussicht auf Wiesen und blühende Bäume, eine Lindenallee und einen Springbrunnen hatte. Das ganz in Apfelgrün und Weiß gehaltene Zimmer bildete mit seinem maßvollen Durcheinander – zahllose kleine Tische mit silbergerahmten Photographien, Blumenvasen, Nippes aus Glas und chinesischem Porzellan – einen vollendeten Rahmen für die schlanke grauhaarige Frau, die kerzengerade in einem mit Schnitzereien verzierten Stuhl beim Fenster saß. Der Raum erzählte die Geschichte von Lady Floras wohlgeordnetem, privilegiertem Leben.

Sie reichte Hetty majestätisch die Hand. Die Herzoginwitwe, dachte Hetty und straffte sich unwillkürlich auch. Ihr Instinkt sagte ihr, daß sie bei dieser Begrüßung sehr behutsam mitspielen müsse. Lady Flora war beinahe sicher gegen eine amerikanische Schwiegertochter voreingenommen, ob sie nun reich war oder nicht. Ihre großen blaßblauen Augen, eine ältere Variante von Hugos Augen, wirkten täuschend arglos im Gegensatz zu der markanten Hakennase, dem langen, schmalen Gesicht und dem festen, energischen Kinn. Sie konnte zwar ihren Gesichtsausdruck, nicht jedoch ihre Gesichtszüge ändern. Sie sprachen für sich, auch wenn sie einem noch so bezaubernd zulächeln mochte. Hetty hatte schon von diesen energischen, herrschsüchtigen, äußerst selbstsicheren Engländerinnen gehört. Sie war bestürzt, daß ihre zukünftige Schwiegermutter von dieser Art war.

Trotzdem reizte sie die Herausforderung. Sie war zweiundzwanzig, hübsch, gesund und klug. Diese Frau war mindestens sechzig und verbraucht. Das zeigte sich an ihrer welken Haut, der grauen Tönung rund um ihre Augen, der Gebrechlichkeit ihrer Hände und Handgelenke.

Es ist ein ungleicher Kampf zwischen uns, sagte sich Hetty. Aber wenn ich erst mit Ihrem Enkel schwanger bin, dann werden Sie mich akzeptieren, Lady Flora.

Sie lächelte, und zwar das entzückende Grübchen-Lächeln, das sie auf Anhieb hervorbringen konnte.

»Ich freue mich so, Sie kennenzulernen, Lady Hazzard.«

»Sie müssen Lady Flora zu mir sagen. Sie werden doch Lady Hazzard, denke ich.«

»Ja, das stimmt. Natürlich. Ich denke, das ist Hugos Absicht.«

»Ich möchte mich entschuldigen, daß ich gestern nicht heruntergekommen bin, um Sie zu begrüßen. Ich sehe ein, daß das ein ziemlich dürftiger Empfang für Sie war. Ich hatte einen meiner schlechten Vormittage. Ich habe nämlich ein schwaches Herz. Und dann, am Nachmittag, sagte man mir, Sie hätten sich in Ihr Zimmer begeben, um sich auszuruhen. Sie seien in einem sehr schlimmen Zustand gewesen, hat Kitty gesagt.«

»Ja, das war ich wirklich. Dieses Grauen kommt immer wieder über mich – mit dem Schiff und all dem.«

»Es muß ein schreckliches Erlebnis gewesen sein.«

Hetty nickte. »Ich hoffe, daß ich es im Laufe der Zeit vergesse. Hier erfahre ich, wie entsetzlich der Krieg sein kann. Wir haben das in New York nicht so mitbekommen, da wir von all dem – abgeschirmt waren, kann man vielleicht sagen.«

»Aber es ist ja nicht Ihr Krieg, nicht wahr?«

»Von jetzt an schon«, sagte Hetty leidenschaftlich. »Vor allem dann, wenn ich mit Hugo verheiratet bin.«
»Gewiß. Das wird man auch erwarten.« Lady Floras Augen verengten sich. »Wo ist Ihr Verlobungsring?« Sie stieß die Frage scharf und argwöhnisch hervor.
»Ich habe ihn verloren. Im Meer. Er war ein bißchen zu groß für meinen Finger. Ich hatte vor, ihn enger machen zu lassen.«
»Wie schade. Es war der Ring von Hugos Großmutter. Ein sehr schöner Smaragd. Er ist unersetzlich.«
»Ich habe auch den Schleier meiner Großmutter verloren«, sagte Hetty. »Er ist auch unersetzlich.«
»Ja. Ich finde, daß solche Familienerbstücke einem erst eine Identität verleihen. Wie kann man ohne sie genau wissen, wer man ist?«
Die Sanftheit ihrer Stimme war trügerisch. Hetty war sich der Falle bewußt.
»Hugo hat mich auch ohne Ring wiedererkannt, Lady Flora. Glauben Sie, daß er sich getäuscht hat?«
Waren die großen blauen Augen jetzt etwas kälter geworden?
»Das hört sich sehr aggressiv an, meine Liebe. Hugo hat mir erzählt, Sie seien ein reizender kleiner Schmetterling, lebhaft und amüsant. Genau die Art von Mädchen, die er liebt. Aber er hat nie gesagt, daß Sie auch klug sind.«
Hetty ließ sich nicht aus der Fassung bringen. »Ich bin nicht klug. Aber wenn ich es wäre, dann hätte ich es vielleicht zu verbergen versucht. Männer mögen keine klugen Frauen, oder? Wenigstens hat mir das Mutter immer gesagt.«
»Ich sehe, Sie hatten eine konventionelle Erziehung. Ich persönlich bin der Meinung, daß es ganz verkehrt ist, wenn ein junges Mädchen seine Intelligenz verstecken muß. Wir kommen doch allmählich von dieser altmodischen Richtung weg. Aber wenn Sie auch vielleicht nicht so klug sind, wie ich dachte, dann sehen Sie doch jedenfalls zielstrebig aus. Als seien Sie eine von jenen Glücklichen, die genau wissen, was sie wollen.«

Hetty gab ihrer Stimme einen kecken Unterton, so wie Clemency das auch getan hätte.
»Ich weiß auch, was ich will. Vor allem Ihren Sohn Hugo. Und dann dieses hübsche, hübsche alte Haus!«
»Sie kommen aus New York und sind an moderne Dinge gewöhnt. Wie können Sie so ein Haus, das vor Alter in allen Fugen kracht, wirklich mögen?«
»Gerade weil es alt ist, glaube ich. Wir haben keine Häuser, deren Geschichte so weit zurückreicht. Das ist faszinierend. Aber ich glaube, man muß sehr viel Geld dafür aufwenden, nicht wahr?«
Mit Befriedigung sah sie ein winziges Zucken in dem strengen Gesicht. War es ein Zeichen dafür, daß die alte Dame sich besiegt fühlte? Hetty war sich nicht sicher, denn Lady Flora machte einen neuen Vorstoß. Diesmal war sie weniger taktvoll.
»Ich glaube, daß ein Adelstitel auf ehrgeizige junge Amerikanerinnen einen unwiderstehlichen Reiz ausübt. In England hat es schon mehrere Eheschließungen dieser Art gegeben. Ich weiß nicht wie erfolgreich sie waren.«
Hetty versuchte, vollkommen ehrlich auszusehen. Sie wußte nicht, wie lange es ihr noch gelingen würde, diese scharfsinnige alte Frau hinters Licht zu führen.
»Ich gebe zu, daß es mir Spaß machen wird, Lady Hazzard zu sein. Ich muß mich erst daran gewöhnen. Aber das war nicht der Grund dafür, daß ich nach England kam.«
Jetzt sprach sie tatsächlich die Wahrheit, und zwar mehr, als Lady Flora je ahnen konnte. »Ich werde Hugo eine gute Frau sein und ihm einen Sohn schenken, oder zwei Söhne.«
»Lieben Sie meinen Sohn?« Die Frage kam unvermittelt und schroff.
»Ja, ich habe ihn in New York geliebt. Ich mochte ihn schrecklich gern.« Hetty wußte, daß diese Antwort sehr wichtig war und überzeugend klingen mußte. »Seit dem Schiffbruch fühle ich mich wie betäubt, oder etwas in dieser Art. Und ich weiß nur, daß ich nicht bloß Hugo will, sondern alles. Alles!«

Lady Floras Augen wurden ganz schmal.
»Daß Sie so knapp dem Tod entronnen sind, scheint Sie ungewöhnlich gierig gemacht zu haben.«
»Ich war schon immer gierig. Nach allem möglichen. Wenn ich sehe, wie das Leben einfach so vergeht, dann habe ich immer das Bedürfnis, irgend etwas festzuhalten.«
»Ja, ich glaube, ich kann das verstehen. Wahrscheinlich hat Ihnen diese Einstellung zum Überleben verholfen. Bei Hugo ist das ähnlich, bis jetzt. Es ist so schrecklich an der Front. Alle unsere jungen Männer sterben.«
Jetzt wurde Hetty den Kummer gewahr, der sich hinter Lady Floras Gelassenheit verbarg.
»Es muß ihm viel daran liegen, am Leben zu bleiben. Dafür sollten Sie sorgen. Und er muß einen Sohn bekommen. Andernfalls ist da nur noch Freddie, und der ist sehr zart. Seine Mutter hat seine Geburt gerade überlebt, und deshalb wird aus dieser Richtung wohl nichts mehr kommen. Ich weiß, Kitty sieht kräftig aus, aber sie ist es nicht.«
»Ich bin sehr kräftig«, murmelte Hetty.
»Das haben Sie schon bewiesen. Also, wollen wir uns darauf einigen? Wenn Sie Hugo einen Sohn schenken, dann verzeihe ich Ihnen das mit dem Geld.«
»Mir verzeihen?«
»Es ist eine unfaire Waffe, oder nicht?«
Und außerdem eine, die ihr Liebling Julia nicht besaß!
»Ich kann nichts dafür, Lady Flora. Und ich hatte ja nie damit gerechnet, Mamis Vermögen so bald zu erben. Aber darüber will ich lieber noch nicht reden. Onkel Jonas wird mir schreiben und mir alles erklären.«
»Ihr Onkel Jonas ist Ihr nächster Verwandter?«
»Mein einziger – außer ein paar entfernten Verwandten, die wir nie gesehen haben.«
»Dann müssen wir ihm wegen der Hochzeit telegraphieren. Hugo und ich haben uns gestern abend für Mittwoch nächster Woche entschieden. Jetzt kommt es noch darauf an, was Ihr Onkel dazu sagt.«
Hetty riß weit die Augen auf.

»Sie haben das ohne mich besprochen!«
»Gestern abend. Liebes Kind, Sie haben tief geschlafen, und wir wollten Sie nicht stören. Der Termin mußte doch festgesetzt werden, oder? Hugo hat nur noch kurze Zeit Krankenurlaub, dann muß er wieder nach Frankreich zurück, der arme Junge. Lionel wird leider nicht hier sein. Wir werden eben das Beste daraus machen müssen, wir Frauen, nicht wahr?«
Hettys Empörung schien sie zu amüsieren.
»In einem Krieg wie diesem muß man Kompromisse schließen. Ich habe es sowieso nie für gut gehalten, in dieser Zeit eine Hochzeit in großem Stil zu feiern. Es gäbe zu viele Lücken unter den Gästen, von allem anderen ganz abgesehen. Hugo hat schon mehrere seiner engsten Freunde verloren. Eine ganze Kirche voller Witwen, das geht nicht. Ich weiß, daß Sie sich sehr über eine große Feier gefreut hätten...«
Hetty schüttelte heftig den Kopf. »Jetzt nicht mehr!«
»Dann verstehen wir uns vielleicht. Wenigstens in diesem Punkt.«
Lady Flora seufzte und entspannte endlich ihren Rücken, indem sie sich zurücklehnte. Sie sah bleich und müde aus.
»Jetzt warten wir also die Antwort Ihres Onkels ab, und dann wird Hugo mit dem Pfarrer sprechen. Ich denke, Kitty übernimmt es, mit Ihnen einkaufen zu gehen. Sie werden ein paar recht nette Läden in Cirencester finden. So, wenn Sie jetzt so freundlich wären und dort läuten würden; dann bringt Annie uns heiße Schokolade. Und klopfen Sie bitte an die Tür nebenan und fragen Sie Julia, ob sie uns Gesellschaft leistet. Hat man Ihnen erzählt, daß ihre Mutter meine beste Freundin war? Die arme Julia hatte ein trauriges Schicksal. Ihr müßt mir versprechen, daß ihr Freunde werdet.«
»Können wir je Freunde sein?« fragte Hetty kühn.
Lady Flora seufzte wieder. »Ja, Sie sind klug. Aber denken Sie immer daran, daß Sie trotz dieser schrecklichen Tragödie Ihren Traum verwirklichen konnten. Julia konnte das

nicht. Aber sie lebt hier, weil ich sie mag und weil ich sie brauche.«
Und mich? hätte Hetty am liebsten gefragt. Werden Sie mich je mögen?
Nein, niemals! Ich werde für sie immer der Eindringling bleiben. Und ich will Ihre Liebe auch gar nicht, Sie kalte, stolze alte Frau.

Onkel Jonas' Antwort kam prompt.
»heirat unbedingt so bald wie möglich – stop – voraussichtlich keine probleme mit überweisung der summe – stop – wünsche euch beiden glück – stop – onkel jonas.«
Nach dieser raschen, fast erleichterten Antwort und der Prüfung durch Lady Flora, die sie ganz gut bestanden zu haben schien, konnte Hetty endlich aufatmen und wieder Zuversicht fassen. Sie mußte daran denken, sich ins Kirchenbuch als »Clemency Millicent Hazzard« einzutragen. Angenommen, sie war nicht geistesgegenwärtig genug und schrieb etwas Falsches? Außerdem mußte sie sich auch eine klare Vorstellung von den wichtigsten Ereignissen in Clemencys Leben verschaffen, denn ohne Zweifel hatte Hugo häufig Briefe von ihr erhalten.
Ah, das war die Lösung! Wenn Hugo die Briefe aufbewahrt hatte, dann bot sich ihr die Möglichkeit, Clemencys Handschrift in aller Ruhe zu studieren. Dies konnte aber erst geschehen, wenn sie mit Hugo das Schlafzimmer teilte und Zugang zu seinem Schreibtisch und seinen persönlichen Papieren hatte.
Sicher würde er Liebesbriefe nicht in der Bibliothek aufbewahren, die jedem offenstand. Wenn er überhaupt gefühlvoll genug war, um Liebesbriefe aufzubewahren.
Wann konnte sie ohne Gefahr aufhören, Clemency zu sein, und wieder ganz sie selbst werden? Erst wenn sie einen Ehering am Finger trug, und auch dann noch mit Vorsicht.
Aber es ließ sich nun alles besser an. Hugo schenkte ihr, in seiner merkwürdig sprunghaften Art, plötzlich mehr Beachtung. Kitty und sie hatten in Cirencester, einer stein-

grauen Stadt mit mittelalterlichen Bauten und alten Parklandschaften, inzwischen Einkäufe erledigt, von deren Resultat Hugo begeistert war. Das sei nun, sagte Hugo befriedigt, als sie in einem neuen Kleid zum Dinner erschien, endlich das Mädchen, das er in Erinnerung hatte. Chic, weltgewandt und keß. Nicht das zerzauste Kätzchen, das ihm auf dem Bahnhof entgegengelaufen war. Hetty sah ein, daß ihm ihre damalige Erscheinung mißfallen haben mußte, und sie gestand ihm zu, daß er ausgezeichnete Manieren an den Tag gelegt hatte.

Hugo wurde an jenem Abend fröhlich und laut. Und nachdem er ziemlich viel Wein und Brandy getrunken hatte, zerriß er alle Zahlungsaufforderungen und verwandelte sie in einen Scheiterhaufen.

Hetty erschrak über die Menge dieser unangenehmen Botschaften.

»Hugo, was sind das alles für Schulden?«

»In erster Linie Unterhaltskosten. Seit dem Tod meines Vaters war ich nie mehr schuldenfrei. Erbschaftssteuer und all das. Und ich muß zugeben, daß ich etwas zu oft in Spielclubs war. Ich habe vor, mich zu bessern, wenn wir verheiratet sind, ich verspreche es dir. Ich werde in nächster Zeit sowieso nicht sehr viel Gelegenheit zum Spielen haben, weil ich meistens in stinkenden Schützengräben liegen werde. Du könntest also den Krieg ein Glück im Unglück nennen.«

»Wird die ganze Million Dollar in dieser Weise verwendet?«

»Das meiste davon, fürchte ich.«

»Hast du den Preis dann nicht zu tief angesetzt?«

»Den Preis?«

»Für die Heirat.«

Er brüllte vor Lachen, nicht im mindesten verlegen.

»Es war eine feine Abmachung. Wenn man bedenkt, daß ich so eine reizende Braut bekommen habe. Aber es war nicht nur das Geld, weißt du. Diesen Eindruck habe ich doch sicher nie bei dir erweckt? Du bist nicht mißtrauisch veranlagt, oder?«

Sie stellte fest, daß sie seine Arroganz, seine Geradheit mochte. Diese Art hatte eine erotische Komponente. Sie spürte ein seltsames Gefühl der Erregung im Bauch. Plötzlich wünschte sie sich, ihn nackt zu sehen. Sie hatte noch nie einen Mann nackt gesehen, obwohl sie über sexuelle Dinge ganz gut Bescheid wußte. Man konnte nicht in einer Gesindestube arbeiten, ohne genaue Details zu erfahren.
Sie hatte geglaubt, gegen erotisches Verlangen ziemlich gefeit zu sein, weniger anfällig zumindest, als ihre Mutter es gewesen war. Selbst der arme junge kanadische Flieger, Donald Newman, hatte nur eine angenehme Neugier in ihr erweckt.
Dieses heiße Verlangen jedoch war überwältigend, und sei es nur, weil es ihre Ängste und Schuldgefühle auslöschte. Vielleicht würden sie trotz allem doch eine glückliche Ehe führen, sie und Hugo. Es würde alles entschuldigen.

Sie machte ein dickes, schwarzes, großzügig gerundetes C und vollendete die Namen »Clemency Millicent«. Die Feder kratzte und spritzte winzige Fleckchen aufs Papier. Hetty schrieb den Namen Hazzard weniger ausdrucksvoll und atmete tief durch.
Da stand sie schwarz auf weiß, ihre neue Identität.
Hugos Unterschrift folgte in Form eines fast unleserlichen Gekritzels. Er lächelte ihr zu, und sie sah, daß auch er erleichtert war. Es mußte ihm schwergefallen sein zu glauben, daß er diesen Berg von Schulden wirklich loswerden würde.
Die Kirche war kalt und roch modrig, und der Pfarrer war alt und beinahe senil, was man an der täppischen Art erkennen konnte, in der er die Trauungszeremonie vollzog. Auch dies gab Hetty ein Gefühl der Erleichterung. Würde je eine Zeit der unangenehmen Fragen kommen, dann würde er gewiß nicht unter denen sein, die sie stellten.
»Clemency Millicent, willst du Hugo Edward John Clarence als deinen dir rechtmäßig angetrauten Gatten annehmen?«
Auch wenn er nicht taub gewesen wäre, hätte der Pfarrer ihr

klares, energisches »Ja, ich will« wohl geflissentlich überhört, denn es könnte sich ihm der Eindruck eines verdächtigen Eifers aufgedrängt haben, der sich sehr von dem üblichen schamhaften Flüstern sonstiger Bräute unterschied.
Die Kirche war nur spärlich besetzt: Lady Flora, elegant in graue Seide gekleidet mit einem Veilchenstrauß am Gürtel, Kitty, kaum hübscher angezogen als bei der Gartenarbeit, und der kleine Freddie, mager und zart; dann noch die Frau des Pfarrers, kaum weniger gebrechlich als ihr Gatte, ein junger Hauptmann in Khakiuniform, der mit Hugo von der Armee her befreundet war, und schließlich ein paar Dienstboten, bescheiden im Hintergrund der Kirche.
Niemand war da, der zu Hetty gehörte. Aber jetzt hatte sie eine Familie. An Hugos Seite hoffte sie, dem Schmerz der Einsamkeit für immer zu entfliehen.
Der Wechselgesang zwischen Pfarrer und Gemeinde war jämmerlich dünn. Aber das machte nichts. Sie war verheiratet. Sie war wiedergeboren. Ein weiblicher Lazarus.
Das widerfuhr nicht vielen Menschen.
Julia Pemberton war nicht anwesend. Lady Flora hatte ihr einige Tage freigegeben, damit sie entfernte Verwandte besuchen konnte. Sie wurde in Kürze zurückerwartet. Für Julia gab es keine Wiedergeburt. Aber man war nun in der Lage, sie mit Güte zu behandeln und ihr Gunstbeweise zukommen zu lassen. Und man mußte dafür sorgen, daß Hugo jegliches Interesse an ihr verlor.
Als sie die Kirche verließen, stand da ein kleines Häufchen glotzender Dörfler. Nichts von der ausgelassenen Fröhlichkeit und dem Gelächter, das sonst bei Hochzeiten üblich ist. Die Leute waren natürlich enttäuscht, daß Lord Hazzard, ihr Gutsherr, der zu einer so bedeutenden Familie gehörte, nur eine dermaßen bescheidene Feier beging. Sie tuschelten darüber, daß Hugo hinkte, und gafften Hetty unverwandt an. Ein oder zwei Frauen lächelten freundlich. Dann warf ein Kind der Braut einen Blumenstrauß zu, und im selben Moment donnerte ein Flugzeug im Tiefflug über ihre Köpfe hinweg, wobei es fast die Baumwipfel berührte.

Eine plötzliche Erinnerung an Donald Newman durchzuckte Hetty. Sie fuhr zusammen, und als das Knattern der Maschine sich allmählich entfernte, beugte sich Hugo zu ihr herunter und sagte: »Hier ist ein Flugplatz in der Nähe. Aber dieser Pilot war wohl etwas vom Kurs abgekommen. Ich frage mich, wie diese komischen Apparate sich in der Luft halten. Nur so mit Draht zusammengebunden.«

Dieser Schatten der Vergangenheit brachte Hetty ganz aus der Fassung; und es schien, als sei ihr die Grabeskälte aus der Kirche nachgekrochen, denn als sie ihr neues Zuhause betrat, fühlte sie plötzlich eine Art nasses Schaudern, das sie ans Ertrinken erinnerte.

Sie warf ihren Kranz aus gelben Rosenknospen und Frauenhaarfarn auf den dunklen Eichentisch und den hübschen Strauß des Kindes dazu. Sie zitterte wie Espenlaub.

»Was ist, Mylady? Sind Sie krank?« fragte Mrs. Evans.

»N-nein.« Mylady. Hetty hätte am liebsten gelacht. Oder geweint.

»Es kommt nur von der Kälte in der K-kirche.«

»Bates, den Champagner!« befahl Hugo. »Das ist es, was wir jetzt brauchen.« Er legte seinen Arm um Hetty und drückte sie fest an sich. »Das hilft gegen Alpträume«, sagte er. »Ich habe auch welche.«

Ihre Dankbarkeit für sein unerwartetes Verständnis ließ das Frösteln schwächer werden. Langsam kehrte Wärme in ihren Körper zurück. Was Champagner doch für eine wunderbare Wirkung hatte! Er war nicht umsonst das Lieblingsgetränk der Reichen. Eine weitere Flasche davon stand in dieser Nacht in einem Eiskübel neben dem Bett. Als Hugo aber aus seinem Ankleidezimmer kam, sah er, daß sie gar nicht benötigt wurde. Seine Frau schien bereit zu sein, sich ihm hinzugeben.

Zumindest glaubte Hetty, daß er diesen Eindruck hatte, denn er zog gleich seinen Schlafrock aus und kam schnell zu ihr ins Bett. Sie hatte keine Gelegenheit, seinen nackten Körper zu betrachten, aber sie fühlte ihn warm neben sich

und dann schwer auf sich liegen. Er atmete heftig und stieß in der Erregung zusammenhanglose Worte hervor:
»Du und ich, Liebling, wir müssen das jetzt so gut wie möglich machen.« Er spreizte ihre Beine. »Bei Gott, du hast einen schönen Körper.«
Und dann war er zu erregt, um sich noch zu beherrschen. Es tat weh. Sie war sich sicher, daß es weniger weh getan hätte, wenn Hugo ihr mehr Zeit gelassen hätte. Andererseits aber gefiel ihr seine leidenschaftliche Hast. Sie fühlte, daß sie beim nächsten Mal ebenfalls erregt sein würde, und das stellte sie sich wundervoll vor. Aber jetzt konnte sie des brennenden Schmerzes wegen bloß den Atem anhalten und warten, bis Hugo fertig sein würde. Schließlich schrie er auf und sank schwer und erschöpft auf sie.
»Hugo«, sagte sie nach einer Weile zärtlich.
»Ja, Liebling. Fühlst du dich wohl?»
»Ich glaube, das nächste Mal werde ich mich noch besser fühlen.«
»Ich fürchte, ich habe mich ungeschickt benommen.«
»Du hast dich eben wie ein Mann benommen.«
Er hob den Kopf, um sie genau anzuschauen.
»Du überraschst mich immer mehr, Clem- Hetty.«
»Warum?«
»In New York warst du quirlig und aufgedreht, wie Champagner. Mädchen dieser Art werden manchmal etwas langweilig – ich meine, wenn es um wesentliche Dinge geht.«
»Ich werde es nie, Hugo. Das verspreche ich dir.«
»Das kann ich mir auch gar nicht vorstellen.«
Sie konnte sich eine schelmische Frage nicht verkneifen.
»Hast du für deine Investition nun einen höheren Gegenwert bekommen, als du erwartet hast?«
Er lachte schallend.
»Du kleiner Teufel! Laß jetzt das Geld aus dem Spiel, wenn wir hier zusammen im Bett liegen! Aber wie steht's mit Ihnen, Lady Hazzard? Wie sind Sie Ihrerseits mit dem Abkommen zufrieden?«
»Sehr, wenn du mich fragst.«

Wirst du dich nicht zu sehr langweilen, wenn ich weg bin? Ich dachte, du hättest Lust auf Gesellschaften.«
»Die können warten. Ich werde viel Freude daran haben, Loburn kennenzulernen und alle, die hier leben. Und ich will, daß sie auch mich kennenlernen. Und für die Soldaten werde ich auch etwas tun.«
»Ja, das wird man auch von dir erwarten.«
Sie war Gutsherrin! Ein recht ungewohnter Gedanke.
»Hugo, was ist mit Julia?«
»Wie meinst du das?« Seine Stimme klang vorsichtig.
»Sie ist eifersüchtig auf mich.«
»Nun ja, das stimmt. Ich habe damit gerechnet.«
»Hättest du sie geheiratet, wenn du nicht diese Schulden gehabt hättest? Oder wenn sie Geld gehabt hätte?«
»Vielleicht.«
»Lieber als mich?«
»Dich hätte ich dann doch gar nicht gekannt. Sei jetzt still, Liebling. Du fragst zuviel.«
»Aber sie wird bleiben?«
»Ich fürchte, ja. Mutter braucht sie. Und ich brauche sie auch, weil meine besten Stallknechte jetzt eingezogen sind. Sie versteht sich verdammt gut auf Pferde. Sobald ich fort bin, wird sie dir Reitstunden geben.«
Kann ich ihr trauen? überlegte Hetty bei sich. Hugo schien wenig Ahnung zu haben von der Feindseligkeit, deren eine eifersüchtige Frau fähig sein konnte.
Hugo sah sie fest an.
»Warum schaust du so?« fragte er. »Ich gebe zu, daß ich Julia mochte. Ja, ich hätte sie geheiratet, wenn sie eine Erbin gewesen wäre. Aber sie war es eben nicht, und ich habe dich geheiratet. Und ich glaube, du bist eine kleine Verführerin. Ich hätte gute Lust – nein, warten wir lieber ein wenig. Jetzt machen wir erst mal die Flasche Champagner auf, und dann schauen wir, wie die Dinge stehen.«
Er war kein sehr feinfühliger Liebhaber, aber auf seine Weise doch rücksichtsvoll, und sie fand seinen starken Körper sehr aufregend.

Oh ja, jener schicksalhafte Entschluß nach dem ›Lusitania‹-Unglück war der richtige gewesen, da gab es gar keinen Zweifel. Mutter wäre damit einverstanden gewesen. Und Vater auch, da war sie sich sicher.
Lady Hazzard zu Loburn!
»Sei gut«, flüsterte sie sich selbst abergläubisch zu. »Sei gut.«

7

Ihre Vermutung, daß ihre Ehe mit Hugo immer besser werden würde, bestätigte sich. Ihr Zusammenleben gestaltete sich freundlich, ja fast behaglich.
Hetty kam zu dem Schluß, daß seine schroffe, wortkarge Art mehr durch eine gewisse Scheu als durch seine eingeschränkten Interessen, Reiten und Jagen, bedingt war. Sicher konnte man ihn in Gesprächen auch auf andere Gebiete lenken, vor allem auf Loburn und seine Ahnen; Hetty war erpicht darauf, das zu tun, sobald sie einmal mehr Zeit haben würden. Jetzt waren das beste die Nächte, wenn sie überhaupt nichts redeten, sondern sich jeder nur liebevoll mit dem Körper des anderen befaßte.
Nach zehn Tagen ihrer jungen Ehe mußte Hugo wieder zu seinem Bataillon zurück, und Hetty war überzeugt, daß sie in dieser kurzen Zeit ein Kind empfangen hatte. Wie sehr wünschte sie sich, daß es so sein möge! Sie hatte ihr Bestes gegeben, ihren Mann glücklich zu machen, das war das eine, wenn sie ihm aber einen Sohn schenkte, dann würde sie von dieser ständig auf ihr lastenden Schuld entbunden sein.
An einem Junimorgen sagten sie auf dem kleinen Bahnhof, zwei Meilen von Loburn entfernt, einander Lebewohl. In den Hecken blühten Windrosen, und an dem bescheidenen Bahnhofsgebäude rankten sich Kletterrosen empor.

Pimm wartete draußen mit dem Wagen. Hugo hatte niemandem außer ihr erlaubt, mitzukommen. Selbst von seiner Mutter hatte er sich nur nachlässig verabschiedet. Hetty hatte ihn zum Bahnhof begleitet aus dem schlichten Grund, weil sie einfach nicht zurückgelassen werden wollte. Zuerst hatte Hugo ärgerlich geschaut, denn er war an Gehorsam gewöhnt. Dann jedoch schien es ihn sogar zu freuen, und einen Moment lang leuchteten seine blauen Augen so, wie sie das aus New York in Erinnerung gehabt hatte. Auf einmal erkannte sie, daß sie beide in einem ganz besonderen Sinn lebendig waren, der sie über die Masse der anderen hinaushob. Sie waren beide dem Tod so nahe gewesen; wahrscheinlich würden sie diese Augenblicke intensivster Empfindung noch sehr oft im Leben haben.
Als sie auf dem fast leeren Bahnsteig standen und auf den Zug warteten, stimmten der Rosenduft und der liebliche Junimorgen sie wehmütig und verlegen.
»Was ich sagen wollte, Liebling, mach dir doch ein, zwei schöne Tage in London. Nimm Kitty oder Julia mit. Amüsiert euch beim Einkaufen.«
Hetty schüttelte den Kopf.
»Ich glaube nicht, daß ich Lust dazu habe.«
»Ich dachte, du seist verschwenderisch veranlagt?«
»Das bin ich auch. Zumindest war ich es.«
»Ich habe in Cirencester ein Bankkonto für dich eröffnet. Du mußt bloß hingehen, dich vorstellen und eine Unterschriftsprobe abgeben.«
»Das ist nett von dir, Hugo.«
»Es ist dein Geld.«
Sie schob ihre Hand in seine und sagte fast flehentlich: »Es ist aber doch mehr als nur das Geld, mich zur Frau zu haben, nicht wahr?«
»Aber natürlich ist es das. Das war es schon immer«, fügte er etwas verspätet hinzu.
Schrill pfeifend fuhr der Zug ein und zog eine lange Rauchfahne hinter sich her. Dunkler Qualm umgab sie.
»Hugo?«

»Ja, Liebling.«
Sie fragte unvermittelt: »Hast du Angst, wenn du im Schützengraben liegst?«
Seine Augen wurden ganz kalt, als hätte jemand ihr Licht ausgelöscht.
»Komische Ideen hast du.«
»Aber jeder hätte doch Angst. Ich meine, ich weiß doch, was Todesangst ist. Ganz egal, wie sehr man auch versucht, tapfer zu sein.«
Jetzt hielt der Zug an. Hugo faßte nach einem Griff und zog die Türe auf.
»Tut mir leid. Liebling. Keine Zeit mehr für lange Gespräche. Ich kann das sowieso nicht leiden. Leb wohl! Paß gut auf dich auf!«
Munter lächelnd schaute er sich um. Er sah sehr stattlich und elegant aus in seiner Uniform. Die Freundlichkeit war nicht mehr in seine Augen zurückgekehrt. Hetty hatte ihn mit ihrer Bemerkung tief gekränkt. Sie mußte künftig an seine Empfindlichkeit denken. Wie schade war es aber, daß sie nicht über Angst sprechen konnten.
Ein schweigsamer, aber mitfühlender Pimm fuhr sie nach Loburn zurück. Als sie das Haus betrat, hörte sie Klaviermusik, sehr virtuose Klaviermusik. Die zarten Klänge eines Nocturne von Chopin plätscherten seufzend dahin, in Harmonie mit der verwaisten Stimmung des Hauses.
»Das ist Lady Flora, Mylady«, sagte Effie, als sie Hettys fragenden Blick bemerkte. »Sie spielt immer Klavier, wenn sie traurig ist, wie jetzt.«
»Wo ist sie?«
»Im Musikzimmer, Mylady.«
Dies war ein bezaubernder Raum, der selten benützt zu werden schien. In verglasten Schränken stand eine Sammlung alten englischen Porzellans, es gab ein paar niedrige, bequeme Sessel, hohe Fenster gingen auf eine Terrasse hinaus, auf der es nach Geißblatt und Goldlack duftete. In diesem Zimmer stand der Flügel, auf dem seit Hettys Ankunft noch niemand gespielt hatte.

Hetty spielte insgeheim mit dem Gedanken, ob dieser Raum nicht ihr persönliches Wohnzimmer werden könnte. Schließlich war sie die Herrin, oder nicht? Sie fühlte sich im Damenzimmer nicht wohl, auch in keinem der beiden Salons, von denen der eine im Sommer ständig benutzt wurde, der andere aber meistens abgeschlossen zu sein schien. Nicht einmal in der Bibliothek behagte es ihr – die sowieso Hugo gehörte. Hetty wünschte sich ein Zimmer, in dem sie allein sein konnte, um zu lesen, Handarbeiten zu machen, die Haushaltsführung zu planen und von ihrer hoffnungsvollen Zukunft zu träumen.

Jetzt aber stellte sie fest, daß sie schon wieder ein Eindringling war. Das Musikzimmer gehörte Lady Flora, und Lady Flora war eine vollendete Pianistin.

»Miss Pemberton ist wieder da«, bemerkte Effie mit einem Seitenblick auf Hetty.

»So?«

»Sie war außer sich, weil sie dem Herrn nicht mehr Aufwiedersehen sagen konnte. Sie holte Lady Flora herunter, weil sie Klavierspielen am meisten beruhigt. Es paßt irgendwie, der traurige Klang. Gehen Sie hinein, Mylady?«

»Nein.«

Effie nickte voller Mitgefühl. »Es macht ein bißchen traurig, nicht?«

Nein, es machte sie nicht traurig, sondern zornig. Sie hatte keine Lust, in diesen reizenden Raum zu gehen, nur um ihn von diesen beiden eleganten Frauen besetzt zu finden, die ständig betonten, daß sie der Außenseiter war.

An diesem Abend waren sie beim Dinner also vier Frauen. Und dieser Zustand würde aller Voraussicht nach noch lange andauern.

Trotz ihrer disziplinierten Haltung konnte Julia nicht verbergen, daß sie geweint hatte; ihr Gesicht wirkte bleich, ihre Lider waren gerötet. Das Kerzenlicht half ein wenig das zu verschleiern. Es ließ sie hilflos und zerbrechlich wirken. Hatte sie geweint, weil sie annehmen mußte, Hugo nun für

immer verloren zu haben, wenn nicht an den Krieg, so doch an seine Frau?
Lady Flora trug mit unendlicher Würde ein schwarzes Samtgewand und eine schimmernde mehrreihige Perlenkette. Kitty, wie immer von zerstreuter Munterkeit, war in ihrem gewohnten nachlässigen Aufzug erschienen: ihr Haar löste sich auf, Rock und Bluse paßten schlecht zusammen. Aber wer hatte schon Lust, sich hübsch herzurichten, wenn keine Männer da waren! Hetty überlegte plötzlich, was für ein Mensch Lionel wohl sein mochte. Machte es ihm etwas aus, eine schlampige Frau zu haben? Sie hatte sich so ausschließlich mit Hugo beschäftigt, daß sie gar keine Zeit gefunden hatte, etwas über seinen Bruder zu erfahren. War Lionel vielleicht imstande, über Angst zu reden?
»Wir werden uns daran gewöhnen müssen, ein reiner Frauenhaushalt zu sein«, sagte jetzt Lady Flora. »Glücklicherweise sind wenigstens Bates und Pimm zu alt, um eingezogen zu werden, und wir haben auch noch einen älteren Stallknecht, nicht wahr, Julia?«
»Ja, Lady Flora. Jackson. Aber da gibt es sowieso keine Probleme, weil ich Hugos Pferde reite.«
»Und ich übernehme den Garten!« rief Kitty fröhlich. »Der Gärtnerjunge bleibt, und Pimm kann auch helfen. Den Wagen brauchen wir doch nicht oft, oder?«
Fragend schaute sie Hetty an und erinnerte sie in dieser dezenten Weise daran, daß sie die Herrin war.
»Ich muß morgen nach Cirencester«, sagte Hetty. »Hugo hat mir gesagt, daß ich der Bank dort eine Unterschriftsprobe geben muß.«
Wie sollte sie die schreiben? Hatte die Bank vielleicht mit der Londoner Zweigstelle Verbindung aufgenommen? Hatten sie schon einmal eine Unterschrift Clemencys gesehen? Jetzt, wo Hugo weg war, mußte sie unbedingt nach Briefen suchen. Nachts konnte sie ja in dem großen Schlafzimmer tun, was sie wollte.
»Ich hatte gedacht, daß Sie vielleicht nach London fahren wollen, Hetty.« Lady Flora saß mit länglichem, blassem

Gesicht am anderen Ende des Tisches. Hetty wußte inzwischen, daß ihre distanziert wirkende Haltung irreführend war. Lady Flora bemerkte nämlich alles, was geschah oder vielleicht noch geschehen konnte, sehr genau. »Gibt es denn nicht ein paar amerikanische Freunde, die Sie besuchen wollen?«
»Im Augenblick nicht, Lady Flora.«
»Nicht einmal in der Botschaft? Ich dachte, daß für eine junge Frau in so hoher gesellschaftlicher Stellung...«
»Oh, selbstverständlich hatte ich Empfehlungsschreiben bei mir. Da sie aber alle bei dem Unglück verlorengingen, habe ich beschlossen, im Augenblick nichts zu unternehmen.« Dabei schaute sie Lady Flora ruhig in die Augen.
»Natürlich wären in Friedenszeiten Freunde von mir zu meiner Hochzeit gekommen. Weil aber Krieg herrscht, haben sie sich dafür entschieden, nicht zu kommen. Zu ihrem Glück, wie sich ja herausgestellt hat.«
»Wußten Sie, daß die Namen der toten oder verschollenen Amerikaner nun veröffentlicht worden sind?«
Die feuchte Kälte, die sie so haßte, schlug wieder über ihr zusammen. Sie verkrampfte die Hände unter dem Tisch.
»Nein, tatsächlich? Wann?«
»Gestern in der ›Times‹. Wir beschlossen, es Ihnen nicht zu zeigen, bevor Hugo fort sein würde.«
»Wird – meine Mutter darin erwähnt?«
»Ihre Mutter, Mrs. Millicent Jervis. Mit Zofe.«
Hetty holte tief und langsam Luft.
»Das war Brown. Arme Brown. Sie hat an jenem Vormittag gebügelt und gepackt. Wir dachten ja, daß wir in wenigen Stunden an Land gehen würden.«
»Sie haben sie noch nie erwähnt.«
»Nicht? Ich dachte, Sie wüßten, daß ich mit einer Zofe reiste. Ich – es gab so viele Tote...«
»Es werden auch andere Zofen und Diener erwähnt«, warf Kitty ein. »Keiner namentlich. Ich denke, daß alles noch geklärt wird im Laufe der Zeit.«

Keiner von ihnen war wichtig genug gewesen, daß man ihn namentlich erwähnt hätte!
»Brown war eine gute Zofe«, zwang sich Hetty zu sagen. »Sie fand, mein Hochzeitskleid sei das allerschönste...« Nun konnte sie beim besten Willen nicht mehr weitersprechen. Ihr Mund war trocken. Sie hätte alles dafür gegeben, wenn sie nun die eine Frage hätte stellen können, die sie nicht stellen durfte. Hatte man Clemencys Körper gefunden und sie für die Zofe gehalten? Es war sicherer, sofort das Thema zu wechseln.
»Weil wir gerade von Zofen sprechen«, sagte sie und hatte ihre Stimme wieder unter Kontrolle, »ich komme allein zurecht und brauche eigentlich keine. Vor allem, solange Hugo weg ist. Effie könnte also andere Dinge erledigen, wenn sie möchte.«
»Oh, das ist gut«, erwiderte Kitty. »Annie will nämlich ›zur Rüstung‹ gehen. So nennt sie die Arbeit in einer Fabrik in Gloucester. Vielleicht könnten wir Effie dazu bringen, Stubenmädchen zu sein. Gott sei Dank ist die Köchin aus dem patriotischen Alter heraus. Ein anderes Problem ist aber, daß Mrs. Evans wahrscheinlich zu ihrer alten Mutter ziehen muß, weil deren Pflegerin dem Roten Kreuz beitreten möchte. Es ist wie eine Art verrückter ›Reise nach Jerusalem‹, nicht wahr.«
»Ich kann den Haushalt führen«, sagte Hetty ruhig. »In New York, da konnte ich – ich meine, Mutter hat darauf bestanden, daß ich solche Dinge beherrschen sollte. Sie war sehr praktisch veranlagt.«
»Können Sie es wirklich machen?« fragte Kitty. »Wir waren deswegen schon gespannt. Wir hielten Sie für ziemlich jung dafür.«
»Ich bin sehr tüchtig.« Hettys Stimme klang selbstsicher. Jetzt befand sie sich doch auf festem Boden. Es war ein großer Vorteil, wenn man von der entgegengesetzten Seite her wußte, wie ein umfangreicher Haushalt funktionierte. Sie hatte aus den Strafpredigten und Belehrungen, die bei den Dienstboten stattfanden, genügend gelernt, um für den vor-

nehmsten und größten Haushalt Personal auswählen und beaufsichtigen zu können.
Und Loburn war weder groß noch vornehm. Es war schäbig, hatte zu wenig Dienstboten, und es herrschte Krieg. Loburn konnte nicht von einem Tag auf den anderen renoviert werden, aber Hetty war fest entschlossen, daß es noch zu ihren Lebzeiten wieder in seiner einstigen Schönheit erstrahlen sollte.
»Sie überraschen uns alle, meine Liebe«, sagte Lady Flora nach einer kurzen Pause.
»Meine Liebe.« Nun, das war immerhin ein Anfang. Als sie Julias kurzen feindseligen Blick auffing, wußte sie, daß es wirklich ein Anfang war: Julia hatte gehofft, selbst den Haushalt führen zu dürfen.
»Hugo hat gesagt, ich könnte die Gemälde säubern lassen«, fuhr Hetty fort. »Außerdem möchte ich neue Vorhänge und Möbelbezüge anschaffen. Alles sieht so furchtbar schäbig aus, nicht? Und dann werde ich versuchen, jemanden aufzutreiben, der nach dem Dach schaut. Alles übrige kann warten, glaube ich, aber Hugo sagte, daß das Dach ein paar dringende Reparaturen nötig hat.«
»Das ist wahr«, pflichtete Kitty ihr bei. »Wir mußten bereits einen Teil des Westflügels schließen, weil alles voller Schimmel ist und es von Fledermäusen nur so wimmelt. Freddie haßt sie.«
»Diese Dinge werden kaum in Ordnung kommen, solange noch Krieg ist«, sagte Julia mit ihrer klaren, kühlen Stimme. »Es gibt keine Handwerker.«
»Oh, vielleicht doch«, meinte Hetty und fügte schlau hinzu: »Schließlich wurde ich in dem Bewußtsein erzogen, daß Geld so ziemlich alles vermag.«
»Stellen Sie das lieber nicht zu oft auf die Probe«, fuhr Julia sie an. »Wir sind hier in England.«
»Hör auf, Julia«, rief Kitty energisch. »Sei nicht so hochmütig. Wir haben auch einen gesunden Respekt vor dem Geld. Ich finde Hettys Ideen ausgezeichnet. Es sind noch viele Handwerker übrig, die zu alt oder zu jung sind und

nicht in Fabriken arbeiten. Andernfalls würde ja alles zum Stillstand kommen.«

»Ich möchte Hugo überraschen«, sagte Hetty, denn sie wußte genau, daß dieser Gedanke zumindest Lady Floras Sympathie haben würde.

»Vergessen Sie Lionel nicht«, warf Kitty ein. »Er liebt Loburn bestimmt genauso wie Hugo.«

»Sie haben mir noch nicht sehr viel von Lionel erzählt«, sagte Hetty.

»Weil Sie nicht danach gefragt haben. Oh, ich mache Ihnen keinen Vorwurf. Sie waren ja völlig von Ihrem Mann in Anspruch genommen. Lionel ist ganz anders als Hugo. Nicht wahr, Lady Flora? Ein verträumter Büchernarr, sensibel, gebildet.«

Kittys freundliches Gesicht verzog sich. »Und jetzt verlangt man von ihm, daß er auf dieser furchbaren Gallipoli-Halbinsel, wo nicht mal Ziegen klettern können, vor Hitze umkommen soll. Nichts als Felsen und Dornen und Sand und Fliegen und ekelhafte Fäulnis!«

»In Belgien ist es genauso schlimm«, sagte Julia. »Außer daß sie dort statt Sand Schlamm haben. Hat Hugo Ihnen nichts über die Schützengräben erzählt?« Langsam ließ sie ihre Augen in Hettys Richtung wandern. »Mir hat er davon erzählt.«

Hetty war sich sicher, daß sie log. Hugo hatte mit allen von ihnen ganz wenig gesprochen. Sie dachte daran, wie er zusammengezuckt war, als sie das verbotene Wort ›Angst‹ ausgesprochen hatte. Das Grauen hielt er tief in sich verschlossen; statt dessen plauderte er leichthin von Pferderitten hinter den Linien, von improvisierten Konzerten in kleinen Kneipen, von den Vorzügen des Büchsenfleisches.

Aber Julia genoß diese kleinen Nadelstiche.

»Ich bin sicher, daß Hugo Sie nicht beunruhigen wollte, meine Liebe«, sagte Lady Flora besänftigend. »Er würde das nie tun. Lionel auch nicht. Sie stellen es beide besser dar, als es wirklich ist. Aber wir Frauen kennen natürlich die

Wahrheit. Also spielen wir uns alle etwas vor. Sie genauso, Hetty, glaube ich. Sie haben bisher sehr wenig von dem schrecklichen Schiffbruch erzählt.«

Hetty preßte die Hände gegen die Wangen. »Ich kann nicht darüber sprechen«, flüsterte sie.

»Ich wollte Sie nicht bedrängen, meine Liebe. Aber eines Tages werden Sie davon sprechen müssen. Kein Mensch kann ein so furchtbares Erlebnis für immer in sich verschließen.«

Wollte sie sie auf die Probe stellen? Nein, man durfte nicht allzu mißtrauisch sein. Lady Floras Stimme war ruhig und sachlich gewesen, ihr Gesicht wirkte blaß und traurig – ein weißer Fleck im flackernden Kerzenlicht.

Falls aber jedes Dinner so wie dieses sein würde, voll von unberechenbaren Klippen, dann konnte Hetty nur inständig hoffen, daß von solchen Themen jedesmal rechtzeitig abgelenkt würde. Allerdings nicht auf die Art, wie Julia das plötzlich tat:

»Hugo hat mich gebeten, Ihnen das Reiten beizubringen, Hetty.«

»Was? Hetty kann nicht reiten? Meine Güte!« Das war Lady Flora, die, aus ihrer Betrübtheit aufgeschreckt, ihren Ohren nicht traute.

»Man kann in der Fifth Avenue keine Pferde halten«, warf Hetty etwas patzig ein.

»Hatten Sie aber nicht einen Landsitz?«

»Doch, auf Long Island.« Hetty merkte, daß etwas mehr von ihr erwartet wurde. »Ich bin einmal sehr schlimm von meinem Pony gestürzt. Seitdem mache ich mir nichts mehr aus dem Reiten.«

»Oh, über solche Dinge müssen Sie hinwegkommen. Julia wäre gleich wieder aufgestiegen. Nicht wahr, Liebes?«

Statt einer Antwort sagte Julia: »Hugo hat für den Anfang Patsy vorgeschlagen.«

»Dieses alte Schaukelpferd!« rief Kitty aus. »Haben Sie keine Angst, Hetty. Nicht mal Freddie würde da runterfallen.«

»Soll ich Freddie auch das Reiten beibringen?« fragte Julia. »Er ist doch erst fünf. Und ziemlich ängstlich. Lionel meint, er solle nicht dazu gedrängt werden. Andererseits könnte es ihm Mut machen, wenn gleichzeitig ein Erwachsener unterrichtet wird.«

War das ein weiterer Einfall Julias gewesen, um sie lächerlich zu machen? überlegte Hetty. Die erwachsene Frau und der kleine Junge, die abwechselnd das sichere alte Schaukelpferd bestiegen...

»Was für ein Spaß«, murmelte sie höhnisch.

Freddie war ein kränklich aussehendes Kind, das fast immer von Grainger, seiner Kinderfrau, begleitet wurde. Eines Tages war er im Garten auf Hetty zugegangen, hatte mit seinem kleinen verträumten Gesicht zu ihr hinaufgeschaut und sie gefragt: »Wer sind Sie?«

»Du kennst mich doch, Freddie. Du warst bei meiner Hochzeit. Ich bin deine neue Tante!«

»Nein, Sie sind nicht meine Tante!«

Selbst der Zweifel einer so kleinen Person traf Hetty wie ein Schlag.

»Warum sagst du das?«

»Weil ich eben weiß, daß Sie es nicht sind.«

»Master Freddie«, ermahnte ihn die Kinderfrau. »Das ist sehr ungezogen! Ich weiß nicht, warum er das sagt, Mylady. Er weiß nämlich sehr gut, wer Sie sind. Sie müssen sich entschuldigen, Master Freddie.«

Freddie blieb hartnäckig.

»Aber wenn sie doch aus dem Meer gezogen wurde, muß sie eine Nixe sein. Bloß, daß sie Füße hat. Ich sehe ihre Füße, schau!«

»Sie haben eine zu lebhafte Phantasie, Master Freddie.« Die Kinderfrau war ganz eindeutig keine phantasievolle Frau, was Freddies Pech war. Denn er hatte wirklich eine blühende Phantasie. Er war ein merkwürdiger kleiner Junge. Schwer zu erziehen, hatte Kitty gesagt und hinzugefügt, daß sie keine weiteren Kinder mehr bekommen könne. So würde Freddie also vielleicht tatsächlich Erbe von Loburn

werden, wenn Hugo keinen Sohn bekam. Kein Wunder, daß Hugo darauf erpicht war, daß seine Frau schnell schwanger würde und ein männliches Kind zur Welt brachte.
Bis dies aber eintrat, wollte Hetty Freddie nicht ausschließen. Er wirkte nachdenklich und versonnen auf sie und ein wenig seltsam. Hetty wußte nur allzugut, wie weh es tun konnte, ausgeschlossen zu werden, Gelächter hinter geschlossenen Türen zu hören und sich danach zu sehnen, auch teilzuhaben an dieser warmen Heiterkeit. Freddie schlug offensichtlich seinem Vater nach, der klug war und gerne las. Hetty war neugierig, Lionel kennenzulernen, aber nicht allzu ungeduldig.
Das Dinner endete an jenem Abend schließlich damit, daß Lady Flora sagte, sie sei etwas müde und wolle ihren Kaffee oben serviert haben. Julia sprang gehorsam auf, legte ihr einen Schal um die gebrechlichen Schultern und führte sie aus dem Raum. Eine so stolze junge Frau in der Rolle einer Pflegerin – das paßte nicht zusammen und wäre betrüblich gewesen, wenn Hetty Mitleid für Julia hätte empfinden können. Mitleid war in ihrer Situation jedoch gefährlich, und Hetty ließ es gar nicht erst in sich aufkommen.
Auch Kitty entschuldigte sich, sie wolle an Lionel schreiben.
»Sie werden die Abende hier schrecklich ruhig finden, Hetty, jetzt wo die Männer fort sind.«
»Das macht mir nichts aus.«
»Aber haben Sie denn nicht in der New Yorker Gesellschaft eine glanzvolle Rolle gespielt? Hugo sagte so etwas.«
»Ich habe mich verändert. Ich glaube nicht, daß ich je wieder eine ganze Nacht hindurch tanzen werde. Im Augenblick habe ich nur das Bedürfnis nach Ruhe. Und ich wollte auch nach oben gehen, um Hugo zu schreiben.«
Es war sehr still in dem großen Schlafzimmer, in dem so viele Hazzards geboren worden waren, geliebt hatten und gestorben waren. Im schwindenden Tageslicht konnte Hetty noch die Eibenallee draußen erkennen, ein schöner Aus-

blick, Hugos Meinung nach. Ihr jedoch kam er sogar am hellichten Tag traurig und düster vor, mit den kleinen, wie Bleistifte nach oben spitz zulaufenden Eiben, die zu einem dekorativen Teich hinführten, der zu jeder Tageszeit schwarz wirkte. Als sie ihn zum ersten Mal gesehen hatte, war sie zusammengeschauert, denn der Anblick von Wasser und die Erinnerung daran ängstigten sie immer noch. Hastig machte sie Licht, doch der Raum wirkte auch jetzt noch dämmrig. Die Vorhänge bewegten sich leicht, mit einem Geräusch wie dem Knistern schwerer Seidenröcke, und Hetty spürte einen kühlen Hauch. Sie schaute nach, ob vielleicht ein Fenster offenstand, aber dem war nicht so. Überhaupt schien draußen gar kein Wind zu gehen. Schwarz hoben sich die Bäume gegen den fahlen Himmel ab, kein Blatt rührte sich. Hetty zuckte die Achseln. Es waren wohl die Ahnen, die gegen den kleinen Eindringling protestierten. Wenn sie sich gegen die lebenden Hazzards behaupten konnte, dann war sie diesen Ahnen auch gewachsen.

Aber das Zimmer war zweifellos gespenstisch. Es war nicht dazu gedacht, daß eine Frau allein in ihm lebte. Das Bett, das, wenn Hugo neben ihr lag, nur relativ breit wirkte, sah jetzt riesig aus, wie eine unbewohnte Landschaft. In dem silbergerahmten Spiegel, der auf dem Frisiertisch stand, schien sich eine Gestalt zu bewegen. Nein, das war sicher nur eine zufällige Spiegelung ihrer selbst. Obgleich es sie nicht überrascht hätte, wenn in diesem sanft schimmernden Spiegel tatsächlich geisterhafte Frauengestalten fortgelebt hätten, die ihr langes Haar bürsteten, sich entkleideten, ängstlich oder freudig zu Bett gingen, die Bettvorhänge zuzogen und auf ihre Ehemänner oder Liebhaber warteten.

Sie dachte an ihren eigenen Mann. Es hatte ihr gefallen, mit ihm zu schlafen. Anfangs hatte ihn sein verletztes Bein geschmerzt. Dann hatte er es vergessen, so wie sie den Schmerz ihrer Entjungferung vergessen hatte. Und schließlich fand sie, daß das Liebesspiel eine ganz herrliche Beschäftigung sei. Sie überlegte, daß sie wohl die sinnliche Natur ihrer Mutter geerbt hatte. Die Erinnerung an jene Näch-

te mit Hugo erregten sie körperlich, und sie sehnte sich nach ihm. Vielleicht würde er sie irgendwann wirklich lieben. Oder war es wichtiger, daß sie ihn liebte?
Sie erlaubte sich zu träumen und damit den ersten Akt der Entweihung, den sie in diesem Haus vornahm, noch hinauszuschieben. Denn es war eine Entweihung, die privaten Papiere eines Mannes zu durchsuchen, selbst wenn es der eigene Ehemann war. Gekauft und bezahlt. Obwohl das Ganze erst rechtskräftig geworden war durch eine gefälschte Unterschrift auf einem Trauschein...
Hetty entdeckte eine abgeschlossene Schublade in Hugos Schreibtisch; nach kurzer Suche fand sie den Schlüssel, mit dem sie sich öffnen ließ.
Sie enthielt eine ungeordnete Ansammlung von Papieren, Rechnungen, Geschäftsbriefen, Dokumenten und schließlich noch zwei Briefe, die auf kräftigem, teurem Papier geschrieben waren. Einer stammte von Clemency, der andere von Julia.
Zuerst las sie Clemencys Brief, weil sie deren Handschrift und Stil studieren mußte. Zu ihrer Erleichterung glich die Schrift ziemlich genau ihrer eigenen, dieser sorgfältigen Schreibschrift, die Miss Ashford, die Gouvernante, ihnen beigebracht hatte. So war also ein weiteres Problem gelöst.
Clemency schrieb:

Liebster zukünftiger Ehemann,
jetzt dauert es nicht mehr lange. Alles ist arrangiert, wir fahren Anfang Mai mit dem Cunard-Dampfer ›Lusitania‹. Es ist alles so aufregend, daß ich kaum mehr schlafen und essen kann, und Mutter sagt, ich werde bleich und mager, und das gefiele Dir nicht. Wirst Du darauf achten, wie ich aussehe, Hugo? Ich hoffe doch. Nach der Seereise wirst Du sehen, daß ich ganz rote Wangen habe, wie ein Bauernmädchen. Ich habe eine wundervolle Brautausstattung! Ich kann es kaum erwarten, Dir alles zu zeigen, und ich verspreche Dir, daß Du auf Deine Yankee-Braut stolz sein kannst. Du wirst dasein, wenn die ›Lusitania‹ in Liverpool anlegt, nicht

wahr? Und Du mußt keine rote Nelke tragen, denn ich werde dich sofort erkennen!.So wie auch Du hoffentlich mich sofort erkennen wirst! Ich verspreche Dir, Dich immer und ewig zu lieben, und sende Dir jetzt viele Küsse und Umarmungen!
Clemency

Es war kein Grab, das sich geöffnet hatte, eher eine tiefe Schlucht, durch die kalt der Wind fegte; und Clemencys sorgloses Gelächter hallte, immer schwächer werdend, von den Wänden wider...
Hetty schlug die Arme um sich, weil sie jämmerlich zitterte. Heimliche Lauscher, so hatte sie immer gehört, und ähnliche Leute, die in fremden Sachen herumstöberten, fänden nie etwas Erfreuliches. Sollte sie denn ihr ganzes Leben von diesem fröhlichen, extrovertierten Mädchen verfolgt werden, von dem der arme Hugo geglaubt hatte, es werde seine Frau? Ob er wohl sehr enttäuscht war? Er hatte es nicht gezeigt, und sie selbst war zu nervös gewesen, um ihr Schweigen anders als durch das Schiffsunglück zu erklären.
Wenn er das nächste Mal auf Urlaub kam, würde sie alles wettmachen. Sie würde sich aufregend anziehen, Rouge auflegen und munter daherplappern. Aber vielleicht auch nicht. Vielleicht war Hugo nämlich gar nicht so enttäuscht über die veränderte Frau, die er bekommen hatte. Schließlich überschatteten auch sein Leben schwere und schreckliche Ereignisse. England war zur Zeit nicht gerade der ideale Platz für partybegeisterte junge Damen. Womöglich war Hugo besorgt gewesen, wie er so ein Mädchen würde bei Laune halten können, und war deshalb nun froh über die plötzliche Wesensänderung.
Jedenfalls hatte es keinen Zweck, hier herumzusitzen und über Fragen nachzudenken, auf die einzig und allein das Leben selbst eine Antwort bereithalten würde.
Und zum tausendsten Mal mußte sie sich klarmachen, daß sie an Clemencys Tod ja nicht schuld gewesen war. Es gab keinen Grund, sich dermaßen bedrückt zu fühlen.

Mit Julias Brief war es etwas anderes. Hetty kämpfte mit ihrem Gewissen. Es war abscheulich, fremde Briefe zu lesen. Aber schließlich wurden ihre Skrupel von dem Gedanken überwunden, daß sie auch in Zukunft hier würde leben müssen, und sie las:

Mein Liebster,
ich kann und will nicht akzeptieren, was du mir gestern abend sagtest, daß Du Loburn den Vorrang geben und es für Deine Familie bewahren möchtest. Du erwartest von mir, daß ich das verstehe, weil ich auch aus einer alten Familie stamme. Aber meine Familie wurde auseinandergerissen und existiert nicht mehr, und trotzdem geht das Leben weiter.
Ich weiß, daß Du an Deine Mutter und Deinen Bruder denkst und an die Aussicht, einen Sohn zu bekommen, der kräftiger ist als der arme kleine Freddie. Und natürlich denkst Du an Deine Pferde, an das Personal und an Deine Schulden. Aber ich, ich, ich – ich bin lebendig und habe etwas anderes verdient. Wenn Du wirklich vorhast, diese Amerikanerin zu heiraten, dann wirst Du nicht erwarten können, daß ich ihr je freundlich gesonnen sein werde. Ich werde hierbleiben und dafür sorgen, daß sie leidet. Diese Art von Frau bin ich! Deine Art! Wir könnten ein herrliches Leben zusammen führen, auch ohne Geld. Was immer Du auch tun wirst, ich werde nie auf Dich verzichten. Nie, nie, nie.
Deine Julia.

An den unteren Rand dieses leidenschaftlichen Ergusses hatte Hugo in seiner schrägen Schrift geschrieben: »Negativ beantwortet. Nicht realistisch. Wie könnten wir ohne Geld leben?«
Aber aus irgendeinem Grund hatte er den Brief doch aufbewahrt, was Hetty jetzt bedauerte. Sie war unentschlossen, ob sie den Brief zerreißen solle, ließ es aber dann doch bleiben. Alte Familien bewahrten Briefe auf, sie waren Teil ih-

rer Geschichte und eine interessante Lektüre für spätere Generationen. Auch sie war nun Mitglied einer alten Familie. Sie mußte sich an die Regeln halten.
Sie hatte keine Angst vor einer rachsüchtigen Julia, die nun trotz ihrer Drohung auf Hugo hatte verzichten müssen. Und sie, Hetty, konnte dafür sorgen, daß in Hugo nie mehr der Wunsch erwachte, alte Liebesbriefe zu lesen. Es lag ganz bei ihr. Vielleicht würde Hugo eines Tages der sachlichen Antwort an Julia hinzufügen: »Die Ehe mit der Amerikanerin ist wunderschön geworden...«. Es tröstete sie, so vor sich hinzuträumen. Aber da wehten auf einmal wieder mit einem langen, seufzenden Wispern die Vorhänge ins Zimmer. Plötzlich war es ausgesprochen kühl.

8

Obwohl sie sich im Lauf des Vormittags immer wieder beruhigte, mußte Hetty doch feststellen, daß sie regelmäßig morgens mit einem ängstlichen Gefühl erwachte. Während der ersten Tage von Hugos Abwesenheit wußte sie nicht einmal, wo sie sich befand. Der große quadratische Raum mit seinen holzvertäfelten Wänden und seiner reichverzierten Decke kam ihr fremd vor. Welches Recht hatte sie, in diesem breiten Bett mit seinen kostbaren verblichenen Vorhängen zu liegen, das an hundert oder mehr geliebte und rechtmäßige Bräute erinnerte? Im Zwielicht der Morgendämmerung, halb wach, halb noch von irgendeinem Alptraum umfangen, entwickelte sie eine krankhafte Angst davor, daß in dem mächtigen Mahagonischrank etwas sei, das sie bedrohe, etwas, das sich bewege. Manchmal war es die Uniform eines Armeeoffiziers, die auf ihrem Bügel hin- und herschaukelte, manchmal war es ein nacktes Neugeborenes, manchmal – und das war die schlimmste Vorstellung – eine völlig durchnäßte Frau, die nie ihr Gesicht zeigte. Hätte sie

es aber getan, dann wäre es das Gesicht Clemencys gewesen.
Auch wenn sie ganz wach geworden war, die ersten Sonnenstrahlen eines heißen englischen Sommertags durch die Fenster fielen und der Garten sich mit Vogelgezwitscher belebte, konnte sie sich doch erst dann aufsetzen und mit Gelassenheit den Tag beginnen, wenn Effie ihr in einer Silberkanne auf einem hübsch gedeckten Tablett Tee ins Zimmer brachte.
Hetty hatte nun auch die Gewohnheit angenommen, vor dem Frühstück im Bett Tee zu trinken. Wenn sie die zweite Tasse getrunken hatte, lösten sich die letzten Alptraumspuren wie Nebelfetzen auf, und sie konnte ihr neues Leben wieder genießen.
Effie hatte Routine. Genau mit dem richtigen Maß an Ehrerbietung sagte sie: »Guten Morgen, Mylady!« Dann stellte sie das Tablett auf dem Nachttischchen ab, zog die Vorhänge zurück und legte den cremefarbenen Seidenmorgenrock bereit, von dem Hetty immer noch nicht ganz glauben konnte, daß er wirklich ihr gehörte. Kitty hatte sie überredet, ihn an jenem Tag in Cirencester zu kaufen, an dem sie auch das schlichte, hübsche weiße Hochzeitskostüm, sowie das spitzenbesetzte Nachthemd ausgewählt hatte. Dazu das rote Abendkleid aus Seide und ein kleiner, mit Federn besetzter Hut für den sonntäglichen Kirchenbesuch. Schließlich mußte immer irgendeiner in der Bank der Hazzards sitzen, und sehr oft war das eben die Gutsherrin.
Der Gedanke an all diese Dinge bewirkte, daß ihre ängstliche Stimmung in heftige Euphorie umschlug. Überhaupt war sie verwirrenden Stimmungsschwankungen ausgeliefert, konnte sie jede Minute von einem Hoch in ein Tief fallen und umgekehrt.
Nur Kleider hingen in dem großen Schrank. Nur diese harmlosen Sachen hingen da, nichts Unheilvolles, Bedrohliches! Und in dem seidenen Morgenrock am Fenster zu sitzen und an ihrem Tee zu nippen, das war der köstlichste Lu-

xus, den sie sich denken konnte. Doch würde es noch schöner sein, wenn erst Hugo wieder da war.
Welchen Reichtum barg doch die Zukunft! Das einzige, um das sie sich zwangsläufig sorgen mußte, war Hugos Rückkehr.
Alles andere brauchte sie nicht zu beunruhigen, zum Beispiel irgendwelche Briefe aus New York. Einmal kamen gleich zwei an einem Tag, beide an Lady Hazzard adressiert, und einen Moment lang war Hetty zu Tode erschrokken.
»Aber Hetty, freuen Sie sich denn nicht? Sie müssen wohl von Ihrer Familie sein«, sagte Kitty.
Sie saßen gerade beim Frühstück. Die Briefe lagen neben ihrem Teller. Hetty wußte, daß Kitty gesehen hatte, wie sie zusammenzuckte, selbst wenn es Julia entgangen war. Lady Flora kam selten zum Frühstück herunter; glücklicherweise, denn diese großen blaßblauen Augen, die scheinbar so ausdruckslos waren, sahen in Wirklichkeit sehr viel.
Ich habe keine Familie, hätte Hetty antworten können. Aber offiziell hatte sie ja jemanden: Onkel Jonas. Der erste Brief war von ihm:

Meine liebe Clemency,
da ich annehme, daß Du schon verheiratet bist, wenn Dich dieser Brief erreicht, adressiere ich ihn mit Deinem neuen Namen.
Aber ich warte auf eine Bestätigung Deiner Heirat, und darf ich darauf hoffen, daß Du dies in einer leserlichen Handschrift tun wirst? Es kostete mich und meine Sekretärin viel Zeit, Deinen letzten Brief zu entziffern.
Da ich nun über die traurigen Einzelheiten der gerichtlichen Leichenschau, die auf das ›Lusitania‹-Unglück hin stattgefunden hat, unterrichtet bin und der Beweis für den Tod Deiner armen Mutter erbracht ist, will ich keine Zeit verlieren, Dir den Inhalt des Testaments mitzuteilen. Ich bin der alleinige Testamentsvollstrecker und Du die einzige als Er-

bin eingesetzte Person. Du wirst beziehungsweise bist in diesem Augenblick bereits eine reiche junge Dame.
Mr. Richard Colton, der Rechtsanwalt unserer Familie, wird an Dich schreiben und Dir umfassende Details Deiner Erbschaft mitteilen und Dir zweifelsohne auch manchen vernünftigen Rat geben. Die beiden Haushalte in der Fifth Avenue und auf Long Island sind aufgelöst worden, die Diener wurden ausbezahlt und entlassen. Es ist nicht nötig, einen Haufen gefräßiger Diener zu behalten, aber ich empfehle Dir, beide Häuser zu behalten, auch wenn sie leer stehen und nicht mehr benutzt werden, denn sie können beide im Wert nur steigen. Außerdem ist es möglich, daß Dein Gatte den Krieg nicht überleben wird und Du heimkommen möchtest.
(Aber ich bin doch daheim, Onkel Jonas, du gefühlloser alter Mann! Dies ist mein Zuhause...)
Andererseits, wenn er überlebt, dann hat er eine ansehnliche Summe erhalten, und ich würde vorschlagen, daß Du zuerst einmal abwartest, wie Eure Ehe funktioniert, bevor Du ihm sonst irgendwelches Kapital überschreibst. Als alter Mann und als Dein einziger lebender Verwandter fühle ich mich frei genug, ganz offen zu sprechen, und ich kann Dir sagen, daß ich diese Heirat schon immer für eine von Millicents verrückten Ideen gehalten habe, der Du zu willig gefolgt bist. Aber Du bist eine Jervis und solltest dich eigentlich auf Geschäfte verstehen, obwohl ich noch kein Anzeichen davon bemerkt habe, wie ich zugeben muß. Ohne Zweifel hat Dich das schreckliche Schiffsunglück schneller erwachsen werden lassen, als es sonst der Fall gewesen wäre, denn du hast klugerweise in Deinem Brief Fonds erwähnt. Ich würde Dir sehr raten, diese für Deine Kinder einzurichten oder, falls Du keine haben solltest, für dich selbst.
Steck' nicht das ganze Geld, für das Dein Großvater so hart gearbeitet hat, in einen vielleicht romantischen, aber nichtsdestoweniger völlig verarmten englischen Besitz!
Denk darüber nach; ich würde Dir allerdings nicht empfehlen, mit Deinem Gatten darüber zu sprechen, bevor Du

einen eigenen Entschluß gefaßt hast. Und wenn Du das getan hast, steh dazu.
Ich schreibe diese Dinge, um Dich zu schützen. Ich habe ein schwaches Herz und will nicht eines Tages mitansehen müssen, daß Dir durch diese hochtrabende Heirat etwas Schlimmes zustößt. Es scheint fast, als habe der Allmächtige sie verhindern wollen! Versuche immer, klaren Kopf zu bewahren, das wird nötig sein. In meinen Augen ist die ganze Welt verrückt geworden. Es gibt Leute hier, die sagen, daß, nachdem die Deutschen die ›Lusitania‹ mit all den neutralen Amerikanern an Bord versenkt haben, nun Amerika seinerseits in den Krieg eingreifen sollte. Ich bin nicht dieser Meinung, aber ich bin ein alter Mann mit einem schwachen Herzen. Ich erinnere mich noch gut an die Schrecken des Sezessionskriegs. Kriege sind immer schrecklich. Das Gerede von Ruhm und Ehre kann man vergessen.
Herzlich Dein Onkel Jonas
P. S.: Zwei Deiner Freundinnen haben sich nach Dir erkundigt, und zwar die kleine Hayes und Amy Parsons. Ich habe ihnen gesagt, daß sie sicher von Dir hören werden, sobald Du Dich ganz erholt hast und schreiben kannst...

Diesen Brief konnte sie auf keinen Fall Hugo zeigen. Es war ja möglich, daß sie eines Tages eine Waffe gegen ihn brauchte. Finanziell unabhängig zu sein, war eine Waffe, zumindest in seinen Augen. Sie würde Onkel Jonas' Rat befolgen und einen Fonds für ihre ungeborenen Kinder einrichten, von denen eines, davon war sie überzeugt, bereits unterwegs war. Wie lange würde es dauern, bis sie völlige Gewißheit hatte – zwei, drei Wochen?
Aber an diese beiden albernen Freundinnen von Clemency, Bessie Hayes und Amy Parsons, würde sie nicht schreiben.
»Hetty, stehen schlechte Nachrichten drin? Sie schauen so finster drein«, sagte Kitty auf einmal.
»Nein, nicht direkt. Mein Onkel schreibt über meine Mutter. Und daß die Häuser geschlossen worden sind. Solche Dinge.«

Kitty war voller Anteilnahme.
»Dann lesen Sie doch den anderen Brief. Vielleicht ist der erfreulicher.«
Natürlich war er das nicht. Er tauchte sie vielmehr ein weiteres Mal in jenes kalte Entsetzen, das sie so gut kannte.

Liebe Miss Clemency,
entschuldigen Sie, daß ich Ihnen schreibe, aber ich wollte es tun, bevor ich aus dem Haus weggehe. Ihr Onkel schickt uns alle weg. Natürlich mit Zeugnissen und Löhnen. Aber ich wollte wissen, was mit der armen Hetty, ich meine Brown, passiert ist. Wir haben kein Wort gehört von ihr und haben gedacht, Sie haben sie vielleicht beim Ertrinken gesehen oder sogar ihre Leiche. Obwohl ich eigentlich hoffe, daß sie noch am Leben ist, weil ihr Name nicht auf der Totenliste gestanden hat. Wäre das möglich? Sie könnte ohne Gedächtnis sein, oder? Ich habe sie immer gerne gemocht, sie war so ein gescheites, hübsches, liebes Mädchen.
Ich wäre froh, wenn Sie mir ein paar Zeilen schreiben könnten. Ich wohne jetzt bei meiner Schwester in der Rodmell Street 1315 in New Jersey, bis ich eine andere Stelle gefunden habe. Sie müssen sehr traurig sein wegen Ihrer armen Mutter. Ich wünsche Ihnen Glück in Ihrer Ehe. Wenigstens Sie sind glücklich und haben das Leben noch vor sich.
Ihre gehorsame Dienerin
Myrtle Crampton (Köchin)

War es vielleicht möglich, daß Clemency herumlief und das Gedächtnis verloren hatte? Würde man das je erfahren? Der Gedanke an Monate, vielleicht sogar Jahre der Ungewißheit stahl sich in Hettys Bewußtsein und erschreckte sie. Würde sie denn immer über die Schulter nach hinten schauen müssen?
»Sie sehen aus, als hätten Sie einen Geist erblickt, Hetty«, sagte Julia in ihrer direkten Art.
Hetty beruhigte sich selbst, indem sie sagte: »Mein ganzes Leben ist zur Zeit voller Gespenster. Ich denke, daß sie zu

gegebener Zeit verschwinden werden. Entschuldigen Sie mich bitte. Ich möchte gern nach draußen in die Sonne gehen.«

»Sie müssen über das Unglück hinwegkommen«, sagte Julia lebhaft. »Alle kommen darüber hinweg. Manche Leute sogar über viel schlimmere Sachen.«

Wieviel schlimmer? fragte sich Hetty in zornigem Jammer. Julia wußte nicht, wovon sie sprach. Sie hatte nicht die Schreie der Ertrinkenden gehört und nicht die langen Reihen der mit weißen Tüchern bedeckten Leichen gesehen. Sie lebte in einem behaglichen Landhaus und hatte sich nur um eine alte Dame zu kümmern, von der sie verhätschelt wurde.

Und sie mußte sich grämen um den Mann, den sie liebte!

Aber sie mußte jetzt Mrs. Cramptons Brief beantworten und diesen ganz besonderen Geist bannen.

Liebe Mrs. Crampton,
es war sehr freundlich von Ihnen, mir zu schreiben. Verzeihen Sie diese kurze Antwort. Ich kann es immer noch kaum ertragen, an jenen schrecklichen Tag zu denken. Ja, die arme Brown ist verschollen. Sie folgte Mutter und mir ins Rettungsboot, zumindest glaubten wir, sie habe es getan, dann wurde sie aber nie wieder gesehen, wie so viele andere auch. Sogar Mr. Vanderbilt. Ich bin jetzt verheiratet, wie Ihnen mein Onkel sicherlich mitgeteilt hat, und ich danke Gott jeden Tag dafür, daß ich eine der Glücklichen bin, die überlebt haben. Ich hoffe, daß Sie eine gute Stellung bekommen. Ich werde meinem Onkel schreiben, er soll Ihnen eine gute Empfehlung mitgeben, aber ich nehme an, daß er das schon getan hat.

Sie unterschrieb den Brief entschlossen mit »Clemency Hazzard«, und damit war auch das erledigt.

Die Briefe, die alle am meisten ersehnten, waren die von der Front. Kitty wartete täglich auf einen von Lionel. Wahrscheinlich kamen Hugos Briefe aus Frankreich eher an, da dieses Land unangenehm nah lag. An stillen Tagen konnte man an der Ostküste über den Kanal herüber das dumpfe Donnern der Geschütze hören. Lionel war irgendwo in der Ägäis in irgendeinem flachen Unterstand, auf den die Sonne brannte und der von Fliegen heimgesucht wurde. Dort wartete er darauf, den Türken ein weiteres Stück felsigen Geländes entreißen zu können. Niemand, sagte Kitty, hätte gedacht, daß die Türken ein so hartnäckiger Feind sein würden. Man hatte angenommen, daß der Gallipoli-Feldzug in etwa einem Monat erfolgreich abgeschlossen sein würde, indem man den Zugang zum Mittleren Osten und zu den Ölfeldern fest gegen die Deutschen abriegelte. Dann hatte man vermutet, daß sich die Deutschen auch in Frankreich und Flandern zurückgezogen hätten. Aber diese hoffnungsvollen Gerüchte waren unwahr. Der Krieg ging weiter und weiter.

Hetty saß Mr. Edmonds, einem grauhaarigen Bankdirektor, gegenüber. Er hatte um eine Zusammenkunft gebeten, und wieder einmal schlug Hettys Herz heftig vor Angst. Warum wollte er mit ihr sprechen? Hätte er nicht seinen Prokuristen mit der Abwicklung einer so unwichtigen Angelegenheit, wie es eine Unterschriftsprobe doch war, betrauen können?

Aber scheinbar ging es ihm wirklich nur darum, sie kennenzulernen. Seine Miene drückte teils Freundlichkeit, teils Neugierde und schließlich den Wunsch nach guten geschäftlichen Beziehungen aus.

»Dies ist die erste Gelegenheit, die ich finde, um Sie kennenzulernen, Lady Hazzard. Es ist zur Zeit ein wenig schwierig, in England zu leben, aber ich hoffe doch, daß Sie sich wohlfühlen.«

»Es gefällt mir sehr gut auf Loburn.« Hetty versuchte, ihre Stimme lebhaft und begeistert klingen zu lassen, so wie es bei Clemency gewesen wäre. Aber spielte das überhaupt eine Rolle, wo doch Mr. Edmonds Clemency nie gekannt hatte? »Ich finde das Haus wundervoll. Und ich mag sogar sein schäbiges Aussehen, weil es viel Spaß machen wird, es wieder herzurichten. Ihnen gegenüber kann ich ja ganz offen sein: dafür ist mein Geld gedacht. Allerdings wäre alles viel schöner, wenn Hugo da wäre.«

Mr. Edmonds schien weder ihr noch ihren Plänen gegenüber irgendwelchen Argwohn zu hegen. Er lächelte gutmütig, als sei sie genau das, was er erwartet hatte, nämlich eine lebhafte, elegante junge New Yorkerin.

»Wir alle hoffen, daß Ihr Gatte nicht zu lange wegbleiben wird, Lady Hazzard. Und auch sein Bruder nicht. Kennen Sie seinen Bruder?«

»Nein. Nur dessen Frau und seinen kleinen Sohn.«

»Beten wir zu Gott, daß die beiden jungen Männer gesund wieder heimkehren werden«, sagte Mr. Edmonds andächtig. »Nun brauchen wir, glaube ich, eine Unterschriftenprobe. Wenn Sie auf dieser Linie hier unterschreiben wollen. Dann bekommen Sie ein Scheckbuch und sind eine unabhängige Frau.«

»Wie möchten Sie, daß ich unterschreibe?« fragte Hetty nervös.

»Einfach Ihre übliche Unterschrift. Wie heißen Sie mit Vornamen«

»Clemency.«

»Dann genügt Clemency Hazzard. Sie müssen eben alle Schecks so unterschreiben. Aber ich nehme an, daß Sie das wissen.«

Sie wußte auch, daß sie jedesmal, wenn sie Geld ausgab, schmerzhaft daran erinnert würde, daß es nicht ihres, sondern das Clemencys war. Das Geld einer toten Frau.

Sie schrieb in der sorgfältigen, aufrechten Schrift, die sie eingeübt hatte, und es war eigentlich ganz leicht. Ihre gute Laune kehrte zurück.

»Als erstes möchte ich, solange mein Mann noch weg ist, das Dach überprüfen und die notwendigen Reparaturen machen lassen. Meine Schwägerin sagt, daß es an manchen

Stellen große Löcher hat. Ich mußte aber erfahren, daß alle zuverlässigen Handwerker bei der Armee sind.«
»Nicht alle. Ich kenne zufällig einen. Tom Grubb, er ist in den Fünfzigern und damit zu alt, um eingezogen zu werden. Das ist ein ausgezeichneter Handwerker. Soll ich mich mit ihm in Verbindung setzen, Lady Hazzard?«
»Oh ja, bitte. Das sind gute Neuigkeiten. Schicken Sie ihn zu mir nach Loburn, wenn er will. Ich möchte meinen Mann überraschen, wenn er zurückkommt.«
Ihre Begeisterung mußte sich wohl in ihrem Gesicht ausgedrückt haben, denn Mr. Edmonds sah sie bewundernd an.
»Wenn Sie so aussehen, Lady Hazzard...« fing er an und verstummte dann.
Hetty amüsierte seine steife englische Verlegenheit.
»Was wollten Sie sagen, Mr. Edmonds?«
»Ich wollte sagen, daß Ihr Gatte sein Augenmerk dann wohl kaum zuerst auf das reparierte Dach richten wird.«
Hetty lachte sichtlich entzückt. Sie hatte herausgefunden, daß sie Männer bezaubern konnte. Nicht nur junge Männer wie etwa Donald Newman an Bord der ›Lusitania‹, sondern auch ältere, gesetztere wie Bankdirektoren, Rechtsanwälte, Geistliche. Diese Fähigkeit würde ihr noch von Nutzen sein können. Wenn sie sich auch bei Frauen auswirken würde, wäre es noch besser. Aber Lady Flora blieb kühl und zurückhaltend und weigerte sich beharrlich, einer amerikanischen Schwiegertochter ihre Gunst zu schenken. Und Julia wollte, von den etwas nervenaufreibenden morgendlichen Reitstunden abgesehen, nichts mit ihr zu tun haben.
Es würde sehr lange dauern, bis sie mit der Eleganz und Grazie Julias reiten konnte. Vielleicht beherrschte sie es niemals so gut. Aber sie war immerhin schon von dem langsamen alten Schaukelpferd Patsy auf eine zwar lebhafte, aber gutmütige graue Stute umgestiegen, die Bessie hieß und trächtig war. Hetty war die Ironie, die darin lag, nicht entgangen, denn jeder Tag bestätigte ihre Hoffnungen aufs neue. Sie glaubte irgendwo gehört zu haben, daß Reiten in den frühen Stadien einer Schwangerschaft ungefährlich sei,

und sie wollte doch etwas können, wenn Hugo zurückkam. Dann würde Julia auch weniger Macht über ihn haben, vermutete Hetty.

So ging sie also bewußt ein gewisses Risiko ein und nahm sich vor, in etwa drei Wochen einen Arzt aufzusuchen, falls bis dahin immer noch Schwangerschaftssymptome auftreten sollten. In der Zwischenzeit ritt sie sehr vorsichtig, entweder im Schritt oder höchstens in leichtem Trab.

»Ich habe Hug mitgeteilt, daß ich Ihnen Reitstunden gebe«, sagte Julia.

Also schrieb sie an Hugo. Antwortete er ihr? Der letzte Brief, den Hetty von ihm bekommen hatte, bestand nur aus einigen flüchtig hingeworfenen Zeilen, weil er an die Front mußte.

Er redete sie an mit »Meine liebe Hetty«, nicht »Liebste«, nicht »Meine geliebte Frau«. Aber schließlich war sie selbst auch noch nicht imstande gewesen, ihn als ihren geliebten Mann anzusprechen, weil ein letzter Rest von Aufrichtigkeit verlangte, daß es auch stimmen müsse, wenn sie es schrieb.

Bin sicher hier angelangt. Die Männer schienen sich zu freuen, daß ich kam. Vertraute Gesichter sind sehr gefragt in dieser Zeit. Sie hatten eine schlimme Phase hinter sich, aber nach einigen Tagen Ruhe haben sie sich wieder aufgerappelt und sehen jetzt wieder ganz gut aus. Wir sind in einem kleinen Ort mit einem schiefen Kirchturm und ein paar übel zugerichteten Häusern stationiert. Nur wenige Bewohner sind im Dorf geblieben. Wenn ich manchmal denke, daß so etwas auch unserem Dorf passieren könnte, merke ich, daß dies meine Vorstellungskraft übersteigt. Ich hoffe, Du hast dich inzwischen eingelebt und bist über Dein unglückliches Erlebnis hinweggekommen. Warst Du auf der Bank und hast alles geregelt? An Mutter schreibe ich demnächst. Hat Kitty etwas von Lionel gehört? Meinem Bein geht es gut, und ich bin längst soweit in Ordnung, daß ich an die Front kann. Ich würde tausendmal lieber im Galopp über die Four

Hills reiten. Julia schrieb mir, daß Du gute Fortschritte machst. Das Beste, was Du tun kannst, ist, ihrem Stil nacheifern. Ich habe keine Zeit mehr jetzt. Dein Dich liebender Mann Hugo.

Ein Liebesbrief? Kaum. Sie hätte ebensogut ein geschätzter Freund sein können. Aber wenn man Hugos kurz angebundene Art bedachte, war es immerhin ganz freundlich geschrieben. Womöglich waren seine Briefe an Julia noch förmlicher. Sie würde das nie erfahren, denn Julia war viel zu verschwiegen und leerte eigenhändig jeden Morgen den Briefkasten, sobald die Post angekommen war.
Allerdings wurde sie gesprächiger, als endlich Briefe von Lionel ankamen.
»Kitty! Kitty! Ein Brief für dich! Einer für Lady Flora und einer – oh, der muß für Sie sein, Hetty.«
Der Brief war an Lady Hazzard adressiert, und das war zweifellos sie. Es hatte kein Grund für Julia bestanden, sich so verwirrt zu geben.
»Lionel hat mir geschrieben«, murmelte sie erfreut. »Und das, obwohl er mich noch nie gesehen hat.«
»Habe ich es Ihnen nicht gesagt, er schreibt gern, der Junge. Fühlt sich nicht wohl ohne einen Stift in der Hand.« Und Kitty, die ihren Brief an die Brust drückte, ließ ihr Frühstück stehen und zog sich zurück, um ihn in aller Ruhe zu lesen.
Auch Hetty hatte das Gefühl, daß es eigentlich besser wäre zu warten, bis sie allein war. Dann beachtete sie jedoch Julia nicht weiter, die sie mit großen Augen unglücklich anschaute. Mit dieser Frau Mitleid zu empfinden, konnte gefährlich sein. Man war dann weniger wachsam.
Lionel schrieb:

Meine liebe Schwägerin,
wie ich höre, hat mein Sohn zu seiner Enttäuschung entdeckt, daß Sie keine Wassernixe sind. Mich hingegen hat dies erleichtert. Nixen sind kalte, glitschige Geschöpfe, die tö-

richte Seefahrer durch ihren Gesang in die Irre führen. Niemand hat mir bis jetzt besonders viel über Sie erzählt. Mutter schreibt, Sie seien ordentlich und hübsch, was sich so anhört, als seien Sie ein neues Zimmermädchen. Aber Mutter pflegt eben aus verschiedenen Gründen ihre Vorurteile. Kitty, die keine Vorurteile kennt, meint, daß Sie reizend sind und unserem alten Hugo sehr guttun werden. Vorausgesetzt, daß die grotesken Feindseligkeiten, die im Moment bestehen, es jemals zulassen werden, daß glückliche Ehepaare wieder zusammenkommen.
Ich sitze in einem Unterstand, auf ungefähr zwei Drittel Höhe eines wirklichen Berges, hoch genug, daß die See von hier aus idyllisch blau und wie leuchtendes buntes Glas aussieht. Gelegentlich trägt die warme Luft köstlichen Thymianduft zu mir her, der sich sanft über weniger angenehme Gerüche legt. Wenn das Schießen einen Augenblick aufhört, kann man Lerchen singen hören. Ägäische Lerchen, müssen Sie bedenken! Ich fühle mich durch sie wie Zeus, der auf seinem Berggipfel sitzt und »seinen leuchtenden Blick in die Ferne richtet«, weg von Homers »bejammernswertem Krieg«. Ich wünschte, ich könnte meinen Blick wirklich abwenden.
Wenn ich heimkomme, werde ich Ihnen alles erzählen. Bis dahin: Genießen sie das Leben, liebe Schwägerin, es ist so kurz!
Lionel

»Wo sind die Four Hills?« fragte Hetty Julia.
»Jenseits der Wälder, die zu Loburn gehören. Es handelt sich dabei um eine Reihe niedriger Hügel. Ein ziemlich langer Ritt.«
»Wann kann ich ihn machen?«
Julia sah sie ruhig prüfend an. »Oh, ich würde sagen, so in einem Monat ungefähr. Es ist sehr anstrengend.«
»Das macht mir nichts aus.«
»Na ja, wenn Sie stürzen, wird Hug mir nicht gerade dankbar dafür sein.«

»Aber ich möchte den Ritt unbedingt machen, und zwar bald«, sagte Hetty störrisch.
»Sie werden ihn dann machen, wenn ich es für richtig halte. Bitte entschuldigen Sie diese Bemerkung eines Profis.« Julia schien nach passenden Worten zu suchen. »Fühlen Sie sich wohl, Hetty?« (Das sollte wohl bedeuten: »Sind Sie schwanger, Hetty?«)
»Natürlich fühle ich mich wohl.«
»Gut. Wenn nicht, sagen Sie es mir. Ich will nicht schuld an einem Unfall sein.«

Nun begann unerwarteterweise eine vergnügte Zeit. Das kam daher, daß sich Hettys Liebe zu dem alten Haus und dem Garten allmählich zu einer wahren Leidenschaft entwickelte. Nicht die vielen Morgen Wald liebte sie, nicht die Schafherden und die Four Hills, über die sie mit Julia gesprochen hatte. Aber das düstere Haus mit seinen dunklen Winkeln und den plötzlichen Farbschimmern und Lichtreflexen, der Garten und sogar der schattige Eibengang und der düstere Teich, der auch an schönen Tagen wie ein vor Alter fast blinder Spiegel wirkte – all dies wurde ihr zu etwas unendlich Kostbarem.
Im Juni begannen die Rosen zu blühen. Am allerliebsten hielt sich Hetty in einem etwas abgelegenen Teil des Gartens auf, wo sich an einer alten Backsteinwand weiße Kletterrosen emporrankten. Niemand außer ihr schien hierherzukommen. Eines Tages jedoch, als ein Windstoß die Blütenpracht bewegte, schien es ihr, als habe sie eine helle Gestalt gesehen, die über den Rasen tanzte. Für einen Augenblick, in dem ihr fast das Herz stehenblieb, hatte sie den absurden Gedanken, es sei Clemency gewesen. Sie sprang auf und taumelte vor Schwindel und Furcht. Kitty, die gerade in Lederschürze und Gärtnerhandschuhen über den Rasen geschlendert kam, sah das und rannte herbei.
»Was ist denn los, Hetty? Haben Sie einen Geist gesehen?«
»Nein, nein, natürlich nicht. Aber ich habe irgend etwas gesehen. Wahrscheinlich eines der Dienstmädchen, mit einer

weißen Schürze. Sie wird fürs Mittagessen Gemüse geholt haben.«

»Dieser Weg führt nicht zum Küchengarten. Sie haben tatsächlich den Geist gesehen!«

»Den Geist? Was wollen Sie damit sagen?«

»Ach, es gibt ein Gerücht, daß hier im Garten eine unglückliche Frau umgehen soll. Man sagt, sie sei ertrunken.«

»E-ertrunken?«

»Oh, entschuldigen Sie Hetty, ich habe nicht daran gedacht... Das ist natürlich ein schlimmes Wort für Sie. Aber das war ja schon vor zweihundert Jahren. Außerdem, selbst wenn sie unglücklich war, hat sie sich doch immerhin den schönsten Teil des Gartens zu ihrem Stückchen Paradies erwählt. Ist alles in Ordnung Hetty?«

»Ja. Wahrscheinlich war es irgendeine Täuschung, durch das Licht vielleicht. Ich habe fast geschlafen.«

»Um elf Uhr vormittags? Dann stimmt etwas nicht mit Ihnen.«

Kitty schaute sie prüfend an. »Sie erwarten ein Kind, nicht wahr?«

Hetty nickte. »Vielleicht. Ich bin noch nicht sicher.«

»Wollen Sie nicht einen Arzt aufsuchen?«

»Ich wollte damit warten. Was kann ein Arzt schon machen? Wenn das Kind da ist, dann wächst es von allein.«

»Stimmt. Tja, es ist Ihr Geheimnis. Ich erzähle es niemandem weiter, wenn Sie es nicht wollen. Werden Sie Hugo davon schreiben?«

»Nein«, sagte Hetty scharf. »Nicht bevor es absolut sicher ist. Ich habe darüber nachgedacht, Kitty, wieder und wieder. Ich könnte zum Beispiel auch einfach etwas durcheinander sein, nach all dem, was ich erlebt habe. Der weibliche Zyklus neigt manchmal zu Unregelmäßigkeiten.«

»Obwohl Sie diese Möglichkeit jetzt anführen, glauben Sie doch im Grunde schon, daß es ein Baby ist, oder?«

»Ja. Ich glaube es.«

»Na dann, ganz herzlichen Glückwunsch«, sagte Kitty großmütig.

»Wenn's ein Junge wird, hat Freddie das Nachsehen. Armer kleiner Kerl! Jetzt wird ihm das natürlich noch nichts ausmachen, aber eines Tages wird er darunter leiden, daß er Loburn nicht bekommt. Alle Hazzards sind sich darin ähnlich. – Also, Hetty, wenn Sie in diesem Zustand sind, will ich Sie aber nie mehr hinter Tom Grubb die Leiter hinaufklettern sehen, so wie gestern.«

»Nein. Das war wirklich dumm von mir, und ich werde es nicht mehr tun. Ich bin eben nur schrecklich neugierig auf alles, was hier passiert. Ich möchte unbedingt, daß das Dach repariert ist, wenn Hugo heimkommt. Tom meint, er könne es bis Ende des Sommers schaffen, wenn er jemanden findet, der ihm hilft. Jedenfalls aber bis zum ersten Winterregen. Dann werden diese ganzen Schäden endlich behoben sein. Und dann fahre ich nach London und kaufe die schönsten Kattun- und Brokatstoffe. Ach, Kitty, Handarbeiten machen mir immer mehr Spaß! Wahrscheinlich verbringe ich die kommenden zehn Jahre damit, die Sessel, die am zerschlissensten sind, neu zu beziehen. Ich fange beim Musikzimmer an.« (Das mir gehören wird, dachte Hetty, denn bis dahin hat Lady Flora das Klavierspielen und alle anderen denkbaren Beschäftigungen wohl aufgegeben.) »Ich habe an einen himmelblauen Hintergrund gedacht und dazu Korallenrot, Hellgelb, Grasgrün. Aber alles zart und gedeckt.«

»Also wissen Sie«, sagte Kitty, »dafür, daß man Sie quasi auf einen fremden Baum aufgepfropft hat, sind Sie ganz gut angewachsen.«

»Haben Sie gedacht, ich sei eine ehrgeizige New Yorkerin, die bloß nach oben kommen will?«

»Ja. Wir haben es alle gedacht.«

»Das bin ich aber nicht«, sagte Hetty. »Und ich werde auch nie ein unglücklicher Geist sein.«

»Komisch, warum sagen Sie so etwas? Wollen Sie das Schicksal herausfordern?«

»Ja, ich fordere es heraus. Hugo muß wohlbehalten zurückkommen. Dasselbe gilt für Lionel. Um das zu rechtfertigen...« Aber hier sprach Sie nicht weiter. Sie begann, unvorsichtig zu werden. Sie hatte sagen wollen: »Um das zu rechtfertigen, was ich getan habe.«

Trotzdem durfte man über Gespenster nicht leichtfertig hinweggehen.

Es passierte nämlich noch etwas Unheimliches, das Hetty später den Einbildungen zuschrieb, die während einer Schwangerschaft manchmal auftreten können. Es passierte in der Gemäldegalerie im ersten Stock. Sie hielt sich oft hier auf. Alles war still, und ungestört betrachtete sie die Bilder und machte sich ihre Gedanken dazu. Besonders ein Bild faszinierte sie. Es stellte eine junge Frau in einem gelben Kleid dar, dessen Farben schon verblaßt waren. Das Gesicht der Frau war von ovaler Form und sehr fein geschnitten. Sie hielt die Hände fromm gefaltet, ihre Lippen waren geschlossen. Doch nicht einmal die Verwüstungen der Zeit hatten es vermocht, den eigensinnigen, ja fast harten Ausdruck der Augen zu verwischen, die einmal sehr lebhaft und wach gewesen sein mußten. Den Kleidern nach stammte das Bild aus dem ausgehenden siebzehnten Jahrhundert.

Plötzlich kam Hetty die Idee, dies müsse die Dame sein, die im Garten umging.

»Wer warst du?« fragte Hetty laut, und eine scharfe Stimme antwortete: »Was geht dich das an? Du wirst sowieso nicht lang genug hiersein, als daß es für dich eine Rolle spielen könnte.«

Niemand hatte gesprochen. Die Stimme gehörte nicht der längst verstorbenen Dame. Und auch nicht, was noch erschreckender gewesen wäre, Clemency. Kein Laut hatte die Stille unterbrochen.

9

Der Dardanellen-Feldzug nahm einen schlechten Verlauf, wie an den immer länger werdenden Verlustlisten abzulesen war. Lionel schrieb, er habe am sogenannten ›Faulfieber‹ gelitten, und diese Bezeichnung sei äußerst zutreffend. »Es ist ziemlich verbreitet, und ich habe Glück gehabt, daß es mich nur in einer leichten Form erwischte. Es gibt zu viele Fliegen hier, das ist das Problem. Sie sind schlimmer als die Türken selbst. Aber ich bin jetzt wieder wohlauf.«
»Gott sei Dank«, rief Kitty froh. »Es ist mir völlig egal, was aus diesem Feldzug wird, und es ist mir egal, wenn ihr mir mangelnden Patriotismus vorwerft. Hauptsache, mein Mann kommt wieder nach Hause.«
Hugo schickte einen seiner immer förmlicher werdenden Briefe, der wirkte, als ob allein schon die Zusammenstellung der Sätze eine Anstrengung gewesen sei und als ob er seine ihm angetraute und bloß oberflächlich bekannte Frau schon beinahe vergessen hätte:

Ich habe erfahren, daß Du mit den Reparaturen am Haus begonnen hast. Was bist Du doch für eine praktische Person, Du erstaunst mich immer mehr. Und großzügig bist Du auch, denn ich nehme an, daß das Geld dazu von Dir stammt. Wenn ich all die leeren, zerstörten Schlösser in diesem Land sehe, dann wünsche ich mir oft selbstsüchtig, daß mein eigenes Haus davor bewahrt bleiben möge. Und ich freue mich, daß Du ähnlich zu empfinden scheinst. Wenigstens hat so ein Krieg wie dieser hier noch nie auf englischem Boden stattgefunden, das ist das einzige, womit man sich trösten kann. Wie geht es mit dem Reiten? Julia schreibt, die Pferde seien in guter Verfassung. Wir werden zusammen ausreiten, wenn ich das nächste Mal heimkomme...

Wir? Meinte er Julia oder sie selbst?
Hetty fuhr schließlich doch nach Cirencester zu Doktor

Bailey, dem Hausarzt. Sie tat es nicht, weil sie eine Bestätigung ihrer Schwangerschaft brauchte, sondern weil die beiden seltsamen Spukerlebnisse sie noch verfolgten.
»Kann es sein, daß eine Frau in meinem Zustand an komischen Einbildungen leidet?«
»Ja, durchaus. Vor allem können Gelüste auf bestimmte Speisen auftreten.«
»Nein, ich meine Sinnestäuschungen. Manchmal glaube ich, daß ich Dinge höre, die es nicht gibt.«
Der Arzt lächelte nachsichtig.
»Sie meinen Geisterstimmen?«
»Ja, etwas in dieser Art.«
»Nun, ich würde das auf Ihr furchtbares Erlebnis mit der ›Lusitania‹ zurückführen. Sie leiden immer noch an den späten Auswirkungen des Schocks, nehme ich an. Wie gefällt Ihnen übrigens Loburn und das Haus?«
»Oh, ich schwärme einfach dafür! Es kommt mir vor, als gehörte ich wirklich hierher. Wenn das nicht anmaßend klingt...«
»Da haben wir's ja, meine Liebe. Als Amerikanerin sind Sie an viel modernere Gebäude gewöhnt, und offensichtlich besitzen Sie eine lebhafte Phantasie. Sie haben zu heftig reagiert und sich eingebildet, das alte Haus hätte zu Ihnen gesprochen. Sie werden das alles vergessen, wenn erst Ihr Gatte heimkommt und das Baby geboren ist. Haben Sie eigentlich Hugo etwas von dem Baby geschrieben?«
Hetty schüttelte den Kopf.
»Dann tun Sie es. Es wird ihn aufheitern.«
Hetty aber hatte den Entschluß gefaßt, Hugo noch nichts davon zu schreiben. Abwarten, sagte sie immer wieder zu sich selbst. Sie wollte vorsichtig sein. Es wäre so schrecklich, ihn enttäuschen zu müssen, falls irgend etwas schiefginge. Dies sagte sie auch zu seiner Mutter.
Lady Flora antwortete mit sanfterer Stimme als üblich: »Hetty, Sie wissen doch, daß Hugo fallen kann. Möchten Sie ihm nicht die Freude machen und ihm von seinem Kind erzählen?«

»Ich habe gehofft, es ihm persönlich sagen zu können.«
»Im Krieg dürfen Sie nicht so sentimental sein, meine Liebe.«
Julia, die zugehört hatte, fragte nur: »Haben Sie den Arzt wegen dem Reiten gefragt?«
»Er meinte nur, daß ein vernünfiges Maß an Bewegung gut wäre. Das Reiten hat er nicht ausdrücklich erwähnt.«
Julias Blick war eigenartig ruhig. Falls das Baby bitteren Neid in ihr entfachte, ließ sie sich zumindest nichts davon anmerken. »Sie müssen vorsichtig sein«, sagte Lady Flora. »Ich bin der Meinung, Sie sollten das Reiten für einige Zeit ganz aufgeben.«
»Wir Landfrauen messen diesen Dingen nicht so viel Bedeutung bei«, erklärte Julia. »Sind Sie denn nicht geritten, als Sie schwanger waren, Lady Flora?«
»Doch. Hauptsächlich, weil mein Mann es von mir erwartete. Aber nicht mehr ab dem vierten Monat. Man braucht nicht tollkühn zu sein.«
»Ich würde es genauso machen«, sagte Julia. Sie sprach träumerisch vor sich hin, als stelle sie sich vor, daß sie selbst in einem solchen Zustand wäre. »Da ich aber nicht schwanger bin«, jetzt klang ihre Stimme wieder lauter und härter, »können Hugo und ich wieder jeden Morgen zusammen ausreiten. Natürlich nur, bis Sie selbst wieder reiten können, Hetty.«
Hetty war gereizt.
»Ich kann jetzt reiten. Ich dachte, da seien wir der gleichen Ansicht.«
»Gut, dann werden wir an Ihrer Haltung arbeiten, ja?«
Lady Flora sah die beiden jungen Frauen fragend an.
»Aber ihr erwartet Hugo doch nicht? Keine von euch, oder?«
»Nein«, sagte Hetty. Sie blickte ruhig zu Julia hinüber. »Und wenn, dann wäre ich wohl die erste, die es wüßte.«
Julia lächelte gezwungen. »Niemand kann das im Krieg so genau sagen. Hugo weiß sich immer ganz gut zu helfen. Wenn er es irgendwie hinkriegt, beurlaubt zu werden, dann

kommt er auch. Und sei's nur, um das Füllen zu sehen, das ich in Newmarket gekauft habe.«

Luder, dachte Hetty. Unverschämtes, hinterlistiges Luder. Sah denn Lady Flora nicht die Gefahr, die von dieser eifersüchtigen Frau ausging? Warum schickte sie sie nicht weg? Bestand die Hoffnung, daß, wenn sie nach der Geburt des Kindes Hugos Heirat ganz akzeptieren mußte, sie Miss Julia Pemberton im Guten entlassen würde? Vielleicht mußte Hetty zum äußersten Mittel greifen und ihr jenen Brief zeigen: »Ich werde nie auf dich verzichten... Nie, nie, nie,«

Hetty fiel es nicht leicht, die Situation zu meistern, aber sie war auch hartnäckig entschlossen, in den Augen dieser selbstsicheren Engländerin nicht als Feigling dazustehen. Sie wollte weiterhin reiten, aber mit Vorsicht. Sie sehnte sich sehr danach, in aller Morgenfrühe mit Hugo zusammenzutreffen und ihm zu zeigen, wie hübsch sie in Reitkleidung aussah. Pferde waren das wichtigste Bindeglied zwischen ihm und Julia. Wenn es ihr gelang, dieses Band zu lockern, dann würde sie einen wichtigen Sieg errungen haben.

War sie einsam? Kitty war freundlich, aber zerstreut und ständig im Krankenhaus oder im Garten beschäftigt. An Lady Floras Verhalten war nichts auszusetzen, aber Hetty war sich sicher, daß sich hinter der höflichen Fassade eine tiefsitzende Ablehnung und ein geheimer Groll gegen diese Schwiegertochter verbarg, die sie ja nur eines vollen Bankkontos wegen akzeptieren mußte. Was Julia betraf, so gehörte sie – der persönlichen Rivalität, die zwischen ihnen herrschte, ungeachtet – nicht zu den Menschen, mit denen Hetty gern befreundet sein wollte. Sie hatten nicht das Geringste gemeinsam.

Aber all das störte Hetty wenig, und zwar einfach deshalb, weil sie nicht daran gewöhnt war, Freunde zu haben. Sie verstand sich ausgezeichnet mit den Dienstboten, die, nachdem sie der Mangel an Förmlichkeit zunächst überrascht hatte, daran Gefallen fanden; besonders die jüngeren Dienstmädchen. Die Köchin war noch mißtrauisch, begann

aber aufzutauen. Mrs. Evans, die Haushälterin, wäre wohl nie aufgetaut, wenn sie gesehen hätte, wie tüchtig Hetty ihre Pflichten übernahm, wie sie sich im Haus bewegte und in der Küche, dieser Domäne der Dienerschaft; überall ganz frei und ohne daß sie sich vor irgend jemandem rechtfertigen zu müssen glaubte.
Selbst Lady Flora mußte zugeben, daß der ganze Haushalt reibungslos funktionierte. Mehr als einmal sagte sie, daß sie gern Hettys Mutter kennengelernt hätte, die eine bemerkenswerte Frau gewesen sein müsse, da sie ihre Tochter so gut ausgebildet habe. Sie sei nur praktisch veranlagt gewesen, antwortete Hetty, wie fast alle amerikanischen Frauen.
Mit Dienern gut zurechtzukommen war aber etwas ganz anderes als persönliche Freunde zu haben, die aus dem eigenen Stand kamen. Lady Flora hatte einmal etwas von einem ›kleinen Besuchstag‹ gemurmelt und hinzugefügt, es sei wirklich bedauerlich, daß die Umstände Hetty ein glanzvolles gesellschaftliches Leben versagten.
Hetty hatte jedoch gar keine große Lust, alle diese faden Landadligen zu bewirten, ohne Hugo an ihrer Seite. Sie würde weiterhin jeden Sonntag in die Kirche gehen, um dort in der Bank der Hazzards zu sitzen und sich angaffen zu lassen, aber konnten nicht wenigstens die Gesellschaften noch warten?
»Aber natürlich, meine Liebe«, sagte Lady Flora daraufhin mit ungewöhnlich liebenswürdiger Stimme, die ihre Erleichterung zeigte. »Wenn die Jungen an Weihnachten hiersein könnten, wäre das ganz wundervoll. Aber wahrscheinlich darf man nicht darauf hoffen.«
Trotz allem war Hetty nicht ganz ohne Gesellschaft. Obwohl er so einzelgängerisch veranlagt war, hatte der merkwürdige kleine Freddie begonnen, ihr überallhin nachzulaufen. Er wolle über Achilles und Apollo und Hektor mit ihr reden, sagte er. Diese Leute, die Daddy immerzu erwähne. Ob sie Soldaten gewesen seien? Ob Hetty ihm nichts über sie erzählen könne?
Also suchte sie in der Bibliothek nach einer Ausgabe der

›Ilias‹. Sie hatte sie noch nicht gelesen und bezweifelte sogar, daß die umfangreiche Bibliothek der Jervis in New York eine Ausgabe dieses Buches enthalten hatte. Nachdem sich Lionel in seinem Brief auf die leuchtenden Augen des Zeus bezogen hatte, war sie ebenfalls neugierig geworden. Freddie kuschelte sich in dem großen Ledersessel neben sie, während sie laut vorlas. »So dort wachten die Troer vor Ilios. Doch die Achäer ängstete grauliche Flucht, des starrenden Schreckens Genossin...«
Konnte denn ein kleiner Junge diese komplizierte Vielfalt der Charaktere verstehen? Wenn man sah, mit welch gespannter Aufmerksamkeit er zuhörte, hatte man beinahe den Eindruck. Er wirkte wie ein kleiner altkluger Gelehrter. Vielleicht gefiel ihm auch einfach, daß er mit Hetty zusammensaß und sie ihm vorlas.
»Sie machen noch einen Cambridge-Professor aus ihm«, brummte Kitty. »Haben Sie das mit ihrem eigenen Kind auch vor?«
»Ich möchte jedenfalls, daß es mehr wird als ein Meister der Jagd«, sagte Hetty.
Kitty war belustigt. »Wie können Sie in diesem Haus so etwas sagen!«
»Also, dann erzählen Sie es Hugo nicht! Im übrigen wird es vielleicht ein Mädchen.«
»Dann müssen Sie sich darum bemühen, noch einen Jungen zu kriegen. Man wird das von Ihnen erwarten.«
Plötzlich war da wieder die quälende Angst.
»Wenn wir nur noch Gelegenheit dazu haben, Kitty, wenn es bloß noch dazu kommt.!«
»Machen Sie sich keine Sorgen, eines Tages ist der Krieg zu Ende. Oder wir...«
»Was?«
»...bekommen verwundete Helden zurück.« Kittys Augen verdunkelten sich für einen Moment. »Ich sehe viel zu viele von ihnen. Aber immer noch besser als Tote«, schloß sie rasch, um aber noch nachdenklich hinzuzufügen: »Wenigstens bei einigen trifft das zu.«

Dann kam der Tag, an dem die erste Teegesellschaft stattfand. Man nahm den Sommersalon dafür, nicht den Garten; denn der Herbst konnte, auch wenn er mild und sonnig war, wechselhaft sein. Und man wollte den Damen nicht zumuten, plötzlich vor einem kalten Windstoß ins Haus flüchten zu müssen. Abgefallene Blätter lagen wie Münzen oder mattgoldene Locken auf dem dunklen See. Der Rasen war mit stachligen Kastanienschalen übersät. Da nicht genügend Leute zur Säuberung verfügbar waren, würde diese reizvolle Unordnung bis in den Winter hinein bestehen bleiben. Statt zu einem Ende zu kommen, schien sich der Krieg in Frankreich eher noch zu verschlimmern. Lady Flora hatte sich entschlossen, eine kleine Teegesellschaft zu geben, an der nur Frauen teilnahmen. Denn zum einen waren Männer rar in diesen Tagen, zum anderen wurden Teegesellschaften sowieso von Frauen bevorzugt.
Hetty wäre überall lieber gewesen – mit Tom Grubb auf dem Dach, mit Freddie in der Bibliothek, ja lieber sogar mit Julia in den Ställen – als mit diesen steifen, förmlichen Damen im Sommersalon. Sie war jetzt im dritten Monat schwanger, und es war keine Fehlgeburt mehr zu erwarten. Jetzt würde sie Hugo wohl nichts mehr verheimlichen können, denn einigen neugierigen Frauen würde ihr Zustand sicherlich nicht entgehen. Sie hatte ihr Geheimnis sorgfältig gehütet, hatte gezögert, es mit dem Vater des Kindes, das sie erwartete, zu teilen – fast als sei dies etwas, das ganz alleine ihr gehören sollte. Doch sie mußte gegen diesen Hang, allzu verschwiegen zu sein, ankämpfen. Die Zeit der übergroßen Vorsicht und des ständigen Argwohns war ja wohl vorüber. Auch wenn Onkel Jonas schrieb:

Ich überweise noch einmal Geld auf Dein Konto, wie Du mich gebeten hast, denn Du scheinst es Dir in den Kopf gesetzt zu haben, dieses baufällige alte Haus instand zu setzen. Aber laß nicht zu, daß diese Leute Dich völlig aussaugen! Jetzt bist Du noch jung und romantisch. Es könnte sein, daß Du in einigen Jahren ganz anders über Dein geliebtes Lo-

burn denkst. Ich persönlich gebe klarer, solider moderner Architektur, so wie wir sie hier haben, den Vorzug. Bitte sei wegen des Rats, den ich Dir oben gab, nicht gekränkt. Wie Du weißt, bin ich ein vorsichtiger Geschäftsmann.

In dieser Richtung hatte es Gott sei Dank keine Probleme gegeben. Man akzeptierte sie als rechtmäßige Erbin eines großen Vermögens.
Aber das Baby war etwas ganz Privates, Persönliches, etwas, dessen sanfte Gegenwart noch ganz und gar ihr gehörte. Es machte das eigenartige Leben, in dem sie sich so vorsichtig vorantastete, zu etwas Wirklichem. Verglichen mit dem, was sie schon geschafft hatte, würde sie mit einer Handvoll naseweiser Frauen wohl leicht fertig werden.
Da saßen sie nun also in ihren spitzenbesetzten Seidenkleidern und breitkrempigen Hüten, nippten Tee aus Lady Floras feinen Porzellantassen und wurden von einer etwas nervösen Effie bedient, der man zwar beigebracht hatte, wie sie Herrschaften anzukleiden, nicht aber, wie sie ihnen Kuchen zu servieren hatte.
Hetty wurde gebeten, mitten unter ihnen Platz zu nehmen, damit sich alle mit ihr unterhalten konnten. Bis dahin hatten sie sie nur in der Kirche gesehen. Selbst dafür, daß Krieg herrschte, lebe sie zu zurückgezogen, meinten sie. Und sie konnten kaum glauben, daß das ihr eigener Wunsch war. Wo sie doch so bezaubernd sei! Waren ihre Augen nun grau oder grün? Wie das Meer, nicht wahr? – obwohl sie daran vielleicht nicht erinnert werden wolle. Ob Hugo nicht vernarrt sei in ihre Grübchen? Sie sehne sich bestimmt sehr nach ihm! Und man dürfe gar nicht daran denken, wie sehr er sich danach sehnen mochte (armer Kerl!) zu seiner Frau zurückzukehren!
Irgendeine Tasse klirrte. Es war Julias Tasse. Sie hatte sie zu nachlässig zurückgestellt.
»Julia, meine Liebe, läute doch bitte nach etwas mehr heißem Wasser!«

»Gerne, Lady Flora.« Julia: gehorsam, schlank und vornehm in ihrem einfachen blauen Kleid; und nicht einmal in ihren großen schönen Augen spiegelte sich ihre maßlose Erbitterung. Spürte denn niemand außer Hetty diese unsägliche Wut, die sie immer mehr erfüllte?
Es war das erste Mal, daß sie in Gesellschaft zurückstehen und mitansehen mußte, wie Hetty, die Fremde, sich all das aneignete, was sie für sich erträumt hatte. Es ging fast über ihre Kräfte, den wohlerzogenen Gehorsam, den Lady Flora von ihr erwartete, beizubehalten. Ohne Zweifel mußte Lady Flora, die ja eine sehr kluge Frau war, sich dessen bewußt sein; und eigentlich hätte sie für Julia eine andere, gefühlsmäßig weniger problematische Stellung finden müssen. Oder war es vielleicht so, daß sie gespannte Situationen genoß in der Art gelangweilter alter Damen, die es nach dramatischen Szenen gelüstet? Oder hatte Julia sie gebeten, auf Loburn bleiben zu dürfen?
Niemand im Raum schien diese verborgenen Strömungen zu bemerken. Nur die alte Mrs. Entwhistle, im schwarzen Spitzenkleid und mit Diamantschmuck, sagte gedankenlos: »Wir hatten immer geglaubt, Hugo hinge so an Julia, Flora. Nicht wahr, Margaret?«
Margaret, ihre ältere Schwester, pflichtete ihr mit einem Nicken bei, und Lady Flora übertraf die unbewußte Grausamkeit der beiden Damen noch, indem sie murmelte: »Er hing tatsächlich sehr an ihr. Er tut es im Grunde immer noch. Unsere liebe Julia! Sie gehört ja so gut wie zur Familie. Meine Jungen sind wie Brüder für sie. Nun ja, zumindest Verwandte.«
Dann wandte sich plötzlich eine Frau mit Habichtsnase und stechendem Blick direkt an Hetty: »Ich habe eine Überlebende des ›Lusitania‹-Unglücks getroffen, erst letzte Woche. Die kleine Eversleigh. Sie hatte eine Tante in Boston besucht und fuhr nach Hause, um hier dem Roten Kreuz beizutreten. Katharine Eversleigh, Hetty. Ich darf Sie doch Hetty nennen, nicht wahr?«
»Natürlich«, sagte Hetty mit trockenem Mund.

»Haben Sie Katharine zufällig kennengelernt? Sie hatte eine Kabine auf dem Promenadendeck.«

»Hatten Sie und Ihre Mutter nicht auch dort gebucht, Hetty?« fragte Lady Flora interessiert. »Ich glaube mich zu erinnern, daß Sie sagten, die Rettungsboote seien in der Nähe Ihrer Kabine ins Meer hinuntergelassen worden.«

Hetty schluckte. Sie fürchtete, daß sie nur ein Krächzen hervorbringen würde. Statt dessen flüsterte sie:

»Ja, wir hatten Glück, so nahe bei den Rettungsbooten zu sein. Aber trotzdem hat das meiner Mutter nicht das Leben gerettet.«

»Armes Kind. Adelaide, du hättest nicht an diesen wunden Punkt rühren dürfen«, sagte eine freundliche Stimme.

»Ich habe nicht verstanden, was sie gesagt hat. Sie haben Kate Eversleigh also nicht kennengelernt, Hetty?«

Hetty bemühte sich von neuem:

»Es gab so viele Passagiere. Wir kannten häufig nicht einmal ihre Namen.«

»Nun vielleicht erkennen Sie sie bei einem Wiedersehen.«

»Wiedersehen?«

»Sie nimmt an Bällen und Gesellschaften teil. Wenn sie sich nicht vom Roten Kreuz nach Frankreich schicken läßt, was allerdings sehr wahrscheinlich ist. Ein tapferes Mädchen.«

Hetty preßte die Hände gegen die Wangen, ihre übliche Abwehrhaltung.

»Ich bin feige, das gebe ich zu. Ich kann es immer noch nicht ertragen, an diese furchbare Zeit erinnert zu werden.«

Sie wollte ihrer arglosen Peinigerin einen flehentlichen Blick zuwerfen, starrte aber plötzlich direkt in Julias Augen – in diese rätselhaften Augen mit ihrer gebändigten Wut. Sie glaubte noch etwas anderes darin zu bemerken – Wissen, Erregung, Entschlossenheit?

Zum Kuckuck mit diesem sonnigen Salon voll schnatternder, aufgeputzer Gänse! Hetty faßte insgeheim den Entschluß, den Wintersalon für sich zu nehmen, denn das Musikzimmer bekam sie nicht, und jener hübsche Raum, dessen Fenster auf den Garten hinausgingen, konnte ein richtiger häuslicher Zufluchtsort werden. Wie geschaffen für jemanden wie sie! Und er hatte darüber hinaus den Vorteil, daß man von dort die Auffahrt sehen konnte, über die Hugo heimkommen würde. Sie nahm sich vor, ihre Lieblingsbilder aus der Galerie zu holen und hellere Möbel aufzustellen. Ja, heute abend vor dem Dinner würde sie dort sitzen und Hugo von ihrem Kind schreiben. Sie entwarf den Brief bereits im Kopf:

Heute hatte Deine Mutter ein paar Freundinnen zum Tee eingeladen. Alle haben mich angestarrt, und ich fürchte, sie haben mein Geheimnis erraten. Liebster Hugo, drei Monate lang habe ich es tief in meiner Brust verschlossen, bis ich ganz sicher war. Nun kann ich Dir mitteilen, daß wir noch vor dem nächsten Frühling ein Kind haben werden. Ich hoffe, daß es ein Junge sein wird, nicht nur Deinetwegen, sondern weil auch ich sehr gern einen Sohn hätte. Falls es aber ein Mädchen wird, versuchen wir es noch einmal, nicht wahr. Macht Dich diese Nachricht etwas glücklicher in Deinem gräßlichen Schützengraben? Ich hoffe es so sehr...

»Hetty! Hetty! Können Sie einmal herkommen? Kitty ist noch im Krankenhaus, und wir können Freddie nicht finden. Das Kindermädchen hat ihn schon überall im Haus und im Garten gesucht..« Julia stand in der Halle. Sie trug jetzt statt des Gesellschaftskleids Reithosen und einen Pullover.
Hetty fuhr auf. »Ich habe ihn seit dem Mittagessen nicht mehr gesehen!«
»Oh je, wo mag er bloß sein? Pimm sagte, er habe ihn vor ein paar Stunden am Waldrand gesehen. Anscheinend hat er davon gesprochen, daß er den Olymp finden wolle. Haben Sie ihm diese Ideen in den Kopf gesetzt?«
Freddie war fasziniert gewesen von Zeus, dem Versammler der Wolken, vom schnellfüßigen Achilles, von Hektor, dem Rossebändiger, und all den anderen Unsterblichen. Was Unsterbliche seien, fragte er einmal.

»Menschen, die für immer leben«, hatte Hetty erklärt. »Nicht wie wir.«
»Ich würde sie schrecklich gern sehen!«
»Du kannst sie in deiner Phantasie sehen. So macht es Daddy auch.«
»Und die schwarzen Schiffe«, hatte Freddie weiter wissen wollen. »Kann ich die auch in meiner Phantasie sehen?«
»Er ist sehr ideenreich«, sagte Hetty jetzt zu Julia. Natürlich versuchte man den Geist eines Kindes zu beschäftigen und ihn so für später zu schulen. Julia brauchte gar nicht so anklagend zu schauen. »Ich suche auch nach ihm. Er kann nicht weit sein«, erklärte Hetty.«
»Ich sattle Monarch«, sagte Julia. »Wir glauben, daß Freddie vielleicht in Richtung Four Hills gelaufen ist. Seine Variante des Olymps. Glauben Sie, daß Sie reiten können? Dann könnten wir nämlich in verschiedenen Richtungen suchen.«
Hetty zog sich gar nicht erst um. Sie konnte in ihren Röcken auf Bessie klettern. Eine entsetzliche Vorahnung plagte sie, daß irgendein Unglück geschehen sein könnte. Freddie war klein für sein Alter und nicht sehr kräftig. Er konnte in einen Bach gefallen sein oder, noch schlimmer, in einen Fluß. Wasser, dunkel und bedrohlich, spielte nach wie vor eine Rolle in Hettys Alpträumen. Sie dachte an den schwarzen Teich unter den Eiben. Wie schrecklich, wenn man ihn trockenlegen müßte! Und wenn Kitty und später Lionel heimkehrten, um zu erfahren, daß ihr einziger Sohn ertrunken war, während er nach den schwarzen Schiffen von Troja suchte...
Vor Reue darüber, daß sie Freddies lebhafte Phantasie mit der ›Ilias‹ noch mehr aufgewühlt hatte, und unter dem Druck ihrer ständig verheimlichten Schuld, fühlte sich Hetty ganz krank. Sie eilte Julias schlanker Gestalt hinterher.
»Verdammt, der Stallbursche ist nicht da!« rief Julia aus. »Ich glaube, er sagte, daß er bei der Weizenernte helfen wolle. Wir müssen uns alleine helfen, Hetty. Fühlen Sie sich in Ordnung?«

»Natürlich«, log Hetty. Sie würde nie eine mutige Reiterin werden. Um die Wahrheit zu sagen, sie hatte immer noch Angst vor Pferden, eine Tatsache, die Hugo nicht verborgen bleiben würde.
»Gut, dann reiten Sie am Waldrand entlang, und ich reite durch den Wald«, befahl Julia. »Reiten Sie nicht im Galopp! Seien Sie um Gottes Willen vorsichtig! Wir wollen keinen Unfall. Und einen kleinen Jungen wird man sicher eher entdecken, wenn man langsam reitet.«
Über den Hügeln war der Himmel noch blau und klar, aber die herbstlichen Wiesen in den Tälern lagen schon im Schatten. Kühler Wind kam auf. Bessie war ausgeruht und wollte galoppieren. Hetty versuchte sie zu zügeln. Sie war es so gewohnt, Julia an ihrer Seite zu wissen, daß sie sich jetzt schrecklich verlassen und ängstlich fühlte. Wie sie auch allein gewesen war, als sie sich im endlosen Meer verzweifelt an einem Rettungsring festgeklammert hatte! Zuerst konnte sie bei Bessies Auf und Ab durch Mulden und Senken nicht nach Freddie Ausschau halten. Dann aber verfiel das Pferd in einen ruhigen Trab, und Hetty lenkte es näher zum Waldrand hin.
»Freddie! Freddie!« Ihre Stimme oder die Gegenwart des Tieres scheuchten einen Waldkauz auf. Lautlos glitt er über den Weg, eine kleine gefiederte Galeone, und Bessie machte vor Schreck einen Sprung zur Seite. Sie beruhigte sich gleich wieder, aber es war nur zu hoffen, daß keine Füchse oder andere Waldtiere aus dem Unterholz hervorbrechen würden.
Wo war Freddie? Mit Sicherheit hatte er noch nicht den letzten der Four Hills erreicht, den er sich zum Olymp erkoren hatte. Der war zwei Meilen entfernt.
War die Annahme, er sei irgendwo in der abendlichen Landschaft zu finden, denn überhaupt richtig? Hatte Julia vielleicht voreilige Schlüsse gezogen? Was aber würde Kitty sagen, wenn ihr Sohn fort wäre? Und Lionel, der in diesem Moment unter so vielen Gefahren auf seinem eigenen, vom Krieg überzogenen Olymp herumkletterte?

Man mußte – Hetty führte diesen Gedanken nie zu Ende. Denn plötzlich gab es einen lauten Knall im Wald, etwas Gewaltiges, Großes brach aus dem Unterholz, und Bessie, maßlos erschreckt, scheute und begann zu galoppieren. Hetty hatte keine Chance, im Sattel zu bleiben. Ihr Fuß verfing sich im Steigbügel und schmerzte grauenvoll. Das letzte, dessen sich Hetty bewußt wurde, war, daß sie schnell hinabglitt und, Kopf voran, fürchterlich zu Boden stürzte.

10

»Hetty!«
Eine leise, angstvolle Stimme löste sich aus dem Nebel, der sie umgab und verwischte Erinnerungen an Schwäche, und qualvolle Schmerzen kehrten zurück. Sie versuchte sich zu bewegen, um die gräßlichen Leichen wegzustoßen, die auf den Wellen trieben, und ihren Rettungsring fester zu umklammern.
»Hetty, du stirbst doch nicht, oder?«
»Nein, nein, ich bin eine, die immer überlebt«, rief sie laut, und ihr wiederkehrendes Bewußtsein sagte ihr, daß das Kind, das mit verstörtem Gesicht an ihrem Bett stand, ihre Stimme nicht hören konnte.
»Freddie!« Die Erinnerung flutete nun deutlich zurück. Sie war so erleichtert, daß sie es beinahe fertigbrachte, ihre starren Lippen zu einem Lächeln zu verziehen. »Du bist heil und gesund!«
»Ich hatte mich nicht verirrt, Hetty. Ich war nur oben auf dem Dach mit Tom Grubb. Er half mir, die Leiter hochzuklettern. Das Kindermädchen hätte sich nicht so aufregen müssen.«
»So, junger Mann, du mußt jetzt gehen.« Jemand in Schwe-

sterntracht schob Freddie zur Tür. Eine Krankenschwester? Mein Gott, war sie denn krank?
Ja, sie war krank. Sie hatte Kopfweh und sehr schlimme Schmerzen im Unterleib. Außerdem fühlte sie Brechreiz. Eine böse Vorahnung überkam sie.
»Sind Sie eine Krankenschwester?«
»Ich bin Schwester Best, Lady Hazzard.«
»Wo bin ich denn?«
Sie war nicht in dem hübschen, dämmrigen Schlafzimmer von Loburn, in dem breiten Bett, dessen eine Seite leer blieb bis zu Hugos Rückkehr. Dies hier war ein kleiner, trübseliger Raum, und sie lag auf einem schmalen Eisenbett.
»Sie sind im Hospital in Cirencester, meine Liebe. Sie hatten einen Reitunfall. Erinnern Sie sich nicht daran?«
Hetty versuchte den Kopf zu schütteln, aber es tat weh. Unter der Bettdecke lagen ihre Hände auf ihrem wieder flach gewordenen Bauch.
»Mein Baby?«
»Das haben Sie verloren, fürchte ich. Etwas anderes konnten Sie wohl kaum erwarten, oder?« Schwester Best war nicht sehr liebenswürdig. Ihr Gesicht wirkte humorlos und drückte Mißbilligung aus. »Wird einer werdenden Mutter in Amerika nicht beigebracht, daß sie vorsichtig sein muß?«
»Freddie – er war weg – wir mußten suchen – das Kindermädchen war so aufgeregt. Julia auch«, stammelte Hetty.
»Das hätten Sie anderen überlassen sollen. Jetzt müssen Sie ausruhen. Der Doktor schaut später vorbei.«
Tränen liefen über Hettys Wangen.
»Warum sind Sie so unfreundlich zu mir?«
»Ich bin nicht unfreundlich, ich bin nur praktisch. Ärzte und Schwestern bringen ihre Zeit damit zu, Dinge zu heilen, die dumme Leute durch eigene Schuld verursachen. Wir haben hier eine Abteilung für Kriegsverletzte, dort liegen lauter schwerverwundete Soldaten. Wir haben wirklich keine Zeit für törichte junge Frauen.«
»Dann gehen Sie, gehen Sie!« flüsterte Hetty.
Trotzdem schlief sie ein, nicht weil die Schwester es gesagt

hatte, sondern weil sie so geschwächt war. Die nächste Besucherin war viel freundlicher als die strenge Schwester. Es war Kitty. Sie trug die Tracht der freiwilligen Helferinnen und wirkte wie üblich zerstreut. Sie lächelte, obwohl ihre Augen voller Tränen standen.

»Hetty, Hetty, wie furchtbar schade das ist! Doktor Bailey hat sich soviel Mühe gegeben, das Baby zu retten, aber es war alles umsonst.«

»Welchen Tag haben wir heute?« fragte Hetty und schaute durch das staubige Fenster ins Sonnenlicht hinaus.

»Donnerstag. Es ist gestern abend passiert. Tut Ihnen der Kopf weh?«

»Ja.«

»Sie haben auch eine Gehirnerschütterung. Deshalb erinnern Sie sich an fast nichts. Freddie war am Boden zerstört!«

»Julia sagte, er sei im Wald. Er sei davongelaufen, weil ich ihm die ›Ilias‹ vorgelesen und seinen Kopf mit Geschichten vollgestopft hätte.«

Wurde Kittys Miene verschlossen? Wenigstens bestand kein Zweifel an dem Mißfallen in ihrer Stimme.

»Oh, Julia! Ich hätte es nie für möglich gehalten, daß sie in Panik geraten könnte. Sonst ist sie doch immer eiskalt. Und vor allem um Freddie hat sie sich noch nie Sorgen gemacht. Sie nimmt ja kaum Notiz von ihm. Natürlich sagt Lady Flora nichts, aber wir sind beide sehr wütend, daß Julia Ihnen erlaubt hat, unter diesen Umständen ein Pferd zu besteigen!«

»Sie sagte, ich solle nicht galoppieren. Und ich tat es auch nicht, bis irgend etwas Bessie erschreckte. Ich weiß nicht, was es war... ein großes Tier, das aus dem Wald brach. Gibt es einen Stier auf Loburn?«

»Oder ein Pferd«, sagte Kitty trocken.

Hetty starrte sie an.

»Sie meinen doch nicht etwa – Julia?«

»Oh doch, das meine ich. Zufällig, natürlich. Aber trotzdem war es verdammt unvorsichtig von ihr. Sie gibt es zu.«

Hetty lag still da und gab sich ganz ihrem Verdacht hin. Julia hatte das geplant, damit sie eine Fehlgeburt haben sollte. Das war kein Zufall, es war Absicht gewesen! Wochenlang hatte die Eifersucht in Julia geschwelt. Vollends entflammt wurde sie wohl durch die Teegesellschaft, auf der die alten Damen Hettys Aussehen und Manieren bewunderten. Ja, so mußte es sein. Warum hätte sich Julia schließlich so aufregen müssen wegen eines Kindes, um das sie sich sonst nie zu kümmern pflegte? Sie hatte kühl berechnet, wie Hetty auf die Nachricht von Freddies Verschwinden reagieren würde, und hatte die Gelegenheit ergriffen, den Reitunfall zu inszenieren, der schon lange geplant war.

Julia, die Feindin!

Eine kalte Stimme dröhnte in ihrem Kopf:

Vielleicht verdienst du das aber, Hetty, für deine Lügen und deinen Betrug. Du warst nicht dazu ausersehen, die Mutter des Erben von Loburn zu sein.

»War es ein Junge, Kitty? Können Sie mir das sagen?«

Kitty nickte. »Leider. Aber der Arzt sagt, daß kein dauernder Schaden zu befürchten ist. Sie können noch ein Dutzend Kinder bekommen. Im Unterschied zu mir. Ich muß mich mit meinem kleinen Spatz begnügen.«

»Ach, Kitty. Ich wäre glücklich, wenn ich Ihren kleinen Spatz hätte. Angenommen«, fügte Hetty ängstlich hinzu, »Hugo kommt nicht mehr heim?«

»Oh, er wird bestimmt heimkommen. Er wird einer von denen sein, die Glück haben. Er ist schon immer gut mit Schwierigkeiten fertig geworden. Ich muß jetzt gehen, Liebes. Meine Jungen werden schon auf mich warten. Zwei junge Flieger sind eingeliefert worden, die auf dem Flugplatz zusammengestoßen sind. Sie haben schwere Verbrennungen, die armen Teufel.«

Verbrannt, dachte Hetty mitleidig, während sie an Donald Newman und seinen jugendlichen Eifer dachte. Verbrennen war wohl noch schlimmer als ertrinken. Vielleicht hatte Donald trotz allem noch Glück gehabt.

»Wenn die Gehirnerschütterung sich etwas bessert, lassen

sie Sie morgen heimgehen. Aber Sie müssen dann noch im Bett bleiben.« Und weiterhin mit meinen Feinden zusammenleben! Julia, Lady Flora. Aber du konntest nie erwarten, daß es ein reines Vergnügen sein würde, das Leben eines anderen Menschen zu führen. Sei also still, sei klug! Warte, bis Hugo heimkommt, dachte Hetty. »So ist's recht«, sagte Kitty. »Sie sehen schon etwas besser aus.«

Die beiden Mädchen Effie und Elsie hatten den Wintersalon wunderschön herausgeputzt.
»Mrs. Lionel hat gesagt, Sie wollen diesen Raum für sich haben, Mylady.« Effie hatte rote Backen vor lauter Freude, ihre Herrin wieder daheimzuhaben und etwas gemacht zu haben, das ihr gefiel. »Mrs. Lionel hat die Blumen reingestellt und hat Bates gesagt, er solle die Bilder von der Galerie runterholen, weil sie glaubt, Sie mögen sie, aber Sie können sie auswechseln, hat sie gesagt. Soll ich das Feuer anmachen, Mylady? Wollen Sie hierbleiben?«
Das schwindende Tageslicht fiel durchs Fenster und ließ den Raum lebendig wirken. Eines der Bilder von der Galerie war das mit der Dame im verblaßten gelben Kleid. Wie hatte Kitty wissen können, daß es ihr gefiel? Die schrägstehenden Augen schienen ihr zu folgen. Es war das erste Mal, daß sie sich wirklich zu Hause fühlte.
»Du hast wahre Wunder vollbracht, Effie. Ja, zünde das Feuer an. Ich werde hier Tee trinken. Genausogut wie in meinem Bett kann ich auch hier auf der Couch liegen. Ich glaube, daß eine Menge Hazzard-Damen viel Zeit auf dieser Couch verbracht haben«
»Sie werden das nicht, dafür sind Sie viel zu energisch, Mylady.« Effie hielt inne. Ihr Gesicht drückte aufrichtige Zuneigung aus. »Wir waren alle so traurig wegen dem Unfall.«
»Danke, Effie. Es ist gut, daß ich meinem Mann noch nichts von dem Baby geschrieben hatte, so ist wenigstens er nicht enttäuscht.«
»Ich würde wegbleiben von den Pferden, Mylady. Ekelhafte Viecher!«

Hetty fand, daß sie ruhig lächeln durfte. »Das ist ja eine Lästerung, so etwas in diesem Haus zu sagen, Effie.«
»Nicht für Mr. Lionel und Mrs. Lionel, Mylady. Sie sind keine Pferdenarren. Und Master Freddie auch nicht, glaube ich.«
»Nun, danke für deinen Rat, Effie.«
Sie wollte gern ganz ruhig daliegen und es genießen, zu Hause zu sein, in ihrem eigenen Wohnzimmer, das im Lauf der Zeit eine kleine Welt für sich sein würde, die ihre liebsten Schätze barg. Einer der ersten war die gelbe Dame mit den herausfordernden Augen. Ob sie wohl auch ab und zu hier gelegen hatte, um sich von Krankheiten zu erholen, deren Ursachen man damals noch nicht kannte, oder von zu vielen Schwangerschaften? War sie alt, fett und häßlich geworden? Oder war sie wie Clemency dazu verurteilt gewesen, jung und schön zu sterben? Vielleicht hatte sie den Wintersalon gehaßt und sonnige Orte bevorzugt. Vielleicht hatte sie kein Geheimnis zu hüten gehabt und mußte sich nicht mit Phantomen herumschlagen. Niemand sollte hier ohne Erlaubnis eintreten dürfen, entschied Hetty. Nicht einmal Hugo.
Dieser Befehl war aber noch nicht bekanntgemacht worden, und alsbald öffnete sich die Tür, ohne daß jemand angeklopft hatte. Lady Flora stand da, eine große, schlanke Gestalt im dämmrigen Licht. Trotz ihrer Gebrechlichkeit strahlte sie eine zu große Autorität aus, als daß man sie hätte bitten können, wieder zu gehen.
»Sie schlafen nicht, Hetty, oder?«
»Nein, ich bin wach.«
»Dann setze ich mich zu Ihnen, und wir plaudern ein bißchen. Wie hübsch der Schein des Kaminfeuers ist! Aber warum haben Sie sich diesen düsteren Raum ausgesucht? Kitty sagte mir, daß Sie ihn als privates Wohnzimmer möchten.«
»Ich mag ihn. Er hat soviel Atmosphäre. Außerdem kann ich aus dem Fenster schauen und sehen, wenn Hugo kommt, nicht wahr.« Lady Flora setzte sich auf die Sessel-

kante, kerzengerade wie immer. »Ja, mein armes Kind. Ich hoffe, das wird bald sein.«
»Er wußte nichts von dem Baby. Ist das nicht gut jetzt?«
»Aber Sie werden es ihm irgendwann erzählen.« Das war eine Feststellung, keine Frage. Das bleiche, unbewegte Gesicht schien zu sagen: »Erzählen Sie es ihm nie!« Und in der Tat fuhr Lady Flora, bevor Hetty antworten konnte, fort: »Ich hoffe, Sie nehmen es Julia nicht zu sehr übel. Sie ist ganz außer sich. Sie sagt, sie könne sich das niemals verzeihen, auch wenn es nur ein schlimmer Zufall war.«
»Ging das Pferd mit ihr durch?« fragte Hetty unschuldig. »Ich dachte, einer so guten Reiterin könne das nie passieren.«
»So etwas kann jedem Reiter passieren«, sagte Lady Flora scharf. »Ihr wart beide um Freddie besorgt, und vielleicht war keine von euch vorsichtig genug. Ich muß mit Kitty wegen des Kindermädchens sprechen, denn ich glaube, sie paßt nicht gut genug auf Freddie auf. Aufs Dach zu klettern, also wirklich! Wer konnte schon ahnen, daß er auf dem Dach war!«
»Oder im Wald«, murmelte Hetty.
»Es bestand durchaus Grund zu dieser Annahme. Pimm hatte auf dem Pfad, der zum Wald führt, Freddies Schaukelpferd gefunden.«
Sein geflügeltes olympisches Roß, dachte Hetty zärtlich.
»Dort konnte es schon tagelang gestanden haben.«
»Ich glaube kaum. Aber das ist jetzt unwichtig. Julia macht sich jedenfalls schreckliche Vorwürfe und hat ziemliche Angst, Ihnen gegenüberzutreten.«
Julia – Angst? Niemals. Wahrscheinlich hatte sie das mit dem hölzernen Schaukelpferd selbst organisiert.
»Und vermutlich wissen Sie nicht, meine Liebe, daß Sie hätten sterben können, wenn Julia nicht so rasch Hilfe geholt hätte. Sie war ganz außer sich!«
»Ich bin weit davon entfernt zu sterben, Lady Flora. Der Arzt sagt nur, daß ich einige Tage ruhig liegen müsse.«
»Natürlich, das wissen wir. Aber wenn Sie sich erholt ha-

ben, müssen Sie Julia wieder gut sein. Bedenken Sie doch, Sie haben so viel, und Sie hat so wenig.«
»Sie wird nicht ihr ganzes Leben lang so wenig haben.«
»Warum sagen Sie das?«
Weil sie ehrgeizig ist, dachte Hetty. Wir sind wirklich zwei von derselben Sorte, Julia und ich. Wir kämpfen hartnäckig um das, was wir wollen. Wer wird die stärkere sein? Das *muß* einfach ich sein! Es gibt keine Alternative.
»Sie sieht hübsch aus. Sie wird sicherlich von vielen bewundert.«
Lady Flora nickte und seufzte.
»Wir sind zu viele Frauen hier im Haus, das ist das Problem. Ich möchte wissen, wann der Krieg endlich aufhören wird. – Oh, ich sehe gerade, daß Sie sich Jakobinas Porträt haben herunterbringen lassen. Mögen Sie es besonders?«
Der nun endlich entdeckte Name gefiel ihr sehr.
»Ja. Sie macht mich neugierig. Was für ein ungewöhnlicher Name!«
»Man weiß nicht viel über sie. Ich glaube, sie starb bei der Geburt ihres Kindes; das Kind übrigens auch. Es ist also nichts mehr von ihr da in dieser Familie. Außer vielleicht ein Geist.«
»Ich werde mehr Glück haben«, sagte Hetty.
»Natürlich werden Sie das. Übrigens, meine Freundinnen fanden Sie ganz entzückend. Viel zu entzückend, als daß man Sie hier die ganze Zeit wie in einem Kloster einschließen dürfe. Wir haben beschlossen, daß Sie wirklich einmal nach London fahren sollten. Sogar im Krieg ist dort alles mögliche los. Gesellschaften für die Offiziere, die von der Front heimkehren, und andere Dinge dieser Art. Es herrscht ein Mangel an schönen jungen Frauen. Ich kann Sie dort empfehlen. Es würde mich glücklich machen, Sie einführen zu können, aber wegen meinem dummen Herzen geht das leider nicht. Aber wahrscheinlich werden Sie Freunden aus Amerika begegnen. Und selbstverständlich werden Sie bei der Botschaft vorsprechen.«
»Nein, danke, Lady Flora«, sagte Hetty ruhig und ent-

schlossen. »Ich möchte nicht nach London gehen, bevor Hugo da ist. Im übrigen habe ich vor, sobald ich wieder gesund bin wie Kitty im Krankenhaus zu arbeiten. Man kann mich nicht wie eine Ausländerin behandeln, wo ich doch jetzt mit einem Briten verheiratet bin.«

»Nein«, sagte Lady Flora nachdenklich. »Ich glaube nicht, daß man das kann.« Möglicherweise war sie so ehrlich, innerlich hinzuzufügen, daß sie selbst es immer noch tat.

Nach ungefähr zwei Wochen konnte Hetty die Geborgenheit des Wintersalons verlassen, denn sie begann sich kräftiger zu fühlen und wurde nicht mehr so oft von den ihr allzu bekannten Alpträumen heimgesucht: der eisigen See, die so schwer auf ihren Gliedern lag, und den Schreien der Ertrinkenden; der noch schauerlicheren Vorstellung von seltsamen Bewegungen im Schrank, und einmal, entsetzlich, dem Anblick eines verschwommenen Gesichts am Fenster. Das Jakobinas? Das Clemencys? Nein, nicht Clemencys Gesicht. Sie hatte nie hierhergehört.

Doktor Bailey sagte: »Immer noch Einbildungen? Das gibt sich, wenn Ihr Gatte heimkehrt. Sie sind eine gesunde junge Frau. Was Sie brauchen, ist ein normales Alltagsleben, dann werden sich diese schlimmen Dinge alle im Nichts auflösen. Bis dahin dürfen Sie aber nicht allzuviel allein sein. Mit wem kommen Sie zusammen?«

»Mit Kitty. Freddie. Und den Dienern.«

»Dann werde ich Ihnen jetzt etwas verordnen. Lady Flora sagt, daß Sie sich weigern, unten mit den anderen zu essen. Sie sind kräftig genug, um die Mahlzeiten wieder gemeinsam mit der Familie einzunehmen, mittags und abends.«

Ängstliche Gedanken stürmten auf sie ein: Dann muß ich Julia begegnen. Ich habe seit dem Unfall nicht mehr mit ihr gesprochen. Ich habe mir anmerken lassen, daß ich sie nicht sehen will. Aber ich habe sie durchs Fenster über den Rasen reiten sehen, als gehöre all das ihr. Und ich muß zugeben, daß sie aussah, als habe sie ein Recht darauf.

»Und warum«, fuhr Doktor Bailey fort, »gehen Sie nicht gelegentlich ins Hospital? Es sind einige blind gewordene

junge Männer dort. Sie brauchen jemanden, der ihnen Briefe schreibt und sich mit ihnen unterhält. Ihr amerikanischer Akzent wird ihnen gefallen. Ich werde mit der Oberin sprechen. Würden Sie hingehen, Lady Hazzard? Wenn man alleine dasitzt und vor sich hingrübelt, dann läßt man sich oft etwas gehen, wissen Sie.« Hetty schämte sich ihrer Traumwelt.
»Natürlich werde ich hingehen. Das hatte ich sowieso vor. Ich habe nichts von den blinden Soldaten gewußt.«
»Brav. Zurück ins alltägliche Leben, wie? Ich werde es Lady Flora berichten. Sie macht sich Sorgen.«
Hetty gehorchte dem Arzt und ging an diesem Abend zum Dinner hinunter, ohne jedoch, außer den Dienstboten, jemandem etwas davon zu sagen. Sie überraschte die drei Frauen damit. Kitty rief in ihrer gewohnten überschwenglichen Art: »Dem Himmel sei Dank, ein anderes Gesicht! Wir langweilen uns hier gegenseitig zu Tode!« Und Lady Flora ging immerhin so weit aus sich heraus, daß sie sagte: »Es ist Zeit, daß Sie Ihr normales Leben wieder aufnehmen, Hetty. Ich kann verstehen, wie Sie sich fühlten. Ich setze mich immer ans Klavier, wenn ich bedrückt bin. Und ich weiß, Sie haben Ihre Bücher und Ihre Handarbeiten. Aber man muß tatkräftiger leben, vor allem wenn man so jung ist wie Sie.«
Hettys Blick wanderte von Lady Flora zu deren treuem Schatten, Julia.
»Ich werde nicht mehr reiten, Julia«, sagte sie. »Ich mache mir sowieso nichts aus Pferden. Ich werde es Hugo schreiben.«
Julia errötete. Ihre Augen leuchteten wild, ob aus Scham oder vor Freude, das konnte Hetty nicht entscheiden. Als sie aber zu ihr sprach, klang ihre Stimme aufrichtig.
»Sie können mir nicht mehr Vorwürfe machen, als ich es selbst schon tue. Nicht wahr, Lady Flora? Es war so unnötig, daß das passiert ist. Hugo wird es nicht für möglich halten, daß ich dermaßen leichtsinnig war.«
Das war es also, was sie bedrückte; nicht etwa Hettys Fehl-

geburt, sondern nur Hugos möglicher Argwohn. Es mochte Hugo nicht allzuviel ausmachen, daß seine Frau vom Pferd gestürzt war, aber er würde zornig sein, weil er dadurch seinen Sohn und Erben verloren hatte. Und Julia könnte es nicht ertragen, von ihm getadelt zu werden. Auf der anderen Seite war es natürlich sehr angenehm, daß diese alberne, ungeschickte junge Amerikanerin nicht mehr in die Ställe kommen und keine Bedrohung mehr für die vertraulichen Morgenritte darstellen würde, an denen Julia so viel lag.

»Jedenfalls sollten Sie nicht reiten, wenn Sie schwanger sind«, sagte Kitty in ihrer praktischen Art. »Das ist verrückt.«

»Ich werde überhaupt nicht mehr reiten«, wiederholte Hetty. »Ich glaube nicht, daß ich deswegen verachtet werde. Man wird eben denken, ich sei eine komische Amerikanerin. Es wird sowieso nicht viel Zeit fürs Reiten übrigbleiben. Hugo und ich haben soviel anderes zu tun. Zum Beispiel hat Tom Grubb gesagt, daß hier irgendwo noch alte Pläne von Loburn sein müßten. Ich möchte sie suchen. Das ist so aufregend wie eine Schatzsuche. Wenn wir die Pläne finden, können wir alles so instandsetzen, wie es früher war. Onkel Jonas schreibt, daß ich soviel Geld bekomme, wie ich brauche. Er kann es mir nicht verweigern, weil es ja mein Geld ist. Hugo wird sich schrecklich freuen, nicht wahr?« Sie spielte ihren Trumpf aus und schaute dabei Julia herausfordernd an.

Julia zog die Augenbrauen hoch. »Interessiert sich Hugo denn für Architektur? Ich habe das nie bemerkt. Sie, Lady Flora?«

»Durch Geld wird so vieles anders«, sagte Lady Flora leise und seufzte. Etwas vernehmlicher fügte sie hinzu: »Eigentlich hätte ich gedacht, daß von meinen beiden Söhnen eher Lionel bei der Verwirklichung solch ehrgeiziger Pläne mitmachen würde. Glauben Sie nicht auch, Kitty?«

»Meine Güte, ja«, erwiderte Kitty, ohne zu merken, daß sie Partei ergriff. »Er wollte schon immer gerne die Decke in der Halle entfernen, um die alten Balken freizulegen. Das ist der älteste Teil des Hauses, Hetty, zusammen mit dem Wintersalon. Sie stammen aus der Tudorzeit. Ich glaube auch, daß diese alten Pläne irgendwo in der Bibliothek hinter diesen Unmengen von Büchern liegen. Oh ja, Lionel wird vor Aufregung ganz aus dem Häuschen sein, wenn er die Täfelung und den Verputz wegkratzen darf. Hugo aber wohl nicht. Ich glaube kaum, Hetty, daß Sie ihn in einen häuslichen Mann verwandeln können.«

So hatten im Wintersalon also bereits Damen in pelzverzierten Samtkleidern und enganliegenden, perlengeschmückten Hauben gewohnt. Damen, die kostbare Wandbehänge stickten, während sich kleine Möpse an ihre Füße schmiegten. Hettys Trumpf war verspielt, aber das machte ihr jetzt nichts mehr aus. Ihre Ahnungen hinsichtlich des Wintersalons hatten sich bewahrheitet. Nun konnte sie sich immer, sobald die komplizierte Situation, in die sie sich verstrickt hatte, zu nervenaufreibend wurde, dorthin zurückziehen und ganz bewußt eine farbenfrohe und friedvolle Vergangenheit wieder auferstehen lassen.

Darüber hinaus mußte sie nun aber auch an andere Dinge denken. Zum Beispiel wollte sie Julia, mit der sie weiterhin unter einem Dach leben mußte, durch ihr Verhalten irreführen. Zwar würden sie dadurch Feindinnen bleiben; Hetty aber für verwöhnt und naiv zu halten, konnte Julia eventuell große Nachteile bringen. Denn sie hatte ja keine Ahnung, daß sie es mit einem zähen Vorstadtkind zu tun hatte, das daran gewöhnt war, schikaniert, betrogen und ausgeschlossen zu werden, und das deshalb einen starken Überlebensinstinkt entwickeln konnte.

Hetty jedoch unterschätzte ihrerseits diese formelle, kühle Engländerin keineswegs. Schließlich hatte sie schon mit Julias Methoden Bekanntschaft geschlossen. Von nun an handelte es sich nicht mehr um bloße Gegnerschaft, sondern um Krieg. Um einen damenhaft vornehmen Krieg? Hetty bezweifelte das. Und plötzlich fühlte sie sich wieder herrlich lebendig.

Hettys Euphorie war jedoch nur von kurzer Dauer. In der darauffolgenden Woche besuchte sie das Hospital und fühlte sich dadurch ungemein deprimiert: lange Reihen von Betten mit jungen Männern; einige lagen dick verbunden da, andere hatten sich aufgesetzt und grinsten keck dem neuen Gesicht entgegen, wieder andere starrten sie an mit einem leeren, abwesenden Blick.
Kitty hatte der diensthabenden Schwester Hettys Besuch angekündigt und ihrer Schwägerin gesagt, sie solle bis zum Ende der Abteilung gehen, wo die teilweise oder ganz Erblindeten lagen.
Der hohe, düstere Raum mit den auf Eisenbetten liegenden Gestalten erinnerte sie sehr stark an den Krankensaal in Kinsale, in dem sie nach dem Schiffsunglück gelegen hatte. Der Anblick menschlichen Elends schien ihr etwas vollkommen Vertrautes, und plötzlich hatte sie das Gefühl, nicht mehr atmen zu können, die Augen schließen und das Bewußtsein verlieren zu wollen.
Aber da rief jemand mit frecher Stimme hinter ihr her: »He, Miss! Verschwenden Sie keine Zeit an Burschen, die Sie nicht sehen können! Kommen Sie lieber her zu mir!« Und zu ihrer Erleichterung merkte sie, daß sie ein Lächeln zustande brachte.
»Später. Jetzt muß ich erst mit diesen Männern sprechen.«
Es waren vier an der Zahl, drei mit verbundenen Augen und relativ unversehrten Gesichtern, der vierte jedoch so dick mit Binden umwickelt, daß nur noch kleine Löcher für Nase und Mund freigelassen waren. Diese erschütternde Gestalt, dieses Zerrbild eines Menschen, zog sie magisch an.
Sie stand an seinem Bett und sagte munter: »Hallo, Jungens! Ich bin hier, um Briefe für euch zu schreiben oder irgendetwas anderes zu tun, was ihr möchtet. Sprecht einfach, wenn ihr wollt. Seid ihr alle in Frankreich verwundet worden?«
Einer antwortete ziemlich lebhaft: »Ja, Bert, Ken und ich. Aber Donnie ist Flieger. Seine Maschine ging auf dem Flugplatz hier in der Nähe in Flammen auf.«
Donnie! Donald?

»Wie schrecklich! Wie...« Hettys Stimme zitterte. Nein, so ging das nicht. Halt die Ohren steif, hatte Kitty gesagt. Sie beugte sich über die mumienhafte Maske. »Kann ich etwas für Sie tun Donnie? Möchten Sie irgend jemandem eine Nachricht senden? Ich kann das für Sie schreiben.«
Die Gestalt bewegte sich ein wenig. Eine schwache, rauhe Stimme drang durch das Loch im Verband.
»Sie sind...Amerikanerin. Diese Stimme... Ich kenne sie von irgendwoher... Wer... sind sie?« Dann klang die Stimme plötzlich auf groteske Weise triumphierend: »Ich hab's! Sie sind Hetty... Hetty Brown!«
Eilig kam eine Schwester herbeigelaufen.
»So geht das nicht, Lady Hazzard! Die Patienten dürfen sich nicht aufregen!«
Hetty hatte sich abgewandt, die Hände, wie immer, wenn sie von panischem Schrecken gepackt war, gegen die Wangen gepreßt.
»Er hält mich für jemanden, den er kennt. Er phantasiert wahrscheinlich.«
Die Miene der Schwester blieb ruhig und ohne Argwohn. »Kein Wunder, armer Junge. Er ist Kanadier. Bevor ihm das hier zugestoßen ist, wäre er beinahe bei dem ›Lusitania‹-Unglück ertrunken.«
Hetty hörte die leise Stimme flüstern: »Hetty, sind Sie's? Das kann nicht sein...Es hieß doch, sie sei ertrunken...«
Die Schwester stellte Wandschirme um das Bett. Sie warf Hetty einen kurzen Blick zu. »Es hat keinen Sinn, daß Sie hier sind, wenn Sie gleich ohnmächtig werden.«
»Es geht mir gut«, sagte Hetty steif. »Was wird aus – Donnie?«
Jetzt riß der Schwester der Geduldsfaden. Sie flüsterte ärgerlich: »Ich bin nicht Gott. Gehen Sie jetzt und heitern Sie die anderen auf! Wenn das auch nicht geht, dann kommen Sie lieber ein andermal wieder.«
Hetty wollte sich aber dann doch nicht blamieren. Sie brachte es fertig, mit den drei anderen Männern zu plaudern und ihre derben Witze anzuhören. Hinter den Wandschir-

men blieb es still. Donald Newman! Wie war es möglich, daß er das Schiffsunglück überlebt hatte? Sie hätte sich gern an sein Bett gesetzt und eine Hand gehalten. Wie verachtete sie sich dafür, daß sie es nicht wagte! Warum konnte sie ihm nicht einfach sagen, es sei nur ihr amerikanischer Akzent, der ihn an diese Frau namens Hetty Brown erinnerte?
Aber dann hätte sie ihm sagen müssen, daß Hetty Brown wohl tot sei, und schon der bloße Gedanke daran ließ ihre Kehle rauh und trocken werden. Sie hatte nicht voraussehen können, welch schreckliche Gefahren in einem Leben lauerten, das auf Betrug aufgebaut war. Hätte sie diesen Betrug überhaupt begangen, wenn ihr bekannt gewesen wäre, daß Donald Newman überlebt hätte? Was wußte sie von sich selbst? Wie stark war ihr Ehrgeiz?
Es hatte keinen Zweck, sich alles unter anderen Umständen vorzustellen. Wenn aber Donald ohne ihr Wissen überlebt hatte, konnte das dann nicht auch auf Clemency zutreffen? Möglicherweise litt sie an Gedächtnisschwund und hielt sich irgendwo auf. Das war zwar nicht sehr wahrscheinlich, aber in diesem schrecklichem Moment schien Hetty alles möglich zu scin.
Würde sie morgen wieder hierher ins Hospital kommen? Ja, sagte sie zu sich selbst, das war das mindeste, was sie tun konnte. Sie würde neben diesem Zerrbild eines jungen Mannes sitzen und mit ihm über Amerika, Kanada und alles mögliche reden. Und falls er ihr antworten könnte, würde sie zuhören. Er würde ihre Tränen nicht sehen können.
Am nächsten Tag jedoch war das Bett leer. Dieselbe Schwester sah, wie Hetty auf das glatte, weiße Laken starrte.
»Er ist nach London verlegt worden«, sagte sie in munterem Ton, der für die Ohren der übrigen Patienten bestimmt war. »In ein Krankenhaus, wo man auf Verbrennungen spezialisiert ist.«
»Oh, ich dachte...«
Die blauen Augen funkelten und warnten sie, ihre Befürchtung auszusprechen.
»Die Jungen werden sich freuen, daß Sie wieder da sind. Sie

mögen Ihre Stimme; sie finden sie süß, haben sie gesagt.«
Da wußte Hetty, das Donald tot war.
Oder vielleicht doch nicht?
Würde sie ihm noch einmal genauso unerwartet begegnen?
Nichts war ganz sicher. Nichts! Aber sie war schon längst an einem Punkt angelangt, wo es keine Umkehr mehr gab. Außerdem wollte sie das auch gar nicht, wie sie ehrlich zugeben mußte. Loburn lockte, Hugos Heimkehr lockte, und die Aussicht, doch noch ein Kind zu bekommen, lockte am allermeisten. Wenn sie dies letzte erreichen konnte, dann würde sie alle Schuld wieder gutgemacht haben.

11

Hugo war wieder da! An einem Vormittag sah Hetty ihn die gewundene Auffahrt heraufkommen, den Tornister über der Schulter. Sie traute ihren Augen kaum. Dann rannte sie durch die Halle und zur Haustür hinaus, um zu schauen, ob auch wirklich er es war, der da kam. Zu ihrer Freude war sie die erste, die ihn begrüßte, sogar noch vor Bates, der nicht hatte ahnen können, daß sein Herr gleich läuten würde, und deshalb nicht auf seinem Posten war.
»Hugo!« Sie schlang die Arme um ihn. »Bist du es wirklich?«
Er setzte ein gezwungenes Lächeln auf. Sein Gesicht war hohlwangig und gelblich.
»Du scheinst daran zu zweifeln.«
»Ich habe manchmal den Hang, Gespenster zu sehen. Wer hätte das heutzutage nicht? Warum hast du uns nicht geschrieben, daß du kommst?«
»Ich habe es erst im letzten Moment erfahren. Der Kommandeur sagte, ich könne vier Tage freibekommen, während die Truppe vor dem nächsten Angriff in der Etappe liegt.«

»Nur vier Tage?« Hetty bemerkte seine abweisende Miene. »Aber das ist ja wundervoll«, sagte sie rasch. »Wie bist du hergekommen?«
»Ein paar Flieger, die hierher zum Flugplatz fuhren, haben mich mitgenommen. In einem alten Ford, der in den letzten Zügen lag. Sollen wir nicht lieber reingehen?«
»Ich will dich noch mit niemandem teilen«, sagte Hetty und hakte sich bei ihm unter. Er runzelte leicht die Stirn. Sie sah, daß er Aufheiterung nötig hatte. »Aber ich will nicht so egoistisch sein. Sollen wir hineingehen und laut den Gong schlagen? Nein, lieber nicht. Es könnte deine Mutter erschrecken. Ach, Liebling, du siehst aus, als ob du Ruhe und gutes Essen nötig hättest.«
»Mir geht es ausgezeichnet.« Wieder klang seine Stimme abweisend. »Wie geht's Mutter? Und Julia? Was machen die Pferde?« Und was ist mit mir, deiner Frau? Frag, wie es mir geht! Und lächle mich an Hugo, bitte, dachte Hetty.
»Allen geht es gut.« Sie seufzte. »Nur vier Tage. Wir müssen jede Stunde, jede Minute ausnützen.«

Freddie sagte: »Warum schaut Onkel Hugo so ärgerlich aus, Hetty?«
»Ärgerlich?«
»Du mußt das doch bemerkt haben«, meinte der Junge in seiner altklugen Art.
»Ich glaube nicht, daß er ärgerlich ist. Er ist bloß müde, und er versucht, schlimme Dinge zu vergessen. Im Krieg passieren eben schlimme Dinge, sogar in Hektors Krieg.«
»Seine Augen stehen heraus«, konstatierte Freddie. »Kommt das von all dem Geknalle?«
Hetty war diese betrübliche Veränderung auch aufgefallen. Hugos strahlend blaue Augen, die sie einst so wundervoll gefunden hatte, waren stumpfer geworden und schienen irgendwie hervorzuquellen. Wahrscheinlich lag es daran, daß sein Gesicht schmaler geworden und in einer maskenhaften Miene der Gelassenheit erstarrt war, die er ständig zur Schau trug.

Vier Tage würden nicht im mindesten ausreichen, um die gewaltige Anspannung zu lindern, unter der er litt, das wußte Hetty. Wenn sie genügend Zeit hätte, würde sie die Barrieren, die er um sich aufgerichtet hatte, niederreißen. Was er brauchte, waren Gespräche, Liebe, Vergessen. Aber würden sie überhaupt je genug Zeit dazu haben?

Beim Abendessen schien es den vier Frauen, als säße ein höflicher Fremder mit ihnen am Tisch. Kitty schwatzte, Lady Flora ließ hin und wieder nebensächliche Bemerkungen fallen, und Julia hatte hektisch gerötete Wangen und sah leider sehr schön aus. Hetty war fast ebenso still wie ihr Gatte, aber nicht so mißvergnügt. Denn schließlich hielt sie, wieder einmal, den Trumpf in der Hand. Sie würde nachher mit ihm zu Bett gehen.

Ihre Freude war jedoch verfrüht gewesen, denn Hugo fiel, offenbar im Zustand größter Erschöpfung, einfach aufs Kissen zurück und schlief ein.

Sie selbst fand erst in den frühen Morgenstunden Schlaf, und als sie erwachte, war er fortgegangen.

Natürlich, um mit Julia auszureiten.

Sie selbst hatte er nicht einmal gefragt, ob sie beim Reiten Fortschritte mache, und auch nicht, ob sie ihn an diesem Morgen begleiten wolle. Es war Julia, die er im kühlen Morgengrauen traf, und als sie zurückkamen, hatte sich Hugos Verhalten entschieden verändert. Er sah entspannter aus, seine Augen waren klarer, und es schimmerte Zufriedenheit in ihnen. Er sah Hetty sogar an, als ob er sie jetzt erst wirklich bemerke.

»Guten Morgen, Liebling. Ich hoffe, ich habe dich nicht gestört, als ich aufstand. Julia hat mir das Füllen gezeigt. Ein hübsches Geschöpf. Wir werden es im Frühjahr decken lassen. Entschuldige, ich glaube, ich langweile dich. Julia sagt, du seist zu dem Schluß gekommen, daß du keine Pferde magst.«

Es war schön, Hugo so verjüngt zu sehen. Trotzdem...

»Nicht so sehr wie Kinder«, sagte Hetty absichtlich.

Er legte ihr den Arm um die Taille und drückte sie an sich.

»Julia hat's mir erzählt. Mein armer Liebling! Und du hast mir kein Wort davon geschrieben.«
»Ich nehme an, Julia hat dir auch erzählt, wie es passiert ist?«
»Ja. Scheußliches Pech. Sie hat geweint, armes Mädchen. Sie hat gesagt, sie wisse gar nicht, wie sie mit ihren Schuldgefühlen weiterleben soll.«
»Sie wird es schon schaffen. Wir alle schaffen es.«
»Es war ein Zufall.«
»Natürlich.«
»Und warum fühlst du dich schuldig? Es war genausowenig deine Schuld. Ein bißchen tollkühn war's vielleicht. Unser nächstes Kind wird sicher zur Welt kommen. Hoffentlich, sonst könnte es mir einfallen, von Leichtsinn zu sprechen.«
Sein Tadel machte ihr nichts aus. Wärme durchströmte sie. Diese Nacht würde anders werden. Er war erholt, erfrischt, sie würden sich lieben, sie würde schwanger werden. Was kam für ihn zuerst, sein Verlangen nach ihr oder sein Wunsch nach dem elften Baron, dem neuen jungen Herrn, der Loburn erben würde?
Was kam eigentlich für sie selbst zuerst?
»Hugo, ich verspreche dir hoch und heilig, daß ich das nächste Mal auf mich aufpassen werde wie auf ein rohes Ei.«
»Nur vernünftig sein, Liebes. Mehr erwarte ich nicht. Und jetzt erzähl mir mal, was Tom Grubb auf dem Dach macht. Bauen wir Loburn wieder auf?«
»Wir fangen gerade damit an.«
»Einfach großartig! Du bist eine tüchtige Frau!«
»Und gesund bin ich auch«, sagte Hetty. »Ich denke, wir können noch bis zehn Kinder bekommen. Wir werden mithelfen, die Erde wieder zu bevölkern.«
Es war falsch gewesen, das zu sagen. Sein Blick verdüsterte sich. »Laß uns jetzt den Tod vergessen. Wir haben beide genug davon gesehen.«
Diese indirekte Bemerkung war die einzige, die er über das Kriegsgeschehen in Flandern machte, über die lange, schreckliche Schlacht von Ypern, die zahllosen Toten.

An diesem Abend gingen sie frühzeitig hinauf. Eine eisgekühlte Flasche Champagner stand am Bett, genau wie damals in der Hochzeitsnacht. Julia hatte sich früh entschuldigt, beinahe taktvoll – zum Teufel mit ihr. Auch Lady Flora zog sich bald zurück, aber nicht in ihr Zimmer. Sie spielte Klavier. Hetty dachte, daß die sanften Melodien eine hübsche Begleitmusik sein würden, wenn sie sich liebten. Sie hatte sich geirrt. Ein Brahms-Nocturne paßte nicht zu der Heftigkeit, mit der Hugo über sie herfiel.
Über sie herfiel? Natürlich nicht. Es war nur die Lösung einer starken körperlichen Spannung, ohne Zärtlichkeit und Behutsamkeit. Sicherlich lag dieses Verhalten außerhalb seiner Kontrolle, denn er wäre bestimmt nicht absichtlich über ihre Bedürfnisse hinweggegangen.
Oder vielleicht doch? Kannte sie denn diesen Mann, dessen Gemüt übervoll war an düsteren Kriegserinnerungen?
Natürlich kannte sie ihn nicht, Krieg hin, Krieg her. Möglicherweise entdeckte sie irgendwann, daß er einen brutalen Zug an sich hatte, den er nicht länger verbergen zu müssen glaubte. Oder vielleicht dachte er nur an Julia und wie ihr Haar im Wind flatterte, wenn sie vor ihm über die Four Hills galoppierte. Sie war wohl sein höchstes Schönheitsideal, dachte Hetty bitter.
Die Klaviermusik war weit entfernt, etwas melancholisch und völlig unpassend. Plötzlich fiel ihr ein, daß Effie erwähnt hatte, Lady Flora spiele Klavier, wenn sie traurig oder ärgerlich sei. Warum war sie das an diesem Abend, wo doch ihr Sohn gesund nach Hause gekommen war?
Weil er mit der falschen Frau im Bett lag?
»Gibst du mir noch etwas von dem Champagner, Liebling?«
»Entschuldige, war ich ein bißchen zu schnell für dich?«
Sie lächelte ihn an, sah sein schmales, ausgemergeltes Gesicht, in dem sich die fahle Haut über den Wangenknochen spannte. Die leicht hervorquellenden Augen erwiderten ihren Blick ohne jede Zärtlichkeit.
»Ein wenig. Aber wir haben ja die ganze Nacht vor uns.«

Beim nächsten Mal war es besser. Vermutlich lag es an ihr, daß sie aus Anspannung, Müdigkeit und Verwirrung nicht wirklich reagierte. Aber sie konnte so tun als ob, und zwar besser, als sie gedacht hatte. Frauen waren wirklich anpassungsfähig, in vieler Hinsicht.
Die vier kostbaren Tage führten nicht zu neuer Liebe und Zärtlichkeit. Da hatte sie sich zu viele Hoffnungen gemacht. Aber Hugo begehrte sie jede Nacht und hielt sie so fest, als wolle er sie zerbrechen. Es kam ihr vor, als sei er von einer mächtigen, sinnlosen Wut gegen die ganze Welt erfaßt. Erst nach diesen Vergewaltigungen – denn das waren sie tatsächlich – konnte er einschlafen.
Und nur wenn er mit Julia oder allein ausgeritten war, schien sein Gesicht etwas freundlicher.
Kitty sagte, er sehe allmählich aus wie ein paar aufgeblasene, jähzornige Obersten und Brigadekommandeure, die sie gekannt hatte. Dafür sei er noch viel zu jung. Hetty müsse ihn, wenn der Krieg aus sei, wieder besänftigen. Das würde ihr bestimmt gelingen, wenn sie es nur versuchte.
»Meinen Sie?« fragte Hetty nachdenklich. »Er scheint ständig über irgend etwas wütend zu sein.«
»Wie können Sie das nach vier Tagen beurteilen? Sie haben jetzt nicht genügend Zeit, das ist alles. Und ich glaube nicht, daß Sie ihn wirklich lieben, oder?«
»Ich dachte, in New York...«
»Daß er ein Traummann sei?« Kitty war offen, wie üblich. »Nun, meiner Meinung nach war er das nie. Er hat nicht halb soviel Verstand wie Lionel. Aber für gewöhnlich ist er ein gutmütiger Bursche. Er leidet ein bißchen an einer Kriegsneurose, würde ich sagen. Wir sehen das immer häufiger bei Männern, die gerade von der Front zurückkommen. Sie brauchen Zeit, um sich zu erholen. Aber sie erholen sich, wenn man ihnen dabei hilft.«
»Oh, ich werde ihm helfen«, sagte Hetty inbrünstig. »Wenn ich nur wüßte, wie.«
»Teilweise haben Sie's ja schon gemacht, glaube ich.« Der kleine Fleck an Hettys Hals war Kitty nicht entgangen.

»Hoffentlich hat es wenigstens insofern genützt, daß ihr ein Kind bekommt.«
Hetty wiegte bedenklich den Kopf. »Ich weiß nicht recht, ob das jetzt die richtige Zeit und die richtigen Bedingungen wären.«
»Sie meinen, daß Sie einen wütenden kleinen Schreihals bekommen? Seien Sie nicht albern! Er wird so sein wie Sie. Sie sind seine Mutter.« Hettys Augen füllten sich mit Tränen. »Sie sind immer so freundlich zu mir.«
»Ich finde, daß Sie Freundlichkeit verdienen.« Kitty zuckte die Achseln. »Freddie ist auch dieser Ansicht. Fragen Sie ihn!«
Dann war Hugo wieder fort, es war nun spät im November. Sie lasen, daß Schnee das Niemandsland bedecke und daß die Männer, die in den Schützengräben an der Front lagen, in ihren Mänteln und Helmen und Fausthandschuhen schliefen und fast nie ihre Stiefel auszögen und trotzdem Frostschäden und eine Unmenge anderer Krankheiten bekämen. Der Boden sei zu hart, um neue Schützengräben auszuheben, und bei Tauwetter ertränken die Soldaten fast im Schlamm. Von den Verwundeten seien wirklich schon manche ertrunken.
Da war ja das Ertrinken im eiskalten Wasser des Atlantik noch besser als dieses entsetzliche Ersticken.
Es war schlimm, dies zu lesen oder es aus dem Mund Überlebender zu vernehmen, Männer mit amputierten Fingern oder Zehen. Einer dieser Männer sagte zynisch: »Sie behaupten, daß es dort im Frühling Schlüsselblumen, Lerchen und Mohn gibt und andere hübsche Dinge, aber ich glaube nicht daran. Es wird bloß Knochen geben, wissen Sie. Bloß Knochen, die aus der Erde sprießen.«
Um die Weihnachtszeit herum kam das Gerücht auf, der Gallipoli-Feldzug sei ein Mißerfolg und werde abgebrochen. Der ganze Heldenmut, die Opfer, das Blut der besten jungen Männer, das in die blaue Ägäis geflossen war – alles für eine verlorene Sache. Kitty aber jubelte. Sie hatte nur den einen Wunsch: Lionel sollte bald wieder heimkommen.

Hetty hatte keinen Grund zum Jubeln, denn sie erwartete kein Kind. Es kam ihr vor, als rase die Zeit unfaßbar schnell dahin, als seien überall zu viele Ungewißheiten, zu viele Gefahren verborgen. Und Julia plante etwas.
Sie und Lady Flora hatten alte Freunde in Bath besucht, waren dort über Nacht geblieben und am darauffolgenden Nachmittag wieder zurückgekommen. Wie Schwiegermutter und Schwiegertochter, dachte Hetty, als sie die beiden aus dem Wagen steigen sah. Der scharfe Wind drohte ihre Hüte und Schals mit sich fortzureißen, und sie hielten sie fest, hielten sich auch aneinander fest und lachten.
Sie schienen den kurzen Besuch sehr genossen zu haben, vor allem Julia, die so munter war, wie Hetty sie noch nie erlebt hatte. Das konnte wohl kaum von der Teilnahme an etwas so milde Belebendem wie einer musikalischen Soireé oder einer ruhigen Abendgesellschaft herrühren, wo, soweit Hetty wußte, auch der jüngste der anwesenden Herren über Fünfzig gewesen sein dürfte.
Schließlich wurde das Geheimnis gelüftet.
»Wir haben eine Freundin von Ihnen getroffen, Hetty«, sagte Julia lebhaft.
»Das kann nicht sein!«
»Aber natürlich kann das sein. Nicht wahr, Lady Flora?«
»Quäl' das Kind doch nicht«, sagte Lady Flora freundlich. »Es war nur die junge Eversleigh, Hetty. Sie sagte, daß sie Sie auf der ›Lusitania‹ kennengelernt hätte, obwohl Sie sich anscheinend nicht an sie erinnern.«
»Nein, ich erinnere mich wirklich nicht an sie. Es ist alles so verworren. Ich scheine nicht Miss Eversleighs Gedächtnis zu besitzen.«
»Vielleicht liegt es daran, daß Sie ein bißchen zu sehr mit einem gewissen jungen Mann beschäftigt waren«, sagte Julia listig.
»Sei nicht gemein, Julia«, unterbrach Kitty sie. »Es ist etwas ganz Normales, an Bord ein wenig zu flirten. Außer vielleicht für Kate Eversleigh. Gab es nicht jedesmal eine Rie-

senaufregung, weil sich für sie kein passender Begleiter für den Jagdball finden ließ?«

»Ihr benehmt euch wie Schulmädchen«, sagte Lady Flora tadelnd.

»Jedenfalls wird Hetty prüfen können, ob ihr Gedächtnis funktioniert, wenn Kate morgen kommt.«

»Sie kommt hierher!« Hetty gelang es nicht, ihren Schrekken zu verbergen.

»Nur zum Tee, meine Liebe. Auf ihrem Weg nach London. Sie fährt als Rot-Kreuz-Schwester mit einem Truppentransport nach Frankreich. Ihr mögt sie alle für eine langweilige Person halten, aber ich muß schon sagen, sie ist sehr mutig.«

»Warum haben Sie uns nie erzählt, was für ein lebenslustiges Geschöpf Sie früher waren?« Julia schien entschlossen, ihre Hänselei weiterzutreiben. »Wer war denn der unwiderstehliche junge Mann, mit dem Sie so oft an der Reling lehnten?«

»Niemand, niemand!« rief Hetty mit hoher, zitternder Stimme. »Jedenfalls jetzt niemand mehr, weil er ertrunken ist. Alle sind sie ertrunken. Außer Kate Eversleigh und mir. Deshalb ist mein Gedächtnis so schlecht. Es möchte das alles verdrängen!« Und etwas ruhiger fügte sie hinzu: »Ich würde sie lieber nicht sehen, wenn das möglich ist. Es hört sich so gräßlich an, als wolle man einen ›Club der Überlebenden‹ gründen. Wie lange waren Sie im Wasser, Clemency? Wer hat Sie herausgefischt?«

Alle starrten sie überrascht an. Später gab Kitty als Grund an, daß es das erste Mal gewesen sei, daß sie sich Clemency genannt habe. Sie hätten kaum gewußt, von wem sie eigentlich sprach.

Natürlich traf Hetty am nächsten Tag doch mit Katharine Eversleigh zusammen. Sie war wieder ruhiger geworden und wußte, daß sie die Herausforderung annehmen konnte. Schließlich hatte sie viel Übung darin, in heiklen Situationen geistesgegenwärtig zu reagieren. Etwas, das die träge Miss Eversleigh, die wohlbehütet in einer

englischen Adelsfamilie aufgewachsen war, wohl nicht konnte.
Und es verlief wirklich so, wie Hetty es erwartet hatte. Katharine Eversleigh war eine freundliche junge Frau mit molliger Figur und nichtssagendem Gesicht, die nichts anderes wollte, als einer weiteren Überlebenden zu gratulieren.
»Natürlich erwarte ich nicht, daß Sie sich an mich erinnern, Lady Hazzard. Sie waren ja bei allen so beliebt, nicht wahr! Immer im Mittelpunkt der allgemeinen Aufmerksamkeit. Und die hübschen Kleider, die Sie immer trugen! Das grüne Seidenkleid hätte ich Ihnen vom Leib reißen mögen, wenn Sie sich einen Karrengaul wie mich in Moiréseide vorstellen können.«
Hetty wußte, welches Kleid sie meinte. Clemency hatte es auch sehr gemocht. Sie hatte immer ungewöhnlich pedantisch darauf geachtet, daß es auch richtig gebügelt wurde. Hetty hatte jedesmal über eine Stunde dazu gebraucht, und nachdem Clemency es einmal getragen hatte, mußte sie wieder von vorne damit anfangen. Wie hätte sie das je vergessen können...
»Ach, es war ein phantastisches Kleid!« fuhr Katharine fort. »Dem jungen Mr. – ich glaube, ich habe seinen Namen nie gehört – hat es auch gefallen, nicht wahr?«
War diese scheinbar gutmütige Frau von Julia instruiert worden?
»Wahrscheinlich meinen Sie Mr. Merrit. Seine Familie besitzt eine Zuckerfabrik. Furchtbar reich. Aber mit der Zeit wurde er ziemlich langweilig. Wenn jemand dauernd Komplimente macht, wirkt das so aufgesetzt. Mutter und ich hatten vor, den jungen Mann irgendwie loszuwerden, aber es war nicht mehr nötig. Die Deutschen...« Hetty wurde sehr blaß. Ihre Stimme verlor den gekünstelten Ton. »Nun, die Deutschen haben das dann für uns erledigt, nicht wahr? Wurden Sie...«
»Ja, ich hatte Glück. Unser Rettungsboot kam sicher auf dem Wasser auf. Wir hatten keine Ahnung, wie viele umgekippt waren und wie viele Menschen nie an Land kamen, je-

denfalls nicht lebendig. Aber hier bin ich nun...« Miss Eversleigh merkte, was für eine unbehagliche Atmophäre herrschte, und lachte verlegen, »...und begebe mich wieder in Gefahr, indem ich nach Frankreich gehe; obwohl ich eigentlich nicht glaube, daß ich zu nahe an die deutschen Linien herankommen werde.«

»Sie setzen mich in Erstaunen, Hetty. Ich hätte es nie für möglich gehalten, daß Sie so eine schlimme kleine Kokette sind...« murmelte Julia. »Kann sie sich nicht wunderbar verstellen, Lady Flora?«

Lady Flora schaute Hetty lange und nachdenklich an, während sie offenbar versuchte, sie mit jener lebhaften jungen Frau im grünen Seidenkleid in Einklang zu bringen. Sie runzelte ein wenig die Stirn, und es blieb Kitty überlassen zu sagen: »Kann man es Hetty denn verübeln, daß sie nach einem so schrecklichen Erlebnis nun weniger lustig und oberflächlich ist? Und daß sie ein bißchen oberflächlich war, was macht das schon? Hugo hat's gefallen.«

»Ich bin jetzt verheiratet«, sagte Hetty mit steifer Würde und fügte hinzu: »Ja, ich war einmal oberflächlich. Es ist noch gar nicht so lange her, obwohl es mir vorkommt, als sei inzwischen sehr viel Zeit vergangen. Ich habe auch ein dementsprechendes Leben geführt. Hugo wußte das, und es gefiel ihm. Aber auch er hat sich verändert.« Hetty schaute die Frauen herausfordernd an. »Ist das ein Wunder nach all dem, was wir durchgemacht haben?«

Julia bemerkte spitz: »Schade um die verlorengegangene Brautausstattung. Ich begreife nicht, daß Sie sich mit dieser provinzlerischen Mode hier zufriedengeben. Doch, Cirencester ist Provinz, Kitty, das kannst du nicht leugnen. Aber Hetty scheint keine Lust zu haben, einmal in London einkaufen zu gehen.«

Hetty reckte trotzig das Kinn vor.

»Das werde ich dann tun, wenn mein Mann für immer nach Hause kommt. Jetzt im Moment hat es doch keinen Sinn, sich aufzudonnern wie ein Pfau. Ich jedenfalls habe keine Lust dazu!«

Eine kurze, peinliche Stille trat ein. Katharine Eversleigh sah verwirrt und verlegen aus. Sie stellte ihre Tasse mit einem Klirren auf den Tisch zurück, und Julia, die ihr kleines Spielchen immer noch nicht aufgeben wollte, fragte sie: »Hat das Meer bei Ihnen auch eine Veränderung bewirkt? Ich meine, eine so große wie bei Hetty?«

»Ich war nicht so lange im Wasser. Ich bin auch nicht beinahe ertrunken. Und ich habe nicht meine Mutter verloren.«

»Vielleicht Ihre Zofe?« schlug Julia vor.

In Katharines sanfte braune Augen trat ein Ausdruck von Widerwillen.

»Ich glaube, es hat keinen Sinn, endlos über diese alten Dinge zu reden. Es bedrückt einen bloß.« Und lebhaft setzte sie hinzu: »Ich habe das Gefühl, daß es morgen in meinem Leben schlimmere Katastrophen geben wird. Aber Ihnen wünsche ich Glück, Hetty. Ich darf Sie doch Hetty nennen? Machen Sie sich keine Gedanken mehr über jenes Ereignis. Wir haben überlebt. Wir sollten uns selber dazu beglückwünschen und das Beste aus unserem Leben machen. Ich jedenfalls habe das vor.«

»Oh, ich natürlich auch«, stimmte Hetty zu. Julia hatte irgendeinen Verdacht, konnte aber nichts beweisen, solange sie nicht wußte, worin der Verdacht überhaupt bestand. Sie würde es niemals erfahren. Das war vollkommen sicher. Es gab also keinen Grund, ängstlich zu sein.

12

Es hatte den Anschein, als würden sie das ganze Weihnachtsfest vor dem Hintergrund von Lady Floras Klavierspiel verbringen, das ununterbrochen aus dem Musikzimmer drang. Aber für Lady Flora gab es jetzt nichts, was der

Jahreszeit angemessener gewesen wäre als Weihnachtslieder.

Wortlos, wie es ihre Art war, grämte sie sich um ihre abwesenden Söhne, und ab und zu flocht sie ernste Trauermärsche in ihre sanften Nocturnes ein.

Am Tag vor Weihnachten verteilte Lady Flora, von Julia begleitet, Weihnachtsgeschenke an Soldaten, die im Krankenhaus lagen, und Julia wurde allgemein für die junge Lady Hazzard gehalten. Dies fanden alle, ausgenommen Hetty, sehr erheiternd.

Es gab auch noch andere bescheidene Vergnügungen. Der Pfarrer und seine Frau, Mr. Edmonds, der Direktor der Bank in Cirencester, Doktor Bailey und einige Pächter aus der Nachbarschaft wurden nach Loburn eingeladen, wahlweise zu Whisky oder heißem Punsch. Für Freddie wurde ein Weihnachtsbaum geschmückt und für die wenigen Bediensteten eine ziemlich fade kleine Feier veranstaltet. Alles war, wie Julia es ausdrückte, unglaublich trübselig. Es kamen keine Kinder, die Weihnachtslieder sangen, und es lag nicht einmal Schnee.

Julias Trübsinn übertrug sich auch auf Hetty, als ein Brief von Onkel Jonas eintraf, in dem er vorschlug, sie solle doch einmal zum Grab ihrer Mutter fahren und schauen, ob es gut gepflegt werde.

...Soviel ich weiß, fahren immer noch Fährschiffe nach Irland, und es ist Deine Pflicht, liebes Kind. Achte darauf, daß auf dem Grab keine Disteln wachsen oder weißer Klee, jedenfalls nichts, was alles überwuchert. Ich verlasse mich darauf, daß Du Nachforschungen über den Verbleib Deiner Zofe angestellt hast. Das gebietet nicht nur die Menschlichkeit, sondern es ist auch die Pflicht eines jeden Dienstherrn. – Mir geht es nicht besonders gut. Der Arzt gibt düstere Warnungen von sich, denen ich aber keinerlei Beachtung schenke. Ich werde auch weiterhin meinen Brandy trinken, wenn mir danach ist. Den Verlustlisten nach zu urteilen, hat Dein Gatte bis jetzt Glück gehabt. Obwohl die neue Offensive an

der Somme alles verändert haben könnte. Wir wissen hier so wenig darüber. Ich hoffe, daß wir vernünftig genug sind, uns aus all dem herauszuhalten...

Und Hetty würde ihrerseits so vernünftig sein, von dieser stürmischen irischen Landzunge wegzubleiben, auf der es für sie wahrhaftig nichts zu tun gab. Mrs. Jervis war Zeit ihres Lebens allzuviel Aufmerksamkeit zuteil geworden. Nun konnte sie sich ruhig mit den Gebeten vorbeiziehender Nonnen oder Priester zufriedengeben.
Schließlich war der Gallipoli-Feldzug wirklich vorbei, und Nacht für Nacht schlüpften die Männer ins Freie, wobei sie nicht einmal zu flüstern wagten. Nicht nur der wachsamen Ohren des Feindes, sondern auch ihrer toten Kameraden wegen, die unter der zerstörten Erde des Bergabhangs begraben lagen und sich vielleicht im Stich gelassen fühlen mochten. Der Rückzug war die erfolgreichste Operation dieses unseligen Feldzugs.
Einige Wochen nach dem Gallipoli-Fiasko kam ein Brief Lionels aus einem Krankenhaus in Alexandria. Er hatte einen erneuten Fieberanfall bekommen, war aber auf dem Weg der Genesung und würde nun sicher Urlaub erhalten. Alle tauglichen Männer wurden nach Frankreich transportiert, wo die Somme-Offensive immer heftiger geführt wurde. Die sonnenverbrannten jungen Australier und Neuseeländer wurden dankbar in Empfang genommen und in einer anderen Art von Kampf verschlissen; diesmal nicht in unersteigbaren Höhen, sondern im flachen, trostlosen Niemandsland, das sich endlos ausdehnte und mit Schlamm, Pfützen und schrecklichen Trümmern bedeckt war.
Hugos Briefe waren kürzer und seltener geworden und nun noch sachlicher. Er sei in guter Verfassung und habe bis jetzt nicht den geringsten Kratzer abgekriegt; er hoffe, daß das Dach jetzt repariert und wasserdicht sei, daß Hetty sich mit der Arbeit im Krankenhaus nicht zu viel zumute und daß es allen gutgehe. Aussicht auf Urlaub bestehe momentan nicht.

Dann klopfte es eines morgens sehr früh an Hettys Schlafzimmertür. Zuerst dachte sie, es sei Effie mit dem Tee. Sie schaute auf den Nachttischwecker: sechs Uhr dreißig. Hugo?

Ihr Herz begann heftig zu klopfen, als sie aufgeregt »herein« rief. Aber ihr Besucher war vor lauter Ungeduld schon von selber hereingekommen, ohne erst die Erlaubnis dazu abzuwarten. Freddie stand an ihrem Bett.

»Hetty! Hetty! Vati ist da. Er kam mitten in der Nacht, um fünf Uhr. Mami hat erst wie verrückt gelacht und dann geweint, und dann ist Vati ins Bett gegangen, weil er so müde war.«

Hettys erste Reaktion war tiefe Enttäuschung, daß der unerwartete Ankömmling nicht Hugo war. Dann tadelte sie sich selbst für ihren Egoismus, küßte Freddie und sagte: »Wie herrlich! Sag deiner Mami, sie soll auf einen Sprung zu mir heraufkommen, sobald sie kann.« Kitty kam eine halbe Stunde später. Sie hatte ihren Morgenrock an, und ihre Miene war zugleich froh und sorgenvoll.

»Ach Hetty, er ist so mager! Und vollkommen erschöpft. Er wurde auf einem Lazarettschiff nach Southampton gebracht und ist dann von einem Truppentransport geflüchtet, jedenfalls sagt er das, und dann hat er jemanden gefunden, der ihn hierherfuhr. Er ist noch lange nicht gesund, und ich werde darauf bestehen, daß er ins Krankenhaus geht, sobald er sich ein wenig ausgeruht hat. Ich hoffe inständig, daß er nicht mehr für tauglich befunden wird, obwohl ich natürlich auch nicht möchte, daß er krank ist. Er hat Malaria, und auf dem Schiff ist ihnen das Chinin ausgegangen. Er wird sich also rasch wieder erholen, sobald er in richtige Behandlung kommt. Lady Flora schwirrt durchs Haus wie eine Bienenkönigin, aber sogar sie darf Lionel erst sehen, wenn er ausgeschlafen hat.«

»Kitty, mein Liebes! Es ist wirklich wunderschön, daß Lionel nun zu Hause ist und auch noch unverletzt. Das ist es, wovor ich bei Hugo so schreckliche Angst habe, irgendeine Verstümmelung!«

»Ja, ich weiß. Aber Malaria ist auch keine Kleinigkeit. Ich muß ihn immer anschauen, um ganz sicher zu sein, daß ich nicht träume. Hetty, glauben Sie mir, Hugo wird nicht getroffen. Ich weiß es. Er paßt gut auf sich auf. Und wenn er nach Hause kommt, dann werden sie wieder die beiden Hazzardbrüder sein. So hat man sie immer genannt. Und wir sind dann die Hazzardfrauen.«

Die Gestalt, die in dem Ohrensessel am fast erloschenen Feuer saß, war kaum mehr als ein Schatten. Hetty hatte über eine halbe Stunde über ihrer Stickerei gesessen, bevor sie merkte, daß sie nicht allein war. Als sie die Lampe neben sich anknipste, sah sie plötzlich ein Paar dunkle Augen auf sich gerichtet. Einen Moment bildete sie sich ein, es sei der Liebhaber Jakobinas – denn sicherlich hatte sie einen gehabt, und es war bestimmt ein schlanker, stiller Edelmann gewesen wie der, der ihr hier, in einen Hausmantel aus dunkelgrünem Samt gehüllt, gegenübersaß.
»Sie sind meine Schwägerin, nicht wahr«, sagte eine müde Stimme. »Ich habe Ihnen zugeschaut. Sie bieten einen liebreizenden Anblick. Wer sagte mir doch, daß Hugo eine amerikanische Plappertasche heiraten wolle? Oder habe ich mir einfach einen Typ vorgestellt, der zu Hugo paßt – eine richtig glückliche Familie, ein Pferdenarr mit seiner wiehernden Frau...«
Hetty wagte kaum zu sprechen. Sie hatte augenblicklich den übermächtigen Wunsch, daß ihm ihre Stimme, die Worte, die sie sagen würde, und ihr Aussehen gefallen sollten. »Ein liebreizender Anblick.« Wahrscheinlich hatte er den Eindruck gehabt, einer Dame aus der Tudorzeit zuzuschauen, die mit ihrer Stickerei beschäftigt war.
»Sie haben mich für Jakobina gehalten. Diese Dame dort.« Sie zeigte auf das bewußte Gemälde. »Und ich habe Sie ebenfalls für einen Geist gehalten. Sie sind natürlich Lionel. Ich war überrascht, hier jemanden sitzen zu sehen.«
»Und ich habe Sie gesehen, als ich aufwachte«, sagte er. »Aber wieso waren Sie überrascht, daß ich hier bin?«

»Weil Sie so still waren und weil dies mein Zimmer ist und ich selbstsüchtigerweise eine Vorschrift erlassen habe, daß niemand es ohne Erlaubnis betreten darf. Der Wintersalon: Ich habe mich auf einmal in ihn verliebt. Und außer mir wollte ihn niemand. Lady Flora und Julia haben das Musikzimmer und den Sommersalon, und Kitty hat ihre eigenen Räume. Ich wollte etwas für mich ganz allein haben. Ich fühle mich immer noch ziemlich fremd hier.«

»Tatsächlich?«

»So setze ich mich eben oft in dieses Zimmer und hülle es sozusagen wie eine weiche alte Decke um mich. – Nein, Kitty behandelt mich nicht wie eine Fremde, Freddie auch nicht. Aber Ihre Mutter – sie ist sehr kühl. Und Julia...«

»Was ist mit Julia?«

Hetty konnte sich die Antwort nicht verkneifen. »Ich halte sie für eine eingebildete Ziege, die manchmal ziemlich gemein ist. Oh...« Sie preßte die Hand vor den Mund. »Wie komme ich bloß dazu, so zu sprechen? Gehören Sie etwa zu den Männern, die Frauen dazu bringen, indiskrete Dinge zu sagen? Lassen Sie mich ein paar von den Lampen anmachen, damit ich Sie besser sehen kann. Ich läute nach Effie, damit sie Tee bringt. Trinken Sie Tee mit mir?«

»Gern, wenn ich dableiben darf. In diesen Raum hier habe ich mich auch immer sehr gern zurückgezogen.«

»Oh, wirklich? Dann muß ich ihn an Sie zurückgeben?«

»Das möchte ich nicht. Aber können wir ihn uns vielleicht teilen? Hetty, bitte bleiben Sie einen Augenblick so stehen, ja? Ich habe so lange nichts als schmutzige, ungewaschene Männer zu Gesicht bekommen, daß ich fast vergessen hatte, daß es ein anderes Geschlecht gibt.«

Hetty stand im Schein des Kaminfeuers da und wußte nicht, was für ein Bild er sich von ihr machte. Flüchtig tauchte der Wunsch in ihr auf, daß Hugo sie manchmal so vollkommen konzentriert angeschaut hätte. Dann vergaß sie Hugo und sah nur noch dieses magere Gesicht und die tiefliegenden, fiebrig glänzenden Augen. Schöngeschwungene Augen-

brauen, schmale Lippen, ein energisches Kinn. Ein kluges Gesicht, das sehr streng, aber auch sehr sanft sein konnte. So dachte sie jedenfalls.
Warum hatte sie nie nach Photographien von ihm gefragt, warum war sie nicht auf das hier vorbereitet gewesen? Freddies Vater, der lustige Briefe schrieb über Wassernixen und die Götter des Olymp. Kittys Mann.
Er starrte sie eine Weile an. Dann sagte er nur: »Glücklicher Hugo. – Jetzt trinken wir Tee, ja? Ich habe plötzlich Hunger bekommen.«
Hetty ging zur Klingelschnur. Sie machte noch einige Lampen an und merkte, daß ihre Wangen glühten.
»Sind Sie zu dem Schluß gekommen, daß ich eine Plappertasche bin?«
»Ich habe nicht gewußt, daß Plappertaschen eine so liebenswürdige Stimme haben wie Sie. Wenn Sie also eine sind, dann hat sich wieder einmal eine meiner Theorien als falsch erwiesen.«
Jetzt, wo die Lampen brannten, hatte der Raum wieder sein alltägliches Aussehen, wenn man angesichts der dunklen, alten Täfelung und der bis zum Boden reichenden Fenster überhaupt je von Alltäglichkeit sprechen konnte. Die Träumerei, der sie eine halbe Stunde zuvor beide nachgehangen hatten – und sie wußte, daß er, als er ihr beim Sticken zuschaute, dasselbe gedacht hatte wie sie –, war nun verflogen. Lionel war nur noch ein sehr erschöpfter, kranker Soldat, der vielleicht ein bißchen halluzinierte, und sie selbst wurde wieder von ihren eigenen Geistern verfolgt.
Sie spürte, daß die Situation ein wenig gefährlich war. Aber sie konnte sie meistern, sie gewann immer mehr Selbstbeherrschung.
»Und was haben Sie sonst noch für Theorien?« fragte sie leichthin.
»Warum Sie Hugo geheiratet haben – darf ich auf irgendwelche Erklärungen hoffen?«
»Aber natürlich. Sie sind ja Hugos Bruder. Also, Hugo hat mich wegen meines Geldes geheiratet, und ich habe ihn ge-

heiratet, um einen Titel zu kriegen, in einem englischen Gutshaus wohnen zu können, vor der königlichen Familie knicksen zu dürfen und so weiter. Das hat man Ihnen doch erzählt, nicht wahr?«

»Mehr oder weniger, ja.«

»Aber das ist nur ein Teil der Wahrheit. Ich möchte Hugo lieben, und ich möchte, daß er auch mich liebt. Wenn wir nur endlich einmal mehr Zeit zusammen verbringen könnten. So ist die Situation. Alles wäre wunderbar geworden, wenn ich nicht in so schlechter Verfassung hier angekommen wäre und Hugo nicht gleich wieder an die Front gemußt hätte. Mehr gibt es wirklich nicht zu sagen. Da kommt Effie. Bring uns bitte Tee, Effie! Ist Mrs. Lionel schon zu Hause?«

»Noch nicht, Mylady, aber sie hat gesagt, sie komme um fünf zurück. Sie hat unbedingt ins Krankenhaus gemußt, weil sie es einem Soldaten versprochen hat, der im Sterben liegt. Und entschuldigen Sie, Sir, sie hat gesagt, Sie schlafen und dürfen nicht gestört werden.«

»Dann sag ihr, wenn sie kommt, daß wir hier auf sie warten«, sagte Hetty. »Und Bates soll das Feuer wieder anfachen. Es ist immer recht kühl abends. Sie werden das besonders stark empfinden, Lionel, nachdem Sie in Ägypten waren. Sie sind schrecklich mager, finden Sie nicht?«

»Es gibt noch viel mehr dazu zu sagen«, meinte Lionel.

»Wozu?«

»Zu Ihrer Heirat. Sie macht mich neugierig. Sehr. Sie sind überhaupt nicht der Typ der eleganten, ehrgeizigen Gastgeberin. Auf mich wirken Sie so, als ob Sie sich zu viele Gedanken machten.«

»Das Meer hat bei mir eine Veränderung bewirkt«, murmelte Hetty. »Das sagt jedenfalls Julia.«

»Vielleicht trifft das zu. Sie haben ja eine außerordentlich schlimme Zeit hinter sich, wie Kitty mir erzählt hat.«

»Die Rolle der gewandten Gastgeberin hat mir sowieso noch nie gelegen«, sagte Hetty und fühlte große Erleichterung darüber, daß sie, wenigstens einmal, die reine Wahr-

heit sagen konnte. »Hugo hat mich fasziniert. Er tut es immer noch. Und ich bin schon jetzt ganz vernarrt in Loburn, und das freut Hugo. Wir haben das Leben noch vor uns, und wir werden sehr glücklich sein. Wir werden Kinder bekommen und Loburn reparieren und aufbauen, wie es früher war. Ich möchte nach den Originalplänen suchen, die angeblich irgendwo hier im Haus sein müssen.«
»Natürlich. Was für eine herrliche Idee! Darf ich Ihnen dabei helfen?«
»Oh ja. Das wäre wunderschön.«
Während sie sein Gesicht betrachtete, das seine Begeisterung widerspiegelte, konnte sie nicht umhin, hinzuzufügen: »Ich wünschte, Hugo würde sich ein bißchen mehr für Architektur interessieren, aber Julia sagt, er mache sich nichts daraus. So wie Sie gerade schauen, so schaut Hugo, wenn er ein neugeborenes Fohlen im Stall hat.«
Lionel lachte und begann zu husten. Hetty rief schuldbewußt aus: »Wir reden zuviel! Ich glaube, Sie sollten jetzt lieber eine Weile still sein.«
Er tat es, aber erst sagte er noch: »Einen Moment lang hatten Sie die Zunge einer winzigen Viper in Ihrem schönen Mund. Wie faszinierend!«

Eine halbe Stunde später kam Kitty. Lionel war wieder eingeschlafen, von einer Minute zur nächsten, wie ein kleines Kind. Es war das erste Mal, daß Hetty ihre Schwägerin in verärgertem, aufgeregtem Zustand erlebte.
»Wie konnten Sie nur zulassen, daß er herunterkommt? Sehen Sie denn nicht, in welcher Verfassung er ist?« flüsterte sie zornig.
»Ich kann nichts dafür, Kitty. Es war so: Ich sah zufällig einmal von meiner Stickerei auf, und da saß er mir gegenüber. Also habe ich nach Tee geläutet, und wir haben uns ein wenig unterhalten, und dann schlief er ein.«
Hetty wurde von ihren Gefühlen überwältigt und brach in Tränen aus. »Oh, Kitty, Sie haben es gut, Ihr Mann ist wieder da. Wenn ich meinen nur auch wieder hätte!«

Kittys Ärger verflog, sie kam her und umarmte Hetty, wobei sie selber weinte.
»Ach du meine Güte! Lionel könnte aufwachen. Und er soll doch nicht zwei weinende Frauen vorfinden, oder?«
»Ist der Soldat im Krankenhaus gestorben?«
»Der Gefreite Albert Mays? Ja, der ist gestorben. Aber ich war bei ihm und habe seine Hand gehalten.« Kitty schluchzte laut auf. »Er sah, daß ich mein Versprechen gehalten habe, legte seine Hand in meine und schlief einfach ein. Arme Kinder! Das nämlich sind die meisten von ihnen. Sie sehnen sich danach, daß ihre Mütter ihnen die Hand halten.«
Hetty betrachtete Lionels schlafendes Gesicht. Plötzlich erfaßte sie eine fast schmerzhafte Traurigkeit.
»Und was ist mit ihm, Kitty?«
»Wir bringen ihn ins Bett. Später schaut Doktor Bailey vorbei. Der Arzt meinte, er müsse wohl eine Woche oder zehn Tage liegenbleiben, ohne Besuche zu empfangen. Nicht einmal Freddie darf zu ihm hinein, außer für ein paar Minuten jeden Tag. Lady Flora wird das nicht gefallen. Die Vorschrift gilt auch für Sie, Hetty, und für Julia.«
»Aber wird er sich dann nicht sehr einsam fühlen?«
»Ich werde ja bei ihm sein«, sagte Kitty schlicht.
Hettys Kehle war wie zugeschnürt. Sie hatte das Gefühl, daß es ihr nie mehr gefallen würde, allein im Wintersalon zu sitzen.

Erst zehn Tage später sah sie Lionel wieder. Er trug seine Uniform und stieg gerade in den Rolls-Royce; links von ihm saß Kitty, rechts Pimm. Er fuhr zur Musterung. Kitty hoffte, er werde für untauglich befunden, aber wahrscheinlich würde es auf einen verlängerten Krankheitsurlaub hinauslaufen. Jedenfalls konnte er dann, nach der heutigen Untersuchung, über mehr Bewegungsfreiheit verfügen. Hetty nahm an, er würde sich diese einfach nehmen. Freddie hatte gesagt, daß sein Vater in letzter Zeit ziemlich empfindlich sei. Streitsüchtig, nannte es die Kinderfrau.

An diesem Morgen fand Hetty das Haus trotz seiner Größe erstickend und beengend. Sie machte einen langen Spaziergang durch den Wald und über die Wiese, durch die der Fluß führte, schließlich ging sie die gewundene Straße entlang in Richtung Dorf. Alles, was ihr begegnete, waren grasende Schafe, ein Fasan, der plötzlich erschreckt aus dem Gras aufflog, eine Gruppe gescheckter Kühe, die sie an einen Flickenteppich erinnerte, und zwei von Hugos Pferden, die über die Weide galoppierten und sich ausgelassen ihrer Freiheit freuten.

Weit entfernt hing, wie eine summende Mücke, ein Flugzeug am Himmel, das von dem naheliegenden Ausbildungsplatz aufgestiegen war, plötzlich setzte es zu etwas an, was wie ein lebensgefährlicher Sturzflug aussah. Es war ein herrlicher Morgen, der Hetty fröhlich und wehmütig zugleich stimmte. Zu viele junge Männer mußten ihr Leben aufs Spiel setzen und wurden, wie der unglückliche junge Flieger Donald Newman, getötet oder verstümmelt. So sehr verstümmelt, daß man sie, wären sie Tiere, aus Barmherzigkeit töten würde. Statt dessen wurden sie mit allen Mitteln am Leben gehalten und von ihren Familienangehörigen gepflegt. Angenommen, Hugo käme schwer verletzt oder überhaupt körperlich hilflos zurück? Angenommen, Lionel wurde nun wieder, wie ein reparierter Gegenstand, nach Frankreich zurückgeschickt in den schrecklichen Kampf an der Somme?

Nein, nur nicht Lionel mit seinem klugen, sensiblen Gesicht und seinem faszinierenden Wesen!

Aber du darfst eigentlich nicht an ihn denken, du mußt an deinen Mann denken, sagte Hetty zu sich selbst. Lionel gehört Kitty.

Die wenigen Leute, denen sie im Dorf begegnete, schienen überrascht zu sein, daß die junge Lady Hazzard, die ausländische Dame, hier ganz normal herumlief wie sie auch. Man hatte sie bis dahin für eine Art Einsiedlerin gehalten. Die Leute verneigten sich und sagten freundlich. »Guten Morgen, Mylady!« Hetty überlegte, was sie kaufen könnte, um

ihnen ihr Wohlwollen zu bekunden. Sollte sie vielleicht in Mrs. Bryces schmuddligem kleinen Imbiß eine Tasse Kaffee trinken? Aber auf einmal folgte sie einer anderen Regung. Sie schlug den Weg ein, der zur Kirche führte, überquerte den kleinen Friedhof und trat in den nach Bienenwachs und Gesangbüchern riechenden dämmrigen Kirchenraum.
Sie hatte das Bedürfnis, still dazusitzen, vielleicht auch zu beten. Niemand hatte ihr das Beten beigebracht, denn ihre Mutter war nicht mehr imstande gewesen, an einen Gott zu glauben, der es zugelassen hatte, daß sie und ihr Kind soviel Not litten. Man mußte selbst für sich kämpfen, das war der einzig sichere Weg, auf dem man etwas erreichen konnte im Leben. Aber wenn es auch unmöglich sein sollte, an eine gütige Gottheit zu glauben, so liebte Hetty doch das Geheimnisvolle, Poetische der alten Beschwörungen. Sie konnte dann ihre bösen Taten, ihren Betrug, ihre Schuld vergessen oder sie verzeihbar finden. Sie konnte fühlen, wie ihr die göttliche Gnade zuteil wurde.
»Herr, nun läßt Du Deinen Diener in Frieden fahren«, murmelte sie vor sich hin, während sie auf dem zerschlissenen Betkissen kniete und das Gesicht in den Händen vergrub. Sie war einfach eine junge Frau, die für das Wohlergehen zweier Männer betete, für das ihres Mannes und für das ihres Schwagers.
Aber selbst dies konnte sie nicht aus ganzem Herzen tun, denn plötzlich beschlich sie ein Gefühl, als werde sie von jemandem beobachtet. Sie sah auf, wandte rasch den Kopf und bemerkte in der gegenüberliegenden Bank eine junge Frau. Sie mußte schon vor Hetty dagewesen sein, denn ihr Gebet oder ihre Meditation war beendet. Mit Sicherheit hatte sie Hetty beobachtet, denn als sie ihren Blick begegnete, sprang sie auf und schlüpfte leise hinaus. Kopf und Gesicht waren von einem feinen schwarzen Schleier verhüllt und trotzdem hatte Hetty die entsetzliche Gewißheit, daß es Clemency war. Das dunkle Haar, das feine Profil, die schlanke Taille, der graziöse Gang.
Einen Moment lang glaubte Hetty, sie würde das Bewußt-

sein verlieren. Sie fror, und ihr Herz schlug wie eine Trommel.
Dann jedoch kehrte ihre Kraft zurück, und sie eilte aus der dämmrigen Kirche hinaus in die Sonne. Niemand war zu sehen. Sie rannte über den Friedhof, wobei sie achtlos Gräber zertrat. Weiter entfernt, aber nicht genau erkennbar, sah sie eine Frau mit einem Einkaufskorb. Das konnte unmöglich Clemency sein. Sie würde wohl kaum zurückkehren, um hier mit einem Einkaufskorb am Arm herumzuspuken! Sie hatte ja auch zu ihren Lebzeiten niemals einen Einkaufskorb getragen. Jedenfalls betrat die Frau Mrs. Bryces Imbiß, wahrscheinlich um etwas so Irdisches wie eine Tasse Tee und ein Stück Kuchen zu sich zu nehmen.
Hetty seufzte verwirrt, denn sie wußte, daß das wohl wieder einmal eine Halluzination gewesen war und daß ihr ihre überspannten Nerven erneut einen Streich gespielt hatten. Sie hörte Stimmen von der anderen Seite des eibengesäumten Wegs her; die des Pfarrers und die tiefe, klare Stimme einer Frau. Jetzt traten sie aus dem Schatten heraus und kamen auf Hetty zu. Die Frau, sie trug keine Kopfbedeckung, war Julia. Sie tat sehr überrascht.
»Hetty! Ich hätte nie damit gerechnet, Sie hier zu treffen. Der Pfarrer und ich haben gerade über das Gartenfest für die belgischen Flüchtlinge gesprochen. Lady Flora wird es eröffnen.«
»Wir hoffen, daß Sie imstande sein werden, das Fest zu besuchen, Lady Hazzard«, sagte der Pfarrer salbungsvoll.
»Aber natürlich – «
»Sie sehen sonderbar aus, Hetty. Sind Sie krank?«
»Nein, ich fühle mich ganz wohl.« Und verzweifelt fügte sie hinzu: »Haben Sie gerade jemanden aus der Kirche kommen sehen?«
»Nein. Niemanden. Sie, Herr Pfarrer?«
»Ich habe Sie gesehen, Lady Hazzard.«
»Da war eine Frau, die gebetet hat. Sie...« Hetty biß sich auf die Zunge. Beinahe hätte sie gesagt: »Sie sah aus wie ich.«
»Hier kommen oft Leute zum Beten her«, sagte der Pfarrer

und lächelte freundlich. »Ich nehme an, daß Sie das auch getan haben. Für Ihren Gatten natürlich.«
Julia sah Hetty an, höflich und ruhig und doch kalt, vollkommen teilnahmslos und wieder mit diesem Ausdruck eines noch unbestimmten Argwohns. War Julia in der Kirche gewesen? Sie hätte den schwarzen Schleier schnell abnehmen und ihn in ihre Tasche stecken können. Aber das würde sie Hetty niemals sagen. Sie würde es vielmehr genießen, Hetty auch weiterhin zu quälen.
Falls aber Clemency tatsächlich durch das Dorf wanderte, war Julias Feindseligkeit im Vergleich zu dieser Bedrohung völlig unwichtig.
»Ich werde jetzt heimgehen«, sagte sie müde. »Die Mittagessenszeit ist schon vorbei. Kitty und Lionel werden wohl schon zurücksein.«
»Warten Sie einen Moment. Ich gehe mit. Auf Wiedersehen, Herr Pfarrer, und vielen Dank. Ich habe nun alle Informationen, die Lady Flora benötigt.«
»Warten Sie.« Nun war es der Pfarrer, der sie zurückhielt. Sein altes Gesicht hatte sich aufgehellt. »Lady Hazzard, ich glaube, daß die Frau, die Sie sahen, Jane Smith war. Sie kommt sehr oft in die Kirche, seitdem ihr Verlobter an der Marne getötet wurde.«
»Sie trug einen schwarzen Schleier«, sagte Hetty erleichtert.«Der Wind spielte mit einer Locke von des Pfarrers spärlichem grauen Haar. Der Frühlingsvormittag hatte auf einmal etwas Herbstliches an sich. »Es ist sehr traurig. So viele junge Frauen sehen wie ältliche Witwen aus.«
»Aber wohin ist sie bloß verschwunden?« murmelte Julia, als sie sich auf den Heimweg machten. »Hat sie sich in Luft aufgelöst? Trotzdem, eines verstehe ich nicht, Hetty: warum waren Sie so aufgeregt, bloß weil Sie eine andere Frau in der Kirche gesehen haben?«
»Ich war gar nicht aufgeregt!«
»Doch. Weiß wie die Wand waren Sie.«
»Oh, seien Sie doch still!« sagte Hetty grob. Lassen Sie mich, fügte sie in Gedanken hinzu. Hören Sie auf, mich zu

beobachten. Gehen Sie mir aus den Augen. Ich wäre so glücklich, wenn ich Sie nie, nie wiedersehen müßte.
»Sie ist aber Teil deines Schicksals«, sagte da eine Stimme sehr kühl und sachlich und dermaßen deutlich, daß es ein Wunder war, daß Julia sie nicht hörte. Und dann sagte die Stimme noch: »Sie wird dich nie in Ruhe lassen, bis alles gelöst ist!«
Es war das zweite Mal, daß eine unheimliche Stimme mitten aus der Luft zu ihr gesprochen hatte.

Kitty und Lionel waren tatsächlich schon zu Hause, und Lionel kam sogar zum Mittagessen herunter. »Keine Einzelhaft mehr«, sagte er. Er brauche nahrhafte Mahlzeiten und anregende Gesellschaft. In zwei Monaten würde er wieder auf seine Tauglichkeit hin überprüft werden. Seine Lungen seien angegriffen, erklärte Kitty in einem Ton, als sei solch ein Unglück eigentlich ein Segen. Im Laufe der Zeit würden sie sich zwar etwas erholen, aber wahrscheinlich würde Lionel nicht mehr für den aktiven Dienst in Frage kommen.
»Wir machen dich wieder gesund, Liebling, aber nicht zu gesund«, sagte Kitty fröhlich. »Ist es nicht herrlich, daß wieder ein Mann im Haus ist? Aber du darfst nicht untätig herumsitzen, Lionel. Was wirst du tun? An deinem Buch arbeiten?«
Lionels dunkle Augen suchten Hettys Blick.
»Noch nicht. Zuerst werden Hetty und ich uns auf die Suche nach den Plänen machen, von denen wir gesprochen haben. Wir werden in diesem Sommer mit dem Wiederaufbau Loburns anfangen.«
»Loburn, lieber Lionel, gehört deinem Bruder«, betonte Lady Flora.
»Und Hetty, liebe Mutter, ist Hugos Frau und hat freie Hand. Das stimmt doch, Hetty?«
»Ja, das stimmt.« Plötzlich fühlte sie sich so unsäglich glücklich, daß es war, als hätten die unheimlichen Erlebnisse am Vormittag gar nicht stattgefunden.

Die Frau in der Kirche war die unglückliche junge Jane Smith gewesen. Nicht etwa Clemency, die sie davor warnen wollte, sich nun in Lionel zu verlieben, nachdem es ihr gelungen war, Hugo zu heiraten.

Bald war Hochsommer, und Lionel fühlte sich schon viel besser. Man konnte nicht sagen, daß Hetty absichtlich seine Gesellschaft suchte oder er ihre. Es war einfach so, daß ähnliche Interessen und die Abwesenheit anderer Menschen sie zusammenführten. Kitty wurde vollkommen von ihrer Arbeit im Krankenhaus in Anspruch genommen, und sie war eine leidenschaftliche Gärtnerin. Da Lionel ihrer Pflege nicht mehr bedurfte, widmete sie sich wieder diesen anderen wichtigen Beschäftigungen. Außerdem, sagte sie, indem sie ihr zerzaustes Haar aus der Stirn strich, sei sie keine Frau, die sich ständig an ihren Mann klammere. Lionel könne das nicht leiden. Wie schön sei es deshalb, daß er jetzt Hetty habe, die sich genauso wie er für den Wiederaufbau des Hauses interessiere! Kitty war im Grunde erstaunt darüber, daß diese reiche kleine New Yorkerin sich so intensiv mit einem alten Haus beschäftigte. Sie schien für so etwas begabt zu sein. Aber sie würde sich bald weniger damit befassen, wenn Hugo erst wieder daheim sein würde. Falls er heimkam...
Lady Floras Gesundheitszustand verschlechterte sich immer mehr, und sie verbrachte den größten Teil des Tages in ihrem Zimmer oder am Klavier. Die wunderschönen Melodien klangen durch die Dämmerung und sollten für immer in Hettys Gedächtnis mit diesem Sommer auf Loburn verknüpft bleiben. Wenn überhaupt jemand wußte, was in Lady Flora vorging, dann war es Julia. Aber deren Zeit wurde mehr und mehr von den Pferden in Anspruch genommen. Sie striegelte sie und ritt regelmäßig mit ihnen aus für den Fall, daß Hugo überraschend heimkam. Hetty machte das nichts mehr aus. Sie dachte beinahe nie daran. In diesem Haus schien jeder irgendeine Passion zu haben, nicht zuletzt sie selbst. Mit Lionel in der Bibliothek die alten, ver-

blaßten Dokumente zu lesen, interessante Bruchstücke der Familiengeschichte zu entdecken, manchmal stundenlang nichts zu reden und trotzdem zu wissen, daß er da war – das gab ihr vollkommene Befriedigung.

Lionel sagte, er habe früher nie Zeit für solche Dinge gehabt. Der Krieg habe ganz unerwartete Vorteile. Freddie habe zum Beispiel im zarten Alter von fünf Jahren die ›Ilias‹ kennengelernt. Lionel wollte wissen, ob Hetty denn früher von ihrem Hang zur Literatur etwas gewußt habe. Er erklärte, er hätte nie gedacht, daß einer jungen Dame der New Yorker Gesellschaft Zeit für Bildung übrigbliebe.

»Ach, meine Mutter wäre wahrscheinlich vor Schreck in Ohnmacht gefallen«, sagte Hetty, während sie an die selbstsichere, herrschsüchtige, ehrgeizige Millicent Jervis dachte. »Mein Vater möglicherweise nicht. Aber er starb, als ich noch sehr klein war. Nun, ich lernte lesen und schreiben«, fügte sie mit unbewegtem Gesicht hinzu. »Und ich habe eine lebhafte Phantasie.«

Sie dachte dabei an die junge Frau in der Kirche, die Stimme, die im Krankenhaus durch den dicken Verband gedrungen war, das unbestimmte Rascheln und Seufzen, das nachts aus dem Schrank zu kommen schien. »Zu lebhaft vielleicht«, fügte sie gequält hinzu. »Noch lebhafter als die Freddies.«

»Ich habe auch Alpträume«, sagte Lionel, der ihre Gedanken erriet.

Aber die rühren nicht von einer Schuld her, hätte Hetty am liebsten gesagt. Diese Alpträume sind die allerschlimmsten. Noch Stunden später hocken sie einem auf den Schultern wie hart dreinblickende schwarze Vögel.

Seit Lionels Rückkehr waren die schlimmen Nächte seltener geworden, und sie hatte auch wieder Momente, in denen sie ein so großes Glück erfüllte, daß sie spürte, wie es aus ihr herausstrahlte. Dieses Glücksgefühl erlaubte keinen Gedanken an Zukunft oder Vergangenheit, und sie hätte es vor niemandem, der sie eventuell beobachtete, verbergen können.

Lionel beobachtete es eines Tages. Er meinte: »Ich glaube, wir sollten eine Gesellschaft geben. Wie lange ist es her, daß wir so etwas hier hatten? Seit Kriegsbeginn nicht mehr.«
»Ohne Hugo?« fragte Hetty unsicher.
»Es wäre zwar herrlich, wenn er Urlaub bekäme, aber ich fürchte, eine Gesellschaft dürfte als Grund nicht ausreichen. Schreiben Sie's ihm aber trotzdem. Er müßte sowieso bald Urlaub kriegen, vielleicht schafft er es. Er ist sehr geschickt in so etwas. Kriegt immer, was er will. Kommen Sie, Hetty, wir planen eine Gesellschaft, ja?«
»Das müssen Sie tun. Sie und Kitty. Ich kenne die Leute hier nicht. Aber es ist wahr...« Sie wußte, daß man ihr die Freude an den Augen ablesen konnte. »Es wäre sehr nett.«

»Aber Sie haben sich doch immer geweigert, nach London zu fahren, Hetty«, sagte Kitty. »Dort hätten Sie Leute getroffen. Hier haben wir nur die Ausgemusterten und die Verwundeten, die sich, wie auch mein lieber Mann, auf dem Weg der Besserung befinden. Warum wollen Sie jetzt plötzlich diese Gesellschaft haben?«
»Ich weiß nicht. Es ist Hochsommer. Die langen Abende sind so wunderschön. Vielleicht bekommt Hugo ein paar Tage Urlaub. Loburn 'en fête' erscheint ihm vielleicht so unwiderstehlich, daß er einfach kommen muß!«
»Jetzt phantasieren Sie. Na ja, ich denke, wir könnten ein paar Ärzte und Schwestern vom Hospital einladen und dann eben alle, die gerade auf Urlaub sind. Lady Flora hat eine ganze Anzahl alter Freunde, und Julia könnte ihre Jagdfreunde fragen. Dann noch ein oder zwei Obersten im Ruhestand und so weiter. Ich begreife aber immer noch nicht ganz, warum Lionel sich das in den Kopf gesetzt hat. Er hat Gesellschaften nie sehr gemocht, vor allem nicht die von der Jägerball-Sorte.«
»Er möchte auch allerhand vergessen«, murmelte Hetty. »Musik und Tanz – es ist immerhin eine Möglichkeit.«
»Das kann betäubend wirken, ja«, sagte Kitty. »Na gut, in Ordnung. Lady Flora wird sich freuen. Und Julia auch, sie

tanzt ja traumhaft gut. Ich kann mich auch ein bißchen aufputzen. Allerdings werde ich kein neues Kleid kaufen. Sie?«
»Kann sein«, erwiderte Hetty verträumt. Sie hatte noch nie in ihrem Leben an einer Gesellschaft teilgenommen. Kitty wäre sprachlos gewesen, wenn sie ihr das gesagt hätte.
»Doch, ich werde mir ein neues Kleid kaufen«, meinte sie dann entschlossen. »Etwas Besonderes und Wunderschönes. Ich bin in der richtigen Stimmung dafür.«
Kitty sah sie lange an.
»Dann sollten Sie lieber Hugo bitten, daß er zurückkommt.«

»Hetty! Hetty!« rief Julia einige Tage danach. »Der Postbote war gerade da und hat Ihr Kleid mitgebracht! Kann ich hereinkommen?« Und schon stand sie zusammen mit Kitty in der Bibliothek, wo Lionel und Hetty dabei waren, ein besonders brüchiges altes Dokument zu entziffern, dessen verblaßte Schrift an die Äderung eines herbstlichen Blatts erinnerte. Julia hielt ein längliches Paket in den Händen.
»Ist das nicht aufregend! Lord & Taylor, Fifth Avenue! Sie haben uns gar nicht gesagt, daß Sie sich etwas aus New York schicken lassen wollten. Ist es denn etwas ganz Besonderes?«
»Wie seltsam«, flüsterte Hetty. Ihr Mund war wieder ganz ausgedörrt, wie schon so oft in ähnlichen Situationen. »Ich habe gar nichts bestellt.«
»Dann schickt Ihnen das sicherlich Ihre Familie.«
»Ich habe keine Familie außer Onkel Jonas. Und der Tag, an dem er sein trockenes, bloß auf Gelddinge fixiertes Gehirn dafür einsetzt, Frauenkleider auszusuchen...«, schwatzte sie gedankenlos daher, und Lionel betrachtete sie mit erstaunt hochgezogenen Augenbrauen, »... wird wohl nie kommen«, schloß sie kraftlos.
»Warum öffnen Sie es nicht?« sagte Lionel. »Wir sind gespannt, welche Wahl der famose Wall-Street-Kopf getroffen hat.«

»Oh ja, machen Sie es auf«, bat Julia. »Lassen Sie's uns sehen.«
Was erwartete sie in diesem länglichen Paket des Modehauses? Eine Puppe? Eine tote Puppe? Alle halfen, das Papier herunterzureißen, bis die weiße, mit einem blauen Seidenband versehene Schachtel zum Vorschein kam. Ein Brief war beigefügt. Hettys Hände zitterten, als sie ihn öffnete. Er war sauber auf dem Briefpapier von Lord & Taylor getippt, und Hetty las:

Sehr geehrte gnädige Frau,
dem uns von Ihnen erteilten Auftrag gemäß haben wir eine Kopie des Kleids aus grüner Moiréseide anfertigen lassen, das Sie beim Unglück der ›Lusitania‹ verloren und von dem Sie schrieben, daß es eines Ihrer liebsten Kleider gewesen sei. Miss Natalia, die immer für Sie nähte und die die Schnittmuster sowie Ihre Maße aufbewahrt hat, versichert uns, daß es eine genaue Kopie ist. Wir freuen uns, Ihnen das Kleid nun zusenden zu können, und hoffen, daß es wohlbehalten ankommt und Ihnen viel Freude bereitet. Ihrer Bitte entsprechend schicken wir die Rechnung an Ihren Onkel, Mr. Jonas Middleton.

Wir verbleiben
mit den ergebensten Grüßen
Lord & Taylor

Hetty ließ langsam das Blatt sinken.
»Es ist – mein grünes Seidenkleid«, flüsterte sie. Sie gab sich Mühe, möglichst natürlich zu sprechen. »Das Kleid, das ich auf dem letzten Ball an Bord des Schiffes getragen habe.« Sie schauderte unwillkürlich. »Es ist irgendwie unheimlich.«
»Holen Sie es doch aus der Schachtel, damit wir es sehen«, bat Julia. »Soll ich?« Neugierig nestelte sie an dem Band herum. »Wahrscheinlich ist es ein bißchen zerknittert. Aber Effie kann gut bügeln.« Ich auch, dachte Hetty, wobei die Ironie über das Gefühl des Grauens die Oberhand gewann.

Ich kenne jede einzelne Falte dieses Kleids. Wenn es wirklich das gleiche ist? Als Julia die schimmernde Seide ausbreitete, sah sie, daß es das gleiche war. Miss Natalia würde niemals einen Fehler machen. Sie war eine sehr geschickte Schneiderin. Wenn sie das nicht gewesen wäre, wäre Clemency nicht mehr zu ihr gegangen.

»Oh, es ist wunderbar!« hauchte Julia. »Nicht wahr, Kitty?«

»Ich dachte, Hetty interessiere sich nicht mehr für Kleider«, sagte Kitty und sah ihre Schwägerin verwundert an. »Hat ein Mann, der hier im Haus ist, mit dieser Verschönerung zu tun?«

Hetty errötete zornig. Wie konnte sie ihnen nur klarmachen, daß dieses Kleid nicht von ihr bestellt worden war? Wer aber hatte es bestellt? Das war die schreckliche Frage. Wieder schauderte sie. Sie fühlte sich krank. Während sie das über einen Stuhl hingebreitete Kleid anschaute, war ihr, als sei Clemency triumphierend aus den Wellen aufgestiegen.

»Oh, Kitty, Sie sollten mich besser kennen!« protestierte sie. »Es ist wahr, ich wollte mir irgend etwas Ausgefallenes für unsere Einladung kaufen, aber das habe ich noch nicht getan. Ich weiß wirklich nicht, wer das für mich bestellt hat.« Sie strich voller Mißfallen über den Seidenstoff. »Wahrscheinlich war es die Idee einer meiner Freundinnen, Adele, Betty oder Lucy oder ...« Sie preßte die Hände gegen die Wangen. »Sie alle haben damals das Kleid gesehen und wußten, daß es mein allerliebstes war.«

Ja, so mußte es wohl zugegangen sein. Mußte ganz einfach! Irgend jemand hatte es bestellt, der Onkel Jonas' Adresse kannte. Und ihre ebenfalls, Lady Hazzard, Loburn bei Cirencester, Gloucestershire, England. Der Adressenaufkleber war korrekt beschriftet.

Lionel sagte ungezwungen: »Wenn Sie damit Hugo entzükken wollten, dann werden Sie uns doch hoffentlich eine Vorbesichtigung gestatten?«

»Für unsere kleine Gesellschaft!« Hetty hörte Kitty zum er-

sten Mal schnippisch zu Lionel sprechen. »Dafür ist es doch viel zu mondän.«
»Es wird eine wahre Augenweide sein. Tun Sie uns doch den Gefallen!« Lionels Stimme klang gelassen, aber entschieden. Was ihn betraf, war die Unterhaltung beendet.

Später ließ Lady Flora Hetty zu sich bitten. Sie wollte Tee mit ihr trinken.
Hetty war nicht entzückt davon. Sie verstand sich nach wie vor nicht besonders gut mit dieser reservierten, eleganten alten Dame, und sie überlegte, was dieser plötzlichen Aufmerksamkeit zugrunde liegen mochte. Die Ankunft dieses verflixten Kleides? Das damit verknüpfte Rätsel lastete schwer auf Hetty und ließ sie alle möglichen Phantasien ausspinnen. Wer konnte es nur bestellt haben? Sicherlich würde noch ein erklärender Brief folgen. Wenn nicht, würde sie bei Lord & Taylor Erkundigungen einziehen müssen. Aber das würde ziemlich lange dauern, und in der Zwischenzeit würde Effie, unter bewundernden Ausrufen, das Kleid schon in den Schrank gehängt haben, wo es dann nachts rascheln und rauschen würde, wie kleine Meereswellen.
»Kommen Sie herein, meine Liebe!« Lady Flora saß beim Fenster, wie immer in dem Sessel mit der hohen Rückenlehne. Man hatte den Teetisch zu ihr hingeschoben; ihre Hände hielten bereits das feine Porzellan. »Ich glaube, Sie nehmen lieber Zitrone, nicht wahr? Ist es nicht lachhaft, daß es nach einem Jahr immer noch so viele Dinge gibt, die ich von Ihnen nicht weiß? Oder liegt das an meinem schlechten Gedächtnis?«
»Warum wollten Sie mich sprechen, Lady Flora? Führe ich den Haushalt nicht gut?«
»Oh doch, ausgezeichnet sogar! Unerwartet gut. Und Sie sehen auch sehr hübsch aus. Wie tragisch es doch ist, daß Sie und Hugo nichts von diesem ersten Ehejahr hatten. Dieser Krieg ist an so vielem schuld. Aber Sie sind doch den Umständen entsprechend soweit ganz glücklich, oder nicht?«

Hetty antwortete vorsichtig: »Es ist, wie Sie sagen! Ich bin so glücklich, wie man es in dieser Zeit sein kann.«
»Manchmal scheint es mir, als sähen Sie irgendwie gequält aus.«
»Ich fühle mich auch manchmal gequält. So wie Lionel und Hugo sicherlich auch.«
»Ich verstehe das, mein liebes Kind. Deshalb bin ich auch so froh, daß hier auf Loburn bald eine Gesellschaft stattfinden wird. Das wird uns allen guttun. Und wie ich höre, haben Sie ein wundervolles neues Kleid extra aus New York kommen lassen. Was für eine gute Idee! Sie müssen ja ganz verzweifelt gewesen sein, daß Sie Ihre ganze Aussteuer verlorenhaben.«
»Nein, das Gegenteil ist der Fall, Lady Flora, ich möchte nicht daran erinnert werden. Es kommt mir nach einer solchen Tragödie frivol vor. Und deshalb kann ich auch nicht verstehen, daß dieses Kleid geschickt wurde, und ich kann mir nicht vorstellen, wer das getan hat. Aber ich werde es sicherlich herausfinden.«
»Was für ein verwirrendes Rätsel!« Lady Floras große, blaßblaue Augen funkelten ein bißchen, als amüsiere sie sich über irgend etwas. »Natürlich war es jemand, der es gut mit Ihnen meinte.«
»Natürlich«, stimmte Hetty zu, glaubte aber durchaus nicht daran.
»Jemand, der allerdings nicht bedachte, welch schmerzhafte Erinnerungen das Kleid hervorrufen würde«, bemerkte Lady Flora.
Onkel Jonas? Die Haushälterin, Mrs. Crampton, die sich einst bei ihr, ohne es zu wissen, nach ihr selbst erkundigt hatte? Miss Natalia? Schließlich war diese kleine Frau mit Wespentaille und zusammengekniffenen Lippen etliche Male zu Anproben ins Haus gekommen und hatte sich sehr mit Clemencys romantischer Zukunft beschäftigt.
Nein, es mußte jemand sein, der enger mit ihr in Verbindung stand.
Aber nicht Clemency! Es konnte doch unmöglich Clemen-

cy sein, die damit versuchte, auf makabre Weise Rache zu nehmen!
»Ich kann verstehen«, sagte Lady Flora mit ihrer klaren, strengen Stimme, »daß es die Erinnerung an das Unglück zurückbringt. Aber Sie müssen das allmählich überwinden. Die Leute haben Sie bis jetzt im Dorf und in der Kirche immer nur als unscheinbare graue Maus gesehen, wenn ich das so ausdrücken darf. Sie haben sich viel zu sehr zurückgezogen. Warum wollen Sie nicht wenigstens einmal wie eine wirkliche reiche Erbin aussehen?«
»Ich würde höchstens wie ein eitler Pfau aussehen, und das paßt schlecht zu diesen Zeiten«, sagte Hetty eigensinnig.
»Nein, das stimmt nicht. Sie würden nur aussehen wie das Mädchen, von dem Hugo so viel erzählt hat, als er aus New York zurückkam. Sie haben uns noch kein bißchen von ihr gezeigt.«
»Das klingt ja, als hielten Sie mich für eine Betrügerin«, platzte Hetty gedankenlos heraus.
»Unsinn! Wie kommen Sie nur auf so einen Gedanken! Was ich sagen wollte ist, daß Sie wirklich nur ein Schatten dieses Mädchens sind. Aber wie sollte es auch anders sein, wo Sie doch Ihr Baby verloren haben und Hugo ständig fort ist und Sie immerzu auf Nachricht von ihm warten. Mein armes Kind, es ist eine sehr traurige Zeit. Möchten Sie noch Tee?«
Diese schönen klaren Augen konnten sicher nur deshalb so vollkommen unschuldig schauen, weil sie es auch waren.

Hugo schrieb:
Ich wünsche, ich könnte zu Hause sein, wenn die Gesellschaft stattfindet, aber aus allerhand Gründen, die ich nicht darlegen kann, sieht es im Moment schlecht aus mit Urlaub. Obwohl ich wirklich überreif dafür bin. Wie ich höre, hast Du ein tolles Kleid aus New York bekommen. Es ist auch langsam an der Zeit, daß die Yanks uns etwas für unsere Kriegsanstrengungen schicken, aber ich will nicht, daß Du es an invalide Offiziere vergeudest, die auf Urlaub daheim sind. Wie etwa mein Bruder Lionel. Ich habe erfahren, daß

ihr beide viele Gemeinsamkeiten entdeckt habt. Aber das neue Kleid war hoffentlich für mich gedacht.

»Ja, es war für dich gedacht«, sagte Hetty in dem ruhigen Schlafzimmer laut vor sich hin. »Mehr als du je ahnen wirst. Aber ich hasse es, ich hasse es und habe einen verrückten Verdacht, der aber hoffentlich ganz unbegründet ist. Komm nach Hause, Hugo! Ich brauche dich wirklich sehr…«
Sie nahm allmählich die Gewohnheit an, Selbstgespräche zu führen. Eine gefährliche Gewohnheit! Eines Tages könnte vielleicht irgend jemand zuhören…

Dann traf Onkel Jonas' Brief ein, und Hetty riß ihn hastig auf. Jetzt würde sie wohl eine Antwort auf dieses Rätsel erhalten.
Dem war aber nicht so. Onkel Jonas schrieb:

Ich habe eine ziemlich große Rechnung von Lord & Taylor erhalten für ein Kleid, das du dort bestellt hast. Ich habe es natürlich bezahlt, bin aber erstaunt, wie teuer Damenkleider sind. Aber schließlich ist es Dein eigenes Geld, und so möchte ich es dabei bewenden lassen, Dich vor zu großen Extravaganzen zu warnen. Niemand weiß, wie die allgemeine Wirtschaftslage am Ende dieses Krieges aussehen wird. Ein Börsenkrach kommt oft über Nacht. Laß also nicht Deinem Gatten und dessen Familie gegenüber den Eindruck entstehen, Dein Vermögen sei ein Faß ohne Boden.

Und das war zu Hettys Kummer alles, was er zu der Angelegenheit zu sagen hatte.

13

Wortlos überreichte Lionel Hetty ein vor Alter bräunliches Blatt Papier, dessen Ränder leicht nach innen eingerollt waren.
Mit Mühe gelang es Hetty, die verblaßte Handschrift zu entziffern.

Liebster Gemahl!
(Ach! Möge mir diese vertraute Anrede noch verstattet seyn...) Mit bangem Herzen greife ich zur Feder. Schon jetzt erflehe ich für alles Folgende demüthigst Eure Verzeihung, der theilhaftig zu werden ich mich gleichwohl nicht würdig fühle. – Atemlos überflog Hetty die nächsten Sätze, die im Grunde bloß Varianten des Anfangs darstellten. Die Schreiberin des Briefs zögerte sichtlich, zum Wesentlichen zu kommen. Dann jedoch kamen plötzlich die Zeilen: *Niemals wollte ich Euch hintergehen, aber Ihr waret so lange Zeit fortgewesen! Und da hat Eure Frau Mutter jene unglückselige Masquerade arrangiret, um uns alle ein bißchen zu divertiren. Es war der Abend vor Johanni, die Luft war voll linder, betäubender Düfte, und der Mond schien sehr hell. Da wurden mir für einen Augenblik die Sinne ganz verwirret, und ich Elende vergaß alles, was heilig zu halten ich einst gelobet hatte! Oh, liebster Gemahl, ich war so lange Zeit allein gewesen! Nun gehe ich schwanger...*

»Jakobina!« rief Hetty aus.
Lionel nickte. »Datiert vom Jahre 1720, wenn ich die Zahlen richtig entziffere. Das Jahr, in dem Georg I. den Thron bestieg. Das Todesjahr der Königin Anne und auch das Todesjahr Jakobinas. Ja, das muß sie geschrieben haben.«
»Und niemand weiß, was mit ihr geschah, nachdem ihr Gatte diesen Brief erhalten hatte?«
»Man weiß nur, daß ihr Baby bei der Geburt starb und daß Jakobina selbst kurze Zeit später unter mysteriösen Um-

ständen ums Leben kam. Vielleicht infolge einer zu harten Bestrafung. Natürlich wurde der Skandal von der Familie vertuscht.«

»Aber ihr Porträt wurde aufbewahrt.«

»Es wurde nicht zerstört, aber ich nehme an, daß es für ein, zwei Jahrhunderte auf den Dachboden verbannt war. Bis jemand, der genauso romantisch war wie Sie, es wieder ans Tageslicht brachte und unbedingt daran glauben wollte, daß Jakobina eben keine Ehebrecherin, sondern nur leidenschaftlich und leichtsinnig gewesen ist.«

»Und warmherzig und zärtlich und einsam. Zudem wurde sie von ihrem Gatten vernachlässigt. Ich finde, daß dieses eine Mal verzeihbar gewesen wäre.«

»Ich nehme an, daß das damals genauso gehandhabt wurde wie heute. Trifft diese Beschreibung, die Sie da eben gegeben haben, zufällig auf Sie selber zu?«

»In gewisser Hinsicht, ja.«

»Warmherzig und zärtlich?«

»Ich hoffe es.«

»Nun ja, es stimmt. Und noch manches andere, das Sie aus Bescheidenheit nicht genannt haben: charmant, geistreich und unterhaltend, solange kein geheimer Kummer Sie bedrückt.«

»Geheimer Kummer?«

»Sie sind zusammengezuckt, als ich das sagte. Weshalb fühlen Sie sich schuldig, Hetty?«

»Jedenfalls nicht, weil ich schwanger wäre wie Jakobina«, sagte Hetty scharf.

»Weshalb dann?«

Sie mußte sich rasch eine Antwort ausdenken. »Vielleicht, weil ich die Herrin dieses wunderschönen Hauses bin und noch kaum Gelegenheit hatte, meinen Mann richtig kennenzulernen. Irgendwie kommt mir das wie Betrug vor.«

»Und vielleicht auch, weil man Sie bis jetzt nicht besonders nett behandelt hat«, sagte Lionel. »Jedenfalls meine Mutter nicht. Sie gibt Ihnen das Gefühl, eine Außenseiterin zu sein, nicht wahr?«

»Ein bißchen. Aber ich setze mich schon zur Wehr.«

»Sie müssen Engländerinnen wie sie verstehen. Sie sind kühl und reserviert und steif, aber unter dieser Oberfläche ziemlich leidenschaftlich. Wenn meine Mutter sich dazu entschließt, Sie zu akzeptieren, dann wird sie es aus vollem Herzen tun. Also, wehren Sie sich nur weiter!«

»Ach Lionel, wie freundlich Sie sind! Wenn Kitty und der liebe kleine Freddie nicht gewesen wären, und jetzt Sie, dann...«

»Dann?«

Er erwartete die Antwort, daß sie dann gleich wieder heimgefahren wäre. Aber er ahnte ja nichts davon, daß sie das niemals hätte tun können.

»Oh, ich hätte schon durchgehalten. Meine Mutter hat mir beigebracht, wie man Herausforderungen begegnet.«

Lionel lächelte.

»Ich fange allmählich an, die Amerikaner zu bewundern. Ich bin sehr froh, daß Sie hier sind, Hetty.« Er berührte ihre Hand. Es war nur eine ganz kleine Geste, aber Hetty wurde von einem heißen Schauer überlaufen, wie sie es in der Form bei Hugo nie erlebt hatte.

Sie sagte: »Ich glaube, ich lese lieber noch einmal Jakobinas Brief. Er könnte heilsam sein.«

Etwas flackerte in seinen Augen auf. »Wir leben in einer schlimmen und unsicheren Zeit. Und wer weiß, wie lange wir noch leben. Der gesunde Menschenverstand sagt einem, daß man so glücklich leben sollte, wie es nur geht.«

Nein, nicht der gesunde Menschenverstand sagte einem das. Es hatte überhaupt nichts mit Verstand zu tun. Verliebt zu sein würde eine neue, verwirrende Erfahrung für sie sein, aber sie durfte es einfach nicht zulassen, daß das geschah. Es würde eine böse Geschichte werden. Hetty nahm sich vor, sich ab jetzt zu mehr Selbstbeherrschung zu zwingen. Das begann damit, daß sie nicht mehr soviel Zeit in Lionels Gesellschaft verbringen durfte und daß sie sich ständig bewußt sein mußte, die reiche, vornehme Herrin dieses Hauses und möglicherweise Mutter eines Erben zu sein. Das genügte

doch. Man durfte das alles nicht durch eine verbotene Liebesaffäre gefährden.
Aber sie konnte sich nicht vorstellen, wie sie ihre nächste Zerreißprobe ohne Lionels Beistand bewältigt haben würde.
Sie hatte einen Brief der amerikanischen Botschaft in London erhalten. Das Rätsel um das Kleid von Lord & Taylor, noch immer nicht gelöst, war schlimm genug gewesen; dies jedoch war noch viel, viel schlimmer.
Man bat sie nämlich in dem Brief darum, eine junge Frau zu identifizieren, die mit großer Wahrscheinlichkeit eine Passagierin der ›Lusitania‹ gewesen sei. Ein altes irisches Torfstecher-Ehepaar, das einige Meilen von Kinsale entfernt in einer einsamen Hütte lebte, hatte die junge Frau halb tot aus dem Wasser gefischt und bei sich beherbergt. Die Frau litt an einem völligen Verlust des Gedächtnisses.
Es waren einfache Bauern, die vom ›Lusitania‹-Unglück nichts gelesen oder gehört hatten. Die ganze Zeit hatten sie darauf gewartet, daß die junge Dame ihr Gedächtnis zurückgewinnen würde und ihnen sagen würde, wie sie hieß. Die Frau hatte sie gepflegt und sie liebgewonnen. Es war ein einsames altes Ehepaar. Die junge Dame verrichtete in der kleine Hütte leichte Arbeiten; sie konnte sich auch nach der langen Zeit nicht daran erinnern, wer sie war oder woher sie gekommen war. Dann kam ein Neffe der beiden Alten aus Dublin zu Besuch und sagte ihnen, daß sie sofort die Behörden informieren müßten, da ja möglicherweise jemand nach der unglücklichen jungen Frau suchte und schon soviel Zeit vergangen war. So begab sich der alte Mann widerstrebend mit einem Eselskarren auf die lange Reise nach Kinsale und erzählte dort seine Geschichte.

In dem Brief der amerikanischen Botschaft an Hetty stand folgendes:
Es gibt immer noch eine kleine Anzahl Überlebender, die noch nicht identifiziert sind. Wir halten es für möglich, daß es sich bei dieser jungen Frau um Ihre für verschollen gegol-

tene Zofe handelt, die in der Passagierliste unter dem Namen Harriet Brown aufgeführt und zweiundzwanzig Jahre alt ist. Die junge Dame ist nach London gebracht worden, und die Frau eines unserer Angestellten, Mrs. Pamela Brough, sorgt sehr freundlich für sie. Würde es Ihnen zuviel Mühe bereiten, Lady Hazzard, nach London zu kommen und sich diese junge Person anzuschauen? Mit Bestimmtheit würde es ihre Familie sehr trösten, wenn sie sie am Leben wüßte, wenn auch in diesem traurigen Zustand. Und ich bin sicher, daß es auch für Sie eine Erleichterung wäre, falls es sich zufällig um Ihre vermißte Zofe handeln sollte.

Hetty zitterte am ganzen Körper. Nun erschienen ihr ihre Phantasien, in denen sie Clemency in der Kirche hatte sitzen oder zum Schlafzimmerfenster hereinschauen sehen, vergleichsweis harmlos. Dies hier war die tatsächliche Konfrontation. Clemency war am Leben, wenn auch ohne Erinnerungsvermögen.
Ob der Anblick von Hettys Gesicht eine Erinnerung hervorrufen würde? War dies dann das Ende all dessen, was sie schon so liebgewonnen hatte? Sie konnte es nicht ertragen. Lieber wollte sie in den dunklen Teich hinter der Eibenallee springen. Es wäre eine Art ironischer Gerechtigkeit, wenn sie schließlich doch noch durch Ertrinken starb. Sie konnte jener anderen unglückseligen Frau Gesellschaft leisten, die vielleicht auf dieselbe Weise ihrem Leben ein Ende gemacht hatte. Auch sie würde dann als Geist in den Garten zurückkommen; ein leises Rascheln von Seidenröcken an einem Sommerabend...
»Hetty, haben Sie schlechte Nachrichten erhalten?« unterbrach Julia ihre Gedanken; die stets aufmerksame Julia. »Sie sehen ja leichenblaß aus!« Dann fuhr sie fort, diesmal an die anderen gewandt, die um den Tisch saßen: »Die arme Hetty! So selten kriegt sie Briefe, und alle scheinen ihr einen Schrecken einzujagen.«
Eine plötzlich aufsteigende Wut über Julias Neugier und Bosheit milderte Hettys Entsetzen. Die Farbe kehrte wie-

der in ihr Gesicht zurück, und sie war imstande, mit verzweifelter Stimme zu sagen: »Es ist immer noch nicht zu Ende.«

»Was ist noch nicht zu Ende?« fragte Lady Flora freundlich. »Bitte verzeihen Sie unsere Neugier, Hetty! Wir wissen, daß der Brief nicht von der Front kommt, weil er in einem sehr vornehmen Briefumschlag steckte. Nicht von der Art, wie sie beim Militär verwendet werden.«

»Er war vom dritten Sekretär der amerikanischen Botschaft in London, Lady Flora. Und als ich sagte, es sei immer noch nicht zu Ende, da meinte ich das ›Lusitania‹-Unglück. In diesem Brief wird mir mitgeteilt, daß es eine Überlebende gibt, die eventuell meine Zofe Brown sein könnte. Man bittet mich zu kommen und sie zu identifizieren.«

»Eine Leiche!« rief Kitty aus.

»Nein, nein, sie lebt, aber sie hat das Gedächtnis verloren. Man hat sie nach dem Unglück in einer irischen Hütte irgendwo in den Bergen gesundgepflegt. Sie ist erst jetzt aufgetaucht.«

»Sie müssen also nach Irland reisen?« fragte Lady Flora.

»Oh nein, so kompliziert ist das nicht. Man hat sie nach London gebracht, und ich nehme an, man wird sie nach Amerika zurückschicken – ich meine, wenn sie nicht identifiziert werden kann.«

»Und wenn doch?« fragte Lionel interessiert.

»Nun, dann...« Hetty hielt einen Moment lang die Luft an, als müsse sie gleich ins kalte Wasser springen, »dann werde ich sie hierherbringen. Sie kann doch irgendwo hier in dem großen Haus leben, ohne jemanden zu stören, nicht wahr? Wie wäre es mit dem Grauen Zimmer? Damals, als ich hier ankam, sagten Sie alle, daß sei mit seiner herrlichen Ruhe genau das Richtige für jemanden, der unter Schock steht.«

Es herrschte ein kurzes, betretenes Schweigen, bis schließlich Julia die unvermeidliche Frage stellte: »Und wenn sie ihr Gedächtnis wiederfindet?«

Dann muß ich sie erwürgen oder ertränken, dachte Hetty. Die schrecklichen Worte hallten in ihrem Kopf nach.

Trotzdem konnte sie relativ gelassen antworten: »In diesem Fall müßte man ihr eine Anstellung geben, aber ich würde Effie versichern, daß sie trotzdem bleiben kann.«
»Wie unerwartet das kommt.« Lady Floras Gesicht, das sonst immer ziemlich teilnahmslos aussah, wirkte jetzt auf einmal wach, als sei das Leben plötzlich interessanter geworden. »Es wird zwar sehr aufreibend für Sie sein, Hetty, aber Sie müssen sich das arme Mädchen unbedingt ansehen. Wann wollen Sie fahren?«
»Morgen. Ich werde die Botschaft heute noch verständigen.«
»Ich begleite Sie«, sagte Lionel.
Kitty fuhr auf. »Sei nicht albern, Lionel. Du bist ja noch gar nicht gesund!«
»Hetty kann da nicht allein hingehen.«
»Warum denn nicht, um alles in der Welt? Sie muß ja nicht ins Leichenschauhaus.«
Lionel schaute seine Frau höflich und kühl an. »Ach komm, Liebling, wir Hazzards sind nicht so unfreundlich wie du. Nicht wahr, Mutter?«
»Vielleicht. Aber ich meine, du solltest Kittys Wunsch doch respektieren, Lionel. Sie macht sich Sorgen um deine Gesundheit.«
»Ach du meine Güte!« rief jetzt plötzlich Julia. »Das sind ja schöne Aussichten: wir kriegen ein halb verblödetes Mädchen ins Haus, und Lionel kriegt einen Rückfall.«
Da explodierte etwas in Hetty. Sie schob geräuschvoll ihren Stuhl zurück und stand auf.
»Seid endlich still, alle! Ich werde das so machen, wie ich es für richtig halte, und brauche niemanden, der meine Hand hält. Ich nehme morgen früh den ersten Zug. Pimm kann mich zum Bahnhof bringen. Ich bin alt genug, um zu wissen, wie man ein Taxi ruft, und ich werde mich auch mit meinem komischen Amerikanisch verständlich machen können!«
Ihr Gesicht hatte sich gerötet; sie war in aggressiver Stimmung. Sie flüchtete sich in diese Wut, um ihre heftige Angst

zu verbergen und ihren Schmerz darüber, daß Kitty es für nötig gehalten hatte, in die Rolle der Frau zu schlüpfen, die ihren Mann ganz für sich allein haben möchte.
»Bravo!« murmelte Lionel, und Lady Flora sagte beschwichtigend: »Es gibt keinen Grund, hysterisch zu werden, liebe Hetty. Wir wissen doch alle, wie sehr der Schiffbruch Sie immer noch belastet. Sie sollten etwas mehr wie Katharine Eversleigh sein, die so vernünftig und praktisch veranlagt ist. Aber wäre es nicht herrlich, wenn diese fremde Frau wirklich Ihre vermißte Zofe wäre?«

Der Zug dampfte langsam aus dem kleinen Bahnhof hinaus. Pimm, der auf dem Bahnsteig stand, grüßte noch einmal respektvoll und ging dann weg. Hetty sank auf einen Sitz und erlaubte sich nach diesen vierundzwanzig schrecklichen Stunden, die hinter ihr lagen, zum ersten Mal, zu zittern und ein bißchen zu weinen. Dies war aber keine Situation, in der einem Tränen Erleichterung brachten. Es war eine überwältigende, nervenzerreißende, bedrohliche Situation.
Sie würde Clemency anschauen, und Clemency würde sie anschauen.
Clemencys Blick würde vielleicht leer und stumpf sein, aber irgend etwas würde sich darin regen, etwas wie ein Vorwurf, eine Anklage vielleicht.
Eines war sicher: sie würde niemals eine schwachsinnige Clemency nach Loburn mitnehmen, damit sie dort in dem kleinen Zimmer wie eine nicht entschärfte Bombe dahinlebte. Sie mußte sich etwas anderes ausdenken, etwas Humanes und Gütiges, aber auch Endgültiges.
Die Abteiltür öffnete sich. Vor ihr stand Lionel. »Ich bin schließlich doch noch gekommen«, sagte er schlicht. »Ich will nicht, daß Sie sich in London verirren. Es ist eine große Stadt. Außerdem wollte ich gerne kommen. Ich dachte, wir könnten uns, wenn Sie diese Begegnung hinter sich gebracht haben, alle die historischen Plätze anschauen, die die Amerikaner sehen wollen, wenn sie London besuchen.

Oder ich könnte Ihnen auch, weil ich ein Egoist bin, meine Lieblingsplätze zeigen.«
Hettys Tränen waren sofort versiegt.
»Lionel! Was wird Kitty dazu sagen?«
»Wissen Sie was, liebe Schwägerin? Ich habe es allmählich satt, immer als Invalide behandelt zu werden. Es ist furchtbar langweilig. Und Kitty hat wirklich einen Pflegetick. Ganz bestimmt.«
»Sie will ja nur, daß Sie zu Hause in Sicherheit bleiben.«
»Paßt das für einen Mann?«
Wieder durchströmte Hetty jenes allzu seltene Glücksgefühl. Gleich würde es wieder vorbei sein. Vor allem, wenn sie daran dachte, wie schwierig es sein würde, über Clemencys Schicksal zu entscheiden, wenn Lionel aufmerksam danebenstand.
Sie sagte also nichts, entspannte sich aber ein wenig, indem sie sich zurücklehnte. Kurz darauf kam er herüber und setzte sich neben sie. Dann nahm er ihre Hand. Sie wußte, daß sie das nicht zulassen dürfte, zog sie aber nicht zurück.
»Sie haben Angst«, sagte Lionel. »Ihre Hand ist ganz kalt. Geben Sie mir die andere auch noch, dann wärme ich sie beide.«

Natürlich wurde Lionel in der amerikanischen Botschaft fälschlicherweise für Hettys Mann gehalten. Hetty machte einen schwachen Versuch, es richtigzustellen, dann aber fand sie, daß dieses Spiel gefährlich viel Spaß machte. Mit Befriedigung stellte sie fest, daß auch Lionel es zu genießen schien. Er suchte ihren Blick, schüttelte den Kopf und widersprach nicht, als man ihn mit ›Lord Hazzard‹ anredete.
Weniger amüsant wurde es dann in dem Haus in Chelsea. Es handelte sich um ein hübsches Haus mit Lorbeerbäumen links und rechts vor der Eingangstür, die mit einem glänzenden Bronzetürklopfer versehen war.
Wieder überliefen Hetty Kälteschauer. Sie krampfte ihre Hände ineinander, um deren Zittern zu verbergen.
»Lionel, ich glaube, es wäre das beste, wenn ich das Mäd-

chen allein anschauen würde. Vielleicht ist sie nervös. Ich könnte mir denken, daß ein Mann, noch dazu einer, der ihr ganz fremd ist...«

»...sie zu Tode erschrecken könnte«, sagte Lionel ernsthaft.

»Machen Sie sich ja nicht über mich lustig!«

»Hetty! Hetty! Geben Sie mir Ihre Hand und hören Sie auf zu zittern.« Die Tür öffnete sich, und ein hübsch gekleidetes Dienstmädchen stand vor ihnen.

»Lord und Lady Hazzard, nehme ich an? Bitte kommen Sie doch herein. Sie werden bereits erwartet.«

Eine Blondine, die Hetty unangenehm an Clemencys New Yorker Freundinnen erinnerte, chic, gepflegt und lebhaft, eilte auf sie zu und begrüßte sie.

»Bitte treten Sie ein, Lady Hazzard, Lord Hazzard.« Sie führte sie in einen entzückenden kleinen Salon. »Möchten Sie Kaffee, Schokolade oder etwas Stärkeres, bevor Sie nach oben gehen?«

Mit heiserer, rauher Stimme, die überhaupt nicht mehr wie ihre eigene klang, sagte Hetty: »Ich würde lieber gleich hinaufgehen, wenn Sie gestatten. Immerhin hat das arme Ding ja über ein Jahr gewartet.«

»Ich glaube nicht, daß sie das weiß, Lady Hazzard. Aber es wäre möglich, daß Ihr Anblick eine Erinnerung bei ihr auslöst. Darauf hoffen wir alle. Ich führe Sie also jetzt hinauf, ja? Lord Hazzard...«

»Er wird hier warten. Er hat – meine Zofe nie gekannt.«

Das Mädchen saß in einem kleinen Zimmer an einem Fenster, das auf den Garten hinausging. Es schien, als werde ihre ganze Aufmerksamkeit immer von dem gefesselt, was sie gerade sah; blühende Rosen, eine Amsel, graue Londoner Tauben auf dem Nachbardach. Sie war schlank, dunkelhaarig, anmutig. Erst als die Amerikanerin ziemlich laut sprach, wandte sie den Kopf.

»Harriet! Harriet! Es ist Besuch für Sie da!«

Langsam, langsam wandte das Mädchen den Kopf. Hetty tastete unwillkürlich nach etwas, an dem sie sich festhalten konnte. Der Raum verschwamm ihr vor den Augen.

Das sonnengebräunte, sommersprossige Gesicht mit der Himmelfahrtsnase und den länglichen blauen Augen gehörte nicht Clemency. Es war früher wohl keck und fröhlich gewesen, dieses kleine, verstörte Gesicht. Aber es war nicht Clemencys Gesicht.

Hetty konnte also den Kopf schütteln und, glücklich über ihre Rettung, tief aufatmen.

»Sie ähnelt ihr nicht im geringsten. Es tut mir leid. All Ihre Mühe war umsonst.«

»All Ihre Mühe, Lady Hazzard. Sie sind umsonst hierhergefahren. Aber wir dachten, daß wir jede Möglichkeit versuchen sollten.»

»Hätte ich mit ihr sprechen sollen?«

»Sie würde Sie nicht verstehen.«

»Ich denke, sie hat nur das Gedächtnis verloren?»

»Nein, viel schlimmer als das. Sie ist wie ein Kind. Vielleicht war sie schon immer so, wer weiß. Nun, ich nehme an, daß man sie in die Vereinigten Staaten zurückschicken und dort für sie sorgen wird. Vielleicht taucht eines Tages jemand auf, der sie kennt. Ist dieser Krieg nicht furchtbar?«

Die lebhafte hübsche Frau, frisch wie ein Frühlingsmorgen – Hetty hatte schon ihren Namen vergessen, denn sie wollte diese ganze Episode möglichst schnell wieder aus ihrem Gedächtnis ausradieren –, führte sie die Treppe hinunter.

Lionel sah sie fragend an. Hetty schüttelte den Kopf.

»Eine Frau, die mir vollkommen fremd ist. Armes Geschöpf! Wir können nichts für sie tun.«

»Sie sind vergeblich hergereist, Lord Hazzard.«

»Nein, nicht vergeblich, Mrs. Brough.« Er erinnerte sich also an den Namen der Frau. Er hatte viel mehr Übung im Umgang mit Menschen als Hetty. »Wir haben noch andere Dinge zu erledigen. Also, gehen wir, Liebling?«

Hetty murmelte: »Es tut mir so leid um das arme Kind. Da erkennt man erst, wie gut man es selber hat.«

Sie hängte sich bei Lionel ein. Sie wollte rasch gehen, bevor die Amerikanerin die ungeheure Erleichterung in Ihrem Gesicht bemerkte. Auf der Straße aber brach diese Erleich-

terung aus ihr heraus. Sie machte einen kleinen Freudensprung und rief aus vollem Herzen:
»Gott sei Dank ist das vorüber! Was für ein herrlicher Tag das heute ist! Was werden wir machen? Schlagen Sie etwas vor, Lionel. Könnten wir zum Fluß gehen? Kann man trotz des Krieges noch Bootsausflüge machen? Es muß doch immer noch etwas für Soldaten und ihre Freundinnen geben, nicht wahr!« Sie errötete verlegen. »Ich meinte das nicht auf uns bezogen.«
»Schade«, sagte Lionel. »Natürlich können wir auf dem Fluß Boot fahren. Wir können von hier aus zu einem der Landungsstege laufen.« Er schaute sie neugierig an. »Was sind Sie doch für ein komisches Mädchen! Vor einer halben Stunde zitterten Sie vor Furcht, und jetzt hüpfen Sie herum wie ein Kind. Wurden Sie in dem Zimmer da oben von irgendeinem Alptraum erlöst?«
Hetty senkte den Kopf. Sie fing an, die Pflastersteine zu zählen, ein alter Trick, um innerlich ruhig zu werden.
»Ich glaube, ja. Alles, was mit der ›Lusitania‹ zusammenhängt, läßt mich erschauern. Das wird immer so bleiben.«
»Ich kann das verstehen. Aber ich verstehe nicht, daß Sie erleichtert schienen, als sich dieses arme Ding nicht als Ihre Zofe entpuppte.«
»Nein, darüber war ich überhaupt nicht erleichtert, Lionel, sondern nur darüber, daß diese quälende Begegnung vorüber war. Oh Gott, ich will nie mehr an diese schreckliche Zeit erinnert werden.« Einen Moment lang wurde sie wieder melancholisch. »Aber es wird immer wieder passieren. Wahrscheinlich mein ganzes Leben lang.«
Die Sonne schien ihr warm ins Gesicht, das Grauen verblaßte. Sie fühlte, daß das Leben schön war.
»Lionel, kommen Sie, wir machen uns einen herrlichen Tag!«
»Wenn Sie weiterhin so aussehen, dann wird es ein sehr idyllischer Tag. Was für ein seltsames Wesen Sie sind. Immer fallen Sie aus fröhlichen Stimmungen in dunkle und umgekehrt.«

»Ist das nicht bei allen Menschen so?«
»Bei niemandem so ausgeprägt wie bei Ihnen.«
Sie nahmen ein Boot, das eben abfahren wollte und Putney, Richmond und Teddington anlief. Es war nur halb voll: Frauen mit Kindern, ein paar sehr junge Soldaten mit ihren Mädchen. Lionel führte Hetty zum Bug, wo Plätze frei waren. Er sagte, er sei noch nie mit einem solchen Boot die Themse hinuntergefahren, und er wundere sich, was für hübsche Vergnügen es für Touristen gäbe.
»Warten Sie nur, bis ich Ihnen den New Yorker Hafen zeige«, sagte Hetty und war dann erstaunt darüber, daß sie so etwas sagte, als hätten Lionel und sie noch viel längere Reisen vor als diese heutige...
»Haben Sie ihn Hugo gezeigt?«
»Nein. Ich glaube nicht, daß ihn das interessiert hätte. Außerdem hatten wir nicht viel Zeit in New York.«
«Ich weiß. Sie haben einen Fremden geheiratet. Sie sagten es mir schon.«
»Nein, das ist nicht richtig. Er war kein Fremder für mich. Und er sah so gut aus. Alle meine Freundinnen waren neidisch, das kann ich Ihnen sagen.«
»Hetty, Sie plappern wieder.«
»Sie stellen ja auch dauernd Fragen.«
»Warum glauben Sie, daß es Hugo nicht interessiert hätte, den New Yorker Hafen anzuschauen? Und daß es mich interessieren würde?«
«Nun – Hugo hätte einem Hafenboot ein Pferd vorgezogen. Und Sie hätten sich für das Boot entschieden.«
»Sie machen sich über mich lustig.«
»Es bleibt mir nichts anderes übrig, wenn ich nicht böse werden will. Warum nörgeln Sie dauernd daran herum, daß ich Hugo geheiratet habe? Frage ich denn Sie, warum Sie Kitty geheiratet haben?«
»Möchten Sie es wissen?«
Er schaute sie plötzlich so direkt und herausfordernd an, daß sie errötete und, nervös geworden, rasch zur Seite schaute. »Es tut mir leid, Lionel. Es geht mich nichts an.«

Er strich leicht mit den Fingern über ihr Handgelenk.
»Nein, es geht Sie nichts an. Und mich geht es nichts an, warum Sie Hugo geheiratet haben.« Er schlang den Arm um ihre Taille. »Lehnen Sie sich an mich. Tun Sie so, als seien Sie mein Mädchen, wenigstens heute.«
Sie tat, was er sagte, lehnte ihr Gesicht an seine Schulter und schloß die Augen. Wenn sie für diesen einen Tag sein Mädchen war, dann mußte dieser Tag so werden, daß sie lang daran zurückdenken konnten. Hugo, Loburn, der Erbe, das waren Dinge, die dem Gestern und dem Morgen angehörten. Heute jedoch war sie in die Sonne, in das durchsichtige grüne Wasser und die darauf schwimmenden Schwäne verliebt. Und in Lionel mit seinem freundlichen, nachdenklichen Gesicht, das so gut in eines der Gemälde passen würde, die in der Bildergalerie auf Loburn hingen. Wenn Hugo in Frankreich fallen würde, wäre Lionel der elfte Baron, der Loburn erbte. Was dann? Dieser Gedanke beschäftigte Hetty wieder und wieder. Würde sie letzten Endes doch die Verliererin sein? Oder könnte sie Lionel dazu bringen, Kitty und Freddie zu verlassen? Sie war jetzt so tief in den ganzen Betrug verstrickt, daß ihr selbst dies als kein besonders großes Hindernis erschien. Loburn mußte um jeden Preis weiterhin ihr gehören; es war wie etwas, das sie vor dem Untergang bewahrte. Sie hatte sich nicht so tief in Täuschung und Lüge verstrickt, um dann am Ende mit nichts dazustehen.
Wie sie so in Gedanken versunken dasaß, überlief sie plötzlich ein heftiger Schauer.
»Was ist los? Sie frieren doch nicht etwa?«
»Ein bißchen. Nur ein bißchen.«
»Dann halte ich Sie fester.«
Da verblaßten alle Probleme, der Friede kehrte zurück.
Auf dem Heimweg, kurz bevor es dunkel wurde, war es jedoch Lionel, der zitterte, nicht vor Kälte, sondern weil er Fieber hatte. Kitty war sehr zornig.
»Wie konnten Sie nur so dumm sein, Hetty! Wie konnten Sie bloß zulassen, daß er nach London fuhr!«

»Sie hat k-keine Schuld. Ich bin ihr nachgek-kommen, ohne daß sie es wußte.« Lionels Zähne schlugen aufeinander, er war kurz davor, zusammenzubrechen. Die Fahrt im Zug war schrecklich gewesen, plötzlich hatte ihn die Krankheit wieder gepackt.

»Du mußt verrückt gewesen sein! Du bist immer noch nicht gesund. Vertue ich denn meine Zeit damit, dich hochzupäppeln, nur damit du dann solche Dummheiten machst? Jetzt legst du dich sofort hin! Ich bringe dich nach oben.«

»T-tut mir leid«, sagte Lionel, ohne jemand Bestimmten zu meinen, und dann wurde er von Kittys starkem Arm weggeführt.

Hetty war fast ebenso müde wie Lionel. Die Gemütsbewegungen dieses Tages hatten sie erschöpft. Sie war nicht in der Stimmung, Julias Fragen zu beantworten.

»Nun, Hetty, erzählen Sie doch mal. Was war mit dem Mädchen? Haben Sie sie erkannt?«

»Nein.«

»Sie könnte sich ja vielleicht ein wenig verändert haben in der Zwischenzeit?«

»Sie war niemand, den ich kenne, und ganz sicher nicht meine Zofe!«

«Wie traurig«, sagte Lady Flora. »Hat sie mit Ihnen gesprochen?«

»Nein. Sie war wie ein Kind. Oder blödsinning, falls Sie diese Bezeichnung bevorzugen.«

»Es besteht kein Anlaß für diesen barschen Ton, liebe Hetty.«

»Verzeihung! Es war sehr erschütternd. Aber ich kann nicht darüber weinen.«

»Aber warum seid ihr so spät heimgekommen?« wollte Julia wissen. »Bestimmt hat es doch nicht so lange gedauert mit dem Mädchen?«

»Nein. Wir sind auf der Themse Boot gefahren. Wir dachten, es wäre nett, den Rest des Tages so zu verbringen.« Hetty schaute Julia ruhig an. »Ihr habt mir alle ständig gesagt, ich solle nach London gehen und etwas unternehmen.

Ich habe Lionel nicht aufgefordert mitzukommen. Aber er tat es trotzdem, und es hat mir gefallen. Ihm gefiel es auch, bis es eben ein bißchen zu viel für ihn wurde. – Wenn Sie mich jetzt entschuldigen wollen, würde ich gerne zu Bett gehen.«

Als sie erwachte, war es heller Tag, und Freddie stand an ihrem Bett. »Hetty, Mutter ist ziemlich böse mit dir.»
»Ich weiß.«
»Weil du Vati wieder krank gemacht hast.«
»Wie geht's Vati?«
»Er hat Arznei bekommen und schläft. Ich darf ihn nicht stören.«
»Also störst du statt dessen lieber mich.«
»Ich dachte, wir könnten vielleicht Hektor und Achilles und Helena spielen.«
»Helena.«
»Helena von Troja. Vati hat mir von ihr erzählt. Er hat gesagt, du könntest gut die Helena spielen.«
»Ich glaube, wir spielen etwas anderes«, sagte Hetty verlegen. »Deine Mutter hat vollkommen recht, du bist mit deinen fünf Jahren noch viel zu klein für die ›Ilias‹. Wenn wir so weitermachen, werden wir noch alle in einer Phantasiewelt leben.«
»Was ist das?«
»Das ist eine Welt der Träume, und sie ist manchmal viel schöner als die wirkliche Welt.«
Sie dachte an Kitty, die jetzt an Lionels Krankenbett saß. Hinter ihrer zerknitterten, vernachlässigten Erscheinung stand eine energische Frau, die sicherlich für das, was ihr gehörte, kämpfen würde. »Das Leben besteht nicht nur aus Romantik und Helden«, sagte Hetty zu dem ernsten kleinen Jungen neben sich. »Viel öfter geht es einfach darum, Regeln zu befolgen und das zu tun, was einem gesagt wird. Das ist natürlich lang nicht so schön. Aber sicherer.«
»Wie dumm«, sagte Freddie altklug.

Hetty saß jeden Nachmittag in Jakobinas Garten, während der Sommer immer stärker seine Pracht entfaltete und die Farben ihrer Handarbeit den Farben um sie herum zu gleichen anfingen: dem frischen Grün des Rasens, dem Weiß und Rot der Rosen, dem herrlichen Blau des Himmels. Hetty versuchte dies alles auf jede mögliche Art auszukosten, weil sie ständig befürchten mußte, daß es ihr vielleicht nicht für immer gehören könnte.
Nach einiger Zeit durfte Lionel wieder das Haus verlassen, und er fand Hetty dort im Garten vor. Er sah bleich aus, war mager wie ein Skelett, aber in seinen Augen stand lebhafte Freude.
»Hetty, warum haben Sie den Invaliden kein einziges Mal besucht und ihn von seiner Langeweile erlöst?«
»Ich glaube nicht, daß Kitty es erlaubt hätte. Sie ist immer noch nicht gut auf mich zu sprechen.«
»Unsinn. Sie ist nicht nachtragend. Und ich habe mich für meinen Leichtsinn entschuldigt. Nicht zu reuevoll, aber gerade demütig genug. Und was sie außerdem milde stimmt, ist die begründete Vermutung, daß ich die nächste Tauglichkeitsprüfung wegen dieses Rückfalls nicht mehr bestehen werde. Es sieht so aus, als seien meine Tage als Soldat gezählt. Freut Sie das auch, Hetty? Was ist denn los? Sie sehen so ernst aus.«
Hetty nahm einen Brief aus der Tasche und gab ihn Lionel. »Hugo«, sagte sie. »Das kam heute an.«
»Was schreibt er?«
»Er hat nun doch Urlaub bekommen. Er wird zu unserer Gesellschaft kommen, ist das nicht schön? Er muß sich sehr bemüht haben. Ich hatte ihn so darum gebeten.«
»Hetty, Sie hören sich an wie eine richtige Gastgeberin.«
»Wie hört sich das an?«
»Kühl. Glatt. Überhaupt nicht mehr wie meine Gefährtin, damals auf dem Fluß.«
»Das war ein anderer Tag«, sagte sie. Ihre Stimme klang ruhig und beherrscht. Sie durfte weder ihn noch sonst jemanden merken lassen, daß Hugo sich irgendwie verändert ha-

ben würde. Das war nach seinem langen, grauenhaften Einsatz im Feld unvermeidlich. In welcher Weise würde er jedoch auch sie verändert vorfinden? Und stand sie immer noch so fest wie früher zu ihrem Entschluß, ihre Ehe müsse ein Erfolg werden? Suchte sie nach einem Ausweg, etwa in Form des Eingeständnisses, daß es sich bei der Eintragung im Kirchenbuch um eine Fälschung handelte?
Nie.
Nie, nie.
Sie mußte Lionels Gesellschaft soviel wie möglich meiden. Dieses kluge Gesicht, bei dessen Anblick ihr Herz vor Freude wild zu hämmern begann, konnte ihr Verderben sein.

14

Die untergehende Sonne warf gelbliche Streifen über den Rasen. Es war ein außergewöhnlich heißer Tag gewesen, der Garten, der in dem hitzigen Dunst flimmerte und flirrte, erinnerte an eine Fata Morgana. War alles nur eine Fata Morgana, und war es nie etwas anderes gewesen? Hettys Gedanken waren vor Müdigkeit und Angst verworren. Sie erhob sich von ihrem Platz am Fenster, wo sie die ganze Zeit auf Hugo gewartet hatte. Sie mußte nach oben gehen und sich für die Gesellschaft umkleiden. Bald schon würden die ersten Gäste eintreffen, und man konnte nicht mehr absagen, obwohl sich niemand im Haus in der rechten Stimmung befand.
Der gestrige und der heutige Tag waren in unerträglicher Spannung vergangen. Hugo hatte ihnen keine genaue Ankunftszeit mitgeteilt; aufgrund seines Briefes nahm Hetty aber an, daß er freitags kommen würde, und zwar eher früher als später. Bis nach Mitternacht war sie aufgeblieben und hatte gewartet. Jetzt war es Samstagabend, und Hugo

war immer noch nicht da und hatte auch keinerlei Nachricht geschickt.

Julia hatte den größten Teil des Tages in der Nähe des Telefons verbracht, und Hetty hatte am Fenster ihres Salons gesessen und die lange, schattige Windung der Auffahrt im Auge behalten. Lady Flora hatte viel Klavier gespielt; das ganze Haus hallte wider von den träumerisch-melancholischen Melodien. Nur bei den Mahlzeiten saßen sie alle zusammen, aber auch da gab es kaum Gespräche, weil jeder angespannt auf das Läuten des Telefons oder der Türklingel horchte.

»Man sollte sich nie darauf verlassen, daß Hugo bei seinen Entschlüssen bleibt«, brach es plötzlich aus Julia heraus. »Sie wissen das ja auch, Lady Flora. Man muß immer damit rechnen, daß er im letzten Moment noch seine Meinung ändert.«

»Über einen bestimmten Urlaubszeitpunkt kann man seine Meinung nicht ändern«, sagte Kitty. »Nicht wahr, Lionel?«

»Ich glaube nicht, daß man das tun würde. Es sei denn, es gäbe einen wichtigen Grund, den Urlaub aufzuheben.«

»Was könnte das für ein Grund sein?«

»Oh, vielleicht ein überraschender Feindangriff, Mangel an Offizieren, Befehle vom Hauptquartier. Ich glaube aber nicht, daß davon etwas zutrifft. Vermutlich hat Hugo einfach Schierigkeiten, von der Front hierherzukommen. Vielleicht sind die Bahngleise zerschossen worden, und er muß bis morgen warten.«

»Wie ich Hugo kenne, hätte er dann aber ein Motorrad genommen. Oder ein Pferd«, sagte Julia mit einem kurzen, unglücklichen Lachen.

»Es hat keinen Sinn, Vermutungen anzustellen«, sagte Lionel.

»Wir müssen eben abwarten.«

Lady Flora, die erschreckend gebrechlich aussah und deren tief in den Höhlen liegende Augen grauumrändert waren, sagte ruhig: »Ich weiß, daß er kommen wird. Ich bin seine Mutter. Ich fühle so etwas.«

»Also, dann schauen Sie doch in eine Zauberkugel und erlösen Sie uns aus dieser Ungewißheit«, sagte Kitty schnippisch. Hetty wurde allmählich klar, wie viel Kitty daran lag, daß Hugo an der Gesellschaft teilnahm; und sei es nur, um wieder ein gewisses Gleichgewicht herzustellen. Es war von Lionel einfach zuviel verlangt, sich um vier Frauen zu kümmern. Vor allem, wenn eine von ihnen Hetty war, die mit jenem wundervollen grünen Seidenkleid, dem in diesem vom Krieg heimgesuchten Land niemand etwas Vergleichbares entgegenzusetzen hatte, sicherlich alle Aufmerksamkeit auf sich ziehen würde.

Hetty hatte gedacht, daß sie es nie über sich bringen würde, dieses Kleid anzuziehen, weil es sie so sehr an Clemency und an das Rätsel seiner Ankunft erinnerte. Sie hatte es in den Kleiderschrank gehängt und zu vergessen versucht.

Aber ihr war bewußt, daß es Verdacht erregen würde, wenn sie das Kleid beim ersten passenden Anlaß nicht trug. Außerdem glaubte sie, daß sie Hugo herzlicher und überzeugender willkommen heißen konnte, wenn sie sich wie Clemency fühlte. Clemency gehörte zu Hugo. Hetty war sich nicht mehr ganz sicher, zu wem sie gehörte. Sie wußte nur, daß immer, wenn sie die Augen schloß, Lionels Gesicht vor ihr auftauchte.

Effie hatte sich von ihren sonstigen Pflichten losmachen können und war heraufgekommen, um Hetty beim Ankleiden behilflich zu sein. Als sie sich mit den Knöpfen am Rükken abmühte, war es Hetty plötzlich, als höre sie ganz deutlich Clemencys scheltende Stimme: »Brown, seien Sie doch nicht so ungeschickt, Sie tun mir ja weh!« – und sie schnappte hörbar nach Luft.

»Oh, entschuldigen Sie, Mylady, habe ich zu fest gezerrt? Die Taille ist ein bißchen zu eng, Sie müssen ein wenig zugenommen haben.«

Nein, sie hatte nicht zugenommen. Sie war immer eine Idee dicker um die Taille gewesen als Clemency; eine Tatsache, die Miss Natalia von Lord & Taylor wohl kaum in ihren Unterlagen vermerkt hatte.

»Es ist ein bißchen eng, Effie. Das kommt wahrscheinlich auch von der Hitze. Ich fühle mich ganz aufgedunsen.«
»Es ist schwül heute. Bestimmt kommt noch ein Gewitter.«
»Hoffentlich nicht vor Mitternacht. Wir wollen uns doch im Garten aufhalten.«
»Das kann man nicht im voraus wissen, Mylady.«
»Ich überlege mir, ob man die Gesellschaft nicht überhaupt abblasen sollte, wo doch mein Mann noch nicht zurück ist.«
»Das dürfen Sie nicht, Mylady«, sagte Effie entschieden. »Die Leute erwarten von Ihnen, daß Sie trotz des Krieges so wie immer weitermachen. Das gibt ein Beispiel ab, heißt es, obwohl ich keine Ahnung habe, für wen.« Effie hatte manchmal einen reizenden Hang zur Ironie. »Vielleicht für die Deutschen? Na ja, jedenfalls wird seine Lordschaft bestimmt vor morgen kommen. Seien Sie nicht traurig! Sie sehen so unglaublich hübsch aus.«
»Was trägt Miss Julia heute abend?«
»Ich weiß es nicht, Mylady. Jedenfalls wird es nichts Neues sein. Meinen Sie, wir sollten ein bißchen Rouge auf Ihre Wangen tun? Sie sehen so blaß aus.«
»Ich mache mir Sorgen.«
»Um den gnädigen Herrn?«
»Um alles.« Sie preßte fest die Hände gegeneinander. Es lag an diesem verdammten Kleid, daß sie so voll dunkler Vorahnungen war. Würde denn diese gräßliche Angst, daß Clemency sie beobachtete, niemals nachlassen!
»Ich glaube, ich bin einfach ein bißchen nervös«, sagte Hetty.
»Das kommt von dem schwülen Wetter, Mylady. Und vom Warten.«

Nachdem Effie gegangen war, fühlte sich Hetty zu ängstlich und ruhelos, um allein bleiben zu können. Sie ging hinunter, um die Vorbereitungen zu überwachen, wie sie es hundertmal bei Mrs. Jervis gesehen hatte.
Sie hatte nicht damit gerechnet, auf Lionel und Kitty zu stoßen, und zog sich rasch wieder aus dem Salon zurück, als sie

die beiden sah. Sie dachte, sie hätten eine private Unterredung, aber als sie sich umdrehte, um zu gehen, hörte sie deutlich, wie Kitty sagte: »Du bist in sie verliebt, Lionel, nicht wahr?« Sie blieb wie unter Zwang stehen, um zu lauschen.

»Ja, ein bißchen vielleicht«, sagte Lionel, und Hetty überlief ein Schauer des Schreckens und der Freude. Natürlich war sie es, von der Kitty sprach.

Eine lange Stille folgte. Geh fort, ermahnte Hetty sich selbst. Du wirst zuviel hören und es bedauern. Trotzdem blieb sie in ihrem eleganten grünen Seidenkleid wie angewurzelt stehen. Sie handelte wie Clemency. Diese hätte gelauscht und dann schadenfroh ihr so gewonnenes Wissen zu ihrem eigenen Vorteil verwendet.

Dann sagte Kitty hastig, mit hoffnungsvoller, eifriger Stimme: »Du bist so schwer krank gewesen, Liebling, du hast Halluzinationen. Ich sehe das täglich bei den Kranken im Hospital. Wir nennen ihre Einbildungen Tagalpträume.«

»Das ist weit davon entfernt, ein Alptraum zu sein.«

»Was immer es auch sei, du mußt daraus erwachen! Es wäre so unmöglich, so unerträglich. Diese kleine Betrügerin aus New York!«

»Warum ist sie denn eine Betrügerin?«

»Weil sie selbstsicher und doch ständig in Furcht ist. Andauernd fühlt sie sich von irgend etwas erschreckt. Wir haben es alle bemerkt. Ich zuerst nicht, aber jetzt fällt es mir auch auf. Julia und deine Mutter haben es schon die ganze Zeit gedacht.«

»Ach komm, Kitty. Du müßtest doch eigentlich viel zu vernünftig sein für so einen Unsinn! Das einzige, um das sich Hetty wirklich Sorgen macht, ist, daß sie ihren Mann wieder gesund in die Arme schließen darf. Wir sollten freundlich zu dem armen Mädchen sein.«

»Verbring heute abend nicht zuviel Zeit mit ihr!« sagte Kitty warnend. »Die ganze Zeit steckt ihr in der Bibliothek die Köpfe zusammen. Ich mache da nicht mit, Lionel. Es ist nicht fair.«

»Dummes kleines Mädchen«, sagte Lionel mit seiner sanftesten Stimme. Hetty schlich davon, sie wollte nichts mehr hören. Die Unterhaltung, die sie da eben belauscht hatte, trug nicht dazu bei, ihre Nervosität zu beruhigen. Hielten Lady Flora und Julia sie allen Ernstes für eine Betrügerin? Über Julias Gefühle war sie sich im klaren gewesen, aber sie resultierten aus ihrer Eifersucht. Lady Flora war voreingenommen; sie hatte eben keine amerikanische Schwiegertochter gewollt. Kitty jedoch war offen und freundlich zu ihr gewesen. Wenn auch sie noch ins feindliche Lager überlief, dann hatte Hetty niemanden mehr, dem sie trauen konnte. Außer Lionel natürlich.

Der Gedanke an ihn ließ ihr Blut gleich wieder heftiger pulsieren. Angenommen, Hugo würde an diesem Abend nicht mehr kommen; angenommen, er würde überhaupt nie mehr kommen, weil er nämlich in Frankreich gefallen war – dann würde Lionel der neue Besitzer von Loburn, und ihre Zusammenarbeit bei der Renovierung könnte immer enger und enger werden. Das Leben würde dann auf einmal sehr aufregend sein.
Hetty erinnerte sich daran, daß Kitty einmal gesagt hatte, sie würden im Dorf die beiden Hazzard-Frauen genannt. Aber – sich einen Mann teilen? Niemals! Das würde besser arrangiert werden müssen...
Der Schock, als sie plötzlich am Ende der schwach erleuchteten Halle Clemency gegenüberstand, war furchtbar.
Sie zuckte zurück, und Clemency überraschenderweise auch. »Ist Ihnen das Kleid nicht ein bißchen zu eng, Hetty?«
Hetty fuhr herum, bleich und atemlos, und sah Julia, die ihr durch die Halle gefolgt sein mußte. Hatte Julia Clemency denn nicht bemerkt?
Wie dumm, wie dumm von ihr, es war ja nur ihr eigenes Bild in dem hohen, alten Spiegel, der schon immer in dieser Ecke hier gestanden hatte! Viele Male schon hatte sie sich darin betrachtet. Aber eben noch nie in diesem engen grü-

nen Seidenkleid, das sie so heftig an ihre verstorbene Herrin erinnerte.

»Nur um die Taille herum«, gab sie widerstrebend zu. »Ich habe wohl etwas zugenommen.«

»Das haben wir gar nicht bemerkt! Ihre anderen Kleider sind Ihnen doch nicht zu eng, oder?«

»Dann hat vielleicht Miss Natalia einen Fehler gemacht.«

»Ich dachte, sie sei eine so hervorragende Schneiderin?«

»Jeder kann mal einen Fehler machen.«

»In der Tat«, stimmte Julia zu. »In der Tat.«

Hetty fand es unausstehlich, daß Julia eine ihrer schwachen Stellen entdeckt hatte. Es war überhaupt unerträglich, wie diese Frau sie beobachtete. Und jetzt hatte sogar Kitty angefangen, sie zu beobachten und sie eine Betrügerin zu nennen.

»Dieses Kleid ist sehr unbequem, Sie haben vollkommen recht. Ich glaube, ich trage es lieber nicht.«

»Oh, behalten Sie es doch an, nachdem Sie sich die Mühe gemacht haben, es aus New York schicken zu lassen. Lady Flora und ich waren allerdings überrascht, als wir es sahen. Wir finden es zu prunkvoll für jemanden, der ein so stilles Wesen hat wie Sie. Sie sind doch ein ruhiger Typ, oder tun Sie bloß so?«

»Ich habe das Kleid nicht bestellt«, sagte Hetty ärgerlich. »Das wissen Sie ganz genau.«

»Nun trotzdem war es Ihr Geschmack. Zumindest früher. Oder etwa nicht? Wie schade, daß die Größe nicht ganz stimmt.«

Hetty wandte sich ab von diesem prüfenden Blick. Aber das war auch verkehrt, denn jetzt fand sie sich wieder dem Spiegel und der verwirrenden Gestalt Clemencys gegenüber.

»Sie Glückliche!« sagte Julia. »Ich habe seit einem Jahr kein neues Kleid mehr gehabt. Ich mußte heute abend wieder mein altes weißes Satinkleid anziehen.«

In diesem weißen Satinkleid – mochte es auch noch so alt sein – sah Julia wie eine Königin aus. Sie hatte ihr Haar hochgesteckt, was sie größer wirken ließ. Ihr Körper war schlank, und sie hielt sich kerzengerade. Zur Vollendung ihrer Schönheit fehlte nur noch, daß ihre Augen zu strahlen anfingen. Und das würde zweifelsohne der Fall sein, wenn Hugo kam. Im Moment jedoch merkte man Julia deutlich ihre Angst an. Sie befand sich in noch größerer Spannung als Hetty, was ihre Sticheleien sicherlich entschuldigte.

Wie sollten sie nur durch diesen Abend kommen?

Hetty hatte keine Zeit mehr, sich ihren Sorgen zu überlassen oder sich umzuziehen, denn es trafen schon die ersten Gäste ein, eine Gruppe Offiziere aus einem nahegelegenen Genesungsheim.

Die Männer schwankten einen Augenblick zwischen Julia und Hetty, um schließlich einen Kreis um Hetty zu bilden. Sie stellten sich vor und entschuldigten sich für ihre zahlreichen Gebrechen, einen steifen Arm in der Schlinge, einen leeren Ärmel...

»Aber im Kopf ist noch alles intakt. Hoffen wir wenigstens. Ist diese große attraktive Frau eigentlich unsere Gastgeberin? Hätten wir sie zuerst begrüßen sollen?«

Nun kamen Gäste, die mit lauten Freudenschreien auf Julia zustürzten.

»Jägertypen!« sagte ein junger Leutnant abschätzig zu seinem Nachbarn und wandte sich erleichtert wieder Hetty zu. »Können wir bei Ihnen bleiben? Sie sehen freundlicher aus.«

»Ich bin es auch«, sagte Hetta lachend und genoß die Bewunderung, die man ihr entgegenbrachte.

»Sie sind Amerikanerin? Ach, das ist interessant!«

»Ich heiße Hetty. Eigentlich bin ich ja Lady Hazzard«, sie lächelte mutwillig, »und Ihre Gastgeberin. Aber nennen Sie mich doch bitte Hetty.«

Sie ließ Bates Getränke für die verlegenen Männer bringen und betrachtete dann ohne Scheu ihre Gebrechen, den leeren Ärmel, das Bein, das vermutlich für immer steif bleiben würde. »Im Grunde können Sie sich doch glücklich schätzen, daß Sie nicht mehr an die Front müssen, nicht wahr? Mein Schwager wird wahrscheinlich auch ausgemustert.

Mit meinem Mann ist es etwas anderes. Wir haben ihn für dieses Wochenende erwartet, aber er ist noch nicht da. Sicherlich kommt er heute abend noch. Aber wir sollten uns dadurch jetzt nicht die Stimmung verderben lassen.«
Es entging ihr nicht, daß einer den anderen vielsagend anschaute. Ihrer Erfahrung nach war jeder, der nicht erschien, tot.
Wie Hetty es erwartet hatte, wurde es ein langer, anstrengender Abend. Und wie heiß es immer noch war! Das enge Seidenkleid klebte ihr am Körper. Was sollte sie als nächstes tun? Lady Flora sah es sicherlich nicht allzugern, daß sie sich von drei jungen Offizieren mit Beschlag belegen ließ. Aber sie hatte ja, was niemand ahnte, noch nie zuvor an einer Gesellschaft teilgenommen.
»Verlassen Sie uns nicht, Hetty. Sie sind das hübscheste Mädchen hier!« sagte einer der jungen Offiziere.
»Ich verlasse Sie nicht. Aber Sie müssen sich auch mit den übrigen Gästen unterhalten. Setzen Sie sich irgendwo hin, wenn Sie möchten, oder gehen Sie im Garten spazieren. Er duftet so herrlich im Dunkeln. Oh, da kommt meine Schwägerin. Kitty, diese Jungen hier sind vom Genesungsheim. Vielleicht haben Sie sie im Hospital gepflegt?« Sie senkte die Stimme. »Muß ich mich auch mit Julias Jagdfreunden unterhalten?«
»Natürlich. Sie sollten sich mit allen Gästen unterhalten. Aber das müßten Sie doch eigentlich wissen!«
Hetty schoß bei dem tadelnden Geflüster das Blut ins Gesicht. Der Raum war jetzt voller Leute, und es herrschte ein Riesenlärm. Hetty schnappte ein paar Worte von der Gruppe um Julia auf. »Ein hübsches Füllen hat er da gekriegt, ha, ha, ha!« War damit ein Pferd gemeint oder sie selbst? »Das im Stall gefällt mir aber besser«, antwortete Julia und erntete stürmisches Gelächter. Hetty hielt nach harmloseren Leuten Ausschau, nach dem netten Bankdirektor etwa oder dem Pfarrer und seiner Frau. Sie wußte, daß sich Clemency anders verhalten hätte. Sie hätte sich den ganzen Abend lang zum Mittelpunkt der allgemeinen Aufmerksamkeit ge-

macht. Aber das wußte hier niemand, außer vielleicht Hugo, von dem jedoch immer noch jedes Lebenszeichen fehlte. Allmählich hatte Hetty immer mehr das Bedürfnis, nahe bei der Tür zu sein. Nicht nur, um Hugo als erste zu begrüßen, wenn er heimkam, sondern auch, um frischere Luft zu atmen.

Sanft schloß sich eine Hand um ihren nackten Arm.

»Ich hatte von Anfang an recht. Sie sind eine Nixe!«

Sie war unter der Berührung zusammengezuckt.

»Oh, Lionel, ich bin so nervös, weil Hugo nicht kommt!«

Sein bleiches Gesicht ließ seine Augen noch dunkler als sonst erscheinen.

»Jakobina hat länger gewartet als Sie. Erinnern Sie sich nicht daran, was sie schrieb? ›Ich war so lange Zeit allein gewesen...‹. Es ist schrecklich heiß hier. Glauben Sie, daß wir eine Weile in den Garten gehen könnten? Jetzt wo Julia ihr Häuflein schnatternder alter Obersten um sich geschart hat, wird uns hier sicher niemand vermissen. Ob diese Leute nie leiser sprechen können, wollten Sie fragen, nicht wahr? Nein, niemals.«

»Diese jungen Offiziere...«

»Da hat Schwester Kitty das Kommando übernommen. Und Mutter hat alle ihre alten Verehrer um sich versammelt. Die Hazzards beim Spiel! Bei diesem Unsinn mußten Sie bisher noch nie mitmachen, oder? Wollen Sie davonlaufen?«

»Das kann ich doch nicht machen, oder?«

»Sie können alles tun, was Sie möchten!« Hetty überlegte, ob er vielleicht ein bißchen angetrunken sei, aber da führte er sie schon zur Tür, und sie sehnte sich ja nach der frischen Luft und der Stille draußen.

»Sind Sie sehr in Sorge, weil Hugo noch nicht da ist?«

»Natürlich mache ich mir schreckliche Sorgen.«

Der Kies knirschte unter ihren Füßen. Sie gingen auf die Eibenallee und den stumpfschwarz in der Dunkelheit liegenden Teich zu. Es war eine finstere, sternenlose Nacht. Was sich da dunkel über ihren Köpfen zusammenballte, waren

sicherlich Gewitterwolken. »Diese kleine Betrügerin aus New York«, hatte Kitty zu Lionel gesagt.
Versuchte Lionel jetzt, durch spitzfindige Fragen herauszukriegen, ob etwas daran stimmte?
»Wenn Hugo nie mehr heimkommen würde...« sagte er jetzt.
»So etwas dürfen Sie nicht aussprechen!«
»...dann gäbe es trotzdem noch uns beide.« Er zog sie eng zu sich heran, und dann lag sie in seinen Armen. Die glühende Erregung verhinderte jeden vernünftigen Gedanken, ließ sie alle Vorsicht vergessen. Wie hatte sie sich nach diesem Kuß gesehnt!
»Nun gehe ich schwanger...« Jakobinas hilflose Worte schwirrten Hetty im Kopf herum. Lionel, es ist nicht recht, was wir hier tun, dachte sie. Kitty, Freddie, Hugo, alle beobachten uns! Dauernd werde ich von allen beobachtet!
Aber was war eigentlich schlecht an einem so natürlichen Ineinander-Verschmelzen? Es war unvermeidlich gewesen, schon vom Tag ihrer ersten Begegnung an, als Lionel sie von seinem Sessel aus betrachtet hatte.
»Hetty!« Er löste sich aus der Umarmung, »Komm, wir setzen uns hier an den Teich. Wir müssen miteinander reden.«
Bevor sie aber aufstehen konnten, zuckte ein greller Blitz durch die Nacht, und die bunten Blumen des Gartens, Rosen, Rittersporn, Petunien, wurden aus dem Dunkel gerissen, um fast im selben Augenblick wieder darin zu verschwinden. Ein furchtbarer Donnerschlag folgte.
»Wie ärgerlich!« sagte Lionel. »Macht es dir etwas aus, wenn du naß wirst?«
Hetty überlief nur ein ganz kleiner Schauer.
»Nein, die Nacht ist so warm. Lionel, ich sollte dir vielleicht sagen, daß ich heute abend zufällig ein Gespräch zwischen dir und Kitty mitangehört habe. Sie warf dir vor, in mich verliebt zu sein, und dann nannte sie mich ›diese kleine Betrügerin aus New York‹. Warum hat sie das gesagt?«

»Sie sind alle neidisch auf dich.«
»Glaubst du denn, daß ich eine Betrügerin bin?«
»Bloß wenn ich dich nicht küssen darf.«
Es raschelte in den Büschen und Bäumen, als die ersten Tropfen fielen. Hetty fühlte, wie ihre Arme und ihr Gesicht naß wurden.
»Lionel, es geht doch nicht, daß wir uns lieben! Da gibt es doch viel zuviele Schwierigkeiten!«
Er sagte ruhig und beschwichtigend: »Laß uns doch diesen Augenblick genießen! Später...«
Wieder krachte der Donner, und Lionel wurde mitten im Satz unterbrochen, weil plötzlich ein Wolkenbruch auf sie niederging. Das Wasser lief Hetty den Nacken hinunter und in die Augen, so daß sie nichts mehr sah. Ununterbrochen strömte kaltes Wasser auf sie nieder, durchnäßte sie ganz, rief schrecklich deutlich die Erinnerung ans Ertrinken in ihr wach. Wieder fühlte sie, wie sie von ihren nassen, schweren Röcken hinabgezogen wurde, sie konnte sich nicht mehr bewegen, nichts mehr sehen, nicht mehr atmen- ...Das längst vergangene Grauen wurde so lebendig, daß sie das Bewußtsein verlor...
Als sie erwachte, rann ihr immer noch der Regen übers Gesicht. Lionel hielt sie im Arm, und sie erinnerte sich dunkel an Schreie.
»Clemency! Clemency!« Die verzweifelte Stimme verhallte überm Meer.
War das etwa ihre Stimme gewesen? Oh Gott!
»Wir sollten jetzt lieber wieder hineingehen«, sagte Lionel. Klang seine Stimme nicht ein wenig abweisend? »Es läßt etwas nach. Wir nehmen am besten den hinteren Eingang. Keine Sorge, wir werden nicht die einzigen sein, die naß geworden sind. Fühlst du dich jetzt etwas besser?«
Hetty richtete sich auf. Sie war entsetzlich müde.
»Ja. Entschuldigung bitte. Was war eigentlich los?«
»Ich glaube, du bist ohnmächtig geworden. Hast du Angst vor Gewitter?«
»Nein, nur vor Wasser.«

»Ja, natürlich, das kann ich verstehen. Das Kleid ist hin, fürchte ich.«
»Ja, ich werde mich umziehen müssen. Du auch. Ach du liebe Zeit, hoffentlich hast du dich jetzt nicht erkältet! Diesmal würde mir Kitty nicht mehr verzeihen.«
Kitty, seine Frau.
»Lionel, wir haben nicht miteinander gesprochen.«
»Nein. Wir sind rücksichtslos unterbrochen worden. Von Gott, nehme ich an.«
»Mir ist so, als hätte ich jemanden schreien hören«, erkundigte sich Hetty vorsichtig. »War das ich?«
»Ja.«
Wieder krachte der Donner, diesmal aber schon etwas weiter entfernt, eine zurückweichende Bedrohung.
»Waren es Worte?«
»Ziemlich unverständlich.«
Aber sie wußte, daß er gehört hatte, wie sie nach der ertrinkenden Clemency rief. Welchen Reim machte er sich wohl darauf?
Zitternd liefen sie Hand in Hand zum Haus zurück und gelangten unbemerkt hinein. Sie hatten Glück.
Aber es hielt nicht an, wie sich am nächsten Tag zeigte. Das Telegramm mit der nüchternen Nachricht, daß Major Lord Hazzard in Frankreich schwer verwundet worden war, traf kurz nach dem Frühstück ein.
Dieses Mal war es Julia und nicht Hetty, die in Ohnmacht fiel.

15

Hetty lief die kiesbestreute Auffahrt auf und ab, auf und ab.
»Möchtest du mit mir reden, Hetty?« fragte Lionel, der sich zu ihr gesellt hatte, mit seiner sanften, höflichen Stimme.
»Was soll ich sagen?«

Lionel schüttelte langsam den Kopf. »Es gibt nichts mehr zu sagen, nehme ich an. Du mußt bei Hugo bleiben. Ich bin sicher, daß du diesen Entschluß bereits gefaßt hast.«
»Ja, natürlich.«
Natürlich habe ich diesen Entschluß gefaßt, fügte sie in Gedanken wütend hinzu. Weil ich nicht so herzlos bin, einen kranken Mann zu verlassen, und außerdem würde das bedeuten, Loburn verlassen zu müssen. Und das ist etwas, was ich niemals tun werde, jetzt nicht und auch nicht zu einem späteren Zeitpunkt. Loburn war für sie der einzige ruhende Pol in dieser unruhigen Welt. Clemency hätte in dieser Lage genauso entschieden. Schließlich waren sie beide die Enkelinnen eines erfolgreichen amerikanischen Geschäftsmannes.
»Kitty sagt, ich hinge Hirngespinsten nach.« Lionel sah müde und hohlwangig aus. »Vielleicht hat sie recht.«
Wollte er ihr damit sagen, daß er sie nicht liebte, daß er ihr bloß etwas vorgespielt hatte? Hetty reckte das Kinn vor.
»Wir haben dich ermutigt«, sagte sie. »Freddie und ich. Wir mochten deine Ilias-Geschichten. Ich stelle es mir langweilig vor, ein Rekonvaleszent zu sein. Hugo wird's auch langweilig finden.«
»Aber er wird dich haben«, sagte Lionel kurz.
Nein, er wird Julia haben, dachte Hetty. Und du wirst Kitty und Freddie haben, und alles geht wieder seinen normalen Gang, und mit diesen verbotenen Wünschen hat es ein Ende. Im übrigen traust du mir nicht mehr so recht seit gestern nacht, nicht wahr, Lionel? Ich sehe es deinen Augen an... Warum? Warum? Warum bin immer ich der Außenseiter?
Diesen Gedanken wurde sie in den darauffolgenden Tagen nicht mehr los. Sie dachte daran, wie wunderschön Julia in dem weißen Satinkleid ausgesehen hatte. Kein Wunder, daß sie von manchen irrtümlicherweise für die Dame des Hauses gehalten worden war. Julia wäre für diese Rolle auch viel besser geeignet gewesen als sie selbst, die launenhafte Amerikanerin, die sogar nach einem Jahr noch eine Fremde war

– so, als seien zwischen ihr und dieser englischen Familie unübersteigbare Barrieren aufgerichtet.
Das traf im Grunde auch zu, aber es lag nicht, wie sie glaubten, an ihrer Nationalität. Es lag an ihrer Schuld.
Zwei angstvolle Wochen verstrichen, in denen sie versuchten, etwas über Hugo und das Ausmaß seiner Verwundung in Erfahrung zu bringen. Dann wurde ihnen mitgeteilt, daß er in einem französischen Hospital läge und nach England zurückgeschickt würde, sobald er transportfähig sei. Er habe schwere Verletzungen erlitten, ein Bein und ein Auge verloren.
Dies letzte war wohl der Grund für den Brief, den sein Bursche an Hetty schrieb:

Sehr geehrte Lady Hazzard,
Ich war bei dem Major im Krankenhaus, und er hat mich gebeten, Ihnen zu schreiben, daß er nicht will, daß ihn jemand besucht. Vor allem Sie nicht. Sie werden Geduld haben müssen, Mylady. Mit schlimmen Verletzungen wird ein Mann nicht so leicht fertig. Ich weiß das so gut wie jeder andere, nachdem ich 1 Jahr und 6 Wochen an der Front gewesen bin. Es wird besser sein, Sie respektieren seinen Wunsch. Es tut mir sehr leid, ihn zu verlieren, er war freundlich und rücksichtsvoll, ein echter Gentleman.
Hochachtungsvoll
Andy Wright (Unteroffizier)

Lady Flora war ungewöhnlich nett zu Hetty.
»Machen Sie sich nichts daraus, meine Liebe. Ein sensibler Mann mag es eben nicht, wenn ihn seine Frau in so schlechter Verfassung sieht.«
Hetty hatte nie den Eindruck gehabt, daß Hugo besonders sensibel sei. Sonst hätte er doch nicht zugelassen, daß seine Geliebte nach der Hochzeit weiter im Haus blieb.
»Warum werde ich immer bestraft?« brach es aus Hetty heraus.

»Bestraft? Ich weiß nicht, was Sie meinen. Sie sind nur eine von Tausenden junger Frauen, deren Männer schrecklich verwundet wurden. Sie müssen jetzt einfach tapfer sein und alles so akzeptieren, wie es eben ist. Warten Sie geduldig, bis Hugo zurückkommt. Mehr können wir alle nicht tun.« Sie fügte nachdenklich hinzu: »Es sei denn, es gibt einen bestimmten Grund, warum Sie glauben, bestraft werden zu müssen.«

»Warum sollte ich denn so etwas glauben?« rief Hetty aggressiv.

Die großen hellen Augen betrachteten sie prüfend. Nach einer langen Pause sagte Lady Flora: »Vielleicht, weil Sie Amerikanerin sind und keine patriotischen Gefühle aufbringen, weil es nicht Ihr Land ist, das in den Krieg verwikkelt ist. Obwohl ich bis jetzt immer glaubte, Sie stünden ganz auf unserer Seite.«

Schließlich gelang es Hetty, Lady Floras scharfer Zunge zu entkommen. Das auch an diesem Sommernachmittag dämmrige Licht des Wintersalons war ihrer Stimmung genau angemessen.

Geschieht dir recht, geschieht dir ganz recht, dachte sie. Das ist die Strafe für deinen gemeinen Betrug, daß du jetzt bis ans Lebensende an einen verkrüppelten, übellaunigen Mann gekettet bist.

Aber sie war immer noch Lady Hazzard. Und sie war immer noch die Herrin dieses schönen alten Hauses, auch wenn sie jetzt vielleicht einen impotenten Mann hatte. Impotent? Kein Mensch hatte das behauptet, es sei denn in Form einer Andeutung vielleicht. Wie Lady Flora vernünftigerweise geraten hatte, mußte man abwarten. Aber die Möglichkeit, daß sie Hugo lieben könnte, war vorbei. Schuld daran war Lionel mit seinem schönen Gesicht und seinen bezaubernden Einfällen.

Wenn sie in diesen schlimmen Tagen manchmal glaubte, Clemencys Lachen zu hören, dann sagte sie sich, daß es pure Einbildung sei. Clemency konnte sie doch nicht ihr ganzes Leben lang quälen und verfolgen, nicht wahr!

Im Lauf der Zeit würde alles vergessen werden. Eines Tages würde sich kein Mensch mehr daran erinnern, daß sie frierend, nackt und halb bewußtlos aus dem Meer gefischt worden war. Mit einem goldenen Reif ums Handgelenk als einzigem Erkennungszeichen. Die Meerbraut...

Wenigstens Freddie hielt weiterhin zu ihr. Seine leuchtenden Augen waren voller Zuneigung und Verehrung auf sie gerichtet.

»Vati sagt, daß Onkel Hugo eine schwarze Augenbinde tragen muß. Er wird wie ein Pirat aussehen. Macht dir das etwas aus, Hetty?«

»Oh, ich glaube, daß es mir nicht viel ausmachen wird. Bloß für Onkel Hugo tut's mir leid.«

»Du wirst also keine Angst vor ihm haben?«

»Angst? Vor meinem Mann? Meine Güte, nein!«

»Mami sagt, daß er ein schlimmer Pirat sein wird. Heißt das, er stirbt vielleicht?«

»Nein, nein, das heißt nur, daß er vielleicht ein bißchen schwierig sein wird. Reizbar, schlecht gelaunt. Aber das wird dann ein gutes Zeichen sein. Dann geht's ihm besser.«

»Warum weinst du nicht, Hetty? Julia weint.«

»Julia ist eine dumme, sentimentale Frau«, sagte Hetty scharf. Freddie starrte sie an, beinahe zu nachdenklich für einen fünfjährigen Jungen.

»Na ja, ich hab dich jedenfalls lieb, Hetty, was sie auch sagen mögen.« Hetty sah lächelnd auf das treuherzige kleine Gesicht hinunter. »Was sagen sie denn, Freddie?«

»Daß es ein Fehler war, daß Onkel Hugo dich geheiratet hat.«

»Wer sagt das?«

»Oh, eigentlich alle. Die Kinderfrau auch einmal, aber da hat Mami ihr gesagt, sie soll sich um ihre eigenen Sachen kümmern.«

Hetty sagte: »Es war kein Fehler.«

»Oh, das ist schön, Hetty!« Freddie tanzte vor Erleichterung um sie herum. »Es wäre schrecklich, wenn du fortgehen würdest!«

»Ich habe nicht vor, fortzugehen, kleiner Spatz. Aber ich brauche dich als Verbündeten.«
»Gegen die Trojaner?«
»Genau.«

Wenn sie schon nicht nach Frankreich fahren durfte, um Hugo zu besuchen, so bestand sie doch darauf, alle wichtigen Vorbereitungen für seine Rückkehr selbst zu treffen. Er kam nicht in ein englisches Militärhospital, sondern gleich heim nach Loburn. Es war ihr gelungen, einen männlichen Krankenpfleger zu finden, einen grauhaarigen ehemaligen Sanitäter. Er hieß Patrick Mahoney und war nach einer Verwundung aus der Sanitätstruppe entlassen worden. Er war kräftig und gleichmütig und an den Umgang mit zornigen, hoffnungslosen jungen Männern gewöhnt, die ihre Rolle als Kranke und ihre für immer verstümmelten Körper haßten. Die Offiziere seien oft am schlimmsten, sagte er, andere Dienstgrade seien gelassener. Das liege vielleicht daran, daß sie schon immer bescheidenere Erwartungen gehabt hätten, fügte er weise hinzu. Hetty mochte ihn. Seine stoische Ruhe würde auch Hugo besänftigen. Er konnte in Hugos Ankleideraum schlafen, während Hugo, wie es ihm zustand, das breite Doppelbett benutzte, das Hochzeitsbett von Loburn.
Julia sagte beunruhigt: »Sie werden doch sicher nicht mit ihm in einem Bett schlafen, Hetty? Das wäre ganz unmöglich. Ich meine, wegen des amputierten Beins. Ach, armer, armer Hugo!«
»Er wird sich davon erholen«, sagte Hetty ruhig. »Es gibt zum Beispiel künstliche Gliedmaßen. Wir werden ihm so bald wie möglich ein künstliches Bein anpassen lassen. Bis dahin wohne ich wieder im Grauen Zimmer. Mein erster Zufluchtsort, erinnern Sie sich?«
»Zufluchtsort?« Julia war rot geworden.
»So kam es mir nach dem kalten Meer vor.«

Langsam verstrich der Sommer, der von den Nachrichten aus Frankreich, den steigenden Verlusten und der ausweglosen Situation bei den Kämpfen im Somme-Gebiet verdüstert wurde. Und vom Warten. Hugos Heimkehr wurde wieder und wieder verschoben. Woran lag das? Es hieß, seine Wunden heilten nicht. Niemand hatte von Hugo persönlich einen Brief erhalten. Vielleicht konnte er nicht schreiben? Und dann kam er plötzlich, ohne jede Ankündigung, nach Hause. Hetty war im Krankenhaus gewesen, wo sie wie üblich den Schwerverletzten Briefe vorgelesen und geschrieben hatte. Kitty war ebenfalls dort gewesen, und als sie zusammen nach Hause kamen, empfing sie Bates, von dem all seine gewohnte Sicherheit und Würde abgefallen war. Er wirkte wie ein alter Mann, zitternd und niedergeschlagen.

»Der gnädige Herr ist nach Hause gekommen.«

Hetty stockte der Atem.

»Oh, Bates, wie geht es ihm?«

»Er sah nicht gerade gut aus, Mylady«, Bates schien einer klaren Antwort auszuweichen. »Aber es war ja auch eine lange Fahrt für ihn.«

»Wo ist er jetzt?« fragte Kitty.

»Er ist hinaufgegangen, Mylady. Er sagte, daß er im Moment niemanden sehen wolle.«

»Er konnte gehen?« fragte Hetty erstaunt.

»Auf Krücken, Mylady. Nicht ohne Schwierigkeiten, wie ich bemerkt habe, aber er ließ sich nicht helfen.« Der Grund für Bates' ausweichende Haltung wurde allmählich klarer.

»Es hat keinen Zweck, hinaufzugehen, Mylady. Er hat die Tür abgeschlossen.«

Oh Gott, das schien ja schlimmer zu werden, als sie befürchtet hatte!

»Aber natürlich werde ich hinaufgehen, Bates. Er wird sich doch nicht weigern, seine Frau hereinzulassen. Hat jemand Patrick Mahoney angerufen?«

»Auch das hat keinen Zweck, Mylady. Seine Lordschaft hat klargemacht, daß er niemanden möchte.«

»Aber er braucht doch jemanden! Er muß doch essen, sich an- und ausziehen, sich waschen und all das.«
»Das waren die Befehle Seiner Lordschaft, Mylady«, sagte Bates. Er war sichtlich verärgert. »Vielleicht hört er auf Sie.«
»Das hoffe ich! Er ist doch nicht hierhergekommen, um sich zu Tode zu hungern!«
»Immer mit der Ruhe, Hetty«, sagte Kitty gelassen. »Sie haben doch gesehen, wie diese armen Jungen heimkommen.«
Manche weinten und zitterten und waren halb von Sinnen, andere saßen zusammengekauert auf ihren Betten, vollkommen still, ohne irgend jemandem zu antworten.

Aber Hugo würde sich nicht so verhalten. Er war älter, war Offizier, tapfer, diszipliniert.
»Hat ihn jemand schon zu überreden versucht, aufzumachen?«
»Ja, Mylady. Lady Flora und Miss Julia.«
Ob er sich auch weigerte, Julia hereinzulassen?
»Hat er irgend etwas gesagt?«
»Nichts, soviel ich weiß, Mylady. Lady Flora glaubt, er sei eingeschlafen. Das wäre auch kein Wunder, denn er sah sehr mitgenommen aus.«
»Ich schau nach ihm«, sagte Hetty.
»Oh, Mylady...«
»Ja, Bates?«
»Sie müssen sich auf das Schlimmste gefaßt machen, Mylady.«
»Natürlich. Wir wissen, daß er schlimme Verletzungen erlitten hat.«

Sie klopfte sachte an die Tür.
»Hugo!« Keine Antwort.
»Hugo, ich bin's. Hetty.«
»Hugo, ich bin es, deine Frau!«
»Hugo!«

Sie hatte Angst, er könnte gestürzt sein und nun hilflos daliegen. Oder er war, wie seine Mutter vermutete, wirklich aufs Bett und gleich in tiefen Schlaf gefallen.
Kitty war ebenfalls die Treppe heraufgekommen und stand neben ihr.
»Kann es sein, daß er so fest schläft?« wisperte Hetty.
Die beiden Frauen sahen sich an. Ihrer Erfahrung nach schliefen Männer, die von der Front kamen, nur sehr selten tief, wenn sie keine Medikamente bekommen hatten. Sie warfen sich im Halbschlaf hin und her, zuckten immer wieder zusammen, schrien und erwachten schweißgebadet beim kleinsten Geräusch.
»Ich halte es für möglich«, sagte Kitty. »Hugo hat ein dikkes Fell. Von dieser Seite kennen Sie ihn vielleicht noch gar nicht.«
»Ich kenne ihn wirklich noch kaum«, gab Hetty zu. »Ich habe nie Zeit gehabt, ihn kennenzulernen, die Umstände waren immer so ungünstig.«
»Keine friedlichen Vergnügungsfahrten auf der Themse«, sagte Kitty, aber ohne jede Bosheit. »Arme Hetty! Aber Sie sind nicht die einzige Frau, die eine schlimme Zeit hinter sich hat. Und die Hauptsache ist doch, daß Sie Ihren Mann wiederhaben. Egal, in welchem Zustand er sich befinden mag.« Sie kopfte laut an die Tür und rief in ihrem strengen Krankenschwesternton: »Hugo, hörst du mich? Du mußt uns hereinlassen, sonst müssen wir jemanden holen, der das Schloß entfernt.«
Die Stille dauerte noch einen Moment, dann hörte man ein schlurfendes Geräusch und einen lauten Schlag. Hetty fuhr erschrocken zusammen, Kitty aber sagte grinsend: »Ich würde sagen, er hat gerade irgendeinem Gegenstand einen Schlag mit seiner Krücke versetzt. Ein gutes Zeichen! Je wütender er ist, desto lebendiger ist er auch.«
»Komm doch, Hugo!« schmeichelte sie. »Du mußt uns zu dir hereinlassen.«
Endlich kam, laut und zornig, seine Antwort: »Kann ich nicht einmal in meinem eigenen Haus für mich allein sein?«

»Soviel du möchtest«, rief Hetty. »Aber öffne die Tür. Wir machen uns Sorgen um dich.«
»Das braucht ihr nicht. Bis jetzt bin ich erst halbtot. Wir sehen uns, wenn ich es will, nicht vorher. Und hört nicht auf die Horrormärchen vom alten Bates.«
Hetty konnte die Angst in ihrer Stimme nicht ganz unterdrücken: »Was meinst du damit?«
Kitty gab ihr mit einem kleinen Stoß zu verstehen, daß sie still sein solle.
»Hör mal, Hugo, ich habe über ein Jahr lang schwerverletzte Männer gepflegt. Mich wirst du bestimmt nicht schockieren.«
»Schert euch zum Teufel!« ertönte die wenig verbindliche Antwort.
»Gut«, sagte Kitty munter. »Du ruhst dich jetzt ein bißchen aus, und dann kommst du zu uns herunter.«
»Oder du kannst auch läuten!« rief Hetty. »Die Klingel ist neben deinem Bett.«
»Mein Gott, wollt ihr einen Invaliden aus mir machen?«
Sein grober Tonfall entmutigte Hetty. Sie war den Tränen nahe. »Kitty, was habe ich denn falsch gemacht?«
»Nichts, gar nichts.« Kitty nahm sie beim Arm und führte sie hinunter.
»Er schließt mich aus meinem eigenen Schlafzimmer aus!«
»Das ist noch das wenigste, würde ich meinen«, sagte Kitty scharf. »Sie müssen jetzt Geduld haben, Hugo ist ein bißchen unreif, Lionel würde sich da ganz anders verhalten. Er würde das alles philosophisch und ziemlich gelassen betrachten. Der gute Hugo wird toben wie ein Bulle. Ich finde beides etwas anstrengend. Was wäre Ihnen lieber?« fragte sie verschmitzt.
»Ich weiß nicht. Ich würde am liebsten davonlaufen.«
»Sie doch nicht! Sie gehören nicht zu denen, die einfach vor Schwierigkeiten davonlaufen.«
Nein, nicht nachdem ich so weit gekommen bin, hätte Hetty gern gesagt. Sie war froh, daß Kitty wieder nett zu ihr war.

Als sich die Familie zum Abendessen versammelte, waren alle bedrückt. Julia hatte geweint und machte kein Hehl daraus. Ihre aristokratische Nase war rot angelaufen, ihre Lider sahen geschwollen aus. Lady Flora war betont munter und wollte wissen, warum sie denn alle so niedergeschlagen seien, jetzt, wo Hugo zu Hause und außer Lebensgefahr sei.

»Ja, warum eigentlich?« stimmte ihr Kitty bei. »Er steht zwar noch ein bißchen unter Schock, aber er wird sich mit der Zeit davon erholen. Bates sagt, daß er über einem Auge eine Binde trägt und auf Krücken geht. Das hört sich nicht völlig hoffnungslos an, oder? Natürlich immer noch schlimm genug.« Kittys gesunder Menschenverstand war manchmal sehr verwirrend.

»Was ist mit dem Pfleger, den Sie organisiert haben, Hetty?« fragte Lady Flora. »Sollte man nicht nach ihm schikken?«

Hetty schüttelte den Kopf. »Nein, das war ein Irrtum.«

»Aber wie können Sie das wissen, wo Sie Hugo noch nicht gesehen haben?«

»Der Mann dort oben wünscht keinen Pfleger. Er würde es als Beleidigung betrachten. Haben Sie nicht gehört, wie er geschrien hat?«

»Er war schon immer aggressiv«, sagte Lady Flora hilflos, und Julia begann wieder zu weinen.

»Ach, hör doch auf, Julia!« sagte Kitty ungeduldig. »Ich kann Frauen, die ihre verwundeten Männer beweinen, nicht ausstehen. Sich gehenlassen, nenne ich das!«

»Es ist wegen Hugos Bein. Er wird nie mehr reiten können. Es ist einfach entsetzlich.«

Lionel sah Hetty an. Als sich ihre Blicke begegneten, kam er zu ihr herüber und drückte ihre Hand.

»Kopf hoch«, flüsterte er.

Die Tränen, die sie in den Augen hatte, ließen sein Profil verschwommen erscheinen. Sie hatte das Gefühl, als verliere sie ihn für immer. Der wundervolle Sommer war nun zu Ende.

»Nun, fangen wir also mit dem Essen an«, sagte Lady Flora lebhaft. »Übrigens, Hetty, die Köchin hat gefragt, ob Hugo etwas essen will. Ich habe vorgeschlagen, sie solle ein Tablett vor seine Tür stellen, das er sich holen kann, wenn er kurz vorm Verhungern ist. Halten Sie mich nicht für gefühllos, aber ich habe bei meinen Söhnen noch nie Launen geduldet.«

»Launen?« fragte Hetty erstaunt.

»Ja, mehr ist es nicht. Hugo will viel Aufmerksamkeit. Das war schon immer so.«

Tatsächlich wurden ihre Worte schon im nächsten Augenblick bestätigt. Elsie, die gerade ein volles Tablett ins Speisezimmer tragen wollte, schrie plötzlich auf, und das Tablett fiel klirrend zu Boden.

»Mein Gott, Mädchen, wie kannst du nur so ungeschickt sein«, ertönte Hugos Stimme.

Hetty war als erste im Speisezimmer. Sie blieb ruckartig stehen. Kein Wunder, daß Elsie, die jetzt auf Knien lag und die Scherben zusammensuchte, erschrocken war. Denn beim Betreten des Zimmers bot sich folgendes Bild: das elektrische Licht war ausgeschaltet worden, statt dessen brannten in den silbernen Haltern hohe weiße Kerzen. Am oberen Ende des Tisches saß Hugo, den man der flackernden Beleuchtung wegen, die sicherlich seine Idee gewesen war, nicht genau erkennen konnte. Aufrecht und in Uniform, mit hocherhobenem Kopf und geraden Schultern, saß er auf seinem Stuhl. Das eine Auge funkelte vor Zorn, das andere wurde von einer schwarzen Binde verdeckt, und eine schreckliche rote Narbe zog sich vom Mundwinkel quer über die rechte Wange hin.

In dem verräucherten gelben Licht sah er makaber, bedrohlich aus. Er lächelte. Sein schiefer Mund ließ dieses Lächeln boshaft erscheinen.

»Na, kommt schon herein. Ich bin kein Ungeheuer. Wovor ist denn dieses dumme Mädchen erschrocken? Das ganze Essen fallen zu lassen! Hat sie noch nichts davon gehört,

daß Krieg herrscht und daß man gutes Essen nicht vergeuden soll?«
Hetty versuchte zu sprechen, aber es gelang ihr nicht. Er ist ein Ungeheuer, dachte sie wütend. Der Krieg hatte ihn nicht nur so gräßlich entstellt, sondern auch verrückt werden lassen. Der gutaussehende Mann, mit dem sie in New York angegeben hatte... Nein, Clemency hatte ja mit ihm angegeben.
Alle waren wie gelähmt und schwiegen. Hugo, der sie mit seinem gesunden Auge betrachtete, mußte den Eindruck einer Herde ängstlich zusammengeduckter Schafe haben. Aber doch nicht ganz so ängstlich, denn plötzlich knipste jemand das Licht an, und der Raum war mit einem Schlag in helles Licht getaucht.
»Wer war das?« brüllte Hugo.
»Ich, mein lieber Junge«, sagte Lady Flora ruhig. »Ich weiß, es ist dumm, aber ich bringe es einfach nicht mehr über mich, bei Kerzenlicht zu essen. Ich neige dazu, Gräten zu verschlucken. Wir freuen uns alle sehr, Hugo, daß du uns Gesellschaft leistest. Ach, es war so eine lange Zeit! Nicht wahr, Hetty? Sind Sie nicht froh, daß Sie Ihren Mann jetzt wieder daheimhaben?«
Lady Floras geschickter Einfall, die Situation mit ein paar oberflächlich hingeworfenen Worten zu entspannen, machte es Hetty möglich, sich Hugo zu nähern und mit trokkenen Lippen einen Kuß auf die heile Wange zu drücken. Wenn man ihn von dieser Seite ansah, dann schaute er so gut wie früher aus. Sie gab acht, daß sie bei der Berührung nicht zusammenzuckte. Aber wie unter Zwang glitt ihr Blick zu seinem Hosenbein, das über dem Knie zurückgefaltet war, und Hugo spürte das Zittern, das sie überlief.
»Du hast bloß noch einen halben Mann zurückgekriegt, Frau. Schau ihn dir gut an!« Hugo wandte ihr absichtlich die entstellte Gesichtshälfte zu. »Wird dir schlecht bei dem Anblick?«
»Hugo, sei jetzt still«, rief Lionel. »Diese theatralischen Ef-

fekte helfen vielleicht dir, aber für uns andere ist das weniger amüsant.«

»Die Narbe heilt noch besser aus«, sagte Kitty offen. »War es das, was dich bedrückt hat?«

»Und was ist damit?« sagte Hugo und tippte gegen die schwarze Augenklappe. »Möchtet ihr die leere Augenhöhle sehen?«

Julia schrie laut auf, rannte zu ihm hin und kniete sich neben ihn, wobei sie den Kopf gegen seinen Oberschenkel preßte. »Hugo, wir lieben dich alle.«

»Um Gottes willen, steh auf«, sagte er gereizt. »Wann essen wir endlich? Ich habe seit heute morgen nichts mehr gehabt. Wo ist Bates? Klingle nach ihm, Mutter. Trinken wir doch eine oder zwei Flaschen guten Rotwein. Falls ihr nicht alles weggetrunken habt, solange ich nicht da war. Was ist mir dir, Lionel? Du hast's also geschafft, den Granaten auszuweichen! Mich hat so ein verdammtes Ding erwischt. Kurz bevor ich auf Urlaub fahren wollte.«

Sein seltsam gequälter Blick schweifte über den Tisch.

»Na, Hetty, haben sie schon eine richtige Engländerin aus dir gemacht? Was gibt's Neues aus New York? Sitzt Onkel Jonas immer noch auf seinem Geld?«

»Hugo, wie kannst du so etwas sagen!« rief Lady Flora schockiert.

»Stimmt's etwa nicht, Mutter? Hetty-Clemency oder Clemency-Hetty, ich weiß nicht, was ihr lieber ist, muß ihre Rechte wahrnehmen. Niemand trennt sich widerwilliger von seinem Geld als ein Wall-Street-Bankier, vor allem dann, wenn dieses Geld an eine leichtsinnige junge Frau und ihren verschwenderischen Gatten geht.«

»Hugo, du sprichst zuviel«, sagte Hetty sanft. Sie streckte die Hand aus, um die seine zu berühren. Innerlich zitterte sie noch wegen der scherzhaften Verknüpfung der beiden Namen. Er betrachtete sie und Clemency als eine Person. Was jetzt ja auch tatsächlich stimmte.

Hugo war die sanfte Berührung sichtlich unangenehm. Hetty bemerkte bestürzt, daß seine Hand, die den Suppenlöffel zum Mund führte, stark zitterte. Er ließ sie auf den Tisch poltern und rief wieder nach Bates, der unabsichtlich an Hugos blinder Seite stand.

»Ja, Mylord.«

»Verdammt, Bates, stellen Sie sich so, daß ich Sie sehe. Ich bin nicht blind. Holen Sie uns ein paar Flaschen von dem 97er Bordeaux. Nach dem Essen möchte ich in der Bibliothek Portwein trinken. Vielleicht leistest du mir dabei Gesellschaft, Lionel.« Er machte eine ungeduldige Bewegung. »Starrt mich doch nicht alle so an! Und falls ihr Angst habt, kann ich euch versichern, daß ich eine halbe Flasche Portwein trinken kann, ohne daß man mich nach oben tragen müßte. Wenn es mal so weit ist, dann könnt ihr mich gleich begraben. Aber heute abend werde ich in meinem eigenen Bett schlafen.«

Sein rotumrändertes Auge suchte Hettys Blick. »Ich möchte dich darauf hinweisen, daß ich keine Gesellschaft will. Macht dir das etwas aus? Hoffentlich ist dir's nicht allzu eilig mit dem Erben.«

»Hugo, du spielst die ganze Zeit ununterbrochen Theater«, sagte Lady Flora ärgerlich, als sei dieser grauenvolle Monolog nichts Außergewöhnliches gewesen. »Morgen wirst du hoffentlich die Güte haben, dich zu entschuldigen.«

»Den Teufel werd' ich«, murmelte Hugo. Die Narbe auf seiner Wange hob sich hell von der stark geröteten Haut ab. »Home, sweet home.« Plötzlich sah er sehr erschöpft aus. »Das haben wir immer in den Gräben gesungen: Home, sweet home.«

Endlich war das alptraumhafte Mahl vorbei. Von Lionel gefolgt, schwankte Hugo auf seinen Krücken in die Bibliothek. Julia begann wieder zu weinen.

»Nicht ein einziges Mal hat er die Pferde erwähnt«, jammerte sie. »Daran sieht man, wie schrecklich er sich verändert hat.«

War Jakobinas Mann auch so aus dem Krieg zurückgekommen? Zornig, unversöhnlich, ausschließlich mit sich beschäftigt, sich selbst und anderen Menschen gegenüber vol-

ler Haß? Wenn ja, dann war sie wohl glücklich gewesen über das Kind in ihrem Leib, das sie von ihrem Liebhaber empfangen hatte.
Hetty fragte sich, ob sie es wohl jemals über sich bringen würde, mit diesem wilden Zerrbild eines Mannes zu schlafen. Aber es mußte sein, wenn sie ein Baby wollte. Und das wollte sie. Das war das einzig Schöne, das ihr geblieben war. Das und Loburn.
Wie hätte sich wohl Clemency verhalten?

16

Nach diesem Tag schloß Hugo seine Tür nicht mehr ab. Doch blieb dies sein einziges Zugeständnis an die Normalität. Er begann ein beängstigendes Verhalten zu entwickeln. Bis zum Abend weigerte er sich, sein Zimmer zu verlassen, offenbar weil er nicht gesehen werden wollte; dann kam er zum Essen herunter, wobei aber immer nur Kerzen brannten, dann folgte ein zu reichlich bemessenes Quantum Wein, und zwei Stunden später ging er wieder hinauf...
Nach dem ersten Abend machte Lady Flora keine Einwände mehr gegen die Kerzen. Sie hatte erkannt, daß dies doch nicht bloß die Laune eines verwöhnten, arroganten jungen Mannes war, sondern daß etwas Dunkleres, Ernsteres dahintersteckte.
Auch Hetty gab sich Mühe, Hugo nicht unnötig aufzuregen. Wenn sie ab und zu unter irgendeinem Vorwand in das große Schlafzimmer hinaufging, dann sah sie ihn meistens im Sessel beim Fenster sitzen. Er wandte der Tür den Rükken zu, und man sah nur die blonden Haare von hinten, kraus und hübsch, die es einem schwermachten, sich das zerstörte Gesicht vorzustellen.
Wenn er sie eintreten hörte, verhielt er sich manchmal ganz still, manchmal fuhr er sie an: »Was willst du?« Sie gab dann

meist vor, irgendwelche Kleider zu benötigen. Einmal sagte er: »Habe ich dich aus deinem Zimmer hinausgedrängt?«

»Du weißt sehr gut, daß du das hast. Aber doch hoffentlich nicht für immer.«

Er griff den letzten Teil ihrer Antwort auf.

»Lüg' nicht so! Julia hat schon immer gesagt, daß du eine Lügnerin bist.«

»Und du glaubst das?«

»Na ja, du brauchst nicht so zu tun, als mache dir meine Wasserspeierfratze nichts aus.«

»Ich tue nicht so, Hugo. Im übrigen macht es mir wirklich etwas aus, aber hauptsächlich deinetwegen. Ich versuche, wieder zu dir zu finden. Wird das nicht schrecklich langweilig, hier oben zu sitzen und den ganzen Tag gar nichts zu tun? Könnte ich nicht mit dir reden oder dir etwas vorlesen?«

Er wurde rot vor Ärger.

»Nein, ich habe keine Lust zu reden, und ich habe mich nie für Bücher interessiert! Du hättest Lionel heiraten sollen, wenn du einen literarisch gebildeten Mann wolltest.«

Ja, dachte Hetty gequält. Hugo hatte mehr recht, als er ahnte. »Nun ja, ich habe es nicht getan. Ich habe dich geheiratet. Und deshalb macht es mich traurig, daß du so unglücklich bist.«

»Unglücklich, mein Gott! Wer ist schon glücklich? Laß mich allein, hörst du! Geh!«

»Lassen Sie ihm noch etwas Zeit«, sagte Dr. Bailey zu Hetty. »Seien Sie geduldig und versuchen Sie zu erreichen, daß er etwas mitteilsamer wird und mehr aus sich herausgeht. Er sollte über diese schlimmen Erinnerungen, die er mit sich herumschleppt, sprechen. Wir bringen ihn nicht ins Krankenhaus, oder?«

»Nein, nein. Ich behalte ihn zu Hause. Das ist meine Pflicht.«

Doktor Bailey schien über ihre Wortwahl etwas erstaunt zu sein. Aber so fühlte sie tatsächlich. Dies war die rä-

chende Nemesis. Jetzt erhielt sie die Strafe für ihre Schlechtigkeit.
Aber würde das nun ihr ganzes Leben lang andauern? Würde sie für immer mit einem Mann zusammenleben müssen, mit dem sie sich nicht unterhalten konnte, für den sie nur Mitleid empfand? Diese Aussicht war entsetzlich. Was war zu tun? Sollte sie aufgeben und nach New York zurückkehren? Aber dann würde Onkel Jonas ihren Betrug sicherlich entdecken. Außerdem war die Vorstellung, plötzlich, nachdem sie eine reiche Erbin geworden war, wieder arm zu sein, wenig verlockend.
Nein, sie mußte ihren ganzen Mut aufbringen und diesem armen, verwirrten, zornigen Mann, der Stunde um Stunde alleine verbrachte, eine gute Frau sein. Es war die nächste Herausforderung für sie, vielleicht die härteste von allen. Aber hatte sie sich nicht immer etwas darauf eingebildet, daß sie jeder Herausforderung mutig die Stirn bot?
Dennoch war es ein harter Schlag, als Lionel bekanntgab, er, Kitty und Freddie suchten ein Haus, um von Loburn wegzuziehen. Das hätten sie schon immer vorgehabt, sobald Hugo verheiratet wäre, aber dann sei der Krieg dazwischengekommen. Jetzt sei es an der Zeit.
Lionel schaute Hetty freundlich und mitfühlend an und sagte, dies sei die einzige Möglichkeit. Sie sei sowohl praktisch als auch ehrenhaft.
»Am Ende verliebe ich mich wirklich noch in dich, wenn ich hierbleibe«, sagte er in scherzhaftem Ton, der aber nicht verbarg, wie ernst er es meinte. »Sei tapfer und steh es durch! Du schaffst es bestimmt. Und vielleicht wird alles viel besser, als du denkst.«
»Wie denn?« rief Hetty kläglich. Dann fuhr sie gefaßter fort. »Natürlich werde ich es durchstehen. Ich hatte nichts anderes vor.«
Lady Hazzard auf Loburn. Das war sie immerhin noch.
Trotzdem weinte sie nach dieser Unterhaltung mit Lionel stundenlang. Und in der Abenddämmerung, als sie ihr tränennasses Gesicht gegen das Fenster preßte, sah sie draußen

das nasse Gesicht einer Ertrunkenen, das ins Zimmer hereinschaute.
»Nein!« stöhnte sie und wandte sich ab. Auch das Gesicht wich zurück und löste sich in der Dunkelheit auf.
Sicher war es nur ihr eigenes Gesicht gewesen, das sich undeutlich im Fenster gespiegelt hatte. So ähnlich war es ihr schon einmal gegangen, mit dem Spiegel in der Halle. Darauf wollte sie in Zukunft nicht mehr hereinfallen.
Trotzdem zitterte sie noch immer und konnte später nicht zum Abendessen hinuntergehen. Sie fühlte sich dem von Kerzen erleuchteten Speisezimmer und Hugos einschüchternder Erscheinung nicht gewachsen. Sie dachte daran, daß dies immer so weitergehen würde, wenn Kitty, Lionel und Freddie fortgezogen waren, Lady Flora gestorben und Julia ebenfalls gegangen sein würde. Nur noch sie und Hugo würden übrigbleiben, wie Figuren in einem Theaterstück, das niemals endete.
»Was ist los, Mylady? Haben Sie einen Geist gesehen?« Effie war hereingekommen, um das Bett zu richten.
»Ja, ich glaube, Effie. Und zwar meinen armen Mann, der mir allmählich wirklich wie ein Geist vorkommt.«
»Oh, er kommt bestimmt wieder auf die Höhe, Mylady, machen Sie sich da keine Sorgen. Lassen Sie ihm Zeit. Er kann nicht reiten, und ich wette, das bedrückt ihn am allermeisten. Er kann sich nicht daran gewöhnen, nie mehr zu jagen. Das war doch sein ein und alles, oder?«
»Ja, ich glaube auch, daß es daran liegt. Außerdem leidet er schrecklich unter der Narbe im Gesicht. Aber irgendwann wird er wieder unter die Leute gehen müssen.«
»Wenn es ihm besser geht und er sich langweilt so allein«, sagte Effie mit Nachdruck. »Entschuldigung, Mylady, wenn ich zu offen bin, aber ich will sagen, mit Ihrer Hilfe wird er sich erholen.«
Es war verführerisch, sich Effie anzuvertrauen. Schließlich hatte Hetty ihr Leben lang mit Leuten ihres Schlages Umgang gehabt. Aber mit diesem Hang zur Vertraulichkeit mußte sie sehr vorsichtig sein. Man mußte ständig mit allem

vorsichtig sein. Das war sehr ermüdend. Und man blieb einsam dabei.
Immerhin war Lady Flora etwas freundlicher geworden. Sie schaute Hetty manchmal mit einiger Besorgnis an.
»Sie sehen sehr müde aus, meine Liebe. Sie sollten etwas mehr nach draußen gehen, bevor der Sommmer vorbei ist. Könnten Sie Hugo nicht überreden, daß er mit Ihnen im Garten spazierengeht? Er machte mir gestern abend beim Essen einen besseren Eindruck, war weniger gereizt. Fanden Sie nicht auch? Und diese Narbe im Gesicht wird langsam blasser. Können Sie ihm das mal sagen?«
»Oh je, nein. Ich wage sie nicht zu erwähnen.«
»Also tut ihr beide so, als sei sie nicht da! Und ähnlich haltet ihr es auch mit anderen Dingen. Warum schlaft ihr nicht im selben Bett?« Hetty wurde rot. Sie hatte Angst, Hugo könnte impotent geworden sein. Es wäre so schrecklich gewesen, ihn zum Eingeständnis dieser Tatsache zu zwingen.
»Was ihn richtig aufmuntern würde, Lady Flora, wäre ein langer Ritt mit Julia zusammen. Da dies nicht mehr möglich ist, gibt es wirklich nichts mehr, was ich ihm vorschlagen könnte.«
»Er muß einsehen lernen, daß es im Leben noch anderes gibt als Reiten und Jagen. Also keine Sentimentalität, Hetty! Seien Sie hart mit ihm. Zwingen Sie ihn, der Wahrheit ins Gesicht zu sehen. Sagen Sie ihm, daß Sie es allmählich bereuen, je von New York hierhergezogen zu sein«, fügte sie hinzu. »Sie müssen erreichen, daß er aufhört, immer bloß an sich selber zu denken.«
Als hätte Hugo diese Unterhaltung gehört oder von ihr gewußt, raffte er sich am folgenden Tag aus seiner Apathie auf. Er ließ zuerst den Verwalter kommen und dann Julia. Der Verwalter, der alte Fred Ryman, stellte den leichteren Fall dar. Er hatte schon lange darauf gewartet, mit Hugo über einige praktische Dinge sprechen zu können, über Ernten, das Vieh, Reparaturen. Mit Julia war es etwas anderes. Hetty sah, wie sie aufgeregt die Treppe hinaufrannte. Vielleicht hatte ihre beharrliche Liebe ihr über den Abscheu

vor Hugos Entstellung hinweggeholfen. Sie hatte sich so danach gesehnt, gebraucht zu werden, und hoffte, daß diese Aufforderung ein gutes Zeichen sei.
Hetty hielt sich ganz zurück. Wenn dieses kühle, blonde englische Mädchen, Hugos erste Liebe, irgend etwas tun konnte, um seine seelische Verfassung zu verbessern, dann mußte man ihr das erlauben. Eifersucht war jetzt fehl am Platz. Sie sagte zu sich selbst, daß es doch herrlich wäre, Hugo wieder fröhlicher zu sehen, und daß es unwichtig sei, wer dieses Wunder vollbrachte.
Aber es gab kein Wunder.
Julia kam die Treppe herunter und sah zornig, kummervoll und ungläubig aus.
»Das werde ich nicht tun!« sagte sie. »Ich werde es einfach nicht tun.« Sie bemerkte Hetty und rief hysterisch: »Es ist unglaublich! Er ist nicht bei Verstand!«
»Was hat er denn gesagt?«
»Er hat mir befohlen, die Pferde zu verkaufen. Man kann doch nicht ein Anwesen wie dieses hier besitzen, ohne Pferde zu haben! Das geht einfach nicht.«
»Wenn man sie aber nicht reiten kann?« sagte Hetty trokken. »Das ist doch der Grund, Julia. Weder er noch ich können reiten, und Lionel und Kitty gehen fort von hier. Also bleiben nur noch Sie übrig. Es ist doch wohl sinnlos, für eine einzige Person Pferde zu halten, noch dazu für eine Angestellte, die nicht immer dableiben wird.« Es war ein herrliches Gefühl, Julia eins auszuwischen. Die Erinnerung an ihr Baby stachelte sie dazu auf.
Julia war dunkelrot geworden.
»Nein, das ist nicht der Grund. Fred Ryman ist schuld daran. Er sagt, wenn der Krieg weitergehe, würde das Futter knapp. Es sei ein Luxus, Pferde zu halten.«
»Stimmt das nicht auch?«
»Ich betrachte gute Jagdpferde nicht als Luxus.«
»Sie vielleicht nicht, aber ein Mann, der nur noch ein Bein hat, sieht solche Dinge vielleicht anders. Sie müssen jedenfalls tun, was Hugo sagt, Julia.«

Julias Wut hatte sich in kalte Feindseligkeit verwandelt. »Wer sind Sie denn, daß Sie mir Befehle geben können? Sie tun so, als könnten Sie kein Wässerchen trüben, aber was sind Sie denn eigentlich? Bloß eine gute Haushälterin. Wenn Sie nicht so reich wären, hätte Hugo sich nicht einmal nach Ihnen umgedreht!«

»Sie stellen Hugo ja als äußerst geldgierig hin«, sagte Hetty.

»Natürlich war er das, was Sie betrifft. Er mußte es sein. Wir haben ihn alle verstanden. Aber...«

»Aber?«

Der Kummer mit den Pferden hatte Julia unvorsichtig werden lassen. »Es war nicht beabsichtigt, daß diese Geldheirat ewig dauern sollte«, sagte sie mitleidlos.

»Das glaube ich Ihnen nicht!«

»Oh doch, es ist wahr. Es ist immer noch wahr. Wir alle wissen, wer Sie sind.«

Hetty geriet in Alarmstimmung. ›Die kleine Betrügerin aus New York...‹

»Wer bin ich denn?«

»Jedenfalls nicht die, die Sie zu sein vorgeben«, antwortete Julia schlagfertig, ohne diese geheimnisvolle Bemerkung näher zu erläutern.

Im Grunde war das alles ziemlich albern, wie ein Zank zwischen Schulmädchen. Hetty weigerte sich, Julia Bemerkungen zu gestatten, die sicherlich nur leere Drohungen waren, um sie aufzuregen. Das Wichtigste war, daß es Hugo besser gehen würde, sobald die Pferde verkauft waren. Hatte damit sein tyrannisches, unnatürliches Verhalten der letzten Wochen ein Ende? Würde er sie dann bald bei sich im Bett haben wollen? Und würde sie keinerlei Ekel mehr dabei empfinden?

Sie hatte ihn nie wirklich geliebt, das war es. Eine liebende Frau hätte die oberflächlichen Entstellungen übergangen. Wenn es Lionel gewesen wäre... Lionels schönes Gesicht, entstellt und verunstaltet, das hätte ihr das Herz gebrochen. Sie hätte ihn in ihre Arme geschlossen und nie mehr losgelassen.

Bei Hugo war das anders. Aber sie war Hugos Frau.
Er hatte nun eine andere Gewohnheit angenommen, die noch viel störender war als die selbstgewählte Einzelhaft in seinem Zimmer. Er schlich durchs Haus, öffnete leise die Türen und erschreckte die Mädchen. Trotz seiner Krücken bewegte er sich nahezu lautlos. Effie sagte verschämt, daß sein entstelltes Gesicht mit der schwarzen Augenklappe sie an einen Räuber denken ließ.
»Hugo, du mußt wirklich aufhören, die Bediensteten so zu erschrecken!« sagte Lady Flora beim Abendessen. »Ich habe den Eindruck, das macht dir Spaß.«
Hugo verzog sein Gesicht zu einer schiefen Grimasse, die ein Lächeln darstellen sollte, und ein erfreutes obendrein.
»Halten sie mich für einen Menschenfresser? Herrlich! Warum soll ich nicht das Beste daraus machen, wenn ich schon so aussehe? Das steht mir doch zu, oder nicht? Und ich muß sagen, daß die Bediensteten verdammt faul sind. Überall Staub.«
»Sie machen ihre Arbeit sehr gut«, verteidigte Hetty ihr Personal. »Es ist ein großes Haus für so wenig Leute! Bitte kritisiere sie nicht, Hugo, sonst gehen sie am Ende, und was sollen wir dann machen? Alle jüngeren Frauen arbeiten doch in Munitionsfabriken.«
»Ich kritisiere nicht nur die Angestellten. Ich habe bemerkt, daß meine Frau und mein Bruder häufig in der Bibliothek zusammensitzen. Was macht ihr denn da?«
Dazu grinste Hugo boshaft. Sein gesundes Auge schaute Hetty herausfordernd an.
»Wir sehen alte Papiere durch, Hugo. Ich möchte soviel wie möglich über dieses Haus herausfinden, denn wenn wir es so wieder herstellen wollen, wie es früher einmal war, dann müssen wir seine Geschichte kennen.«
»Wir haben ein paar äußerst interessante Sachen entdeckt«, sagte Lionel in seiner freundlichen Art. »Ich nehme an, daß manche dieser Dokumente mehrere Jahrhunderte hindurch von niemandem gelesen wurden. Hetty hat ein ziemliches Talent für solche Dinge.«

»Warum sollte sich eine Amerikanerin so sehr für die Geschichte einer englischen Familie interessieren?« fragte Hugo mißtrauisch.
»Jetzt ist es doch auch meine Familie, Hugo«, erwiderte Hetty. Sie sah ihn fest an. »Ob ich dies nun bedauere oder nicht.«
»Natürlich bedauerst du es«, rief Hugo laut. »Ein hübsches junges Ding wie du, das an ein Schreckgespenst wie mich gekettet ist, bei dessen Anblick die Dienstmädchen vor Angst aufschreien!«
Lady Flora seufzte. »Du wirst nie aufhören, melodramatisch zu sein. Es wäre sinnvoller, wenn du dir einmal die Reparaturen ansehen würdest, die Hetty schon veranlaßt hat. Hast du ihr je dafür deinen Dank ausgesprochen?«
Jetzt war das despotische blaue Auge starr auf Lady Flora gerichtet.
»Dank? Wofür? Sie mag das Haus, sagt sie, und deshalb kann sie doch froh sein, daß sie ihr Geld für so eine lohnende Sache ausgeben kann.
Kitty beugte sich empört vor. »Also weißt du, Hugo, das ist wirklich die Höhe! Du benimmst dich rüpelhaft und unausstehlich. Wenn dir das noch keiner gesagt hat, dann sag ich es jetzt. Du kannst nicht andauernd uns für dein Pech bestrafen. Unsere Geduld hat Grenzen. Lionel und ich gehen bald von hier weg, Gott sei Dank, aber die andern müssen bleiben. Es sei denn, Hetty entschließt sich, nach Amerika zurückzugehen. Ich jedenfalls würde es ihr nicht einmal übelnehmen.«
Sah Hugo beunruhigt aus?
»Sie wird nicht gehen«, murmelte Julia. »Oder, Hetty?«
»Nein, ich bleibe hier. In New York habe ich ja nur Onkel Jonas. Hier sind mein Mann und mein Haus und all die Dinge, die wir noch zusammen machen werden.«
Hugo leerte sein Weinglas und bat Bates, es neu zu füllen. Sein Gesicht sah wieder gerötet aus.
»Sagtest du ›dein Mann‹?«
»Ja, das habe ich gesagt.«

Plötzlich schien es Hetty, als glänzte sein Auge vor Tränen. Hugo weinte! Etwas zog sich in ihrer Brust zusammen. Sie überlegte, ob er manchmal auch geweint haben mochte, wenn er allein in seinem Zimmer saß. Daran hatte sie noch nie zuvor gedacht.

Am Morgen darauf erwischte Hetty Julia dabei, wie sie sich über ihren, Hettys, Schreibtisch beugte. Hetty wußte, daß Hugo hinuntergegangen war, und war heraufgeschlichen, um nachzusehen, ob das Zimmer für seine Rückkehr schön aufgeräumt war. Sie dachte dabei an seine Bemerkung über die faulen Bediensteten. Eine ungerechte Bemerkung, aber man mußte der Klage immerhin nachgehen.
Und da ertappte sie Julia auf frischer Tat.
»Was tun Sie da?« fragte Hetty scharf.
Julia schloß hastig den Schreibtischdeckel und trat einen Schritt zurück. »Ich habe nach der Rechnung für das Füllen gesucht, das wir in Newmarket gekauft haben.«
»In meinem Schreibtisch? Wie sollte sie da hineinkommen?«
»Oh, mein Gott, das tut mir leid! Ich dachte, es sei Hugos Schreibtisch.«
»Dachten Sie das wirklich?«
»Ja. Ich habe erst im Moment zu suchen begonnen. Ich habe noch fast nichts angerührt.«
»Glauben Sie nicht, daß die Bibliothek da eher in Frage käme? Dort bewahrt Hugo nämlich seine Geschäftspapiere auf, das müßten Sie wissen.«
Julia machte erschrockene Augen.
»Ich weiß es, aber ich habe dort nichts gefunden. Dann dachte ich, daß Hugo seine Papiere vielleicht auch hier oben aufbewahrt, wo er doch soviel Zeit in diesem Zimmer verbringt. Ich bitte um Entschuldigung, Hetty. Ich habe meinen Verstand nicht mehr ganz beisammen, seitdem der Verkauf der Pferde begonnen hat.«
Dann war sie schon verschwunden, ehe Hetty ihr sagen konnte, daß sie sie für sehr schlau und berechnend hielt.

Wonach hatte Julia wirklich gesucht?
Hetty sah schnell nach, welche Papiere offen in ihrem Schreibtisch herumlagen. Es waren Onkel Jonas' Briefe, einige Briefe von der Bank, dann die Nachricht von der amerikanischen Botschaft über die junge, nicht identifizierte Frau und schließlich der Brief, mit dem sich Mrs. Crampton vor langer Zeit nach Harriet Brown erkundigt hatte. Und natürlich auch Hugos kurze, nichtssagende Briefe aus Frankreich. Also bestimmt nichts Belastendes! Doch sollte jemand in ihrer Lage nie alte Briefe aufheben. Sie konnten unter Umständen den Schlüssel zu einem Geheimnis liefern.
Hatte Julia nach einer Antwort auf etwas gesucht, das sie für ein Geheimnis hielt?
Die Rechnung von Lord & Taylor? Enthielt sie irgend etwas, das Verdacht erregen konnte? Oder hatte Julia gedacht, Liebesbriefe von Lionel zu entdecken? Hatte sie nach irgendeinem Beweis gesucht? Sie war eine falsche, gemeine Person, und Hetty traute ihr alles zu.

Am Tag, an dem die letzten Pferde weggeführt wurden, betrank Hugo sich schwer und stürzte wie ein gefällter Baum die Treppe hinunter. Es war erstaunlich, daß er sich dabei nicht verletzte, aber er zitterte, und seine Stimmung wurde noch schlechter. Bates und Hetty halfen ihm beim Aufstehen und brachten ihm einen Sessel, in dem er dann finster blickend auf das Glas Brandy wartete, das Bates für ihn holte. Er wollte nicht, daß man nach einem Arzt schickte.
»Schade, daß ich mir nicht das Genick gebrochen habe«, sagte er.
Hetty, die sich noch nicht von ihrem Schrecken erholt hatte, verlor die Geduld und fuhr ihn an: »Mein Gott, ich habe dieses ewige Selbstmitleid allmählich satt! Wenn du keinen Arzt willst und hier bloß betrunken herumsitzen möchtest, dann geh ich. Die Jungen im Hospital brauchen mich mehr als du. Vielleicht ist Julia so nett, deine Hand zu halten.«
Genau dies geschah auch. Als Hetty später vom Kranken-

haus heimkam, müde und bedrückt, aber nicht mehr verärgert, erfuhr sie, daß Julia über eine Stunde bei Hugo gesessen hatte. Sie hatte geweint, dann wieder hatte sie versucht, ihn aufzumuntern, und später hatte sie ihn in sein Zimmer hinaufgebracht.
Alles Dinge, die eigentlich Sache seiner Frau gewesen wären.
Hugo kam an diesem Abend nicht zum Essen herunter. Allmählich glaubte keiner mehr daran, daß er irgendwann seine frühere Fröhlichkeit zurückgewinnen würde.
»Der Krieg ist etwas Furchtbares!« rief Kitty plötzlich. »Wenn mein Sohn später einmal in so einem Krieg kämpfen muß, dann will ich lieber, daß er vorher stirbt. Im Grunde kannst du doch von Glück sagen, Hetty, daß du keinen Sohn hast.«
»Findest du wirklich?« sagte Hetty traurig. Sie fürchtete, daß sie niemals einen Sohn oder eine Tochter haben würde. Sie würde bloß weiterhin ihre Rolle als Dame des Hauses spielen und langsam zusammen mit dem alten Gemäuer vermodern.
Clemency, Clemency, ist das deine Rache?
»Du kannst dir Freddie mit uns teilen«, sagte Lionel. Aber auf einmal erschien er ihr zu mild, zu freundlich. »Wir werden nicht zu weit von hier entfernt wohnen. Und er hat seinen eigenen Kopf, wenn er dich sehen will.«
»Ach, dieses Hektor-und-Achilles-Zeug«, murrte Kitty. »In seinem Alter sollte er sich für Hänsel und Gretel interessieren und solche Dinge.«
»Nein, ich glaube nicht, daß Märchen etwas für Freddie sind«, entgegnete Hetty. »Er ist schon reif für etwas anderes. Ich habe daran gedacht, ob ich es mal mit Charles Dikkens versuche. Hätten Sie was dagegen, Kitty?«
»Da müssen Sie seinen Vater fragen. Er ist es, der von Literatur eine Ahnung hat.«
»Gute Idee«, sagte Lionel. »Wir werden dann zwar einen Oliver Twist bekommen, aber das bringt Leben ins Haus.«
Das Experiment war ein voller Erfolg. Freddie lauschte den

Abenteuern David Copperfields mit hingerissener Aufmerksamkeit und bat Hetty, immer weiterzulesen. Jetzt, wo die Nachmittage kürzer wurden, trafen sie sich um fünf Uhr in der Bibliothek. Dort war es ruhig, niemand störte sie. Zumindest nahm Hetty das an bis zu jenem Nachmittag, an dem sie am anderen Ende des Raums ein leises Geräusch vernahm. Sie schaute in die Richtung, aus der es kam, und sah gerade noch, wie sich die Tür hinter jemandem schloß.

»Bist du's, Lionel?«

»Nein, das war Onkel Hugo«, sagte Freddie.

»Onkel Hugo?«

»Er kommt jeden Nachmittag und hört dir zu. Er sitzt in dem Sessel dort drüben, wo du ihn nicht sehen kannst.«

»Aber warum sagt er denn nicht, daß er hier ist?«

»Er will wahrscheinlich nicht gesehen werden«, sagte Freddie ruhig. »Lies bitte weiter, Hetty!«

Hetty beschloß, Hugo nichts davon zu sagen, daß sie seine Anwesenheit bei den Lesestunden bemerkt hatte. Doch las sie von nun an etwas lauter, damit er sie gut verstehen konnte. Die Lesestunden gewannen an Bedeutung für sie. Freddie war schon immer ein dankbarer Zuhörer gewesen, jetzt aber las Hetty mit einer gewissen inneren Aufregung. Sie merkte, daß es ihr gefiel, Hugo dabeizuhaben.

17

Der Herbst kündigte sich mit Stürmen und kühlem Wetter an. Die Blätter begannen von den Bäumen zu fallen. Der Wind strich seufzend und stöhnend ums Haus, und geisterhafte Echos aus der Vergangenheit antworteten ihm.

Hetty fand das Graue Zimmer trübselig und kahl. Es erinnerte sie zu sehr an die ersten Tage ihrer Ankunft hier, wo sie verzweifelt, verwirrt gewesen war und noch unter dem

Schock des schrecklichen Unglücks gestanden hatte. Das Geräusch des Windes, der durch die Bäume fuhr, erinnerte sie an das Rauschen der Meereswellen. Manchmal hörte sich der Regen an, als würde eisiges Wasser gegen die Scheiben geworfen. Dann wachte Hetty kalt und steifgefroren auf und hatte Angst. In solchen Momenten kam es ihr vor, als stehe Clemency am Fußende des Bettes und betrachte sie schweigend. Als sie lebte, war sie doch keinen Moment still gewesen, wie konnte sie jetzt so unbeweglich dastehen? Wie tief mußte sie Hetty hassen, die lachen, sprechen, weinen, lieben konnte...

Schlaftrunken und noch halb im Bann des Alptraums überlegte sich Hetty, ob sie vielleicht doch im Begriff war, verrückt zu werden. Das Jahr war so anstrengend gewesen. Sie hatte es satt, immer nur mit sich selbst zu Rate zu gehen, und sie fühlte sich einsam. »Aber du kannst nicht mehr umkehren, Hetty, das siehst du doch ein? Es gibt keinen Ausweg«, hallte Clemencys Stimme aus dem Alptraum herüber, und kurz darauf fuhr Hetty mit einem Schrei in die Höhe, weil jemand sie berührt hatte. Clemency war da! Sie kroch zu ihr ins Bett!

Eine kalte Hand packte sie an der Schulter und drückte sie aufs Kissen zurück.

»Hör auf zu schreien, ich bin kein Geist.« Hugos Stimme! »Ich möchte mich neben dich legen. Macht es dir etwas aus?«

»N-Nein.« Sie schluchzte leise. »Hugo, du hast mich so erschreckt! Mach bitte das Licht an!«

»Nein. Kein Licht.«

Natürlich dachte er, sein entstelltes Gesicht, sein verkrüppelter Körper seien im Dunkeln erträglicher. Als Hetty aber fühlte, wie er sich ihr näherte, und als sie an seinem Atmen hörte, daß sein Mund schon nah an ihrem war, begann sie unwillkürlich zu zittern. »Hab keine Angst vor mir! Hab um Himmels willen keine Angst vor mir!«

»Ich – habe keine Angst.«

»Dann küß mich!«

Der herrische Befehlston seiner Stimme verwandelte Hetty in eine willenlose Puppe. Sie suchte seinen Mund.
»Das mußt du tun, Hetty.« Wieder Clemencys Stimme! »Das bist du mir schuldig...«
Sie dachte, sie würde wieder zu zittern anfangen, wenn sich ihre Lippen trafen, aber er lag so unerwartet ruhig da, als sie ihn küßte, daß die Situation alles Schauerliche verlor und sogar angenehm wurde. Sie küßte seine unverletzte Wange und berührte dann mit den Lippen die runzlige, schon blasser gewordene Narbe. Und zu ihrer eigenen Überraschung fühlte sie keinerlei Widerwillen.
Er schloß sie in die Arme. Sie konnte im Dunkeln nicht erkennen, ob sein unverletztes Auge offen oder geschlossen war. Sie glitt mit den Lippen sanft über seine langen, seidigen Wimpern, über die buschigen Brauen. Zart küßte sie dann das geschlossene Lid und hörte, wie er mit einem langen, tiefen Seufzen ausatmete.
Sie dachte flüchtig an die wilde, verkrampfte, fast unpersönliche Art, in der sie früher zusammen geschlafen hatten, und bemerkte, daß die langsam wachsende Erregung ihres Körpers, ihr immer größer werdendes Verlangen und auch die Art, wie Hugo sich zitternd gegen sie preßte, davon vollkommen verschieden waren. Er war so beherrscht. Er wartete so überraschend rücksichtsvoll, bis sie bereit war, wartete, um ganz sicher zu sein, daß sie keinen Ekel empfand. Und sie hatte geglaubt, er sei impotent. Sie lachte leise vor sich hin.
»Gut so?« flüsterte er.
»Oh ja, oh ja.«
»Du hast nicht gedacht, daß es so schön werden würde, oder?«
»Ich möchte dein Bein berühren.« Ihre Finger glitten langsam über die rauhe Haut des Stumpfs. »So. Jetzt kenne ich alles. Jetzt hast du keine Geheimnisse mehr vor mir.«
Er preßte sie so fest an sich, daß sie kaum mehr Luft bekam.
»Ich habe mich seit Tagen nach dir gesehnt.«
»Und du hast mir nichts davon gesagt.«

Seine Stimme klang schroff. »Ich hatte Angst, du könntest es nicht ertragen.«
»Hugo, wie dumm wir beide waren! Soviel vergeudete Zeit!« Sie öffnete die Beine. Ihre Stimme klang rauh und sinnlich, als sie sagte: »Und worauf warten wir jetzt noch?«

Als die ersten Sonnenstrahlen ins Zimmer fielen, bewegte sich Hugo unruhig. Hetty hatte kaum geschlafen, hatte sich jedoch im Halbschlaf eingebildet, Clemency betrachte sie vom Fußende des Bettes her und sei auf einmal kein feindseliger Geist mehr.
Mit dem Tageslicht war jedoch auch Hugos Unsicherheit wiedergekommen. Er rückte von ihr weg und sagte, daß sie seinen Anblick wahrscheinlich nicht besonders erfreulich finden werde.
»Eigentlich«, entgegnete Hetty nachdenklich, indem sie sich auf den Ellbogen stützte und die Narbe auf Hugos Wange mit dem Finger entlangfuhr, »eigentlich finde ich, daß du interessant aussiehst. Ich habe das schon eine ganze Weile gedacht. Aber ich wollte deiner Eitelkeit nicht Vorschub leisten, deshalb habe ich es für mich behalten. Du warst nämlich wirklich ein sehr eitler Mann.«
»Ich weiß. Ein arroganter Kerl.«
»Ich mag es lieber, wie du jetzt bist. Mit deinen ehrenvollen Wunden. Und dieses Thema ist jetzt ein für allemal erledigt, ja? Wir wollen nicht mehr davon sprechen.«
»Bemerkenswertes Mädchen«, murmelte er und zog sie zu sich herunter.
»Aber vielleicht solltest du doch lieber in dein Zimmer zurückgehen, wenn du nicht willst, daß die Mädchen darüber reden. Effie kommt bald mit meinem Morgentee.«
»Ach, sollen sie doch reden. Du bist meine Frau.«
Plötzlich wurde auch Hetty unsicher.
»Hugo, ich glaube nicht, daß ich dich je für alles entschädi-

gen kann, was dir fehlt, für die Pferde und dafür, daß du nicht mehr jagen kannst und alle diese Dinge.«

»Glaubst du nicht, daß du es kannst?«

»Meinst du, ich kann es?«

»Du könntest es immerhin versuchen. Ich habe dich immer sehr geschätzt, weißt du.«

»Geschätzt?«

»Ich sag das nicht bloß so dahin, ich meine es wirklich.«

»Aber Julia hast du geliebt. Willst du das damit sagen?«

»Das ist lange her. Sie hat eine phantastische Haltung, wenn sie reitet. Aber jetzt ist sie ein bißchen zänkisch geworden. Und ich schau lieber dich an.«

»Wenn wir schon so offen miteinander reden, Hugo, dann sollte ich dir auch gestehen, daß ich nahe daran war, mich in Lionel zu verlieben.«

»Das wäre wohl nicht von langer Dauer gewesen. Lionel ist ein netter Junge, aber ein Federgewicht.« Hugo hob den Kopf, und sie betrachtete seinen breiten Nacken. »Eine Frau wie du braucht einen Mann, der sie ein wenig lenkt. Ich habe das vom ersten Moment an gewußt, als ich dich in New York sah.«

»Damals war ich ziemlich verwöhnt und oberflächlich, nicht wahr? Ich glaube, wir hatten beide nur unseren eigenen Vorteil im Auge.«

»Ja, so war es wohl.«

»Hugo, so haben wir noch nie miteinander geredet. Als Freunde.«

Er lächelte, und sein Mund war nur noch ein kleines bißchen schief.

»Wir haben uns beide ziemlich verändert. Das ist immerhin etwas, was wir dem Krieg verdanken.«

»Hättest du dieses Mädchen, das du damals in New York kennengelernt hast, geliebt? Ich meine, auf Dauer?«

»Ich bezweifle es. Sie mich aber auch nicht.«

»Wir sprechen von ihr, als handle es sich um jemand ganz anderen«, sagte Hetty unwillkürlich.

»Und ist das nicht der Fall?« Jetzt zwinkerte Hugo tatsächlich mit seinem gesunden Auge. »Natürlich hatte ich nicht allzu viele verschiedene Mädchen erwartet ...«

An diesem Tag zog Hetty wieder in ihr gemeinsames Schlafzimmer, und ohne daß ein Wort gesagt wurde, wußte das ganze Haus, was geschehen war.

Lionel machte einen zu langen Spaziergang, erkältete sich und mußte wieder ins Bett. Er war das Malariafieber nie ganz losgeworden.

Julia war aschgrau im Gesicht, ihre Mundwinkel hingen herunter, und ihre Augen waren stumpf. Der Glanz in Hettys Augen und ihre stille Vergnügtheit konnten ihr nicht verborgen bleiben. Ebensowenig, denn sie war ja nicht taub, entging ihr Hugos leises Summen bei seinen Gängen durchs Haus. Er war sehr beweglich geworden auf seinen Krücken.

Hetty überlegte, ob Julia jetzt wohl endlich aufgeben würde. Sie konnte es sich leisten, mit dem Mädchen, das geschrieben hatte: »Ich werde dich nie aufgeben, nie, nie, nie ...«, Mitleid zu haben.

Lady Flora ließ Hetty zu sich rufen und sagte lebhaft: »Hat sich der Invalide also doch entschlossen, wieder am Leben teilzunehmen?«

»Ja, ich glaube. Nächste Woche fahren wir zusammen nach London, um uns wegen eines künstlichen Beins beraten zu lassen. Pimm bringt uns hin.« Hetty lächelte strahlend. »Ja, es geht ihm jetzt wirklich besser.«

»Gut gemacht, meine Liebe.«

»Oh, das hatte nichts mit mir zu tun. Es war nur so, daß er eben – bereit war.« Sie fühlte, daß sie errötete, und als sie aufschaute, sah sie Lady Floras Augen freundlich lächelnd auf sich gerichtet.

»Ich würde nicht sagen, daß es überhaupt nichts mit Ihnen zu tun hatte«, sagte sie. »Sie sind eine sehr hübsche junge Frau. Vor allem jetzt, wo Sie glücklich sind. Es ist das erste Mal, daß wir Sie glücklich sehen, Hetty, merken Sie das?«

»Ich hoffe, daß wir ein Baby bekommen«, sagte Hetty hastig.
»Aber natürlich, warum denn nicht. Und diesmal werden Sie sehr auf sich achtgeben, ich werde mich selbst darum kümmern.«
»Ja, gnädige Frau«, sagte Hetty und merkte zu spät, daß sie aus Versehen in die Anredeform zurückgefallen war, die sie früher Mrs. Jervis gegenüber benutzen mußte.
Aber Lady Flora schien es überhört zu haben, oder vielleicht gefiel ihr Hettys Demut, denn sie lächelte und sagte: »Ich möchte jetzt gerne Tee trinken. Wollen Sie mir nicht Gesellschaft leisten?«

Sie hätte es wissen müssen, daß dies alles nicht andauern konnte! Vor allem, als sie merkte, daß sie schwanger war. Sie hatte ihr Ziel erreicht, und die Befriedigung darüber war zu groß und zu unverdient. Es war nicht verwunderlich, daß ihr das alles gleich wieder weggenommen werden sollte. Der Brief lag neben ihrem Frühstücksteller. Sie hatte eine schlimme Vorahnung.
»Ich sehe, Sie haben Post aus Amerika, Hetty«, sagte Kitty freundlich. »Wie schön für Sie! Sie haben schon so lange nichts mehr aus New York gehört, nicht wahr?«
»Nein«, sagte Hetty. Das Entsetzen hatte sie gepackt. Sie hatte Onkel Jonas' Handschrift erkannt. Es gab keinen Grund für ihn, ihr einen Brief zu schreiben, es gab aber auch keinen besonderen Grund für die Angst, die sie empfand. Sie wußte nur, daß ihre Hände zu zittern anfangen würden, wenn sie nicht aufpaßte, und daß Hugo es bemerken würde.
»Über Briefe aus New York erschrickt Hetty jedesmal«, sagte Julia zu niemand Bestimmtem. »Sie scheint immer schlechte Nachrichten zu erwarten.«
Hugo öffnete seine eigene Post. Er schaute auf und sagte: »Ich verstehe nicht, warum ihr sie alle so neugierig anstarrt. Vielleicht würde sie ihren Brief lieber allein in ihrem Zimmer lesen.«
Das wäre aber sehr verdächtig gewesen, fand Hetty, riß den

Umschlag auf und entnahm ihm den mit Onkel Jonas' klarer Handschrift bedeckten Briefbogen.

Meine liebe Clemency,
ich kann mir gar nicht vorstellen, was diese »äußerst wichtige« Angelegenheit sein soll, in der Du mich unbedingt persönlich sprechen möchtest. Ich weiß nicht, ob Du daran gedacht hast, wie schwierig und gefährlich es zur Zeit ist, nach England zu kommen. Da ich jedoch Dein Treuhänder bin und auch um Millicents willen, habe ich alle Hebel in Bewegung gesetzt und schließlich eine Passage auf der ›Erin‹, einem Frachtschiff, buchen können, was sicherlich sehr unbequem sein wird.
Da gerade Du Dir der Gefahr durch deutsche U-Boote besonders bewußt sein mußt, nehme ich wirklich an, daß es sich um etwas sehr Dringendes handelt. Es wäre nett von Dir gewesen, wenn Du das näher erläutert hättest. Hast Du Probleme mit Deiner Bank? Oder Deinem Gatten?
Aber ich will jetzt kein mürrischer alter Mann sein. Ich freue mich, Loburn zu sehen, und natürlich freue ich mich auch auf Dich, liebe Clemency. Die ›Erin‹ wird am 12. November in Southampton einlaufen. Ich habe bereits telegraphisch einen Wagen bestellt, der mich dann direkt nach Loburn bringen wird. Dann braucht ihr euch darum schon nicht zu kümmern.

Dein Dich zärtlich liebender

Onkel Jonas

PS.: Im Grunde bin ich für solche Unternehmungen zu alt, ich hoffe also, daß diese Angelegenheit, die Du erwähnst, wirklich wichtig ist.

»Was ist, Hetty?« fragte Hugo. »Schlechte Nachrichten, ja? Du schaust ganz verwirrt aus.«
Hetty hatte sich öfters Gedanken darüber gemacht, in welcher Form das Ende eintreten würde. Es würde also so aussehen, daß Onkel Jonas sie entlarvte. Sie war wie betäubt

vor Schreck, unfähig zu sprechen. Onkel Jonas würde hierherkommen, um jemanden zu besuchen, den er für seine Nichte hielt. Dabei würde er entdecken, daß es sich um eine andere Person handelte. Denn wenn es bis jetzt auch kein Mensch bemerkt hatte, ihm würde es nicht verborgen bleiben, daß sie nicht Clemency war, die er von Geburt an gekannt hatte. Und selbst wenn es ihr gelingen sollte, ihn mit der Geschichte von ihrer großen Veränderung zu täuschen, welch äußerst wichtige Angelegenheit sollte sie erfinden? Offensichtlich hatte irgend jemand – und wahrscheinlich jemand, der hier im Haus lebte – in ihrem Namen an Onkel Jonas geschrieben und ihn gebeten zu kommen.

Hettys angstvoller Blick umfaßte den Frühstückstisch mit dem schimmernden Silber und dem feinen Porzellan, den warmen, behaglichen Raum, die Menschen, die um den Tisch saßen und jetzt wohl als ihre Familie gelten konnten. Und sie schaute zum anderen Ende des Tisches hin, wo Hugo saß, der jetzt nicht mehr jähzornig und reizbar, sondern ruhig und gelassen war und den sie zu lieben begonnen hatte.

Was würde geschehen, wenn er von ihrem ungeheuerlichen Betrug erfuhr? Würde er einen seiner Wutanfälle bekommen und ihr befehlen, das Haus sofort für immer zu verlassen? Sehr wahrscheinlich. Er war sehr stolz. Nie würde er zulassen, daß die Mutter seines Kindes eine Dienerin, Betrügerin und noch dazu unehelich geboren war.

»Hetty!«

»Oh, entschuldige, Hugo.« Sie schaffte es, sich zusammenzureißen.

»Ich war in Gedanken. Überraschende Neuigkeiten sind das: mein Onkel Jonas kommt uns besuchen. Sein Schiff läuft am 12. November ein. In drei Tagen also. So bald schon.«

»Was um alles in der Welt brachte den alten Knaben denn auf diese Idee? Es ist ein bißchen tollkühn, mitten in einem U-Boot-Krieg den Atlantik zu überqueren.«

»Eine äußerst wichtige Angelegenheit«, sagte Hetty wie in

Trance. Wieder ließ sie ihren Blick rund um den Tisch schweifen. Kitty, Lionel, Hugo, Julia. Julia! Deren kalte blaue Augen erwiderten Hettys Blick jedoch am allerruhigsten.
Plötzlich fiel Hetty ein, daß sie Julia einmal dabei erwischt hatte, wie sie sich über ihr Schreibpult beugte und irgend etwas suchte. Eine Rechnung für einen Pferdekauf, hatte sie behauptet. Aber war es in Wirklichkeit vielleicht Onkel Jonas' Adresse gewesen, damit sie ihr diesen heimtückischen Streich spielen konnte?
Denn diesem waren ja schon andere Streiche vorausgegangen – das Kleid von Lord & Taylor zum Beispiel, das ein wenig zu eng gewesen war. Und dann die ewigen Anspielungen, Julias beobachtende Haltung, ihr Versuch, Beweise gegen Hetty zu sammeln, ihre von bitterer Eifersucht genährte Feindseligkeit.
Oh ja, alles paßte zusammen. Hetty war versucht, Julia jetzt hier am Frühstückstisch, vor allen anderen, zur Rede zu stellen.
Aber das würde dazu führen, daß Julia ihren Verdacht ausspräche, und Hetty wollte nicht, daß Hugo ihn hörte. Es könnte zuviel Wahres daran sein. Ihr blieb keine andere Wahl, als die Begegnung mit Onkel Jonas abzuwarten, ihre Rolle bis zum Ende durchzuhalten und zu hoffen, daß ihr das Glück treu blieb.
Nachdem sie dies beschlossen hatte, wurde Hetty ruhig. Sie bestimmte, in welchem Zimmer Onkel Jonas wohnen würde, und ließ es aufs beste herrichten. Sie stellte Menüs zusammen, von denen sie annahm, daß sie ihm schmecken würden. Und sie erzählte Lady Flora von ihm.
»Er ist ein kleiner, nüchterner, grauhaariger Mann, ziemlich dick und bloß an seinen und anderer Leute Finanzen interessiert. Erst war er sehr dagegen, daß ich nach England fahren und Hugo heiraten wollte. Es gefiel ihm nicht, daß ich mein Geld in ein Unternehmen stecken wollte, das er nicht geplant hatte.«

»Er kommt also wohl, um zu schauen, wie es hier angelegt wurde?« fragte Lady Flora schlau.
»Ja, ich nehme es an. Sie werden ihn nicht besonders mögen, Lady Flora.«
»Oh, diese Sorte von Männern finden Sie hier in der Threadneedle Street auch. Und außerdem gehört er doch zu Ihrer Familie, meine Liebe. Wir werden ihn sicherlich mögen.«
Zu den Vorbereitungen für Onkel Jonas' Ankunft gehörte es für Hetty auch, Clemencys goldenes Armband zu tragen, was sie große Überwindung kostete. Seit dem Schiffbruch hatte sie es versteckt, weil sie es nicht sehen wollte. Jetzt aber mußte es hervorgeholt werden, damit es ihr ihre Identität verlieh und sie auf ihre Rolle als wirkliche Clemency vorbereitete.
Onkel Jonas traf mit nur einem Tag Verspätung ein. Hetty wartete nicht, bis Bates ihn eingelassen hatte, sondern rannte ihm stürmisch entgegen (hätte Clemency das nicht auch getan?) und rief: »Onkel Jonas, wie schön, daß du da bist!«
Er ließ sich von ihr umarmen. Dabei schaute er sie nicht sehr gründlich an. Seine kleinen grauen Augen tränten vom Wind.
»Na, Clemency, das Haus ist doch recht baufällig. Müßte mal neu gestrichen und ausgebessert werden.«
»Ich weiß, Onkel Jonas. Darüber will ich ja mit dir reden. Aber erst später. Komm doch herein jetzt. Du mußt müde und ausgehungert sein. Wie war die Reise?«
»Höllisch. Ein lahmer alter Pott, dauernd Maschinenschäden, und dann das gräßliche Essen! Aber wenigsten kam uns nie ein U-Boot in die Quere, und ich bin wohlbehalten hier angekommen. Ich könnte, glaube ich, einen Schluck Bourbon vertragen.«
»Scotch, Onkel Jonas. Wir haben keinen Bourbon. Bates, tragen Sie bitte Mr. Middletons Gepäck hinein und bringen Sie die Getränke in die Bibliothek. Hugo erwartet uns dort.«
»Hugo?«

»Mein Mann, Onkel Jonas.«

»Natürlich, natürlich. Ich werde allmählich vergeßlich. Ein alter Mann wie ich sollte keine Weltreisen mehr machen. Aber in Gelddingen bin ich noch ganz firm, Clemency. Was Geld betrifft, bin ich nicht vergeßlich.«

Obwohl sich Hetty noch nicht wirklich zu entspannen wagte, stellte sie doch erleichtert fest, daß dieser alte Mann vollkommen mit sich selbst beschäftigt war und nur über seine eigenen Lebensverhältnisse redete. Der Blick seiner kleinen grauen Augen war ganz nach innen gerichtet. Er hatte sie auf die Wange geküßt, sie aber kaum angeschaut. Jetzt sagte er: »Du siehst gut aus, Clemency! Dein Mann hat den Krieg also jetzt hinter sich. Schwer verwundet, nicht wahr? Ich muß schon sagen, dieser Krieg ist kein Gesellschaftsspiel. Wir versuchen uns da rauszuhalten. Geht uns nichts an. Ah, das ist also die Bibliothek! Schöner Raum. Ich habe schon immer gehört, daß englische Landhäuser schöne Bibliotheken hätten. Ah – Lord Hazzard. Bei Gott, mein Lieber, Sie hat's ja böse erwischt! Schon auf dem Weg der Besserung?«

»Ja, mir geht's gut. Mit Einschränkungen.«

»Ah! Die Fahrt hierher war verdammt kalt. Clemency sagte etwas von Whisky.«

»Hier ist er, Onkel. Komm und setz dich ans Feuer.«

»Ja, danke. Das ist ja richtig gemütlich hier. Ich könnte stundenlang hier sitzen. Übrigens kann ich nicht sehr lange bleiben, Clemency. Ein, zwei Tage, um deine Probleme durchzusprechen, ein kurzer Besuch in London, und dann fahre ich auf diesem alten Pott wieder zurück nach New York.«

Hetty verkrampfte sich innerlich, als sie Hugo fragen hörte: »Was sagen Sie zu Hettys – ich meine Clemencys – Aussehen? Wir nennen sie Hetty, wissen Sie.«

»Wirklich? Warum denn? Ich wußte gar nicht, daß es in unserer Familie diesen Namen gibt. Nun, sie sieht gut aus.« Die eingesunkenen alten Augen betrachteten sie flüchtig, und Hetty setzte ein warmes Lächeln auf.

»Hugo und ich erwarten ein Kind, Onkel Jonas. Freust du dich?«
»Ach, das ist schön. Je, wenn Millicent jetzt noch am Leben wäre, wäre sie ganz aus dem Häuschen vor Freude. Arme Millicent! Ist alles in Ordnung mit ihrem Grab, Clemency?«
Wieder lief Hetty jener eiskalte Schauer über den Rücken.
»Ja. Ich habe den Klosterschwestern Geld geschickt. Sie pflegen es.«
»Gut. Dieser Scotch ist gar nicht schlecht. Kann ich noch einen haben? Und jetzt erzählt ihr mir bitte beide, um welche dringende Angelegenheit es sich handelt, derentwegen ihr mich gerufen habt.«
Hetty fing Hugos fragenden Blick auf.
»Das kann warten, Onkel Jonas. Zuerst mußt du noch den Rest der Familie kennenlernen, Hugos Mutter, seinen Bruder und seine Schwägerin.«
»Geschäfte haben Vorrang. Heraus damit, Mädchen! Bist du irgendwie in Schwierigkeiten?«
»Nein. Nein, wirklich nicht«, sagte Hetty verzweifelt. »Es ist nur, weil ich das Haus hier so liebe. Man müßte einen sehr hohen Betrag für die Instandsetzung aufwenden. Fast mein ganzes Erbe, schätze ich. Hugo und ich haben es ungefähr ausgerechnet. Wir wollen nicht bis zum Ende des Krieges warten. Und es wird doch das Erbe unseres Kindes sein.«
»Ja, wenn es ein Junge ist. Aber ich möchte dir noch einmal raten, Clemency, nicht dein ganzes Erbe darauf zu verwenden. Du hast noch die Fifth Avenue und die Häuser auf Long Island. Grundbesitz! Gold wert! Und weil ich gerade von Gold spreche: ich habe den Schmuck deiner Mutter mit herübergebracht, alles, was nicht bei dem ›Lusitania‹-Unglück mit ihr untergegangen ist. Wenn er nicht dein Geschmack ist, dann sehe ich keinen Grund, warum du ihn nicht verkaufen solltest. Laß dich mal von einem vertrauenswürdigen Juwelier beraten.«
Hetty hielt mit Mühe die Tränen zurück. So einfach konnte

es doch nicht sein, diesen scharfsinnigen alten Mann hinters Licht zu führen! Es war kaum zu glauben.
Aber sie erkannte sehr rasch, daß Onkel Jonas einzig in bezug auf Geld und Eigentum scharfsinnig war. Menschen zählten in seinen Augen nicht halb soviel. Menschen nahm er kaum wahr. Offensichtlich war es ihm noch nicht in den Sinn gekommen, daß diese attraktive junge Frau, die so tüchtig einen vornehmen Haushalt leitete, nicht seine Nichte sein könnte.
Drei große Gläser Whisky wärmten den alten Mann und machten ihn entspannt und wohlwollend.
»Ah! Zum ersten Mal, seit ich dieses alte Schiff betreten habe, fühle ich mich wirklich behaglich. Ich glaube, ich gehe jetzt mal auf mein Zimmer und ruhe mich aus. Um wieviel Uhr gibt es hier Abendessen?«
»Halb acht, Onkel. Wir haben nicht sehr viele Bedienstete, und wir wollen nicht, daß sie so lange aufbleiben müssen.«
»Gut. Das paßt mir gut. Dann können wir nach dem Essen noch ein geschäftliches Gespräch führen.«
»Hetty, warum hast du mir nichts davon gesagt?« Sie zogen sich im Schlafzimmer fürs Abendessen um. Hugo war so aufgebracht, daß ihre Nervosität zurückkehrte.
»Was meinst du denn? Ach so, das Geld für Loburn. Na ja, ich habe gemeint, das hätte ich sehr klug angestellt.« Wieder improvisierte sie. »Ich möchte mein Erbe endlich einmal ganz hierhaben, nicht erst nach und nach, und ich konnte keine endlose Korrespondenz mit Onkel Jonas anfangen. Man kann etwas bei ihm erreichen, aber nicht mit Briefen. Er ist zu schlau und zu vorsichtig, was das geschriebene Wort angeht.«
»Aber nach ein paar Gläsern Scotch wird er zugänglich?« Hetty grinste.
»Und auch einem Brandy ist er selten abgeneigt.«
»Daran werde ich nach dem Essen denken. Du bist sehr klug, weißt du das! Komm her und küß mich!«
Sie mochte seine selbstbewußte Stimme und ließ sich in seine Arme sinken. Sie glaubte, das Schlimmste sei vorüber.

Clemency, du wirst mir keine bösen Überraschungen mehr bereiten, hörst du? Das Geld und der Schmuck deiner Mutter sind dir doch jetzt nicht mehr von Nutzen.
»Führst du Selbstgespräche, Liebling?«
»Ich sagte nur, daß ich dabei bin, der Bibel zu spotten und irdische Reichtümer zu horten. Wir werden das allerschönste Haus in ganz England besitzen.«
»Du hast dich schon immer gegen das Schicksal gestemmt, nicht wahr?«
Hetty erschrak.
»Wie meinst du das?«
»Nun, wenn man bedenkt, daß du mit einem einäugigen Monster als Gatten glücklich sein kannst...«
»Aber ich bin glücklich, Hugo! Wirklich!«
»Sei doch nicht so laut. Du brauchst doch kein Gericht davon zu überzeugen.«
Ein Gericht! Wie kam Hugo zu so einem schrecklichen Vergleich?
Das Abendessen wurde zu einer weiteren Prüfung, weil alle anwesend waren, Lady Flora alles scharfsinnig beobachtete und Julia nur darauf wartete, daß Hetty etwas falsch machte und sich verriet. Es begann ganz gut. In seinem Smoking sah Onkel Jonas wirklich beeindruckend vornehm aus, und er war von Lady Flora offensichtlich ganz bezaubert. Er sprach sie immer mit »liebe gnädige Frau« an und ließ lange Monologe über sein New Yorker Leben vom Stapel, wobei er manchmal hinzufügte: »Clemency wird sich sicher daran erinnern« oder »Clemencys Mutter könnte diese Geschichte besser erzählen als ich«.
»Es hört sich komisch an, wenn Sie Clemency genannt werden, Hetty«, bemerkte Lady Flora. »Aber ich glaube wirklich, daß Hetty besser zu Ihnen paßt. Oder liegt es nur daran, daß wir schon vertraut damit sind?«
»Und dieses andere Mädchen?« warf Julia laut und deutlich ein. Sie sah etwas betrunken aus, ihre Augen glänzten verdächtig, ihr Gesicht war ungewöhnlich rot.
»Welches Mädchen, Miss?« fragte Onkel Jonas. Er schaute

Julia ohne besonderes Interesse an. Er wollte sich lieber mit Lady Flora unterhalten.

»Nun ja, Hettys Zofe! Hat Ihnen Hetty denn nicht erzählt, daß sie neulich nach London mußte, um eine der Überlebenden des Unglücks zu identifizieren? Sie war ganz außer Fassung deswegen.«

»Das hast du mir gar nicht gesagt, Clemency.«

»Es hat sich nicht ergeben, Onkel Jonas. Außerdem stellte sich das Mädchen als völlig Fremde heraus.« Hetty schwieg einen Moment und sagte dann ruhig: »Sie hatten dort gedacht, es könne sich um meine vermißte Zofe handeln. Erinnerst du dich an Brown? Harriet Brown?«

»Oh ja, natürlich, diese junge Frau. Ich könnte allerdings nicht behaupten, daß ich mich an ihr Gesicht erinnere. Traurige Sache. Man hat nie mehr etwas von ihr gehört, nicht wahr?«

»Nein«, sagte Hetty.

»Nun ja, so kann es gehen im Krieg. Ein herrlicher Wein ist das, Lord Hazzard. Und Sie haben auch eine sehr gute Köchin.« Onkel Jonas war angenehm beschwipst. »Ich bin mit meiner Nichte völlig einer Meinung.«

»Inwiefern, Onkel Jonas?« fragte Hetty behutsam.

»Na ja, was die Renovierung dieses schönen historischen Gebäudes betrifft. Lohnt sich wirklich! Damit erweist ihr der Nation einen Dienst. Ich bin voller Bewunderung für dieses Land. Sobald ich in New York bin, lasse ich deine Wertpapiere in Bargeld umtauschen, Clemency. Oder noch besser, ich kable meinem Agenten noch von hier aus. Falls mich die U-Boote erwischen, wie?«

18

Hetty konnte es kaum glauben, daß ihr das Glück schon wieder treu geblieben war. Onkel Jonas' Besuch war ein

Riesenerfolg. Als er nach London fuhr, um sich dort für kurze Zeit im Ritz aufzuhalten, begleitete ihn Hugo. Pimm fuhr sie im Rolls-Royce in die Stadt. Hugo probierte zum letzten Mal sein künstliches Bein an, und wenn alles gutging, würde er es bei seiner Rückkehr nach Loburn schon tragen. Er war deswegen guter Laune, und alle verabschiedeten sich herzlich und freundschaftlich voneinander. Lionel und Kitty, Freddie, Lady Flora und Julia standen winkend auf der Treppe.

»Ein netter alter Knabe«, sagte Lionel. »Ich hätte nie gedacht, daß ein Amerikaner sich so für das Schicksal eines englischen Hauses interessieren würde.«

»Ich bin froh darüber«, sagte Kitty. »Denn wenn Hetty sechs Töchter hat, dann gehört das Haus eines Tages Freddie.« Sie schaute Hetty freundlich an. »Sie sollte Ihr erstes Baby nach New York mitnehmen und es Onkel Jonas zeigen. Er ist sehr einsam, glaube ich.«

»Ja, das könnte ich machen. Natürlich erst, wenn der Krieg vorbei ist.« Hetty war selbst überrascht, daß sie weinte, weil Onkel Jonas abgefahren war. Und nicht etwa aus Erleichterung, sondern aus wirklichem Kummer.

»Alle packen heute die Koffer«, sagte Freddie.

»Alle?«

»Na ja, Onkel Jonas und Julia. Zwei Leute.«

»Julia!«

Lady Flora wandte sich Hetty zu.

»Ja, Julia hat beschlossen, uns zu verlassen. Sie vermißt die Pferde zu sehr, und ich kann sie nicht mehr voll beschäftigen. Sie langweilt sich.«

»Aber wohin geht sie denn jetzt?« fragte Kitty. »Loburn war doch so etwas wie eine Heimat für sie.«

»Das ist lange her. Jetzt ist sie fähig, auf eigenen Füßen zu stehen und für sich selbst zu sorgen. Ich habe ihr empfohlen, einen Sekretärinnenkurs zu machen. Sie kann sehr gut Briefe schreiben.«

Ob sie wollte oder nicht mußte Hetty Lady Floras rätselhaften Blick erwidern.

»Wie Sie vielleicht wissen, Hetty, war Ihr Onkel Jonas der Meinung, daß Sie eine Sekretärin angestellt hätten. Dem ist aber nicht so, oder?«

»Worauf willst du hinaus, Mutter?« fragte Lionel.

»Ach, nichts von Bedeutung. Geht ihr beide jetzt wieder auf Häusersuche? Dann kommt Hetty vielleicht mit mir hinauf und trinkt ein Täßchen Schokolade. Ich warne Sie, Hetty, ich werde Ihre Gesellschaft öfters brauchen, wo Julia jetzt nicht mehr da ist.«

»Natürlich, Lady Flora«, sagte Hetty steif. »Soll ich jetzt gleich mit hinaufkommen?«

»Das wäre nett, ja.« Lady Flora fröstelte. »Es ist kühl. Abschiede sind immer traurig, welchen Grund sie auch haben.«

Hetty blieb keine andere Wahl, als ganz offen zu sein. Sie saß Lady Flora in deren hübschem grün-weißen Wohnzimmer gegenüber und sagte frei heraus: »Wie konnten Sie wissen, daß Julia diesen Brief an Onkel Jonas geschrieben hat? Und den an Lord & Taylor auch? Ich hatte es vermutet, weil ich ihr Motiv dafür kannte, aber woher wußten Sie es?«

»So.« Lady Flora wärmte ihre Hände am Feuer. »Jetzt haben wir's gemütlich. Woher ich es wußte? Nun, ich habe sie einfach gezwungen, es zu gestehen. Ich gebe zu, daß das nicht gerade erfreulich war. Ich hatte früher immer gehofft, Julia würde meine Schwiegertochter werden. Ich habe sie sehr gemocht. Wir beide haben es nicht gern gesehen, daß Sie nach Loburn kamen, Hetty. Ich möchte mich dafür entschuldigen. Sie müssen es bemerkt haben.«

»Ich habe bemerkt, daß Sie immer irgendeinen Verdacht gegen mich hegten. Sie haben mir so viele Fragen gestellt.«

»Ja. Es erschien mir notwendig. Während ich jedoch allmählich Ihre Antworten zu akzeptieren begann, wurde Julia immer mißtrauischer. Ach Gott, das ist alles sehr betrüblich. Ich kann Ihnen nur soviel sagen, daß sie immer eifersüchtiger auf Sie wurde, bis sie schließlich sogar entschlossen war, Ihre Ehe zu zerstören. Anfangs stand ich ganz auf ihrer Seite, aber als ich sah, wie klug Sie mit Hugo in seinen

schlimmsten Stimmungen umzugehen wußten, so ruhig und zäh, da änderte ich meine Meinung.«
»Ich bin eben eine zähe Person, Lady Flora.«
»Wirklich, ja. Sie haben sich mit Hugos schrecklichen Launen abgefunden, wo eine andere Frau, sogar Julia, längst aufgegeben hätte. So wechselte ich auf Ihre Seite über, und als ich herausbekam, was Julia tat, war ich überhaupt nicht damit einverstanden.«
»Was tat sie denn?«
»Schauen Sie! Ich zeige es Ihnen. Sie hat eine Liste der Gründe aufgestellt, die ihrer Meinung dafür sprachen, daß Sie nicht Clemency Jervis sind. Sie wollte diese Liste Hugo zeigen, wenn sie endgültig Klarheit haben würde.«
»Dafür sollte also Onkel Jonas' Besuch dienen?«
»Ja. Lesen Sie das jetzt bitte!«
»Muß ich?«
»Natürlich müssen Sie! Es sei denn, Sie haben Angst davor.«
»Nein, ich habe keine Angst«, log Hetty.
Widerwillig überflog sie die ordentlich beschriebenen Seiten voller Vermutungen, Anklagen und vermeintlicher Beweise.
a) Diese junge Frau kam hier in nervösem, ängstlichem Zustand an und behauptete, ihren Verlobungsring im Meer verloren zu haben, doch trug sie noch ihr Goldarmband mit den eingravierten Initialien C. M. J. Hugo kam das nicht unwahrscheinlich vor, aber Lady Flora und mir schon.
b) Jeder Brief, den sie erhielt, versetzte sie in Panik, als fürchtete sie sich vor dem, was darinstehen könnte.
c) Sie wollte nicht Clemency genannt werden, als sei der Name für sie mit etwas Schrecklichem verknüpft.
d) Sie fühlte sich oft grundlos geängstigt, wie zum Beispiel einmal, als sie aus der Kirche kam und aussah, als sei ihr ein Geist erschienen. Sie mußte ein schlechtes Gewissen haben.
e) Katharine Eversleigh erzählte, daß Clemency Jervis an Bord des Schiffs geflirtet und ständig neue Kleider vorgeführt hätte, die alle Lord & Taylor für sie angefertigt hatte.

Wenn sie so extrovertiert war, warum wurde sie hier dann plötzlich so still und verängstigt? Weil es nicht dasselbe Mädchen war.
f) Hettys Bestürzung, als das grüne Kleid aus New York geschickt wurde. Und es paßte nicht! Es paßte wirklich nicht. Nur ich habe es bemerkt. Aber ich hatte es bestellt, und als es überraschend hier ankam, war Hetty sehr erschrocken.
g) Sie litt ständig unter Alpträumen wegen des Schiffunglücks, und Kitty erzählte von einem schwer verwundeten, blinden kanadischen Flieger, der sie an der Stimme erkannt zu haben glaubte, aber nicht als Clemency Jervis.
h) Einmal rief sie im Schlaf laut den Namen Clemency. Kitty sagte mir, daß Lionel das gehört und es ihn verwirrt hätte. In Anbetracht all dieser Umstände hielt ich es für richtig, unsere Zweifel ein für allemal zu klären, indem ich Clemencys nächsten Verwandten, ihren Onkel Jonas, hierher einlud. Er war der einzige, der sie sicher identifizieren konnte. Ich habe mich absolut dazu berechtigt gefühlt, so zu handeln.‹

Hetty hob den Kopf.
»Nun?« sagte Lady Flora.
»Ich glaube kaum, daß all das einer Gerichtsverhandlung standhalten würde.«
»Natürlich nicht. Aber trifft es zu?«
»Manches trifft zu. Ich hatte tatsächlich Alpträume. Ich habe sie immer noch. Ich werde manchmal von Entsetzen gepackt. Natürlich verfolgt mich die Erinnerung an die ertrinkenden Menschen und daran, daß ich selber fast ertrunken wäre.« Plötzlich preßte sie ihre Hände gegen die Wangen, ihre gewohnte Abwehrgeste. »Was werden Sie tun?« flüsterte sie.
»Ich? Nichts. Bloß dieses bedauerliche Geständnis zerreißen und ins Feuer werfen. Ein Richter würde wahrscheinlich sagen, daß die Aussage der Zeugin durch persönliche Gefühle verzerrt worden sei.« Sie seufzte. »Arme Julia.«
»Sie – war daran schuld, daß ich mein Baby verloren habe.«

»Ich weiß.« Lady Flora war ruhig und energisch. »Wir konnten so etwas also kein zweites Mal riskieren.«
»Aber, Lady Flora«, Hetty ergriff die gebrechlichen alten Hände.
»Wie denken Sie selbst über das alles?«
»Interessiert Sie das?«
»Oh ja!«
»Obwohl ich Sie so lange als Fremde behandelt habe?«
»Es interessiert mich sehr, was Sie von mir halten.«
»Nun, ich glaube also, daß Sie eine großartige Frau für meinen Sohn sind und daß Sie meinem Enkelkind eine bezaubernde Mutter sein werden. Abgesehen davon, daß Sie überhaupt ein sehr sympathischer Mensch sind. So, jetzt reden wir nicht mehr darüber. Nie mehr.«
»Aber –«
»Ich bin eine alte Frau, die ein großes Bedürfnis danach hat, daß alles so bleibt, wie es ist.«
»Wie Onkel Jonas«, rutschte es Hetty heraus.
Lady Flora brach in entzücktes Gelächter aus.
»Wie Onkel Jonas. Wie nett, mit diesem wackeren Mann verglichen zu werden!«
Hetty war nicht dabei, als Julia abfuhr. Sie wußte nur, daß Hugo erleichtert war.
»Sie ist besser an einem Platz aufgehoben, wo es Pferde gibt«, sagte er.
»Deine Mutter sagte, sie solle einen Sekretärinnenkurs machen.«
»Quatsch. Sie kann kaum schreiben.«
Zwei unaufrichtige Frauen, Hugo, und eine bleibt bei dir. Aber sie verspricht dir, treu und liebevoll zu sein.

Es war Frühling geworden, und eines Tages begannen Hettys Wehen. Sie träumte, sie sei Jakobina und schenke unter Schmerzen einem zwar heißersehnten, aber peinlicherweise unehelichen Kind das Leben. Welche Bestrafung würde ihr von ihrem Mann zuteil werden?
Sie hörte das Baby schreien und öffnete die Augen.

»Es ist ein Mädchen«, sagte Doktor Bailey. »Ein hübsches Kind. Ich hoffe, Sie sind nicht enttäuscht, weil es ein Mädchen ist.«
Hetty versuchte sich aufzusetzen. »Enttäuscht! Doktor! Hauptsache, sie ist gesund und am Leben. Das ist alles, was Hugo und ich uns wünschen. Geben Sie sie mir!«
Hetty war sehr erschöpft. Sie schlief ein, das frischgewaschene, feuchthaarige Geschöpfchen im Arm, das ihre Tochter war. Als sie erwachte, fiel ihr Blick gleich auf ein vertrautes Gesicht. Das war schon einmal so gewesen, bei einem weniger glücklichen Anlaß.
»Freddie! Wie bist du hier hereingekommen? Hat es dir die Schwester erlaubt?«
»Nein. Ich habe mich heimlich hereingeschlichen. Sie sagen, du hast ein Mädchen gekriegt, Hetty. Darf ich es mal sehen?«
Hetty schlug das warme Tuch auseinander, und Freddie beugte sich lange über das kleine, faltige Gesicht. Dann nickte er energisch, als sei er zu einem Entschluß gelangt.
»Wie möchtest du sie nennen, Hetty?«
»Du darfst ihr einen Namen geben, Freddie. Das ist mein Geschenk für dich.«
Freddies Gesicht strahlte vor Freude.
»Wirklich, Hetty? Ganz im Ernst? Dann möchte ich sie gerne Jessy nennen, und wenn sie groß ist, heirate ich sie.«

Epilog

Es war in New York, in den ersten Frühlingstagen. Im Central Park blühten die Narzissen, die Bäume waren stachelig vor lauter Knospen. Das Wetter war kühl und klar, und alles war so lebendig und frisch, daß Jessy vor Aufregung hüpfte.
»Oh, hierher gehöre ich!«

»Nein, das stimmt nicht. Du gehörst nach England«, entgegnete Freddie.
»Aber diese Stadt fasziniert mich. Mir ist fast, als hätte ich irgendwelche Erinnerungen daran. Freddie, angenommen, ich würde das gleiche tun, was Mutter getan hat, bloß umgekehrt, und in einem amerikanischen Haus hier in New York leben?«
»Das würde ich dir nicht erlauben. Aber wir wollen jetzt noch nicht von diesem Haus schwärmen, bevor wir es gesehen haben.«
»Oh Freddie!« Jessy tanzte beinahe auf dem harten sauberen Pflaster herum, das den Park umgab. »Hier hat Mutter Ball gespielt und ihre Puppen spazierengefahren.«
»Ich kann mir deine Mutter nicht mit Puppen vorstellen.«
»Nein. Sie war nicht sentimental, das stimmt. Sehr kühl, sachlich und ernsthaft.« Jessys Hand schloß sich fester um die ihres Gatten. »Ich habe sie sehr geliebt.«
»Ich weiß. Ich habe sie auch sehr liebgehabt. Von allen Menschen auf Loburn hatte ich sie am liebsten. Bis du geboren wurdest natürlich.«
»Und du hast damals gleich gesagt, daß du mich heiraten würdest, obwohl ich rosarot und häßlich war. Wie treu du bist!« Jessys Blick glitt liebevoll über sein Gesicht. »Wir sind so schrecklich glücklich, daß ich manchmal fast Angst bekomme. Wir haben einander, wir haben Loburn, und jetzt haben wir auch noch ein vornehmes altes Haus in der Fifth Avenue!«
»Und wir sind gleich da, glaube ich. In der Mitte des nächsten Häuserblocks müßte es sein. Nein, schau, da ist es ja schon!« Jetzt klang auch Freddies Stimme aufgeregt. »Das muß es sein!«
Sie standen am oberen Ende der Treppe, ein hübsches junges Paar: das Mädchen mit wehenden dunklen Haaren, grünlichen Augen, rosigem Teint, der Mann ein bißchen professorenhaft mit seinen klugen, ziemlich hervorstehenden grauen Augen, die durch eine Hornbrille schauten, und seiner schlichten englischen Kleidung.

Die alte Frau, die die Tür öffnete, hielt sie offensichtlich für vornehme Besucher, denn sie strich ihre Schürze glatt und machte einen altmodischen Knicks.
»Guten Morgen«, sagte Freddie. »Ich bin Lord Hazzard, und das ist meine Frau. Die Bank sollte Ihnen Bescheid sagen, daß wir kommen würden.«
»Ja, man hat es mir gesagt, Sir, aber man hat mir keine genaue Zeit gesagt, dann hätte ich alles hergerichtet. Natürlich nicht wie in der alten Zeit, wo wir viele Diener waren. Aber kommen Sie doch bitte herein, kommen Sie herein.«
»Sie sprechen, als würden Sie das Haus schon sehr lange kennen«, sagte Jessy mit ihrer warmen, freundlichen Stimme. »Wie Sie wissen, hat meine Großmutter hier gelebt.«
»Ja, und sie ist bei dem schrecklichen Unglück ertrunken«, sagte die alte Frau mit geziemendem Ernst. »Sie war eine feine, energische Dame, ja, das war sie. Sie wußte, was sie wollte, und Miß Clemency auch. Sie haben ganz recht, ich kenn' das Haus schon lang. Damals war ich Köchin, als die alte Herrin und Miss Clemency noch hier waren. Ich bin Mrs. Crampton.«
Jessy streckte ihre schmale, wohlgeformte Hand aus.
»Wie lustig, jemanden zu treffen, der meine Mutter als Kind gekannt hat! Nicht wahr, Freddie?«
Auch Freddie schüttelte Mrs. Cramptons derbe, nicht allzu saubere Hand.
»Das ist wirklich ein Glücksfall«, sagte er liebenswürdig. »Sie waren also damals Köchin. Nach jener Zeit wurde das Haus nicht mehr richtig bewohnt, nehme ich an? Würden Sie es uns bitte einmal zeigen?«
»Natürlich, Sir. So hat es mir die Bank auch gesagt. Aber schaun Sie den Staub nicht so genau an, ich bin bloß eine alte Frau, ich kann die ganzen Zimmer nicht mehr blitzsauber halten. Das hier«, sie stieß eine Tür auf, um ihnen einen Raum mit hoher, stuckverzierter Decke zu zeigen, »wurde für Gesellschaften benutzt. Einmal hatte Miss Clemency hier einen Ball. Pfui! Schaun Sie sich diese Vorhänge an, zerschlissen und löchrig. Das ist der Zahn der Zeit, Ma'am.«

Jessy strich über den zerlumpten blauen Seidenvorhang.
»Ist es nicht seltsam, Freddie, daß Mutter Loburn damals in einem ebensolchen Zustand vorgefunden hat wie wir jetzt dieses Haus? Damals mußte Loburn dringend renoviert werden. Und jetzt müssen wir hier das gleiche tun.«
»Wir bleiben nicht lange, Jessy.«
»Mindestens einen Monat, Liebling. Und dann kommen wir jeden Frühling herüber. Das wird schön!«
Die alte Frau lächelte.
»Ich sehe, daß Sie Miss Clemency nachschlagen, Ma'am. Sie wollte auch immer ihren Willen haben. Allerdings war sie nicht so höflich wie Sie. Sie war verzogen, haben wir immer gesagt.«
»Meine Mutter?« fragte Jessy überrascht.
»Oh ja, sie konnte oft schmollen und hatte ihre Launen. Sie haben ihre Augen, Ma'am, meergrün, genau wie ihre, bloß weicher. Und Ihr Lächeln ist wirklich sehr hübsch. Das haben Sie wahrscheinlich von Ihrem Vater. Er sah sehr gut aus, nicht? Wir haben ihn unter uns immer den Sonnengott genannt. Hetty hat ihm diesen Namen gegeben. Sie war ziemlich verliebt in ihn. Arme Hetty!«
»Hetty?« sagte Jessy langsam.
»Ja, Ma'am. Sie war, wenn man das so sagen kann, mein Schützling. Na ja, erst der von den Herrinnen, dann aber hab' ich mich um sie gekümmert. Arme kleine Waise!«
»Arme kleine Waise? Hetty?« Auch Freddie sah jetzt ganz verwirrt aus.
Die alte Frau schaute erstaunt von einem zum anderen.
»Sie reden ja, als kannten Sie sie. Aber das kann nicht sein, weil sie bei dem Unglück unterging. Wahrscheinlich mit dem ganzen Gepäck, das die Herrinnen retten wollten. Einmal hab ich an Miss Clemency nach England geschrieben, um nach ihr zu fragen.«
»Wer war Hetty, Mrs. Crampton?« fragte Freddie sehr sanft.
»Hab' ich nie rausbekommen. Sie wurde eines Tages hergebracht und dagelassen. Aber wenn Sie mich fragen, war sie

bestimmt aus der Familie. Sie hätte Miss Clemencys Schwester sein können. Unehelich, hab' ich immer gesagt. Sie hieß Harriet, aber ich hab' sie Hetty genannt, weil sie gesagt hat, das gefiele ihr besser. Sie war ein liebes Mädchen, ehrlich und zuverlässig. Sie hätte etwas Besseres verdient, als erst hier im Haus Zofe zu sein und dann noch zu ertrinken. Das Leben ist komisch, nicht? Kommen Sie mit in die Küche? Ich hab' grade Kaffee gekocht. Es macht Ihnen doch nichts aus, in meiner Küche Kaffee zu trinken, Ma'am?«

»Ich glaube kaum, daß es mir etwas ausmachen darf, nachdem Sie uns das alles gerade erzählt haben«, murmelte Jessy. Sie zwinkerte mit den Augen, und in den Wangen wurden ihre Grübchen sichtbar.

»Freddie! Großmama hat immer etwas gewußt, über das sie nicht sprechen wollte!«

Freddie nickte. »Mein Vater auch. Er hatte einmal etwas gehört.«

»Mein Vati aber nicht, oder?«

»Nein. Obwohl ich glaube, daß es ihm nichts ausgemacht hätte.«

»Warum auch?« rief Jessy. »Wenn du mich fragst, dann hat er Glück gehabt, daß es nicht – die andere war. Und ich auch ...«

Mrs. Crampton, die die Kaffeekanne in den Händen hielt, drehte sich zu ihnen um und fragte verwirrt: »Sprechen Sie über meine Hetty? Ich hab' gar nicht gewußt, daß Sie sie kannten.«

»Ich glaube, wir kannten sie«, sagte Freddie bedachtsam.

»Wie könnte das sein, wo sie doch bei dem Schiffunglück ertrunken ist!«

Mrs. Crampton goß dampfend heißen Kaffee in die Tassen. Sie machte wieder einen Gedankensprung. »Es paßte zu Miss Clemency, daß sie bei den Überlebenden war. Sie hat immer erreicht, was sie wollte.«

»Ich glaube, daß ihr Hetty in dieser Beziehung kaum nachstand«, murmelte Jessy.